일본의 이단아

자이니치在日 디아스포라 문학

일본의 이단아 자이니치[在日] 디아스포라 문학

초판 인쇄 2020년 2월 20일 **초판 발행** 2020년 2월 25일
지은이 김웅교 **펴낸이** 박성모 **펴낸곳** 소명출판 **출판등록** 제13-522호
주소 서울시 서초구 서초중앙로6길 15, 1층
전화 02-585-7840 **팩스** 02-585-7848 **전자우편** somyungbooks@daum.net **홈페이지** www.somyong.co.kr

값 27,000원 ⓒ 김웅교, 2020
ISBN 979-11-5905-472-3 93810

일본의 이단아

자이니치在日 디아스포라 문학

THE UNACCEPTABLE TO JAPAN :
ZAINICHI KOREAN DIASPORA LITERATURE

김응교 지음

일러두기

1. 이 책에서 '자이니치(在日) 디아스포라 문학'은 일본어로 쓴 재일동포가 쓴 작품 모두를 일컫는 큰 개념의 용어다. 일본에 살면서 한글로 쓰는 조총련 계열 작가의 작품은 '재일(在日) 조선인 문학'으로 표기했음을 밝힌다.

2. 저작권자 또는 유족과 연락이 닿지 않아 저작권을 해결하지 못한 자료의 경우 연락이 닿는 대로 저작료를 지불하고자 함을 밝힌다.

차례

이방인, 자이니치 디아스포라 문학

흩어진 씨앗, 디아스포라

디아스포라diaspora, διασπορά라는 용어는 "씨 뿌리다Σπορά"라는 그리스어 'dia sperien(a scattering of seeds)'에서 유래되었다. 그리스인들에게 본래 긍정적인 의미였던 이 단어가 언제부터 유대인들에게 고통의 표현으로 되었는지는 확실히 기록되어 있지 않다. 다만 유대인이 앗시리아에 포로가 되던 기원전 722년과 바벨로니아에 포로가 되던 기원전 586년, 두 가지 주요 사건[1]으로 이 용어는 포로와 고통의 상징어가 되어 버렸다. 성경에서 이 용어는 절대자의 말을 따르지 않는 이스라엘 공동체에 주는 저주스런 경고다.

---

[1] J. A. Sanders, "DISPERSION(διασπορά)", *The Interpreter's Dictionary of The Bible* 1, ABINDON press, 1962, pp.854~856.

25 : 여호와께서 네 적군 앞에서 너를 패하게 하시리니 네가 그들을 치러 한 길로 나가서 그들 앞에서 일곱 길로 도망할 것이며 **네가 또 땅의 모든 나라 중에 흩어지고**(thou shalt be a <u>dispersion</u> in all kingdoms of the earth).

26 : 네 시체가 공중의 모든 새와 땅의 짐승들의 밥이 될 것이나 그것들을 쫓아줄 자가 없을 것이며 (···중략···)

64 : 여호와께서 너를 땅 이 끝에서 저 끝까지 만민 중에 **흩으시리니**(scatter) 네가 그곳에서 너와 네 조상들이 알지 못하던 목석 우상을 섬길 것이라

65 : 그 여러 민족 중에서 네가 평안함을 얻지 못하며 네 발바닥이 쉴 곳도 얻지 못하고 여호와께서 거기에서 네 마음을 떨게 하고 눈을 쇠하게 하고 정신을 산란하게 하시리니.

— 신명기 28장 25~65절(강조는 인용자)

"야웨께서 너희들을 **흩으실** 것이다(Yahweh will scatter you among all the peoples)"라는 말 그대로 AD 70년경 예루살렘이 두 번째로 붕괴되자 유대인들은 뿔뿔히 흩어졌고, 이 단어는 팔레스틴을 떠나 알렉산드리아 등지에 살게 된 유대인 공동체, 곧 조국에서 살지 못하고 '타국에 흩어져 사는 유대인'이란 뜻이 되었다. 끔찍한 포로기 때부터 쓰이기 시작한 디아스포라라는 용어는 고통의 상징어로 쓰여왔다. 제2차 세계대전 때 유대인들은 "네 시체가 공중의 모든 새와 땅의 짐승들의 밥이 될 것"이라는 구절처럼 '벌거벗은 생명 호모 사케르Homo Sacer'[2]가 되는

---

2   조르조 아감벤, 박진우 역, 『호모 사케르』, 새물결, 2008, 49쪽.

홀로코스트를 겪기도 했다. 유대인들은 공동체 생활, 회당 건립, 언어와 혈통, 현지 지도자 양성, 고국과의 밀접한 관계 유지를 통해 디아스포라 상황을 극복하려 했다.

포로, 고통, 언어, 극복 등으로 표상되는 이 용어는, 1990년대에 들어 이주노동자, 무국적자, 다문화가족, 언어의 혼종성 등 초국가적trans-national인 문제들이 일반화되면서, 다른 민족의 국제이주, 망명, 난민, 이주노동자, 민족공동체, 문화적 차이, 정체성 등을 아우르는 포괄적인 개념으로 사용되고 있다. 민족분산民族分散 또는 민족이산民族離散으로도 번역할 수 있는 이 말을 넓게 '이산離散, diaspora, dispersed'으로도 번역한다.

디아스포라 문제를 학술화시킨 학자는 윌리엄 사프란William Safran이다. 사프란은 디아스포라를 "국외로 추방된 소수 집단 공동체(that segment of people living outside the home land)"라고 정의하면서, 그 특성을 여섯 가지로 나누어 설명했다.

① **이산(離散)의 역사** : 디아스포라는 특정한 기원지로부터 외국의 주변적인 장소로 이동한다(A history of dispersal : Diasporas are dispersed from an original center to at least two "peripheral" places).

② **모국에 대한 신화와 기억** : 디아스포라는 모국에 대한 "기억, 비전 혹은 신화" 같은 집합적 기억을 보존한다(Myths and memories about the homeland : Diasporas keep a "memory, vision, or myth" about their original home).

③ **거주국에서의 소외** : 디아스포라는 거주하는 나라가 자신들을 받아들일 수 없다고 믿는다(Alienation in the host countries : Diasporas "believe they are not fully accepted" by their host country).

④ **결국 귀국하겠다는 바람** : 디아스포라는 때가 되면 "돌아갈 곳"으로 조상의 모국을 그린다(A desire for eventual return : Diasporas see their ancestral home as "a place of return" when the time is right).

⑤ **모국에 대한 지속적인 지원** : 디아스포라는 모국을 위해 정치적, 경제적으로 헌신한다(Ongoing support for the homeland : Diasporas are committed to "maintenance or restoration" of their original homeland).

⑥ **모국에 의해 만들어진 집단적 정체성** : 디아스포라 의식은 모국과의 관계에 의해 "중요하게 규정된다"(A collective identity shaped by the homeland : Diaspora consciousnesses are "importantly defined" by the relationship with the original homeland).[3]

사실 사프란의 디아스포라 개념은 모든 나라의 다양한 디아스포라적 상황에 적용하기는 어렵다. 예를 들어 미국에서 성공한 유대인 중에 ④ 처럼 모국인 이스라엘로 귀환하려는 유대인은 그리 많지 않다. 우리의 경우, 중앙아시아 강제 이주나 일제 식민시기 때 재일한인의 도일渡日은 디아스포라라고 볼 수 있으나 1970년대 이후 신분상승을 위하여 미국으로 이민 간 재미한인은 디아스포라의 조건에 모두 맞지는 않는다. 사프란 자신이 디아스포라의 이념형이라 했던 유대인조차 여섯 가지 조

---

3 Safran, William, "Diasporas in Modern Societies : Myths of Homeland and Return", *Diaspora* 1-1, Spring 1991, pp.83~89.

건들을 모두 충족하지는 못하고 있으며, 우리의 경우도 여섯 가지 조건에 모두 맞지는 않는다.

한편 포스트식민주의postcolonialism 학자들은 디아스포라 이론을 정치적으로 해석하기도 했다. 이 표현에 대해 여러 해석이 있다. 원어 그대로 '포스트 콜로니얼리즘'이라고 번역해 쓰는 이들은 포스트post를 '이후after'로 해석하여 식민주의 '이후'의 식민지 상태를 표현하고자 한다. 이 표현은 '포스트'라는 애매모호한 표현 탓에 정치적 의미를 가볍게 한다. 한편 포스트post를 '초극beyond'으로 해석하는 이는 '탈脫식민주의'라고 써서 식민지 상태를 벗어나려는 적극적인 의지, 곧 프란츠 파농, 사이드, 스피박 같은 의지를 강조하려 한다. 저자는 두 가지 의미를 함축하여 '포스트식민주의'라는 표현을 사용하려 한다.

로버트 영Robert J. C. Young은 2차 대전 이후 아프리카·남미·아시아인은 전세계로 흩어지면서diaspora, 트리컨티넨탈리즘tricontinentalism[4]이라고 하는 포스트식민주의적 상황을 그대로 온존하고 있다고 지적했다.

포스트식민주의의 핵심적인 문제에는 서구사회와 트리컨티넨탈 사회 양쪽 모

---

4 로버트 J. C. 영은 *Postcolonialism : AN HISTORICAL INTRODUCTION*(Blackwell, 2001)에서 오늘날 포스트식민주의(postcolonialism)는 아프리카·남미·아시아 대륙에 걸쳐 만연되고 있다며 '트리컨티넨탈리즘(tricontinentalism)'이라는 용어를 쓴다. "더 근원적으로 포스트식민주의를 나는 차라리 트리컨티넨탈리즘으로 부르고 싶다 (More radically, *postcolonialism*—which I would prefer to call *tricontinentalism*)"라고 쓴다.(위의 책, p.56) 그가 쓰고 있는 '반식민주의(anti-colonoalism)'라는 개념은 한국에서 쓰고 있는 '탈식민주의'라는 말보다 명확하다고 저자는 생각한다. 비교컨대 피식민지 경험이 없었던 일본에서는 탈식민주의라는 표현은 잘 쓰지 않고, '포스트 콜로리얼리즘(ポストコロニアリズム)'이라고 한다. 本橋哲也, 『ポストコロニアリズム』, 岩波書店, 2005.

두에 있는 식민적이고 제국적이고 반(反)식민적인 과거, 포스트식민적인 현재, (아동 노동에서 시작되는) 국제분업, 민중의 권리와 문화적 권리, 이산과 이민, 강제적인 이전, 정착과 **디아스포라(diaspora) 등이 포함된다.**[5]

로버트 영은 디아스포라 문제를 식민지에 이은 포스트식민주의의 문제로 연결시키고 있다. 가령 식민지 시대 때 독립운동을 위한 지도자들은 디아스포라의 망명지에서 활동을 했고, 이후 포스트식민주의 시대에 세계 각지로 이산한 아프리칸 디아스포라들은 아프리카인들의 정치 사회 상황에 시종일관 똑같은 관심을 갖고 있다고 한다.

사프란의 이론과 포스트식민주의 이론, 그리고 이방인에 대한 여러 논의[6]에 의해 디아스포라에 대한 논의는 보강되고, 토론되어 왔다. 사프란의 논의에서 지적했지만, 우리의 다양한 해외 동포 문학도 모두 같은 디아스포라 문학으로 간단히 동일한 것으로 볼 수는 없다. 일본에 사는 자이니치在日 디아스포라를 제대로 이해하기 위해서도 다른 지역의 한인들과 비교하는 것이 필요하다. 특히 식민지라는 직접적 체험과 관계있고, 또한 '일본 내 북한'으로 북한과 관계 맺고 있는 조총련 소속 문학인이 존재하고 있는 재일본 동포 문학에 대해 논할 때, 많은 쟁점

---

5 "Its key issues include the colonial, imperial and anti-colonial past, the post-colonial present, the international division of labour(starting with child labour), peoples' and cultural rights, emigration and immigration, forced migration, migrancy, nomadism, settlement and diaspora in both western and tricontinental socities." Robert J. C. Young, 앞의 책, p.66.
6 가령, 엠마누엘 레비나스의 타자에 대한 무한책임의 윤리철학(엠마누엘 레비나스, 강영안 역, 『시간과 타자』, 문예출판사, 1996), 자크 데리다의 이방인 환대에 대한 논의(자크 데리다, 남수인 역, 『환대에 대하여』, 동문선, 2004)는 이방인 디아스포라 논의를 위한 자료가 될 수 있다.

이 있어왔다. 여기서 저자는 자이니치 디아스포라에 대한 네 가지 쟁점을 논해보려 한다. 첫째는 자이니치 동포 문학을 어떻게 불러야 할지 용어에 대한 문제다. 둘째는 문학사적 시기 구분의 문제다. 셋째는 조직－매체－언어 문제, 넷째는 이들이 작품에 담아온 문학적 주제의 문제에 대해 살펴 보려 한다.

용어 · 시기 · 조직 · 언어

1) 왜 '자이니치' 디아스포라 문학인가

흔히 해외 각국에 흩어진 코리언은 약 600만, 1만 명 이상 사는 나라가 15개국이라고 말한다. 그런데 15개국에 사는 코리언 디아스포라가 모두 같은 처지에 있는 것은 아니다. 일본에 거주하고 있는 이들의 경우는 사정은 더욱 복잡하다. 일본에 거하는 코리언을 일컬어 재일조선인, 재일한국인, 재일조선한국인, 재일코리언 등으로 불러 왔다. 한반도에서 일본으로 가서 살고 있는 사람의 여권에는 조선이나 대한민국, 두 가지 중의 하나가 찍혀 있다. 재일학자인 강재언, 이진희 교수는 사실 조선인이란 국적은 무국적자이지만, 두 항목을 하나로 하여 '재일조선한국인'으로 표기하자고 제안했고, 그들의 공저 『日朝交流史』(李進熙·姜在彦, 有斐閣, 1995)에서 처음부터 끝까지 '재일조선한국인'이라는 용어를 썼다. 이 표현에는 '조선'을 '한국'의 앞에 두는 우열의 문제가 생긴다. 물론 어떠한 명칭을 부여하는가 하는 문제가 작품 분석을 위한 본질적인 문제는 아니다. 이러한 문제는 이들 작가가 택한 이념과 정체성과 복잡하게 연관되어 있기에 세밀한 주의가 필요하다. 대안으로 김환기 교수는 '재일 디아스포라 문학'이라는 용어를 써서, 『재일 디아스포라 문학』(새미, 2006)이란 편저를 내기도 했다. 저자는 지역적인 의미의 '재일'이란 특수성, 이국에서 흩어져 문학 활동을 해나간다는 '디아스포라 문학'이라는 용어가 결합된 '재일 디아스포라 문학'이라는 용어는 타당하다고 본다. 그렇지만 이렇게 규정할 때, '재일'이라는 용어 자체에는 이미 한반도 중심으로 대상을 바라보겠다는 의식이 내재해 있는 것이 아닐까.

일본에서는 재일조선인, 재일한국인들은 스스로 '자이니치在日'라고 칭하고 있다. 이들은 일본인이 아니고, 한국인(또는 조선인)이지만 한국인도 아닌, 어머니의 뱃속에서 잉태되는 순간, 사회적 '차별 속으로' 탄생한다. 이들에게 실제적인 정책적 배려 없이 '재일'조선한국인으로 지명하는 것은, 지정학 혹은 행정적 의미만 담고 있거나 대상을 한국인의 잣대로 정리하겠다는 행정적 용어가 아닐까 싶다. 차라리 그들 스스로를 지명하는 '자이니치'라는 용어가 차별과 소외를 표상하는 디아스포라의 속성을 가장 잘 드러내는 용어가 아닐까.

사실 '자이니치'라는 표기는 학술논문에서는 낯설지만, 방송에서 이미 2003년 8월 17일 KBS 일요스페셜 〈자이니치在日의 축제〉라는 제목이 나온 뒤, '자이니치'라는 용어가[7] 쓰여 왔고, 책 제목[8]으로도 자이니치라는 말이 쓰여 왔다.

흔히 번역이라 하면, 이국어를 자국어로 옮기는 것으로 생각하는데, 그것은 번역에 대한 오해에서 비롯된다. 그것은 단순히 기계적인 자세일 뿐이다. 번역은 언어의 번역을 넘어, 문화의 번역이며, 나아가 번역이란 그 단어가 품고 있는 이데올로기의 번역이다.

그람시가 썼고 스피박이 이어 쓰고 있는 '서발턴subaltern'이란 단어를 우리는 단순히 '하위주체下位主體'라고 번역하지 않는다. 원래 그람시는 무솔리니 파시스트 정권 시기에 『옥중수고Prison Notebook』에서, "패권을 장악하지 못한 집단이나 계급"을 나타내는 말로 서발턴이라는 영어로 "하급자subordinate" 혹은 때로 "조력자instrumental"와 바꿔서 썼다. 그람시는 특히 이탈리아 남부의 조직되지 않은 시골 농민집단을 지칭하기 위해 서발턴이라는 용어를 사용했는데, 그들은 하나의 집단이라는 사회적 정치적 의식이 없었고, 그래서 국가의 지배적인 사상·문화·통솔력에 영향받기 쉬웠다.[9] 따라서 서발턴이라는 용어는 간단히 하위주체라기 번역하면 그 의미가 너무 단순해진다. 서발턴의 의미는 하위주체라는 의미보다 훨씬 넓기 때문이다. 게다가 서발턴이 과연 '주체'가 될 수 있는가에 대해서는 아직 논쟁이 있기도 하다. 결국 국내에서

---

7 MBC 심야스페셜, 〈일본 속의 코리안, 자이니치 1부─자이니치 3세, 나는 누구인가?〉(2004.3.1); 〈일본 속의 코리안, 자이니치 2부─수상한 외국인, 자이니치〉(2004.3.2); MBC 스페셜 8·15특집, 〈뉴 자이니치(在日) 양방언〉(2006.8.13); SBS 스페셜(95회) 8·15특집, 〈자이니치(在日) 60년─학교 가는 길〉(2007.8.12); MBC 스페셜, 〈자이니치 태극전사〉(2007.8.25).

8 신숙옥(辛淑玉), 강혜정 역, 『자이니치 당신은 어느 쪽이냐는 물음에 대하여─재일동포 3세 신숙옥이 말하는 나의 가족 나의 조국』(뿌리와이파리, 2006); 김남일·서경식·양영희·정호승·최인석, 『분단의 경계를 허무는 두 자이니치의 망향가─재일한인 100년의 사진기록』(현실문화연구, 2007) 등이 있다.

9 스티븐 모튼, 이운경 역, 『스피박 넘기』, 앨피, 2005, 24쪽.

'subaltern'은 있는 그대로 '서벌턴'으로 한글 발음 표기로만 옮겨 쓴다. 그것이 현재로는 옳은 번역이다.

일본의 '야스쿠니 신사'라는 단어도 마찬가지다. '야스쿠니靖國'를 우리말로 '청국'인데, 그렇다고 '청국신사'라고 쓰지 않는다. 왜냐하면 '야스쿠니'라고 쓰는 것이 더욱 그 신사가 갖고 있는 군국주의적 우익 이데올로기를 더욱 함의하고 있기 때문이다. 마찬가지로 우리는 디아스포라를 '이산離散'이라고 번역하지 않는다. 최근 활발하게 이루어지는 디아스포라 문학에 대한 논의는 "역사적인 우연이라기보다는 지적인 현실, 즉 지식인이 처한 현실상황"[10]이라고 할 수 있겠다. '이산'으로 번역한다면, 흩어져 사는 상태를 표현할 수는 있으나 '디아스포라'라는 용어가 품고 있는 기나긴 역사적 함의含意를 포괄할 수 없기 때문에 디아스포라를 디아스포라라고 그대로 번역한다.

재일在日을 자이니치로 번역하고자 하는 논의는 단순히 외국어를 우리말로 고치자는 고정관념을 넘어선다. 식민시대 이후 한민족이 겪어 왔던 현실이었고, 그 현실 속에서 우리 문학인이 어떻게 살아 왔고 어떻게 작품을 써왔는가 하는 문제를 생각하자는 논의다.

'자이니치' 동포는 재미동포나 재중동포와 달리 식민지적 상황이 이어지는 특수한 포스트식민주의의 처지에 놓여있다. 더욱이 과거의 문제가 아니라 현대 우리 동포의 문제다. 디아스포라 문학이 지닌 방외인 의식, 경계인의 의식을 드러내는 말로 '재일'보다 '자이니치'가 더욱 치

---

10 ""diasporic consciousness" is perhaps not so much a historical accident as it is an intellectual reality—the reality of being intellectual." Rey Chow, *Writing Diaspora : Tactics of Intervention in Contemporary Cultural Studies*, Indiana University Press, 1993, p.15.

열한 상황을 드러내는 표현이 아닐까.

자이니치 한국인 윤건차 교수(가나가와대학)의 두 가지 일본어 책을 우리말로 번역하면서 저자는 '在日'을 모두 '자이니치'로 번역했다. 첫 책은 『사상 체험의 교착思想体験の交錯』(東京 : 岩波書店, 2008. 한국판은 2009년 창비사 출간)으로 이 책에 실린 일본어시 70여 편을 우리말로 번역했는데, 그중 재일조선인들이 스스로를 '在日'이라고 쓴 시들이 많았다. '在日'이란 곧 '재일조선인'의 줄임말인데, 이것을 '재일조선인'으로 번역하면 전혀 그들의 존재적 아우라가 느껴지지 않았다. 다행히 창작과비평사 편집부에서 먼저 '자이니찌('자이니치'가 아닌 창비사 표기법이다)'로 표기하자 하여, 그 책에 나오는 모든 재일조선한국인을 '자이니찌'로 번역했다. 그러고나니 이산인의 입장을 보다 생생히 표기할 수 있었다. 다음 책은 시집 『겨울숲冬の森』(東京 : 影書房, 2009. 한국판은 2009년 7월 화남 출판)인데, 이 책에서도 '在日'을 재일조선인으로 번역하면 전혀 그 존재성이 느껴지지 않았다. 역시 '자이니치'로 번역했을 때, 경계인의 존재 의식을 더욱 생생하게 드러낼 수 있었다. 두 출판사 편집부에서 동의했듯이, '자이니치'라는 표기가 그 역사적 현재성을 생생하게 담고 있음을 확인할 수 있었다. 이후 저자는 양석일 장편소설 『어둠의 아이들』(문학동네, 2010), 양석일 평론집 『아시아적 신체』(새, 근간)를 번역하면서, 두 권에 나오는 재일이란 단어를 모두 '자이니치'로 번역했다.

물론 저자는 재일조선인, 재일한국인, 재일조선한국인, 재일코리언 모두를 표기할 때는 '재일 디아스포라'라고 표기하는 것에 대해 반대하지는 않는다. 그렇지만 '자이니치 디아스포라'라는 말이 이들의 경계인적 성격을 보다 극명하고 섬세하게 드러낸다고 생각하여 이 글에서는

'자이니치 디아스포라 문학' 혹은 줄여서 '자이니치문학'으로 표기하려 한다.

2) 시기 구분의 문제

문학사를 서술할 때, 시기를 구별하는 문제는 간단하지 않다. 한국 현대문학사는 한국전쟁 후 10년 주기의 큰 사건이 있었다. 사건에 따라, 한국전쟁 이후, 1970년대 전태일 사건 이후, 1980년대 광주민주화 항쟁 이후, 1990년대 사회주의 붕괴 이후 등으로 나누어 설명해 왔다. 북한문학사는 철저히 혁명적 시기에 따르고 있다. 그 중심에는 수령 중심, 주체 중심의 역사관이 놓여 있다. 프롤레타리아 문학도, 모더니즘 작품도 수령 중심의 서사로 '흡수吸收'시켜야 했다. 이 혁명적 시기에 따라 문학사를 나누고 작품을 개작하기까지 한다. 과거의 작품을 개작하기까지 하는 이유는, 민족해방의 역사, 영웅수령 중심의 역사에 모든 것이 '흡수'[11]되어야 했기 때문이다. 일본문학사는 메이지明治 문학사, 다이쇼大正 문학사, 쇼와昭和 문학사 등으로 천황의 연호 구분을 따르고 있다. 물론 그 안에서 가령 1923년 관동대진재 이전과 이후의 문학적 특징을 나눈다든지 하는 구분은 있으나, 이러한 구분 역시 천황력天皇曆의 구분에 포함되어 있다. 자이니치 디아스포라 문학사는 이와 다르다.

제1세대 작가는 식민지 시기에 일본에 정주한 조선인 작가를 말한다.

---

11 김응교, 『이찬과 한국 근대문학』, 소명출판, 2007, 223~233쪽.

19세기 중엽부터 한일합방에 이르는 초기에는 소수의 유학생과 노동자들이 일본으로 이주하는 정도였으나, 1910년대에 이르러 일본의 산업 팽창으로 인한 노동의 필요에 따라 본격적인 '노동자 중심의 자유 이주기'를 맞게 된다. 1923년 관동대진재 이후 실업자가 증가하자 일본 정부가 외국인 노동자의 유입을 저지한 '도항 저지기'를 잠시 거쳤으나, 다시 1924년에 12만여 명, 1925년에 13만여 명이 도일한다. 1937년 중일전쟁과 1941년 태평양전쟁에 들어가면서, 이른바 제1세대 자이니치 작가들의 본격적인 활동이 시작된다. 이들은 식민지체험을 담아낸 민족의식 혹은 정체성의 문제를 작품에 담아낸다. 김사량,[12] 김석범, 허남기, 강순, 김시종, 이회성 등이 이러한 특성을 보인다. 평생 자신의 고향 제주도 이야기를 썼던 김석범과 그의 작품『화산도』는 제1세대 작가들의 특징을 가장 극명하게 보이는 예라 하겠다. 반면에 일본어로 친일 작품[13]을 쓴 이들도 적지 않았다.

제2세대 작가는 민족성의 확립에 따른 갈등과 일본 사회에 대한 치열한 비판을 갖고 있다. 1945년 해방 이후 약 60만여 명이 제주도 4·3사건 등 정치적 문제와 귀환자의 재산 지참 제한 등으로 귀국을 포기하고, 일본 정부는 1947년 외국인등록령을 선포하면서 재일한인을 '외국인으로 간주한다'는 입장을 밝힌다. 1952년 샌프란시스코 강화조약 이후 주권을 회복한 일본은 외국인등록령을 외국인등록법으로 변경하여 재일한인의 일본국적을 일방적으로 박탈한다. 양석일의 장편소설

---

12 김응교, 「김사량『빛 속으로』의 세 가지 풍속―도쿄와 한국작가(2)」,『민족문학사연구』 20, 민족문학사학회, 2002.6.

13 김응교, 「일제 말 조선인이 쓴 일본어시의 전개과정」,『현대문학의 연구』 38, 한국문학연구학회, 2009.

『피와 뼈』(1998)는 제1세대인 아버지 김진평의 폭력을 논하면서, 바로 이러한 역사적 배경에 놓여 있는 제2세대의 태생적 환경을 재현하고 있다. 한국어를 모르는 양석일의 작품은 일본에서 태어났으면서도 민족의식에서 벗어날 수 없는 제2세대의 어정쩡한 삶을 보여주고 있다.

한편 대한민국을 선택하지 않은 '자이니치 조선인'은 사실상 무국적자가 된다. 1965년 한일국교정상화를 맺으면서 일본은 북한을 제외한 남한만을 유엔이 인정한 유일한 합법정부로 인정하여 한국 국적을 선택한 한인들에게 협정 영주권을 부여하였다. 자이니치 조선인들은 1982년 일본이 난민조약에 가입한 이후 특례영주자의 지위를 겨우 받는다.

제2세대 한국인인 윤건차는 이 상황에 대해 "재일在日이란, 일본 / 조선 / 동아시아의 '원죄原罪'를 계속 내리쬐며, 민족·국가에 관계하면서도 그것과 거리를 두는 존재이면서 동시에, 스스로 '살아가는 방법'에 의해서만이 그 존재 가치를 보일 수 있는"[14] 경계인境界人의 특성을 보여준다고 설명한다. 이 시기의 작가인 양석일, 김학영, 이양지는 경계인으로서 정체성의 문제를 중요시한다. 문예동의 김학렬을 비롯한 '종소리 동인'도 경계인의 특징을 잘 보여주고 있다.

제3세대 작가들은 일본사회에 동화하면서 새로운 시도를 보이고 있다. 민족문제에서 벗어난 제3세대 작가들은 다양한 모습을 보이고 있다. 장편소설 『GO』(2000)로 나오키상을 수상한 가네시로 가즈키金城一紀는 스스로 '한국계 일본인コリアン·ジャパニーズ'이라며, 『레볼루션 No. 3』 등에서 한국과 일본 어느 곳에도 속하지 않은 독립적인 인물을 그려

---

14 尹健次, 『思想体験の交錯』, 東京 : 岩波書店, 2008, 469쪽.

냈다. 어둡고 칙칙했던 분위기로 표상되었던 이전의 재일조선인문학과 달리 가네시로의 소설은 문제를 통쾌하게 부닥쳐 나간다.[15] 제3세대에게 더 이상 정체성의 문제는 그리 중요하지 않다. 이들은 마이너리티 문제를 외면하고 내면적인 인간의 욕망에 주목(유미리)하거나, 통쾌하게 전복(가네시로 가즈키)시킨다. '추방追放'과 '동화assimilation'를 동시에 강요하는 일본 사회에 제3세대 작가들은 당찬 '타자성othering'을 드러냄으로, 역설적으로 일본문단에 자기 자리를 확보했다.

현재 자이니치문학의 일본어문학은 김달수, 김석범, 이회성, 김학영, 이양지 등에 이어, 이제는 일본문학계의 영역에서 일정한 자리를 구축하기 시작했다. 2000년대를 이끌고 있는 자이니치 한국인 소설가는 1997년 『가족시네마』로 아쿠타가와상을 수상한 유미리柳美里, 화제의 영화 〈달은 어디에서 뜨는가〉의 원작자이자 소설 『피와 뼈血と骨』로 야마모토 슈고로상을 수상한 양석일, 오사카 이카이노猪飼野 출신이면서 2000년 상반기 아쿠타가와상을 받은 현월(본명 현봉호), 2000년 심각한 내용보다 재미를 겨냥한 소설 『GO』로 나오키상을 받은 가네시로 가즈키가 있다. 이들은 차별에 대한 저항과 민족적 각성을 주제로 했던 이전의 자이니치 디아스포라 문학을 넘어, 다양한 개성을 표출하고 영화산업과 끊임없이 교류하여 성공하고 있다. 타자에 대해 경계인의 입장에서 독특하게 접근하는 이들의 활동은 일본문학계에서도 주목받고 있다. 특히 양석일은 2008년 12월 NHK 특집으로 4회에 걸쳐 '양석일 특집'이 방영되었을 정도로 일본에서 주목받는 작가다.

---

15 김응교, 「가네시로 가즈키의 성장소설 『GO』 읽기」, 『청소년문학』, 나라말, 2007.겨울.

자이니치 디아스포라 문학을 논할 때는, 이민시기와 태생시기에 따라 분류하는 것은 아직도 유효하다. 그러나 단순히 이민과 태생시기에 따라 한 작가의 문학적 특성을 논할 수는 없다. 1세대는 아니지만 양석일의 소설에는 1세대의 민족적 아이덴티티 추구, 1.5세의 붕괴된 자아, 3세대의 당찬 타자성이 동시에 드러난다. 작가의 작품은 외부세계와 길항抗하는 지극히 개인적이고 내면적인 결정체이기 때문에, 자이니치문학사를 세대별로 본다 할지라도, 그 안에서 개인적인 문학적 특징을 정치精緻하게 해체하여 보아야 할 것이다.

3) 조직-매체-언어-이념과 생활의 '사이'

자이니치문학은 조직에 따라, 매체가 달라지고, 또 어떤 이데올로기를 선택하느냐에 따라 선택하는 언어가 달라지는 현상을 보았다. 모어母語인 일본어와 모국어母國語인 한국어, 그 이중언어 현실에서 어떤 언어를 선택하는가 하는 문제는 정체성의 문제와 직결된다. 따라서 자이니치문학을 이해하려면, 자이니치 문인들의 조직과 그 조직이 출판한 신문, 잡지 등 매체의 성격을 파악해야 한다.

1948년 남북한이 각각 단독정부를 수립한 이후, 많은 단체가 생기고 사라졌는데 결국은 일본에 거주하는 자이니치들도 북의 노선을 지지했던 재일조선인연맹(조련)과 남의 이념을 추종했던 재일본대한민국거류민단(민단)으로 갈라선다. 이러한 조직의 변화에 따라 많은 신문 잡지들이 생겨나고 사라졌다. 조총련의 전신인 재일본조선인련맹(조련)은 1945년

10월 15일 결성되어, 김일성의 공개서한 「재일 100만 동포들에게」(1946.12.13)라는 교시 이후 모국어와 민족교육을 위해 각지에 조선학교를 세운다. 1946년경 일본에 조선인학교는 529개소, 학생수는 4만 2,000여 명에 이르렀다. 일본 정부는 조선인학교 폐쇄명령을 내렸고 이에 반대하는 한신교육투쟁阪神教育鬪爭이 1948년 4월 14일부터 26일에 걸쳐 오사카부와 효고현에서 발생하여, 김태일 학생이 총탄에 목숨을 잃었다. 마침내 1955년 5월 25일 도쿄 아사쿠사 공회당에서 열린 재일본조선인총련합회의(조총련) 결성대회에서, 주체사상을 지도적 지침으로 하는 재일조선인운동의 투쟁목표, 투쟁과업의 실천과 북조선 해외공민으로서의 역할이 분명하게 정립된다. 이날 "1. 우리는 재일 전체 조선동포들을 조선민주주의 인민공화국 정부 주위에 총집결시키며 조국의 남북반부 동포들과의 련계와 단결을 긴밀 공고히 한다"를 시작으로 하는 8가지 강령 중에 네 번째가 우리말에 대한 강령이다.

4. 우리는 재일조선 동포 자제들에게 **모국어와 글로써 민주민족교육을 실시하**며 일반 성인들 속에 남아있는 식민지노예사상과 봉건적 유습을 타파하고 문맹을 퇴치하며 민족문화의 발전을 위하여 노력한다.

이 문건 이후 1959년 총련 산하 문예동 결성 이후 일본어 쓰기를 금지시키고 우리말을 공식어로 한다. 안타깝게도 일본에서 태어난 자이니치 2세들에게 일본어로 쓰지 말라 하는 것은 곧 문학을 하지 말라는 말과 동일했다. 모국어는 아니지만 일본어는 그들에게 모어母語였다. 게다가 우리말 사용만을 공식화하던 시기에 조총련 문예동의 김일성 숭배사상이 강하게 작용되자, 이에 반발하는 작가들이 생겨났다. 당시 총련의 지도노선에 반발해 김달수, 김시종, 양석일 등의 문인들이 총련과 문예동의 노선을 이탈하기 시작했다.

우선 문예동에서 발간한 매체 가운데 주목해야 하는 것은 『문학예술』, 『겨레문학』, 『종소리』 등이다. 『문학예술』은 문예동의 기관지로 1960년 1월 창간되어 1999년 6월까지 총 109호를 발간했는데, 문예동의 이념과 성격을 가장 충실히 반영한 한글 잡지다. 김일성의 교시를 바탕으로 총련의 지향성과 문예동의 창작 방향을 제시하는 데 집중하여 사실상 북한의 문예이론에 입각한 총련계 재일 문인들의 문학 활동 지침서 역할을 했다고 할 수 있다. 이 외에도 허남기의 개인잡지였던 『맥』(1951.3.26), 『민주조선』의 후계지 역할을 모색한 『조선평론』(1951.12~1954.8, 제9호까지 간행)이 있었다.

우리말 글쓰기를 주장하는 문예동의 입장

문예동의 매체에 실릴 언어에 대해 김학렬은 '재일조선인 조선어문학'의 특징에 대해 김학렬은 첫째 자기회복 문학, 둘째 자기표현의 문학, 셋째 통일지향의 문학이라고 정의[16]한다. 첫째, 일제 식민지 시기 빼앗긴 '민족어'를 다시 찾아 민족어에 담긴 민족정신을 살려내는 '자기회복'의 문학이라고 한다. 둘째, 식민지 노예의 과거를 청산할 뿐 아니라 일본의 군국화, 귀화, 동화정책에 반대하여 민족성과 민족적 긍지를 지켜나가는 재일동포상을 표현하는 '자기표현'의 문학이라고 한다.

---

16 김학렬, 「우리문학의 과제」, 『문학예술』 98, 1990.겨울, 6쪽.

朝鮮詩人集団機関誌

진달래 ヂンダレ

目　次

カツト・K・Y　　　　　　　　　　　　　No.1

『진달래』 창간호(1953.2.16)

셋째, 통일민족의 내일을 준비하는 '통일지향'의 문학이기에, "조국통일에 이바지하는가, 방해하는가"를 중요한 내적 근거로 내세운다. 여기서 첫째 항목에서 다루고 있는 '민족어'인 조선어로 써야 한다는 대의는 문예동이 선택한 이데올로기를 말한다. 언어를 선택한다는 것은 단순히 말을 선택하는 것이 아니라, 그 언어를 쓰는 지역의 이데올로기를 선택하는 것이다.

사실 문예동의 민족어 우선주의는 충분히 공감할 만하다. 식민지 말기 파시즘 시대에 한글로 시를 썼던 윤동주 시인은 문예동의 표상이다. 한글과 민족정신을 거부했고, 일본인보다 더 일본인이 되고자 했던 소설가 다치하라 세이슈立原正秋(1926~1980)[17]는 세 가지 모두 맞지 않아 비판의 대상이 될 수밖에 없다.

일본어 글쓰기를 할 수밖에 없는 자이니치 입장

일본어로 글을 발표하는 자이니치 작가도 '문예동'에 소속된 작가만치 조국을 사랑하는 이가 대다수다. 문예동은 자이니치 작가의 일본어 글쓰기는 일본 사회에 편입되는 동화론assimilation theory이라고 비판한다. 동화론을 선택한 이민자는 모국에서 가져온 전통가치, 관습, 제도들을 거주국에서 신분상승을 꾀하기 위해서는 버린다고 문예동은 인식하

---

17 경북 안동군에 있는 봉정사(鳳停寺)에서 태어난 다치하라 세이슈(立原正秋, 1926~1980)의 본명은 김윤규(金胤奎)다. 이름을 여섯 번이나 바꾸었는데, 필명은 다치하라 마사아키(立原正秋)였고, 죽기 전에 다치하라 세이슈로 고쳤다. 1937년 재혼한 어머니를 따라 요코하마에 가서 1943년 요코하마 시립상업학교를 졸업한다. 1944년 일시 귀국하여 경성제국대학 예과에 입학했으나 곧 돌아가, 1946년 와세다대학 문학부 청강생일 때 소설 「맥추(麥秋)」가 당선, 문단에 등단한다. 탐미의 비애를 표장한 「다키기노(薪能)」(1964)와 한일혼혈아의 고뇌를 그린 「쓰루기가사키(劍ヶ崎)」(1965)가 연이어 아쿠타가와상 후보에 올랐으며, 1966년 「하얀 앵속(白罌粟)」으로 나오키상을 수상했다.

고 있다.

　문예동을 탈퇴하여 일본어로 작품을 쓰기 시작한 이들의 선택은 단순히 신분상승을 위한 것이 아니다. 문예동의 민족어 창작운동에 반해 일본어로밖에 글을 쓸 수 없었던 시인들은 김시종金時鐘을 주축으로 한 오사카 조선시인집단의 기관지 『진달래チンダレ』에 작품을 발표하기 시작했다. 이 잡지를 읽어 보면, 이들이 얼마나 자신의 삶을 표현하고 싶어했는지 읽을 수 있다. 여기에는 일본인 독자를 위한 대중적 영합도 없다. 오히려 일본 정부에 대한 저항적 디아스포라의 항변이 가득차 있다.

　일본어가 태생적으로 쉬운 제2, 3세대가 수준 높은 작품을 한글로 쓰기는 거의 불가능하다고 해도 과언이 아니다. 그들 중 몇몇은 우리말을 쓰지 못한다는 자괴감에 시달리며, 우리말을 공부하다가 다시 생활어인 일본어로 돌아오는 작가가 많다. 또한 일본어 글쓰기를 택할 수밖에 없었던 것은 단순한 남북 분단의 이데올로기 대리전이 아니다. 일본어는 어쩔 수 없이 쓸 수밖에 없는 유이민들의 '생활언어'였던 것이다. 이것은 비단 자이니치 디아스포라의 경우만이 아니라. 미국의 경우는 『초당』의 강용흘, 『푸른 씨앗』의 김용익, 『원어민』의 이창래, 『순교자』의 김은국 등, 러시아의 율리 김 등도 마찬가지로 이해해야 한다.

　이중언어 사회에서 한 언어만 선택을 강요하는 것은 또다른 억압일 수도 있다. 우리말과 일본어 사이를 작품에 따라 달리 쓰는 작가도 있었다. 소설가 김사량, 시인 강순이 그러했고, 1980년대 재일한국인 시인으로 한국어와 일본어로 시를 발표해온 최화국崔華國(1915~1996) 시인이 그랬다. 1915년 경상북도에서 태어난 그는 기자생활을 하고, 1978년 우리말 시집 『윤회의 강輪廻의 江』을 서울에서 출판하고, 1980년 첫

번째 일본어 시집 『당나귀의 콧노래驢馬の鼻唄』를 냈다. 두번째 일본어 시집 『고양이 이야기猫談 義』(1984)으로, 그는 1985년 외국인으로 처음 일본 시단의 권위 있는 신인상인 H씨상H氏賞 대상을 수상한다. 한국에서 태어나, 일본에서 살았고, 미국에서 작고한 한 디아스포라 유랑인의 곡절한 마음 앞에, 한국 문단은 1997년 제7회 편운문학상의 특별상 대상을 올려 경의를 표했다. 최화국 시인에 대해서 문예동 시인들이 내놓은 평가는 없다.

문예동의 조선어 글쓰기를 인정치 않는 연구자의 입장

한국문학 연구자와는 달리, 일본문학 전공자들은 자이니치문학 연구라 하면 아예 일본어로 쓰인 시만을 연구하는 경향이 있다. 대체로 이들은 두 가지 이유로 재일 '조선어문학'을 거부한다. 첫째는 문예동 동인이 갖고 있는 정치 이데올로기를 반대한다. 둘째로 문예동 시인들의 시는 작품 수준이 낮다고 외면한다. 가령 제30회 지구상地球賞을 받은 시선집 『재일코리안 시선집在日コリアン詩選集』(土曜美術出版販売, 2005)을 펴낸 사가와 아키佐川亜紀[18] 시인은 이 시선집에서 허남기와 강순 등 몇 명의 일본어시를 제외하고 재일조선인 조선어 시를 한 편도 소개하지 않았다. 그녀는 핵문제나 이라크 전쟁을 반대하는 적극적인 진보적인 시인이지만, 문예동의 조선어 시를 다루지 않는다. 또한 이한창은 재일조선인문학을 "조선인이 일본어로 조선적인 것이나 조선인의 생활을 그

---

18 사가와 아키(佐川亜紀, 1954~) 시인은 월간 『시와 사상』의 편집위원이다. 저자와 고은 시선집 『いま君に詩が來たのか—高銀詩選集』(藤原書店, 2007)을 공역하기도 했던 한국문학과 재일조선인문학 연구자다.

린 것에 한한다"[19]고 제한하기도 하여, 조선어로 쓴 문학은 아예 배제하고 있다. 재일한국인 54명의 작가, 600여 편의 작품을 18권에 수록한 『재일문학전집』(勉誠出版, 2006)에서도 재일조선어 시를 단 한 편도 소개하지 않고 있다. 물론 우리말로만 글을 쓰는 문예동의 입장은 일본 문학계의 평가로부터 완전히 배제된 소수자 입장이다.

사실 문예동의 작품은 이것만이 아니라, 일본 내에서 삼중의 차별[20]에 갇혀 있다. 첫째는 일본인이 아닌 이방인 작가라는 것이고, 둘째는 이방인 중에서도 가장 '위험한' 북한 수령 추종자이며, 셋째는 일본어도 아니고 한국어도 아닌 조선어 글쓰기를 고집한다는 점이다. 세 가지 점만 생각하더라도 문예동의 조선어 글쓰기는 외로운 고투였다.

세 가지 입장을 생각해 볼 때, 어떤 언어로 쓰더라도 우리 문학의 자장에서 논의가 가능하다고 저자는 생각한다. 물론 외국어로 발표된 글을 한국문학 연구의 대상으로 삼을 수 있는가 하는 문제가 생긴다. 한국문학의 연구대상은 기본적으로 한글이어야 한다는 속문주의屬文主義가 강하다. 재일소설가 양석일은 이런 속문주의를 아예 거부한다. "한국문학이든 일본문학이든 구획을 정하는 것은 문학을 모르는 이들이 하는 일이지, 문학은 문학일 뿐이다"[21]라고 말한다.

---

19 이한창, 「민족문학으로서의 재일동포문학연구」, 『일본어문학』 3, 한국일본어문학회, 1997.6, 244쪽.
20 김응교, 「일본 속의 마이노리티, 재일조선시」, 『시작』, 천년의시작, 2004.겨울. 이 글을 읽고 문예동의 노 시인이 저자의 연구실에 찾아와서, 문예동 시인들은 "북조선이 하라는대로 하는 몰모트가 아니며, 혁명적 예술가다"라는 말을 했다. 저자는 충분히 그 말을 공감했다.
21 2008년 12월 9일, 미나미아사가야(南阿佐谷) 양석일 선생 자택에서 양 선생이 저자에게 했던 말이다.

사실 외국어로 썼다 하더라도, 디아스포라로서 모국을 그리워하며 동포가 쓴 작품은 우리 문화에 뿌리 두고 있기에, 우리 문화의 자산으로 삼아야 할 것이다. 우리말로 시를 써오며 우리말의 아름다움을 지켜온 문예동 시인들의 노력은 실로 값지다. 동시에 일본어로 작품 발표를 해온 조선인 혹은 한국인 작가의 노력은 "조선 민족의 문학이면서 동시에 일본문학朝鮮民族の文学であると同時にまた日本文学"이라는 점에서 우리문학의 영역을 넓혔으며, 우리의 아이덴티티를 갖고 있기에 부정적으로만 볼 필요는 전혀 없다. 조선어 시나 일본어시는 모두 문학의 외연外延을 확장시키고, 문학연구의 대상을 확장시키는 것이다. 따라서 저자는, 정신적이며 혈연적인 아이덴티티를 공유하고 있는 자이니치 디아스포라 시인 계보를 조선어든 한국어든 일본어든 언어 문제를 따지지 않고, 서술해 보려 한다.

다만 조선어 / 한국어의 구별에 대해 생각해봐야 할 점이 있다. 조총련계 작가들은 자이니치 한국인이 아니라 '재일조선인'이며, 그들이 쓰는 우리말은 한국어가 아니라 평양의 모범어인 조선어다. 그런데 '자이니치 조선인'의 우리말 작품을 '한국어 시문학'이라 하고 논의하는 글을 보았다. 숭실대에서 열렸던 심포지엄 이후 연구된 논문이 실린 「재일동포 한국어문학」(『한중인문학연구』, 2005.4)에 실린 논문들이 모두 '재일동포 **한국어문학**'이라고 쓰고 있다. 과연 조총련 문예동 작가들에게 적용할 수 있는 용어일까.

첫째, 조총련계 재일조선인은 '조선어'로 글을 쓴다. '한국어'는 대한민국 표준어고, '조선어'는 조선민주주의인민공화국의 문화어를 말한다. 조총련계 민족학교에서 '조선어'를 교육받은 학생들이 일본의 일반대학에서 입학하여 '한국어'를 배우려고 한국인 교사에게 '한국어' 수업을 들을 때, 한번 굳어진 조선어 발음과 글쓰기는 2, 3년이 지나도 고치기 쉽지 않다. 긴 논쟁도 있었다. 1970년대 말 NHK에서 하려던 한글강좌 이름을 '한국어'로 해야 할지, '조선어'로 해야 할지에 대한 긴 논쟁[22] 때문에 NHK교육방송의 한글강좌는 예상보다 10여 년이 늦어졌다. 현재 NHK교육방송의 외국어강좌는 이태리어, 독일어, 중국어 등 나라 이름이 붙어 있지만, 한글강좌만은 이름이 "안녕하세요"다. 그만치 한국어와 조선어의 표기는 예민한 문제다.

둘째, 조총련의 문예동 시인들이 일본어도 한국어도 아닌 '조선어'를 쓰는 데는 특정 이데올로기와 사회적 관계를 선택했다는 의미가 있다. 하이데거Heidegger가 쓴 '언어는 존재의 집'이라는 말을 빌리지 않더라도, 인간은 언어를 사용하여 그 존재를 드러내고, 은폐된 진리를 드러낸다. 작가가 생산한 모든 텍스트는 언어로 구성된다. 그 언어는 작품화 되기 이전에, 이미 작가의 사회적 존재와 인간관계와 이데올로기를 품고 있는 존재의 집이다. 문예동 작가들이 선택한 언어에는 이미 북한식 사회주의 이데올로기가 선택되어 있다. 문예동 작가들은 대부분 일본 민족학교에서 조선어문학을 가르치거나 조총련계 신문의 책임자들이다.

셋째, 총련계 활동가들은 '한국'이라는 단어를 북쪽이나 조총련의 활동에 사용하는 데에 거부감을 갖는다.[23] 북쪽 문화단체와 문예동과 공

---

22 大村益夫, 「NHK「ハングル講座」がはじまるまで」, 『早大語研30周記念論文集』, 東京 : 早稲田大学語学教育研究所, 1933.3.31.
23 숭실대 연구진의 책이 나왔을 때, 처음엔 '재일조선인 한국어문학'이라는 표현에 거부감을 가졌다가 큰 마음으로 이해했다고 문예동의 김학렬 교수는 2007년 12월 14일 저

동행사를 해본 경험이 있다면, 이들이 '한반도' 혹은 '남북' 혹은 '남한, 북한'이라는 순서에 얼마나 거부감을 갖는지 알 수 있다. 이러한 단어의 중심에는 대한민국 중심주의가 있기 때문이다. 이들은 '한반도' 대신 '조선반도', '남북' 대신 '우리', '남한 북한' 대신에 '북조선 남조선'이라는 표현을 쓰기 원한다. 우리의 글을 누군가 '조선어'라고 하면 거부감을 느끼는 것과 마찬가지다. 저자는 문예동 시인들의 글을 언급할 때는 우리글 혹은 조선어로 표현하고, 가령 남한·북한이라는 표현보다, 북쪽·남쪽이라는 표현을 쓸 것이다.

'한국어'라고 했을 때는 이미 남쪽 중심의 문예관으로 '흡수吸收'하여 비평하는 태도가 개입될 수 있다. 다르게 표현하여 '재일조선인 모국어(혹은 한글, 우리말) 시문학'이라 하면 어느 정도 가치중립적일 수도 있겠다. 통일을 염두에 두고 '재일조선인 우리말 시문학'이라 한다면 문제가 없다. 따라서 2004년12월 11일에 와세다대학에서 해외동포문학편찬사업 추진위원회와 재일본조선문학예술가동맹이 공동심포지움을 했을 때, 제목을 "재일조선인 조선어문학의 현황과 과제"라고 했던 것, 문예동의 김학렬 시인이 이 모임에서 '재일조선인 조선어 시문학'이라고 표현[24]한 것도 정확하다. 따라서 재일조선·한국인 혹은 재일동포의 창작행위를 구분한다면 다음과 같이 구분할 수 있을 것이다.

이렇게 볼 때 자이니치 시인들을 세 가지로 나눌 수 있다. 첫째는 일

자의 연구실에서 말했다. 김 교수는 "남쪽 독자들을 위한 책이기 때문에, '재일조선인 한국어문학'이라 한 것을 이해한다. 다만 '재일조선인 모국어문학'이라 했다면 더 좋지 않았을까"라며 아쉬움을 표했다.

24 김학렬, 「재일조선인 조선어 시문학 개요」, 『재일조선인 조선어문학의 현황과 그 과제』(심포지엄 자료집), 2004.12.11.

본어로 시를 쓰는 자이니치 '일본어' 시인이다. 둘째는 '조선어'로만 쓰는 조총련(재일본조선인총연합회) 산하 문예동(재일본조선문학예술가동맹) 소속의 시인들이다. 셋째는 국적을 한국으로 갖고 있는 재일한국인 한국어 시인들이다.

① 자이니치 일본어 시문학 : 허남기(초기), 강순(후기), 김시종, 종추월, 최화국, 박경미 등.

② '재일'조선인 조선어 시문학 : 허남기(후기), 강순(초기), 김학렬, 문예동 시인들. 사실 이들은 '자이니치'보다는 스스로 '재일'이라고 쓴다.

③ 자이니치 한국인 한국어 시문학 : 김윤, 최화국, 김리박, 이승순 등

①과 ②는 서로 끊임이 갈등이 있어 왔다. 가령 재일조선인 문예동 소속의 연구자들(②)은 일본어로 시를 쓰는 자이니치 조선인 일어시 (①)를 언급하지 않는다.

그러나 어떤 언어를 선택했는가에 따라 연역적으로 한 작가의 이데올로기가 규정되는 것은 아니다. 예를 들면 종추월 시인이 보여주었듯이, 표준 일본어도 아니고 한글로 아닌, 즉 오사카 사투리에 제주도 사투리가 섞인 크레올Creole 언어를 쓰는 경우도 있다.

결국 자이니치 디아스포라의 언어 문제는 모어母語인 일본어와 모국어母國語인 우리말 사이에서 갈등하고 대립하는 이중언어의 현실임을 인정해야 한다. '일본어 / 조선어 / 한국어'를 다름의 차이로만 인식하지 말고, 포괄적으로 작가들의 생활언어를 인정하는 큰 틀의 인식구조가 요구되는 시기다. 그래서 국어속지주의國語屬地主義에 함몰되어 있는

민족주의 문학(literature in nationalism)을 넘어, 세계문학이라는 전체 테두리 안에서 민족문학(national lieterature)을 재구성하는 인식이 필요한 것이다. 이러한 시각에서 저자는 이제부터 재일 디아스포라 시를 언어나 정치사상에 따른 분열이 아닌 다양성에 주목하여 '통합의 문학사'로 서술해 보려 한다.

4) 변혁적 이방인 작가의 가능성-양석일의 경우

자이니치 디아스포라 문학의 원점은 식민지 시기 조선인들의 자기정체성에 대한 물음이었다. 이소가이 지로磯貝治良는 그 정체성 탐구를 네 가지로 나누어 설명하고 있다. 저항적 아이덴티티, 민족적 아이덴티티, 재일적 아이덴티티, 실존적 아이덴티티가 바로 그것이다. 저항적 아이덴티티다.

일제시대에 일본땅에서 일본어로 창작된 문학에서, 오늘날 '자이니치(在日)' 2, 3세 세대의 문학까지를 전체적으로 본다면, 거기에는 여러가지 양상의 아이덴치치 추구와, 그 변용이 생각난다. 식민지 역사를 주제로 하여, 그것을 고발하는 것을 추구하는 '저항적 아이덴티티', 조국(의 상황)에 돌아가고자하는 감정과 통일에의 지향을 목적으로 하는 '민족적 아이덴티티', 일본국가 · 사회가 도모하는 부조리에 대항하는 것을 목적으로 하는 '재일적 아이덴티티', 인간존재를 내면적으로 추구하는 '실존적 아이덴티티' 등등. 이러한 아이덴티티가 일본국가 · 사회의 민족적 동화와는 대항개념이라는 것은 말할 필요도 없고, 따라서 재일조선인문학의 '문학적 아이덴티티'의 추구는, '문학적 동화(同化)'에 대항하는 당연한 글쓰기다.[25]

　물론 네 가지 구분은 획일적인 것이 아니고, 어떤 작품에서는 몇 가지 속성 혹은 네 가지 속성이 모두 나타날 수 있다. 이러한 점을 이소이가 지로는 여러 번 지적하면서 네 가지 극적인 항목을 적용해 자이니치 작품을 분석해 간다. 이소이가가 지적한 이 네 가지 속성은 자이니치 작가들이 키워나갈 원형적 장점이기도 하다.

　저항적이며 민족적인 아이덴티티를 가장 확실하게 작품을 통해 확인해온 그룹은 단연 조총련의 문예동 작가들이다. 일본의 재일본조선인 문단의 전개과정은 재일본조선문학예술가동맹(문예동)이 1959년 6월 7일 결성되면서 총련의 지도 아래 김일성과 조선로동당의 문예정책을 받드는 작가, 예술인 대오를 집중적으로 강화해 나간다. 1959년 6월 7일 재일본조선문학예술가동맹이 결성되면서 각 지역을 문예동 지부조직들을 활성화하고 문화사업을 군중화하는 거점으로 삼으면서 신인 등용을 위한 지방문예지의 창간이 활발하게 일어난다. 1959년 한 해 동안 『조대문학』(조선대학교 문학부), 『조선문예』(문예동 가나가와지부), 『효고 문예통신』(문예동 효고지부) 등이 창간된다. 또한 공화국 창건절을 기념하여 실시한 문예작품현상모집(1959.9)을 통한 젊은 시인들을 발굴하는 일을 한다. 1979년부터는 문예동 소속의 주요작가들이 매년 조국방문을 하여 주체문예사상을 교육받았다. 이러한 시각에서 문예동을 토

---

25 磯貝治良, 「在日朝鮮人文学のアイデンティティ」, 『'在日'文学論』, 新幹社, 2004, 35쪽.

대로 한 재일 조선어문학은 김일성과 김정일을 찬양하는 송가를 시작으로 하여, 조국에 대한 그리움, 민족 공동체의 아름다움을 노래하고, 남한 자본주의 비판과 통일 염원을 담고, 반제사상을 작품에 담게 된다.

문예동의 저항적 민족적 아이덴티티에 대한 작품 발표와 달리, 다른 자이니치 작가들은 보다 포괄적인 시도를 겨냥하고 있다. 이들은 일본어로 작품활동을 하고 있으나 이민자가 거주국에 동화同化, assimilation되는 것을 목표로 하는 것은 아니다. 오히려 이들은 거주국인 일본문학과 차이를 유지하거나 또는 강화하려고 다원론pluralism의 입장에 서 있다.

다원론을 넘어 변혁적인 이방인을 자처하는 양석일의 경우를 보자.

양석일(본명 양정웅梁正雄)[26]은 제주도에서 일본으로 간 아버지의 아들로, 1936년 8월 13일 오사카 이카이노에서 태어났다. 오사카부립 고즈高津 고등학교를 다닐 때, 시인 김시종을 만나 열여덟 살부터 시를 쓰기 시작했다. 이 무렵 재일조선인 해방운동에 참가하여 김시종 등과 동인지 『진달래』를 간행하기도 했으나, 문학에서 일시 떠난다. 이후 스물다섯 살 되던 때 스스로 '돈 빌리는 데 귀신'이라며 주변 돈을 끌어모아 미술인쇄업을 시작했으나, 5년 만에 억대의 빚을 지고 실패하여 센다이仙台 등을 전전하며 방랑하다가, 한 시골 책방에서 헨리 밀러의 소설 『남회귀선』을 우연히 읽고는 '벼락이 치는 것 같은' 충격을 받고 소설가가 되기를 꿈꿨다고 한다. 이후 10년 동안 도쿄에서 택시운전사로 일한다. 그가 자신의 꿈에 도전한 것은 그의 나이 45세 때. 1980년 시집 『몽마의 저편으로夢魔の彼方へ』를 내고 작가라는 이름을 얻는다.

---

26 김응교, 「하루키 시뮬라크르, 일회용 호모사케르」, 『자음과 모음』, 2009.겨울.

다음 해 신주쿠新宿의 선술집에서 택시운전사를 하면서 겪었던 이야기를 재미있게 나누던 중, 그 이야기를 들은 출판사 편집자가 그에게 집필을 권했다. 이 무렵부터 '아시아적 신체'라는 개념은 그의 문학관이 형성되어간다. 1990년에 출판된 그의 평론집 『아시아적 신체アジア的身体』(青峰社)는 그의 사상을 요약한 중요로운 저작이다.

양석일이 만들어낸 '아시아적 신체'라는 화두는 그의 소설 『광조곡』(1981), 『어둠을 걸고』(1981), 『피와 뼈』(1998), 『어둠의 아이들』(2002)을 관통하는 일관된 생각이다.

1998년, 아버지를 모델로 하여 식민지 시절 일본에서 살아가는, 폭력적이고 괴물 같은 한 명의 재일조선인을 그려낸 명작 『피와 뼈』를 발표하여 제11회 야마모토 슈고로山本周五郎상을 수상하며, 일본에서 그해 최고의 평가를 받는다. 이 작품도 최양일 감독이 영화로 만들어 2004년 공개되었다.

장편소설 『피와 뼈』의 괴물 같은 주인공 아버지 김준평은 당시 군국주의의 폭력을 개인이 육체화한 전형典型이라 할 수 있겠다. 김준평(영화에서는 기타노 다케시)은 아내를 강간하듯 겁탈하고, 거칠 것 없이 주변의 여인들을 겁탈한다. 화가 나면 아무나 칼로 쑤시고, 더 화가 나면 자기 배를 칼로 쑤시는 괴물이다. 이 소설은 이 아버지가 늙어 걷지 못하자 만경봉호를 타고 북한으로 가서 외롭게 죽어가는 종말로 마무리된다. 이 소설에 등장하는 아버지를 단순히 한국 유교의 권위주의적 화신으로 분석하면, 그야말로 답답한 해설이다. 이 아버지야말로, 1930년대 이후 국가가 사람을 전쟁터로 보내고 신체를 훼손하는 폭력적인 사회에서 폭력으로밖에 살아갈 수 없는 비극적인 존재를 상징하는 것이다.

이른바 '국가적 폭력의 신체화'가 된 표상이 주인공 김준평이다.

양석일은 제2세대 작가지만 자이니치의 삶만을 작품의 주제로 삼지 않는다. 그의 소설 『어둠의 아이들』이나 『뉴욕지하 공화국』에는 한국인이나 자이니치가 등장하지 않는다.

양석일은 태국을 무대로 하여 아동 매춘, 인신매매, 장기 판매를 그려낸 장편소설 『어둠의 아이들闇の子供たち』(2002)을 발표한다. 이 작품은 사카모토 준지阪本順治 감독에 의해 영화화되어 2008년에 공개되었고, 우리나라에서는 2010년 3월에 상영될 예정이다. 너무도 가난해서 아이를 파는 산골마을 가족 이야기에서 소설은 시작한다.

아름다운 관광의 나라 태국Thailand, 그 이면은 마약, 매춘, 에이즈, 빈곤 등 '어둠'으로 가득 차 있기도 하다. 가난한 아이들은 마피아에 팔려 방콕에서 매춘을 강요받고, 장기이식수술의 대상이 된다. 1만 2천 파츠(한국 돈 약 40만 원)에 팔려온 아이들도 있고, 거리에서 돌연 유괴되는 아이도 있다. 지하실에 갇혀 있는 아이들은 때로 불려 나와 어른을 위한 욕망의 도구로 쓰인다. 아이들이 어른의 성적 도구가 되는 과정과 성 묘사 장면이 충격적이다. 소설 중반부터, 방콕 사회복지센터의 NGO활동가들이 등장한다. 이들은 어떻게 하든 아이들을 매춘굴에서 살려내려 한다. 아이들을 위해 봉사하려고 방콕 사회복지센터에 도착한 일본인 오토와 게이코音羽惠子는 소장에게 최근 사라진 슬럼가 소녀의 이야기를 듣는다. 이후 그 소녀의 부친이 소녀를 매춘굴에 팔아치운 사실도 알게 된다. 매춘굴에서 소녀를 구해내려던 활동가들은 마피아의 총에 죽기도 한다.

그 아이들의 장기가 일본인 아이의 장기로 이식되는 과정을 알게 된다. 일본신문사 방콕 지국의 난부 히로유키南部浩行 기자에게 연락하여, 도쿄 본사로부터 태국의 장기 밀매의 조사를 의뢰받는다.

이를 추적하여, 장기이식을 하려고 방콕으로 향하려는 일본인 집까지 찾아간다. 슬프게도 그 일본인은 "부모로서 자신의 아이가 죽지 않고 조금이라도 건강하게 장수해주었으면 한다"며 장기이식을 강행하겠다고 한다.

난부 기자와 오토와의 도움을 얻어 이 과정을 그대로 보도하기로 한다. 아울러 태국의 활동가들은 아동 성매춘을 반대하는 대규모 평화시위를 계획한다. 그러나 평화시위는 프락치들에 의해 폭동으로 변하고, 경찰과 마피아의 총격이 남발하여 많은 사람이 시위에서 살해당한다. 난부 기자는 태국까지 장기이식하러 온 일본인 가족의 이동을 모두 사진에 담으나 소녀를 살려내지는 못한다. 난부 기자는 폭력과 살인이 남발하는 방콕을 떠나겠다고 하지만, 오토와는 방콕에 남아 아이들을 보살피겠다고 한다.

양석일이 끊임없이 주목하고 있는 것은 훼손된 신체, 곧 '아시아적 신체'는 조르조 아감벤이 썼던 '벌거벗은 생명'인 호모 사케르Homo Sacare와 동일하다. 양석일은 이에 그치지 않고, 백인 경관이 흑인 청년에게 발포하는 장면에서 시작하여, 그 복수를 위해 귀환병과 홈리스 등에 의해 조직된 체제파괴조직 『뉴욕지하공화국』을 발표했고, 현재 중국과 필리핀에 흩어진 군인위안부에 대한 장편소설을 연재하고 있다.

양석일의 경우는 단순한 다원론자를 넘어 현실 문화에 깊이 개입하여 변화시키고자 하는 문화변용론acculturation theory의 입장에 서 있다. 보다 적극적인 문화변용에 참여하면서 자신의 민족적 아이덴티티를 강하게 암시하는 쪽이다. 결국 자이니치 일본어문학의 작가들은 일본에 대한 동화가 아니라, 일본어 사회에 접촉하고 통합integration하면서도, 동화되지 않고, 자기의 개혁적 의지를 거침없이 드러내는 변혁적 이방인의 특성을 보이고 있다.

반가운 틈입자

이 글에서 우리는 첫째 자이니치 디아스포라 문학에 대한 용어 문제, 둘째 자이니치문학사에 대한 쟁점, 셋째 조직과 그 매체 그에 따른 '언어 문화적 혼종성'에 대한 쟁점, 넷째 주제에 대한 가능성을 살펴 보았다. 자이니치 디아스포라 문학이 한국문학과 세계문학에서 앞장 서기를 바라는 평자들이 있으나 그 가능성은 그렇게 쉽지 않다. 일본어로 작품을 쓰는 이들에게 후원자는 독자와 출판사 외에는 찾기 힘들다. 자이니치 작가의 고투苦鬪에 대해 두 가지 경우를 예로 들고자 한다.

2008년 3월 양석일의 소설을 영어로 알리고 싶어, 무라카미 하루키 등의 작품을 영어로 번역한 데트 구센 교수Ted Goossen(캐나다 요크대학)에게 권해서, 양석일 선생 댁에 함께 방문한 적이 있다. 테드 구센 선생은 이미 『피와 뼈』를 번역한 상태였다. 혹시 양석일 선생 국적이 한국인이니 한국문학번역원에서 그의 소설을 외국어로 번역할 때 지원해줄 수 있는가 싶어 알아봤으나, 일본어로 작품을 쓰기에 지원 대상이 안된다는 소식을 들었다.

또 다른 경우로, 2009년 2월 김학렬 시인을 비롯한 문예동 시인들의 시선집 『치마저고리』(화남출판)을 출판하고, 22일 오후 서울에서 가지려 했던 출판기념회의 예를 들어보려 한다. 출판기념회에 참가할 문예동 작가들이 머물 처소도 계약하고, 강당도 빌리고, 환영 현수막까지 만들어 공항에도 갔었다. 그런데 문예동 시인들이 입국할 때 국정원이 조사하겠고 입국 즉시 연행할 수 있다는 입장을 재일본 한국대사관을 통해 들은 문예동 시인들은 입국을 포기했고, 서울에서는 저자 없는 출판기념회를 해야 했다.

이렇게 자이니치 작가들이 활동하는 것은 외로운 이방인의 길이다. 영어로 번역해서 알리고 싶어도 이들은 일본인이 아니기에 무라카미 하루키처럼 일본이나 한국 정부의 국가적 후원을 받지 못한다. 여권에 한국인이라고 도장이 찍혀 있지만 한국번역원에서 진행하는 영어번역 작품의 대상이 되지 못한다. 한편 '일본 속의 북한'이라는 특성을 지니는 조총련 문예동의 작품은, 그들이 북한 해외 지부에 해당하는 종속기관이라는 점 때문에 우리 문단과 교류하기조차 어렵고, 물론 문예동의 작품 미학 자체가 한국적 미학과 너무도 다르다.

당연히 작가는 작품으로 승부를 거는 수밖에 없다. 이들은 일본에서나 한국에서나 지금까지 곤란한 존재인 '틈입자'로 치부되어 왔다. 제1세대의 작가들은 제대로 조명조차 받지 못하고 하나둘 세상을 떠나고 있지만, 앞서 양석일, 유미리, 현월 등이 보여주듯이, 이후 세대들의 작품은 일본에서 '감추어진 그늘을 드러내는' '반가운 틈입자'로 평가받기 시작했다. 문예동의 작품도 얼마든지 가능성이 있다고 저자는 생각한다. 북한이라는 지정학적 한계와는 다른 제3의 공간에서 차별받고 있는 상황은 오히려 문예동 소속 작가들에게 전위적 통찰을 제시할 수 있고, 국내적으로는 남북한 작가의 민족적 통합을 위한 역할을 기대할 수 있는 것이다. 이때 자이니치 작가들의 작품은, 그것이 일본어 작품이건 조선어 작품이건, 침입자가 아닌 '반가운 틈입자'로서 더욱 환영받을 것이다.

1부

일제 말 자이니치문학의 배경

1923년 9월 1일, 관동대진재

문학사의 저류底流

　매년 9월 1일, 도쿄에 있으면 잊을 수 없는 사건이 하나 있다. 혹시 그 날 책상 위에 가만히 놓여 있던 볼펜이 귀신에 홀린 듯 절로 굴러가기라도 한다면, 80여 년 전 그 사건, 특히 그 사건과 연결된 작가들을 떠올리지 않을 수 없다.

　이 도시에 적지 않은 한국인 작가들이 거쳐갔다. 어떤 이는 이곳을 잠깐 여행지로 지나친 작가도 있다. 가령 불과 180일(1936.10.17~1937.4.17) 동안 도쿄에서 지냈던 이상李箱은 1937년 28세의 일기로 도쿄에서 생을 마감했다. 1년 이상 유학 생활을 했던 작가도 적지 않다. 와세다대학 한 군데만 해도, 이광수와 최남선을 초기로 해서 적지 않은 한국인 작가들이 거쳐갔다.[1] 1940년대에 이르면, 옥사한 윤동주와 그 후에 재일한국인 제

1세대를 보여주는 김사랑을 포함하여, 그리고 재일한국인 작가3세로 일컬어지는 유미리柳美里에 이르기까지, '일본에서의 한국인 작가'라는 흐름은 하나의 문학사를 이루고 있다. 과연 일본 특히 도쿄는 한국 현대문학사의 한 흐름을 짚을 수 있는 '근대문학사의 창고'라고 해도 과언이 아니다. 그중에 매년 9월 1일이 되면 '그 사건' 때문에 조선으로 돌아간 작가들 이름이 떠오른다.

1919년 3월 1일 독립운동이 좌절되고 나서 우리 문학은 이광수·최남선의 이인二人 문학시대를 거쳐, 이른바 다양한 잡지들이 분출되는 시대를 겪는다. 그런데 1920년대 한국문학사의 한 분기점을 이루는 한 가지 사건이 더 있다. 그것은 흔히 '관동대지진'이라 불리는 사건이다. 보다 정확히 말하자면 당시 일본에 살고 있던 한국인들에게 이중의 대재앙으로 다가왔던 '조선인 학살사건'[2]이라고 할 수 있겠다. 먼저 이 사건이 약력에 기록되어 있는 작가의 이름을 나열해 보기로 하자. 김동환金東煥·김소월金素月·김영랑金永郎·박용철朴龍喆·양주동梁柱東·이장희李章熙·유엽柳葉·이기영李箕永·이상화李相和·채만식(1902~1950) 등이 있다. 이들의 약력에는 "일본의 ○○학교를 다니다가, 관동대지진으로 귀국했다"는 비슷한 기록이 쓰여 있다. 위 작가들은 모두 1900년대 초기에 태어나 10대 말이나 20대 초에 일본으로 건너가 유학생으로 있다가 '관동대지진으로' 귀국했던 것이다.

과연 이들이 돌아가 한국문학사에 어떤 자극 혹은 충격을 주었을까.

---

1   언론인이 아닌 주요한 작가만 34명 이상이 와세다대학에서 공부했다. 大村益夫, 「早稻田出身の朝鮮人文學者たち」, 『語研 ポォラム』 14, 早稻田大學語學教育研究所, 2001.3.

2   今井淸一, 「朝鮮人虐殺事件」, 『朝鮮を知る事典』, 平凡社, 1896, 287쪽.

이들이 한국문학에 끼친 영향이 무엇일까. 이 글에서 저자는 첫째, 관동대지진을 현장에서 직접 경험했던 이들, 특히 소설가 이기영, 시인 김동환, 김용제, 이상화 등이 그 사건을 어떻게 작품에 담아 냈는지를 살펴보려 한다. 둘째, 그 작품과 관계 있는 혹은 배경이 되는 장소를 답사하여 작품의 배경을 살펴보려 한다.

출전 : 고구려 역사저널(http://www.greatcorea.kr)

그러나 단순한 작품 내용 요약이나 단편적인 풍경 소개가 이 글의 목적이 아니다. 저자가 의도하는 것은 이 사건이 담은 작품을 통해, 우리 문학사 이면에 흐르고 있는 어떤 '문학사의 저류底流'를 짚어 보고 싶은 것이다. 사실 우리 문학사의 중요한 과제는 근대를 실현하겠다는 의지였고, 그 의지 속에 도쿄라는 항목은 어떠한 형태로든 관련되어 있다. 특히 1920년 초의 이 사건은 1920년대 문화사를 보는 데 무척 중요하다. 그것은 유학생들이 집중적으로 증가했던 시기였고, 일본과 한국의 사회주의운동사가 관계를 갖는 때이며, 이어서 재일한국인문학의 시발이기도 하기 때문이다.

집단 광기

이기영

1923년 9월 1일, 그 날 도쿄에 있었던 조선인 작가 중 상황을 가장 생생하게 살려낸 작가는 소설가 이기영李箕永이다. 충남 아산에서 태어난 그는 호서은행에 다니던 1922년 4월 도쿄로 가서, 사립 세이소코正則영어학교에 입학한다. 그러나 한 달도 못되어 가지고 갔던 돈이 떨어지는 바람에 고학을 해야 했다. 대서소의 필생으로 취직해서 영어학교의 야학을 다니고, 상점과 회사의 광고봉투 쓰는 일을 했는데, 어떤 날은 10시간 이상 글씨를 쓰고 이층에서 내려오다가 졸도하여 계단에서 굴러 떨어지기도 했다. 같이 있던 친구는 노동판에 나갔다가 노동자들과 사귀어 마침내 직업적 사회운동가로 나섰다. 이기영은 이 친구로부터 처음 사회주의 서적을 접했고, 1923년 봄부터는 일본어로 번역된 서양 근대소설들을 읽기 시작했다.[3] 바로 이 무렵, 관동대지진을 만난다. 1946년에 월북한 그는 1960년 북한 인민문학상을 받은 소설 『두만강』에서 그때의 상황을 제3부 제3장 전체에 묘사하고 있다.

주인공 한창복은 여름방학을 맞아 7월 하순 요코하마에 있는 동창생 나카무라 집에 가 한 달여를 묵었다. 추기 개학을 앞둔 8월 30일에 도쿄로 돌아왔다. 그는 이케부쿠로에서 하숙을 했다. 1923년 9월 1일, 그

---

3   이상경, 『이기영, 시대와 문학』, 풀빛, 1994, 77쪽.

날 마침 소학교나 대학 등 학교들이 개학식을 하는 날이었다. 주인공이 간다쿠神田區에 있는 음식점에서 점심을 먹고 있을 때였다.

별안간 땅(地層)이 들썩하더니만 상하동(上下動)으로 큰 지진이 시작되는데 창복이는 처음에는 그게 웬 영문인지도 몰랐다. 뒤미처 2층 집이 마구 흔들리며 삐걱삐걱 요란스런 소리를 내었다. 얼마나 강진이었든지 식탁 위에 올려 놓았던 그릇들이 펄쩍 뛰어 올랐다가 상 밑으로 떨어진다. 그 바람에 그릇들은 맞부딪쳐서 웽강 뎅강 소리를 내며 깨어졌다. 지진은 좌우동(左右動)으로 마치 매돌질 하듯 뒤흔들었다.[4]

오전 11시 58분, 격진 후 관동關東 지방은 지진으로 붕괴되기 시작했

4   이기영 대하 역사소설『두만강』3부 상(1963년판, '사계절'판), 조선문학예술총동맹, 1989, 118쪽.

다. "좌우동左右動으로 마치 매돌질을 하듯 뒤흔들었다"는 짧은 표현은 비극적 사태를 충분히 상기시킨다. 지진과 함께 폭풍이 불고 마침 점심 때라 밥 짓던 불이 번졌다. 게다가 땅이 갈라지면서 모든 수도 시설이 끊어졌고, 도로마저 끊어져 소방차도 다닐 수 없었기 때문에, 나무로 지어진 집이 대부분이었던 도쿄는 금방 잿더미로 무너졌다. "그들은 이리 쓸리고 저리 쓸리고 하는 대로 예서 제서 비명을 질렀다", "콩나물 시루 같은 군중들이 떠박지르고 악머구리 끓듯 했다"는 이기영의 생생한 묘사는 현장을 그대로 체험했기에 가능했을 것이다.

9월 2일, "강진 후 대화재 동경 전시를 불바다로 만들었다(強震後の大火災東京全市火の海化す)"[5]는 첫 신문기사가 나고 나서 곧 계엄령이 선포됐다. 이날 주인공은 '조선 사람들을 닥치는 대로 대학살한다'는 말을 듣는다. 조선인들이 방화·강간·강도짓을 하면서 우물 안에 독약을 던지고 있다는 등 유언비어가 퍼지고, 각지에서 자경단이 조직되어 관동 일대에 3,689개나 조직되었다. 이들은 엽총·피스톨·죽창·곤봉, 심지어 도끼까지 들고 나왔다.

> "우리도 어제밤에 '조센징'을 죽였소. 어제 낮에는 조선 노동자들이 떼를 지어서 몰려다닌 것을 붙잡아다가 새끼줄로 한데 엮어서 다마가와 강물에다 집어 처넣었소. 그 놈들이 물 위로 떠서 헤엄쳐 나오려는 것을 손도끼를 들고 뛰어 들어서 놈들의 대갈통을 모조리 까 죽였소 — 강물이 시뻘겋게 피에 물들도록······" (···중략···) "나는 어제 무고지마(向島)에서 큰길거리를 지나

---

5 『東京日日新聞』, 1923.9.2.

가는데 길 한가운데에 '조센징'의 시체가 널려 있는 것을 보았소. 무심히 그냥 시체 옆을 지나려니까 몽둥이를 들고 섰던 헌병 장교 한 사람이 나에게 몽둥이를 내주면서 '송장을 한 번씩 때려라!' 하겠지 ─ 나는 웬일인지 몰라서 잠시 덩둘해 있었더니 그 장교가 말하기를 '만일 시체를 아니 때리면 그 대신 당신이 맞아야 한다' 하기에 어찌할 수 없이 나도 시체를 한 번씩 때렸고" (…중략…) "글쎄 '부정선인'들이 지진이 일어나자 즉시 저희들끼리 연락을 취하는 암호로써 분필로 표를 해놓고 있다가 지진이 일어 나자 일시에 각처에서 불을 질렀다 하고 우물에는 독약을 처넣었다 하니 그런 악독한 놈들이 어데 있어요. 지금 이 자리에도 '조센징'이 있다면 나는 이 철창대로 그 놈을 보기 좋게 때려 죽이겠고"

─『두만강』, 128~129쪽

"조선인을 쳐 죽여라!"(『두만강』, 124쪽)며 닥치는 대로 죽이기 시작했다. 집단 광기였다. 우물물에 표시를 보고 "조선인들이 우물에 독약을 넣는다"는 것이었다. 우물물의 표시에 대해 이기영은 "그것은 동경 시내의 소제부들이 청결 검사를 하기 위하여 어느 집 벽이나 담모퉁이에다 표를 해 둔 것이다"(『두만강』, 135쪽)고 썼다. 말도 안되는 일로 사람을, 그것도 실수로 일본인을 죽이는 일까지 있었다.[6] 일본의 박물관이

---

6 영화감독 구로사와 아키라(黑澤明)의 자서전 『두꺼비의 기름(蝦蟆の油)』(岩波書店, 2001, 93~96쪽)엔 웃지 못할 회상까지 있다. 조선인을 죽이려고 몰려다니는 자경단을 어린 구로사와는 보았다. 그의 아버지는 수염을 길게 길렀다는 이유만으로 죽을 위협에 처했다. 순간 아버지가 "바보 자식들!"하고 호통치자 그들은 순순히 사라졌다. 집집마다 보초를 내게 해서 어린 구로사와도 죽검(竹劍)을 들고 배치되었다. 그때 자경단은 동네 우물의 물을 먹지 못하게 지시했다. 우물 둘레에 이상한 부호가 적혀 있다는 것이다. 그 부호는 사실 어린 구로사와 휘갈겨 놓은 낙서였다. 이에 대해 구로사와는 "어른들의 행동에 나는 고개를 설레설레 흔들며, 도대체 인간이란 어떻게 된 존재인지 의아해하지

나 교과서는 '유언비어'에 의해 조선인들이 학살되었다고 말한다.

예를 들어 지진피해가 많았던 료코쿠両國에 1993년에 세워진 에도江戶 도쿄박물관에는 '관동대진재'라는 코너가 있다. 주로 일본인 피해상황이 전시되어 있는데, '관동대지진과 유언비어'라는 부스에는 조선인들이 '유언비어'에 의해 학살되었다고 설명하고 있다. 또한 컴퓨터 모니터의 '외국인 학살, 조선인 학살'이라는 란을 누르면 자료와 설명이 비교적 자세히 나온다. 그러나 ① 죽은 조선인의 숫자와 ② 조직적인 국가폭력에 대해서는 나오지 않는다. 2001년 문제가 되었던 『새역사교과서新しい歴史教科書』에는 "이 혼란 중에서, 조선인과 사회주의자의 사이에서 불온한 기도가 있다고 소문이 퍼져, 주민의 자경단 등이 사회주의자와 조선인・중국인을 살해하는 사건이 일어났다"[7]라고 쓰여 있다. 대학살의 책임이 마치 주민만의 책임인 것처럼 기술하고 있는 것이다. 이에 대해 와다 하루키和田春樹 교수 외 일본 지식인 5명은 "실제로 사회주의자와 중국인을 학살했던 주체는 경찰과 헌병대였으며, 한국인 살해는 자경단, 경찰, 군대에 의해 이루어졌다. 조선인은 약 6,000명이 학살되었다기에, 적어도 '많은 조선인'이라고 당연히 표현되어야 한다. 이 책의 저자가 일본인이 죽임당했을 때는 그 숫자를 명시하면서도, 일본인이 외국인을 죽였을 때는 구체적으로 그 숫자를 적지 않는 것은, 떳떳하지 않다"라고 지적하며 수정을 요구했다.[8]

소위 '유언비어流言蜚語'란, 누군지가 불분명한 채 입에서 입으로 퍼지

않을 수 없었다"고 회상하고 있다.

7 西尾二 外, 『新しい歴史教科書』, 扶桑社, 2001, 256쪽.

8 「扶桑社中學校社會科學校書の近現代史部分の誤りと問題點」(2001.4.25), 『歷史教科書, 何が問題か』, 岩波書店, 2001, 233쪽.

조선인을 '흉악한 폭도'로 보도한 당시 『요미우리신문』(1923.10.1)

는 것이다. 그러나 당시 '조선인 방화'라는 거짓말은 일본 경치성이 의
도적으로 퍼뜨렸다는 증거가 있으므로 유언비어라고 할 수 없다. 9월 2
일 궁성 옆 미야케사카三宅坂 참모 본부 안에 관동계엄사령부가 차려졌
다. 계엄령이 떨어지고 9월 2~3일에 걸쳐 내무성의 경보국장警報局長은
각 지방장관에게 전보문을 발송했다.

도쿄 부근의 진재를 이용하여 조센징(朝鮮人)은 각지에사 방화하고 불령
(不逞)의 목적을 수행하려 한다. 현재 도쿄 시내에서는 폭탄을 소지하고 석
유를 뿌려 방화하는 자가 있다. 이미 도쿄부 일부에서는 계엄령을 시행하고
있기 때문에 각지에서는 면밀하게 시찰하고 조선인의 생동에 대해서는 엄밀
하게 단속할것[9]

이것은 조선총독부, 대만총독부에도 타전되었다. 정부의 이런 삐라나 선전은 조직적인 학살의 기름불에 휘발유를 끼얹는 격이었다. 이어 동시에 2일 오후 3시경, 조선인의 '폭동'에 대한 엄중한 단속 및 조선인 '보호' 수용 방침을 결정한다. '후테이센징不逞鮮人'에 대한 '단속과 보호'라는 이중적인 지시는 사실 학살령과 다름없었다.

주인공 한창복은, 주운 빈 상자로 요코하마에 사는 동창생의 가족들 이름을 적은 성명패를 만들어, 그것을 어깨에 둘러메고 마치 그들을 찾는 척하면서 학살을 피해 나간다. 당시 일본인들이 가장 많이 피난해 있던 곳은 우에노 공원과 히비야日比谷 공원이었다. 특히 히비야 공원에서는 "관동대진재 후 히비야 옆 도서관 옆 신야외음악당에서는 피해당한 시민을 위한 위안공연"[10]이 열리기까지 했는데, 바로 『두만강』의 주인공이 "날마다 조마조마한 마음으로 히비야 공원 속에서 일주일간 계속"(『두만강』, 131쪽)머물면서 일본인 행세를 한다. 주인공이 학살을 교묘하게 피하던 모습은 다름 아닌 작가 자신의 체험이었을지도 모른다. 이기영 자신이 지진이 나자 시내 여기저기를 피해 다녔고, 밤에는 히비야 공원에서 밤을 세웠는데 바로 이 경험이 소설에 표현된 것이다. 이 사건에 에드워드 사이덴스티커Edward Seidensticker는 이렇게 기록해 놓았다.

묘한 소문이 시중에 떠돌았는데, 그것은 서양의 어떤 나라가 지진 발생기를 발명해서 일본에 실험해봤다는 것이다. 그럼에도 불구하고, '외인(外國人—

---

9 田崎公司・坂本昇 編集, 『陸軍關係史料―關東大地震災と朝鮮人』 2, 日本經濟評論社, 1997, 29~34쪽.

10 槌田滿文, 『東京文學地名辭典』, 東京堂出版, 1997, 283쪽.

인용자)'에 대해서, 곧 서양인에 대한 돌발사태는 발생하지 않았다. 그 대신 이 섬나라 외국인 경멸증(xenophobia)은 조선인에게 쏠렸다.(…중략…) 특히 우물에 주의하도록 호소했던 경찰은 훗날 조선인에 대한 적의를 자극했다는 비난을 받게 되었지만, 아마도 그렇게 자극할 필요조차 없었는지도 모른다. **조선인에 대해 가장 나쁜 것을 상상하는 경향, 아니 경향이라기보다 소망은 근대 일본 문화를 통해서 끊임없이 나타나는 주제이다.** 어쨌든 대량학살이 분명히 자행되었다. 소극적이기는 하지만 공식 발표는 사상자 수를 비교적 낮게 세 자리 숫자 정도라고 했다. 그 후 진보적인 학자 요시노 사쿠조(吉野作造)는 후에 열 배를 곱해서, 실제 2천 명 이상이었다고 발표했다.[11] (강조는 인용자)

인간이 인간을 학살하는 야만野蠻, 실로 "조선인에 대해 가장 나쁜 것을 상상하는 일본인의 경향"에 이기영은 질려 버렸는지도 모른다. 이기영은 『두만강』에서 조선인 피살자 수가 "6천 명"(『두만강』, 133쪽)이라고 적고 있다. 그 해 11월 28일 독립신문사 주검이 집중되었고, 지역에 따라 가나가와 4,106명 · 도쿄 1,347명 · 사이타마 588명이 가장 많았고, 군마 37명 · 도치키 8명 · 이바라키 5명 등 순으로 조사되어, 전체 조선인 학살자 수를 6,661명으로 조사보고[12]하였다.

---

[11] Edward Seidensticker, *Low City, High City, New York*, Alfred A. Knopf, 1983, p.7. 1980년대에 '도쿄학(Tokyo Strdies)' 교재로 읽혔던 이 책은 일본의 현대가 시작된 시점을 1923년 9월 1일 사건으로 삼고 있다. 그래서 1장의 제목을 '종말 그리고 시작(The end and The beginning)'으로 삼고 있는데, 위 사건을 현대문학의 출발점으로 보는 일본 '국문학사'의 시각과 닮아 있다.

[12] 美德相, 琴秉洞 編, 「關東大地震災と朝鮮人」, 『現代史資料』 6, みすず書房, 1963.10, 338~341쪽.

이 사건은 단순한 지진이 아니다. 자연적인 재해가 아니라, 인간이 인간을 살육한 광기狂氣의 표상이었다. 이기영은 『두만강』의 제7장 전체를 '동경대진재東京大震災'라고 했다. '지진地震'이란 화산의 활동이나 단층·함몰 등 지구 내부의 급격한 변동으로 인해 땅이 일시적으로 흔들리는 일을 말한다. 이제 비해, '진재震災'란 지진 이후에 일어나는 재난을 말한다. 지진 이상의 비극적인 일이 벌어졌기 때문에 그는 관동대 '진재'라고 했을 것이다. 그런데 사실 관동대진재의 최고의 불행은, 조선인 학살의 문제를 넘어, 그 책임이 누구에게도 없는 것처럼 애매모호하게 되어버렸다는 데에 있다.[13]

'나라시노習志野'의 악몽과 내셔널 아이덴티티

팻말에 일본인 가족 이름을 써서 들고 다니며 가족을 찾는 양 일본인 행세를 하여 위기를 모면했던 이기영은 조선인 유학생 감독부에 수용되었다가 9월 30일 '『동아일보』 제1회 구조선 홍제환'을 타고 태평양을 떠다니던 중 폭풍까지 만나 일주일 만에 부산에 상륙한다.[14] 이기영도 그랬듯이, 조선인은 대부분 일단 수용소에 갇혀 있어야 했다. 수용소 중에 가장 큰 수용소는 지바千葉현 나라시노習志野 기병 13연대가 있

---

13 尹健次, 『きみたちと朝鮮』, 岩波書店, 1991, 122쪽.
14 이상경, 앞의 책, 78쪽.

던 자리의 '나라시노 수용소'였다. 여기에는 조선인과 중국인이 강제 수용되었다. 이 나라시노 수용소의 이야기를 작품에 담은 것이 김동환의 서사시 『승천하는 청춘』(이후로 『승천』으로 줄인다)이다.

김동환

> 이러케 캄캄한 밤중에
>
> 물결을 처 넘는 저 십리 白骨塚을 바라보노라면
>
> 춤 한번 삼키비안코 그 무덤마 가만히바라보노라면
>
> 금시에 관 뚜껑을 쓰고 수천 수백의 亡靈들이
>
> 줄광대 모양으로 가달춤추며 제각금 뛰여나와
>
> 코끼리 파먹고난것가튼 제무덤 꼭대기에 올나서서
>
> 무어라도 두팔을 저으며 인간세상을 향해 부르는 듯
>
> 그소리 마치 "여보게 이리옴세!" 하는 듯
>
> 그멍이 숭숭뚤닌 크다란 그 頭蓋骨이
>
> 남산 봉화택가지 쑥내밀어 너울 너울 춤치워질때
>
> 금박에 목숨부튼것가치 엉기 엉기 기어나와 손을 마조잡을것가튼 그 모양을 보고는
>
> 등골로 옷싹 소곰(소름-인용자)이 끼침을깨닷으니[15]

제1부 「태양太陽을 등진 무리」는 음산한 가을 날씨를 배경으로 시구문 밖 공동묘지의 음울한 풍경을 그리는 데서 시작된다. 마치 귀신이

---

15 김동환, 『昇天하는 靑春』, 경성 : 신문학사, 1925, 11쪽. 옛표기로 된 원문 그대로를 인용한다.

김동환 장편서사시집 『승천하는 청춘』.
저자 이름이 '파인 작'으로 써있다.

나올 듯한 장면을 연상케 하는 긴 표현이 지루하기만 하다. 이어서 어린아이의 시체를 파묻고 울며 떠나는 여인과 그녀가 떠난 뒤 얼마 지나지 않아 그 시신을 파내어 품에 안은 여인의 뒷모습을 묘사한 것이 1부의 내용이다. 지루할 정도로 장황해져 극적 긴장감을 떨어뜨리는 대목이지만, 지겨울 정도의 암울한 묘사는 1923년의 사건을 경험했던 이들의 비극미를 극대화시키고 있다.

여기서 어린아이의 죽음은 관동대지진 때 벌어진 비극을 증폭시키는 기재로 쓰이고 있다. 비슷한 경우로, 관동대진재가 나고 4년 후인 1927년 정월에 도쿄로 온 김용제의 시 「진재의 추억」에서도 아이의 죽음이 나온다. 아직 거리에 비극적 이야기가 화제가 되었던 시기였기에 김용제는 '~에게 들었다'는 식으로 시를 쓰고 있다. 이 시에는 조선인 남편을 찾다가 남편이 학살되었을 것으로 알고 자살하려고 하는 여인이 서정적 주인공으로 등장한다. 아이를 키워야 했고 게다가 임신 중이라 자살하지 못하고 여인은 뒷골목으로 도망친다. 구단九段의 언덕길로 도망치다가 갑자기 달려드는 말에 탄 일본군에 밀려 여인과 아들은 돌계단 위에 머리를 부딪쳐 넘어지고 만다. 머리가 깨져 아이와 여인의 옷은 피에 젖는다.

그때 그녀는 임신해 있었기 때문에
잡아 찢긴 배 속에서

아직 눈도 코도 없는 태아가 튕겨 나왔습니다

그 토마토처럼 연약한 태아를

—이것도 조선의 종자다! 라며

군화 발뒤꿈치로 심하게 밟아 뭉개 버렸습니다.

옆에 있는 야스쿠니 진자(神社)의 '신(神)'들은

나라를 위해서

이런 맛있는 봉납(奉納)은 없을 거야, 라고

틀림없이 기뻐했겠지요

—「震災의 추억」[16]에서(번역은 인용자)

끔찍한 묘사다. 아이의 죽음과 야스쿠니 진자의 봉납奉納을 대비시켜 비극을 극대화시키고 있다. 이처럼 태아의 죽음은 비극적인 상황을 더욱 끔찍하게 강조한다. 『승천』에서도 제1부에 나오는 아이의 죽음은 끔찍한 비극을 잘 증폭시킨다.

『승천』에서 가장 주목되는 부분은 제2부 「2년 전」이다. 이 대목의 주된 배경은 도쿄에서 얼마 떨어지지 않은 찌바千葉현 해안의 나라시노 習志野 이재민 수용소이다. 『국경의 밤』과 함께 1925년 초에 발표된 『승천』은 김동환을 우리나라 초유의 근대적 장편 서사시인이라는 확고한 문단적 지위를 얻게 했다. 그런데 무엇보다도 『승천』의 제2부가 주목받아야 하는 이유는 관동대진재에 대한 탁월한 '문학적 보고서'이기 때문이다.

---

16 金龍濟, 「震災의 追憶」, 『婦人戰』, 1931.9.10. 大村益夫, 『愛する大陸よ―詩人金龍濟研究』, 大和書房, 1992, 220~222쪽에 재수록.

①

역우 그 참혹한 惡夢에서 피한 것을 다행으로 역이면서

마당에는벌서 총끝에 갈 꽂은 여러 병정들이

억개에 찬 갈 바람을 껴 안고서

무데기 무데기 모여서 『人員檢査簿』를 뒤적거린다

—『승천』, 29쪽

②

화약고 곁에 모여선 第一營앞에선 그때

『귀찬! 번호!』하는 송곳질하는 듯한 뽀죡한 구령소리터지며

이내 한낫! 둘 하는 瀑竹가튼 소리뒤를 니는다

그래서 열 스물도 머지나 삼백!하고 겨우 끝나게 되면

史宮의 낫츤 또 찡그러지며 다싯! 하고 호령한다

한두놈의 도망한자 잇다고 웅얼거리면서 —

—『승천』, 31쪽

③

이것은 翌志野震災民收容所 아침때 광경이랍니다

일본서울 서 한 五十里나 되는 千葉海岸의

조선인 수용서의 날마다 적는 아침때 광경이랍니다

—『승천』, 32쪽

1923년 가을 "이천명의 피란민이 이 翌志野벌의 假兵營에 몰녀와 /

흰 온[흰 옷—인용자] 입었다는 이름아래 이곳에 보호받고 있었다 / (…
중략…) / 이리굴니고 저리 몰니며 개딱지만한 이 兵營에 모이여"(『승
천』, 33쪽)살던 모습을 김동환은 잘 묘사하고 있다. 비위생적인 수용소
에서 조선인들은 새벽마다 나팔 소리가 나면, 수천 명의 할아버지·여
인·아이 할 것없이 연변장으로 뛰어 나가야 했고, 그들을 바라보면서
일본 군인은 인원검사표를 뒤적였다(①). 그래서 화약고 곁에서 매일
구령을 외치면서 검사 당하는 풍경(②), 이것이 2차대전 당시 유태인
수용소를 연상시키는 나라시노 수용소의 아침 풍경(③)이다. 조선인들
은 보호라는 미명 아래 인간 이하의 대우를 받아야 했다. 수용되어진
조선인은 잔혹하게 대우받았고, 곧 지진 지역의 노동봉사, 특히 시체처
리에 동원되었다.[17] "모든 것이 棺 속 일 같다"(『승천』, 89쪽)는 표현은
한마디로 수용소의 풍경을 압축해 주는 표현이다.

　이런 수용소에서 두 주인공은 어떻게 사랑을 나누었을까. 대진재가
있기 전에 도쿄 기독교회관에서 열린 진보적인 회합에서 여주인공과
남주인공은 서로 호감을 느낀다. 그 후 우연히 수용소에서 만난 그들
은, 병든 처녀의 오빠와 함께 간호하면서 사랑을 나눈다. 깊이 사랑했
던 두 사람은 2부의 후반부에 이르면 헤어지게 된다. 헤어지게 되는 이
유는 불온사상을 가졌다는 이유로 청년이 수용소 밖으로 끌려나가는
사건 때문이다.

　　그것은 리재민속에 언잔은 分子가 있다고

17　今井淸一, 앞의 글, 288쪽.

그를 빼 버리기 위한 숨은계획이

이날밤 쥐도새도 모르는 가운데 시행됨이엇다

인제는 짐나팔로 불니라할 때

난대없는 등불없는 자동차한대 兵營압문을 지킴이 ―

얼마 뒤 靑年네명은 말없시 끄을너 나와

그 자동차에 실니엇다

자동차가 거이 떠나려할 때

수군거리는 것소리에 놀란 그녀자는

갑작놀나 밧갓흐로 나갓건만

차는 벌러 瀑音을 치고 임이내다랏다

『아, 여보세요 선생님!』

그래도 여자는 失神하여 땅에 쩍구려져 운다

(…중략…)

그네사람 속에, 그 청년도 끼엿섯다

　　　　　　　　　　　　　　　　　　　―『승천』, 98~99쪽.

　사랑하던 청년이 수용소에서 끌려나가자 여자는 "길게 밤내 울며"(99쪽) 괴로워한다. 그녀는 이재민 수용소에서 불온한 사상을 지녔다는 이유로 일본군에게 끌려간 청년이 죽은 줄 알고 고향으로 돌아간다. 저자는 이 대목이 쉽게 이해되지 않았는데, 실제 비슷한 사건이 있었던 곳을 현장답사하고 나서, 처녀가 청년의 죽음을 확신할 수밖에 없었던 당시 상황을 이해하게 되었다. 수용서 밖은 곧 죽음을 의미하던 때였던 것이다.

나라시노 수용소가 있던 지금의 자위대 부대정문 앞에서, 자동차로 15분 정도 가면 다카쓰 이시바시高津石橋라는 곳에 400여 년 된 고찰 관음사觀音寺가 있다. 바로 이 절에 일본인 주지 스님의 배려로 희생된 한국인 5명과 한국으로 오인되어 죽은 오사카 출신 일본인 1명의 넋이 안치되어 있다. 저자는 2001년 10월 25일 와세다대학 오무라 마스오 교수와 이성욱(문학평론가) 선생과 함께 매년 9월 1일 '관동대지진 학살 조선인 위령제'가 열리기로 유명한 그 절을 찾아 갔다. 마침 세키 고센關光禪(72세) 주지를 만나 선조로부터 들었다는 당시 이야기를 들을 수가 있었다.

　　많은 조선인들이 이곳 나라시노로 끌려왔고, 9월 5일경 부대밖으로 버려지
　　는 조선인들이 있었답니다. 그날도 수용소 부근의 다카쓰(高津) 농민들이 부
　　대밖으로 내쫓긴 조선인들을 인수받아 이 절에서 300미터 떨어진 나기노하
　　라(ナギの原)라는 공유지로 그들을 끌고 가 조선인의 손을 뒤로 묶은 채, 눈
　　을 감기고 일본칼로 베어 구덩이를 파고 묻었답니다. 6명 중에 한 명은 오사
　　카 사람이었는데, 자신이 일본인이라고 주장해도, 흥분한 사람들이 듣지 않
　　고 죽였답니다. (…중략…) 비극적인 일이지요.

인간이 돼지처럼 도살되던 날의 이야기다. 여기까지만 읽어도 『승천』에서 청년이 수용소 밖으로 끌려나갔을 때 왜 여인이 그렇게 밤새 통곡했는가를 이해할 수 있다. 우리 일행은 주지 스님과 인터뷰를 끝내

고 조선인이 학살되었다던 나기노하라에 찾아갔다. 몇번 길을 잘못 헤매다가 당도한 나기노하라는 지금도 여전히 공터였다. 아닌 게 아니라, 사람이 사람을 도살하고 매장한 장소에다 누가 집을 짓고 살겠는가. 잡초 무성한 공터인 그곳은 당시 비극적인 풍경 때도 있었다던 큰 나무 한 그루만이 을씨년스럽게 버티고 있었다. 이 장소뿐만 아니라 나라시노 수용소 부근에서는 이와 같은 방법으로 수많은 조선인들이 학살당했던 증언[18]은 지금도 전해진다. 나라시노 수용소에서 반항적으로 보여지는 조선인은 9월 7일경 육군에서 자경단으로 넘겨져 살해되었다는 기록도 남아 있다. 저자는『승천』에서 갑자기 트럭에 태워져 나간 4명이 이렇게 죽어 가지 않았을까…… 관음사의 '관동대지진 조선인 희생자 추모비'와 을씨년한 공유지 앞에서 잠깐 묵념해 본다.

이후『승천』의 제4~6부는 사랑하는 청년과 이별한 뒤 고향에 돌아온 처녀의 생활과 그녀가 아이를 공동묘지에 묻게 되기까지의 사연을 그리고 있다. 이 작품에서의 '승천'이란 주인공들의 자살을 암시하는 것으로 읽힌다. '지금 여기'가 아닌 또 다른 세계로의 탈출을 뜻하는 승천이 결국 죽음(자살) 이외의 다른 것을 뜻한다고 보기 힘들다. 식민지 현실, 인간이 동물처럼 다루어지던 수용소에서 정신적 지향과 육체적 욕망이 조화를 이루는 사랑이 가능할까. 작가가 이런 주제를 밀도 있게 풀어 나간다는 것은 쉽지 않다. 이에 대해 작가는 진지하게 천착하기를 포기하고 주인공들을 죽음으로 몰고 갔다. 아쉽게도 작품에서 세계의 변혁을 지향하는 운동과 자신들의 사랑을 어떻게 연결시킬 것인지에

---

18 千葉市における關東大震災と朝鮮人犧牲者追悼調査實行案員會, 『關東大震災と朝鮮人－習志野騎兵聯隊とその周邊』에 채록되어 있다.

대한 고민의 흔적은 거의 나타나지 않는다. 이런 것은 주제 의식에 철저하지 못했던 김동환의 한계라고 할 수 있다. 표현에 대한 열망은 있으나, 구체적인 사상이나 실천에 대한 작가적 역량이 갖추어지지 않았던 것이다. 그것은 동시에 1920년대 식민지 조선 사회와 문단의 한계이기도 했다.[19]

이쯤에서 짚어 보고 싶은 문제가 있다. 과연 관동대진재 이후 조선인 학살이란 '집단적 광기'는 무엇으로 가능했을까. 해답은 계엄군이 뿌렸던 "센징鮮人을 조심하라"고 써 있는 삐라를 쉽게 받아들였던 이유를 찾는 데서 출발해야 한다. 어떻게 '교육시켰기에' 그렇게 삐라 한 장을 쉽게 받아 들였을까. 여기서 세 가지의 문제를 지적[20]할 수 있다.

첫째 문제는, 메이지明治 이래 일본이 어떻게 아시아를 가르쳐 왔는가, 교육 내용을 보면 알 수 있다. 당시 일본은, 중국과 조선을 아직 발전하지 못한 미개한 나라이고, 반대로 일본은 뛰어난 민족으로 가르쳐 왔다. 이러한 교육으로 인해 일본인들은 무의식중에 조선인과 중국인을 인간 이하로 보았던 것이다. 둘째, 관동대지진이 일어나기 3년 전에 있었던 3·1운동에 대한 일본 신문의 보도 때문이다. 당시 신문 보도는 3·1운동을 무자비한 폭동으로 보도해서 일본인들에게 '조선인들은 무자비한 존재다'라는 공포감을 심어 주었던 것이다. 셋째, 일본의 지배로 인해 경제적 기반을 잃고 일자리를 찾아 일본으로 건너온 조선인들이 낮은 임금으로 일본에서 일했던 이유도 있다. 끊이지 않고 찾아오는 조선인 때문에 일자리를 잃은 일본 노동자들은 무심결에 조선에

---

19 오성호, 『김동환』, 건국대 출판부, 2001, 120~124쪽 참조.
20 高柳俊男 外, 『東京のなかの朝鮮』, 明石書店, 1996, 138쪽.

서 온 노동자에 대한 원망이 쌓여 있었던 것이다.

이렇게 관동대진재 때 조선인 학살 사건의 배후에는 국가주의 교육과 당시의 현실 논리가 놓여 있다. 그중에 무엇보다도, 일본이란 국가만을 세계에서 뛰어난 국가로 강조해 교육해 온 '일본판 오리엔탈리즘'이 문제일 것이다. 당시 일본의 군국주의는 국민들에게 '국가주의적 정체성 National Identity'를 교육칙어 등을 통해 끊임없이 강요했다. 일본 '국가'에 종속되어 있는 개인들은 자신의 존재성을 잃고, 집단적 광기의 세계로 빠져들었던 것이다. '국가'라는 가치관에 늘 세뇌洗腦되어 온 '개個'의 인생 윤리는 '국國'을 위해 투신하도록 훈련되어 왔던 것이다. 군국주의 일본은, 감시가 구석구석까지 미치는 철저한 규율사회였다. 일본이란 폐쇄된 사회 속에서의 천황 중심의 규율과 강제 속에서 교육받고 훈련받는 과정에서 개인은 완전히 국가의 명령에 따르게 되었다. 일본의 오리엔탈리즘은 "치유되지 않은 정신적 외상인 서구의 지리적 폭력으로부터 벗어나, 다른 아시아 국가에 대해 오리엔탈리즘의 주도적인 힘을 행사하기 위해서는 '어떻게 하면 좋을까'라는 동기에 의해 유지되어 왔다. 그리고 아시아와의 권력문제, 지배관계 그리고 다양한 헤게모니 관계는, 19세기 이후의 구미 제국주의에서는 볼 수 없었던 전방위에 걸친 집약적인 방사형放射型 식민지 제국의 구조로 변해 갔다."[21] 바로 일본판 오리엔탈리즘의 실험대, 말 그대로 내셔널 아이덴티티가 강요되는 전개과정에서 관동대진재의 조선인 학살은 그 실험대였다. 지진地震 사건이 진재震災 사건으로 번지고, 조선인과 중국인 학살로 일시에 번지게 되는 사

---

[21] 姜尚中, 『オリエンタリズムの彼方へ― 近代文化批判』, 岩波書店, 1996, 86쪽.

이에는, 계엄군에 의한 소문의 조작이 놓여 있다. 계엄군이란 국가의 통제에 따라 자경단이나 일본 국민은 기계처럼 폭력을 행사했던 것이다. 그러나 그것은 개인의 폭력 이전에, 국민들에게 내셔널 아이덴티티를 강요했던 '국가적 폭력'이었다.

하나의 선택, 계급운동

당시 사람들은 지진을 피해, 메이지시대 때 육군의 옷을 만들었던 육군 피복창被服廠이었던 곳이 이전하고 빈터로 남아 있던 곳으로 피했다. 바로 저자가 찾아갔던 거기까지 번진 불로 3만 8천 명이 타 죽는 지옥 같은 사건이 있었다. 그 피복창터 자리는 지금 수미다墨田구 요코아미초橫綱町 공원인데, 공원 안에는 '도쿄도 위령당東京都慰靈堂'이라는 전형적인 일본풍和風 거창한 건물이 서 있다. 부슬부슬 비가 내리던 2001년 11월, 저자는 거대한 '진재기념당' 앞에 한참을 서 있었다. 원래 관동대진재 위령당이었는데 소화昭和전쟁의 위령을 모신다며 이름을 바꾼 곳이다. 소화전쟁이라는 것은 미국과의 전쟁, 즉 제2차 세계대전을 말하며 1944년 미군의 도쿄 대공습으로 죽은 민간인들을 합사合祀시킨 것이다. 여기에 지진으로 죽은 자 5만 8천 명의 위패가 있다. 이 중 약 2만 명의 이름은 아직도 모른다. 2만 명 중에 조선인이 몇 명인지도 알길이 없다. 이 위령당 오른쪽으로 학살된 조선인을 위령하는 검은 화강

암 비석이 있다.

위령당에 향초 한 대를 피워 올려 묵념하면서, 아비구환의 사건 이후 한국인 작가들이 어떻게 변모했는지를 생각해 보았다.

1) 이기영의 경우

관동대진재가 한국 사회에 어떤 영향을 미쳤는가를 보는 이기영의 평가는 주목할 만하다. 이기영은 관동대진재가 오히려 식민지 조선에 맑스-레닌주의를 공부하게끔 자극시켰다고 진술한다.

> 일제는 오히려 관동대진재의 손해를 조선에서 식민지적 착취 방법으로 찾으려고 하였다. 왜놈들은 일본의 공업을 더욱 발전시키기 위해서는 조선과 같은 노동 임금이 낮고 또한 원료를 헐값으로 얼마든지 얻을 수 있는 곳에다 직접 자본을 투입하는 것이 가장 상책이라고 타산하였던 것이다. 그리되면 조선 노동자들을 구태여 일본으로 끌어 들일 필요도 없다.(…중략…) 그 바람에 조선 내에서는 노동자 대열이 급격히 장성되어 갔다. 한데 노동계급의 장성은 한편 놈들의 두통거리로 되었다. 왜냐하면 그들은 계급투쟁의 선봉대로서 맑스-레닌주의를 다른 누구보다도 제일 빠르게 사상적으로 접수할 수 있었기 때문에 ─
>
> ─『두만강』, 135쪽

이기영은 관동대진재로 인해 한국 사회는 프롤레타리아 운동이 확대되었다고 설명하고 있다. 한국 사회뿐만 아니라, 한국 문단 역시 유학 생활에서 귀국한 귀국생들에 의해 프롤레타리아 문학운동이 힘을 얻기 시작 했다고 적고 있다. 자연적인 재해는 작가들의 영혼에 지진을 일으켰고, 그 절망 속에서 뭔가 주체적인 실천의 장을 필요로 했던 것이다. 그래서 선택한 것이 그들에게는 계급투쟁이었고, 맑스-레닌주의라는 것이다. 단지 소설의 주인공들뿐만 아니라, 이기영 작가 자신이 그런 길을 걸었다. 그는 귀국 후 카프에서 활동했으며 세태풍자적이고 사회주의적인 성향의 작품의 두각을 나타내다가 1946년 월북했다.

2) 김동환의 경우

김동환 역시 관동대진재 이후 귀국하여 프롤레타리아 운동에 뛰어든다. 관동대진재가 일어나던 1923년 그는 동양대학 문화학과를 다니고 있었다. 공부와 생활에 쫓기기만 했다고 보기는 어렵다. 그는 실제 고학생들의 단체인 '갈돕회'에서 활동하기도 했고, 이를 중심으로 유학생들이 창립한 재일조선노동총연맹에서 9인의 중앙집행위원 중의 한 사람으로 일한 경력을 가지고 있다. 불과 2년 남짓한 짧은 유학 생활 동안, 더구나 고학을 해야 했던 김동환이 어떤 사상을 체계적으로 깊게 공부했으리라고 기대하는 어렵다.[22] 김동환이 일본 유학에서 돌아온 때는 관동대진재(1923) 직후였다. 관동대진재의 참상을 목도한 그로서

---

22 오성호, 앞의 책, 38~39쪽.

는 더 이상 유학생활에 매력을 느낄 수 없었던 것이다. 귀국한 후 그는 함경북도 나남시에서 발간되던『북선 일일신문』조선문판 기자로 사회에 첫발을 내딛는다. 그는 이때『동아일보』에「민족개조론」을 발표한 이광수를 격렬하게 비판하면서 개인적으로 그의 장례식을 거행했을 정도로 기개 넘치는 열혈기자였다. 이러한 기개로 그는 계급사상을 내용으로 하는 시를 발표하곤 한다.

우리 오빠는 서울로 공부 갔네
첫해에는 편지 한 장
둘째 해엔 때묻은 옷 한 벌
셋째 해엔 부세 한 장 왔네.

우리 오빠는 서울 가서
한해는 공부,
한해는 징역,
그리고는 무덤에 갔다고

—「우리 오빠」,『3인시가집』, 1929

1920년대 초기에 갖게 되던 민요적 감수성을 토대로 식민지 지식인의 고뇌와 결단을 압축적으로 보여주는 수작이다. 분명 이러한 경향의 식은 카프와의 관련 속에서 촉발된 것이다. 가령『승천』의 주인공 청년과 처녀는 딱히 사회주의자라고 하기는 어렵지만, 일반적으로 아나키스트를 포함해서 현실의 변혁을 꿈꾸는 급진적 개혁주의자들을 뜻하는

'주의자'로 설정되어 있다. 이 서사시의 여주인공은, 청년과 헤어져 고향으로 돌아간 뒤 "초 한 대면 로마를 불태울 수 있다"는 신념을 갖고 교사 생활을 하며, 주인공 청년 또한 비밀결사에 가담하여 조선사회를 개혁하기 위애 애쓰는 것으로 설정되어 있다. 이런 인물 설정은 젊은 시절 한 때 급진적인 개혁주의자 면모를 보여 주었던 김동환 자신의 실제 경험과 긴밀하게 연관되어 있다고 해도 좋을 것이다. 그러나 그의 경향의식은 그렇게 뿌리깊지 않았다.

그의 계급사상은 체계화되고 경험되어진 것이 아니었다. 이런 지사적인 기개는 적어도 『삼천리』를 창간하는 1920년대 말까지는 지속된 것으로 보인다. 그러나 1930년대 대중적 취향의 잡지 발간을 기획하고 실천해서 출판인으로 성공을 거두었다는 것은 김동환이 시세의 변화를 민감하게 읽을 줄 아는 감수성을 지녔음을 보여준다. 일단 잡지의 세속적인 성공을 위해서 부단히 현실과 타협하지 않으면 안되었고, 급기야 그는 시국時局에 협조하는 길을 선택하지 않을 수 없게 되었다. 그래서 그는 급진적이었던 20대 초반의 몇 년간을 제외하고는 나머지 생애의 대부분을 현실에 안주하면서 살았고, 친일의 길에 나서는 오욕의 길로 들어섰다.

3) 이상화와 김용제의 경우

이 소용돌이 속에서 조선인을 비롯하여 중국인·노동자·사회주의자들이 학살되었다. 당시 일본에 살던 조선인들 대부분은 막노동자였

이상화

고 그 밖에는 유학생들이었다. 노동자들은 헐값에 노동력을 팔았고, 유학생들은 지금도 그렇지만 대부분 고학생들이었다. 그런 중에도 소수 사치스런 생활에 빠진 유학생 귀족들도 있었다. 와세다대학에 유학 왔던 시인 리찬은 유학생들의 사치스런 생활을 한탄하다가 고국으로 돌아간다.[23] 이런 한탄은 도쿄에서 관동대진재를 경험했던 시인 이상화의 「도쿄에서」라는 시에서도 잘 나타난다.

동경의 밤이 밝기는 낮이다 — 그러나 내게 무엇이랴!
나의 記憶은 自然이 준 등불 海金剛의 달을 새로히손친다

色彩와音響이 生活의華麗로운 아롬紗를 짜는—
엡분日本의 서울에서도 나는 暗滅을 설웁게 — 달게 꿈꾸노라

아 진흙과 집풀로 얽멘움미테서 춧거가티벙어리로 사는 신령아
우리의 압헨 가느나마 한가닥길이 뵈느냐 — 어둠뿐이냐

—「도쿄에서」, 『문예운동』 창간호, 1926.1(3 · 4 · 5연)

관동대지진을 겪으면서 그의 시각은 확실하게 바뀐다. 1924년 봄에 귀국한 그는 이듬해인 1925년 1월 『개벽』에 「가장 비통한 기욕」·「빈촌의 밤」·「조소」·「어머니의 웃음」 등을 동시에 발표하여 이전과 전

---

23 김응교, 「주관적 감상주의와 변방의식—李燦 시 연구(1)」, 『1950년대 남북한문학』, 평민사, 1991.

혀 다른 세계관을 보여주고 있다. 이렇게 볼 때 관동대지진이 이상화에게 준 충격은 대단한 것이었음을 알 수 있다. 그 역시 이기영처럼 더 이상 일본에 머물지 않고 귀국해 버린다.

> 하늘은 홀기니
> 울음이 터진다
> 해야 웃지 마라
> 달도 뜨지 마라

—「통곡」, 1925

　이상화의 울음 속에는 복합적인 요인이 있을 것이다. 그 복합적인 울음을 촉발시키는 원인에는 관동대학살사건도 포함되어 있을 것이다. 비극적인 운명 앞에서 울 수밖에 없는 울음이다. "사람아 미친 내 뒤를 따라만 오너라 나는 / 미친 흥에 겨워 죽음도 뫼줄 때다"(「선구자의 노래」)라는 울분은 비관적인 자탄과 항거하는 반항의 어쩔 수 없는 사이에 있다. 그의 우울은 전에처럼 퇴폐적이고 세기말적인 방황에 이르지 않는다. "나의 신령 — / 우울을 헤칠 그 날이 왔다 — / 나의 목숨아 — / 발악을 해볼 그 때가 왔다"(「오늘의 노래」에서)처럼 무언가 발악하고 미친 흥에 겨워 다부진 결의를 하는 것이다. 이런 결의는 사회를 개혁하고자 하는 의지와도 연결된다. 그리고 비판적 낭만주의라는 서로 어울리지 않을 것 같은 독특한 모습을 낳게 된다. 이렇게 이상화의 시에서 경향성이 강해지게 되는 데에는 관동대지진의 경험을 빼놓을 수 없을 것이다. 그는 1925년에서 1926년 사이에 프롤레타리아적인 경향시를 발표했는데, "오—. 이런 날 이런 때에는 / 이 땅과 내 마음의 우울을 부실 / 동해에서 폭풍우나 쏟아져라— 빈다"(「폭풍우를 기다리는 마음」)는 표현은 그의 애절함과 혁명적인 기운을 기다리는 그의 혁명적 낭만주의와도 관계가 있을 것이다. 식민지사회를 엎어 버릴 폭풍우를 기다렸던 것이 아닐까. "폭풍우"라는 표현으로 지진보다 더 강력한 혁명이 오기를 기다렸던 것은 아닐까.

시대를 뒤엎은 '폭풍우'에 대한 기대는 김용제의 시에 더욱 구체적으로 나타난다.

아아
많은 여인이여 딸들이여
아들과 딸을 죽임당한 어머니들이여
남편을 ×당한 여인들이여
저 처참한 鮮×의 추억을
오늘 당신들의 삶과 연결시켜 생각해보세요…
증오에 목매어 우는 피를
프롤레타리아의 전열의 길에 살려냅시다

—「震災의 추억」 끝 연[24]

김용제는 관동대진재를 직접 경험하지 못했다. 그가 고학을 목적으로 도쿄에 도착한 것이 1927년 정월 초하루였다. 그래서 그에게는 객관

---

24 출전은 『婦人戰旗』(1931.9.10)이며, 大村益夫, 『愛する大陸よ―詩人金龍齊研究』(大和書房, 1992), 220~222쪽에 재수록되어 있다. 일본어 원문 번역은 인용자.

적인 사실의 증언보다는 비극적 사실에 대한 증오가 증폭
되어 나타난다. 그 증오는 어떤 구체적인 실천을 향한 선택
을 생각하게 된다. 비극을 극복하기 위한 바른 선택이 "프
롤레타리의 전열의 길"로 나서는 것이라고 그는 직설적으
로 주장한다. 관동대진재의 비극을 프롤레타리아 운동을
통해 극복하자는 주장은 그의 시 「선혈鮮血의 추억―9월 1
일을 위하여」(『戰旗』, 1931.9)에 보다 명확하게 나타난다. 쓰

김용제

르하시 도로공사를 하는 중에, 관동대진재 때 조선인노동
자의 것일지 모를 백골白骨이 나타나자 시인은 흥분하여 "오오 친애하는
일본의 노동자들이요! 이 백골의 차갑고 / 서늘함은 / 살아있는 노동자
의 철의 의지와 외줄기 / 같은 적에의 격렬한 증오와 분노를 모아 / 피압
박계급의 반역의 맹세를 아릅답게 새겨넣읍시다 / ―프롤레타리아에
는 국경이 없다! / 민족의 특색을 파묻어 버립시다!"라고 부르짖는다.

　여기서 시인은 관동대진재의 조선인 학살사건을 단순한 개인의 광기
이전에, 그 집단적 광기 이면에 놓인 국가적 폭력을 직시하고 있는 것
을 알 수 있다. 그 국가적 폭력에 대응하기 위해서는 개인적인 항전이
아니라, 계급적인 운동에 의해서만이 가능하다고 역설하는 것이다.

　시뿐만 아니라, 그의 삶 역시 이 시기엔 프롤레타리아 문학의 전사였
다. 그는 적어도 1929년부터 조선으로 강제 송환되는 1937년 7월까지
십 년 동안은 계급적이고 민족적인 입장에 섰던 문학전사文學戰士[25]였다.

25　大村益夫, 『愛する大陸よ―詩人金龍齊硏究』, 大和書房, 1992, 22~48쪽.

4) 재일한국인과 일본인 작가의 경우

재일조선인 제1세대 작가 김달수金達壽(1919~1997)의 「중산도中山道」
·「위령제」가 있다. 「중산도」는 강제징용으로 끌려온 장만석이란 노동
자의 체험적인 회고담으로 1923년 관동대지진 당시 사이타마현의 한
마을에서 벌어진 소전 부녀자 학살사건을 고발하고 있다. 「위령제」 역
시 땅값을 올려 팔아먹으려는 개발단지의 한 지주가 관동대지진 때 그
의 땅에서 희생당한 조선인의 넋을 위로하는 위령제를 지낸다는 이야
기로 위선적인 일본인들의 마음을 꼬집고 있다.

고마쓰 사쿄小松左京의 해박한 지식이 돋보이는 일본 SF의 대표작 『일
본침몰日本沈沒』(光文社, 1971)에서, 주인공은 심해 잠수정 조종사로서, 일
본열도 전체를 바다 속으로 가라앉힐 사상 초유의 거대한 지진을 예측
하는 작업에 합류하게 된다. 일본 침몰 전에 몇 차례의 강력한 지진 일
본 열도를 뒤흔들고, 그 와중에 재난에 대처하는 갖가지 인간군상들이
등장한다. 관동대지진 당시의 조선인 대량학살 등 역사적 사실도 언급
된다. 이외에도 많은 작품[26]에 1923년 9월 1일 사건이 아직 끝나지 않
았음을 상기시키고 있다.

관동대진재의 조선인학살을 정면으로 다룬 작품은 두 가지가 잘 알

---

[26] 1988년 칸느 영화제에서 만화영화상을 수상했던 사이버펑크 애니메이션 『아키라(アキ
ラ)』의 무대는 서기 2019년 네오 도쿄이다. 폐허 위에 다시 건설된 도쿄는 2020년 올림
픽 개최를 앞두고 스타디움 건설과 올림픽 반대 데모, 테러단, 폭주족으로 혼란스럽기
만 하다. 88년에 일본이 폐허가 된다는 섬뜩한 전제로 시작하는 이 애니메이션은 바로
관동대지진·핵폭발 등의 파괴적 이미지를 다시 살려내 낙관적 미래상을 조롱하고 있
다. 다른 작품으로, 1998년 부산국제영화제에서 주목받은 오충공 감독의 다큐멘터리
'숨겨진 발톱자국'은 관동대지진 조선인 학살을 체험했던 생존자 조인승 할아버지가
증언하는 충격적인 실상을 담고 있다.

려져 있다. 먼저 1926년 천왕의 암살 사건이라는 대역죄를 내용으로, 사형 판결을 받았던 이들의 이야기를 기록한 작품이다. 세토우라 하루미瀬戸内晴美의 『여백의 미餘白の美』는 관동대진재와 조선인학살을 배경으로 주인공이 장렬하게 자살하기까지의 이야기가 묘사되어 있다.

조선인학살에 대한 작품으로 무엇보다 잘 알려져 있는 것은 쓰보이 시게지壺井繁治의 「십오엔 오십전十五円 五十錢」이다. 이 시는, 지진이 있기 전날 밤, 비가 쏟아지는 심야를 배경으로 시작된다. 지진이 터진 뒤, 유언비어가 퍼지고 있는 상황을 기록하면서, 아울러 그 유언비어 진원지도 증언하고 있다. 그가 보았던 것은 "덕지 덕지 붙여져 있던" 계엄군의 벽보였다. "폭도가 있어 방화 약탈을 범하고 있으니 시민들은 당국에 협조해 이것의 진압에 협조하라"는 벽보가 경찰 게시판에 붙여져 있었다. 이것을 보고 그는 "나는 그때 처음으로 확인했다 / 어디에서 어디까지 뿌려진 유언비어의 진원지가 어디였는지를"를 증언한다. 그리고 조선인이 학살당하는 현장도 증언하고 있다.

구경꾼에게 둘러쌓여
소방용 손도끼(鳶口)을 등짝 한가운데 꽂혀져
스스로 핏물 웅덩이에 쓰러져 있는 조선인 노동자 풍의 남자의 눈을 보았다
그것은 거기서 끝나지 않고
가는 곳마다 행해지는 테러였던 것이다
(…중략…)
아아, 젊은 그 시루시반댕(印絆夫)이 조선인이었다면
그래서 "쥬우고엥 고쥬센"을

"츄우고엔 고츄센"이라고 발음했더라면

그는 그 곳에서 곧 끌어내려졌을 것이다

—「십오엔 오십전」, 『新日本文學』, 1948.4[27]에서

정확히 일본어 발음을 할 수 없었던 조선인들이 집단 광기 앞에 학살 당할 수밖에 없던 사건을 짧은 서정시 형태로는 도저히 담아 낼 수 없었을 것이다. 그래서 시인은 204행에 이르는 긴 시 형태를 택했을 것이다. 마지막에 시인은 "무참히 살해된 조선의 친구들이여 / 당신들 자신의 입으로 / 당신을 자신의 몸으로 겪은 잔학함을 이야기 하지 않으면 / 당신들 대신 말할 자에게 전하시고 / (…중략…) / 다시 탈취한 / 부모로부터 받은 / 순수한 조선어로"라고 하며 관동대진재의 조선인 학살과 함께, 언어까지 빼앗은 식민지 정책의 문제도 증언한다. 대동아전쟁을 찬양하는 시를 발표해서 비판받는 시기에 쓰인 이 시는 자기 비판의 성찰을 보이기도 한다. 아무튼 이 시는 관동대진재의 조선인 학살을 문제시하는 평론이나 자료집에는 거의 인용되는 대표적인 시다.

---

27 壺井繁治,「十五円 五十錢」,『壺井繁治, 全詩集』, 國文社, 1970, 407~418쪽. 일본어 원문 번역은 인용자.

국가 폭력의 기록과 그 추동력

이제 이 글을 통해 확인된 점을 정리하려 한다. 첫째, 이 글을 통해 우리는 작품의 배경을 살펴볼 수 있었다. 이기영의 『두만강』에서 주인공의 피난 장소로 언급되는 히비야日比谷 공원은 당시 일본인을 위한 대규모 피난처가 마련되어 있었음을 확인했다. 또한 여러 사례를 통해 이기영의 묘사는 그 자신의 체험과 역사적이고 실증적인 조사를 통해 이루어졌음을 확인할 수 있었다. 아울러 김동환의 서사시 『승천하는 청춘』의 정확한 장소를 확인할 수는 없었지만, 현재 나라시노習志野의 자위대가 있던 장소라는 것을 알 수 있었고, 또한 1장에서 나오듯 사람들이 수용소에서 쫓겨날 때 죽음을 각오해야 하며, 또한 실제로 그런 사건이 있었음을 현장답사를 통해 확인할 수 있었다. 그러나, 다음 연구를 위해 좀더 현장 배경사 연구가 보충되어야 한다는 아쉬움을 남기기로 한다.

둘째, 이 사건으로 많은 조선인 작가들이 귀국했고, 이로 인해 한국 문단은 문예전성기를 맞이한다. 이 글의 서두 부분에서 잠깐 언급했으나 보다 자세하게 약력을 거론해 본다.

김동환(金東煥, 1901~?) : 일본 도요(東洋)대학 영문학과에 진학했다가 관동대지진으로 중퇴하고 귀국하였다.

김소월(金素月, 1902~1934) : 1923년 오산학교 시절을 지나, 일본 동경 상과대학 전문부에 입학하였으나 9월 관동대지진으로 중퇴하고 귀국했다.

김영랑(金永郎, 1903~1950) : 1920년 출옥 후 동경 청산학원 영문과에 수학하나 1923년 관동대지진으로 귀국하여 '청구동인회'를 결성한다.

박용철(朴龍喆, 1904~1938) : 1923년 동경 외국어학교 독문과에 입학했으나 관동대지진으로 학업을 중단하고 귀국하여 연희전문에 입학하여 위당(爲堂) 정인보에게 시조를 배운다.

양주동(梁柱東)·이장희(李章熙)·유엽(柳葉) : 여름방학이라 조선에 왔던 이들 와세다대학 유학생들은 관동대지진이 나서 일본으로 돌아가지 못하자 동인지 『금성(金星)』(1924)을 발행한다.

이기영(李箕永, 1895~1984) : 1922년 도쿄의 세이소코(正則) 영어학교에 다니다가 관동대지진으로 보따리를 싸들고 귀국했다.

이상화(李相和, 1901~1943) : 1922년 『백조』 동인이 되어 문단에 데뷔한 그는 프랑스 유학을 목적으로 일본으로 건너가 불어를 공부하였으나 관동대지진으로 귀국한 후 박영희·김기진 등과 카프 활동을 한다.

채만식(蔡萬植, 1902~1950) : 와세다대학 부속 제일 와세다 고등학원 문화에 입학했지만 관동대지진과 가정의 어려움으로 1년 6개월 만에 학업을 단념하고 1923년 동아일보 학예부 기자로 취직한다.

이들은 모두 관동대지진과 조선인 학살사건 때문에 충격을 받고 일본에서 돌아온 이들이다. 물론 안 돌아간 작가[28]도 있으나 많은 작가들이란 점이다. 한국문학은 1919년 3·1운동을 기점으로 일대 전환을

---

28 1920년 도쿄로 건나간 유치진은 관동대지진이 일어났을 때 잔인한 조선인 학살 사건을 보았다. 그때 공포의 체험이 삶과 죽음의 문제를 파고들게 했으며, 그 문제를 풀기 위해 1926년 릿쿄대 영문과를 택했다고 한다. 유치진, 「나의 수학시대」, 『동아일보』, 1937.7.22.

이룬다. 1919년 1월 김동인과 주요한이 중심이 되어 창간된 『창조』는 '근대문예지' 운동의 시발점을 보여주고 있다. 흔히들 1920년대 문학은 이광수의 계몽주의에 반기를 든 김동인 류, 혹인 염상섭의 냉철한 리얼리즘을 상상하게 한다. 아울로 소위 신경향파新傾向派문학과 프롤레타리아 문학을 생각하게 만든다. 여기에 대표적인 작가가 임화·이기영·김남천이다. 이러한 1920년대 문학의 배경을 흔히들 첫째, 1919년 3·1운동의 실패, 둘째, 때마침 유행하던 세기말적 풍조로 든다. 여기에 저자가 추천하는 항목은 '1923년 관동대지진의 영향'이라는 점이다. 하지만, 한국문학사 책들은 보면, 관동대지진으로 인한 영향을 거의 언급하고 있지 않다.

이에 비해 호쇼 마사오 등이 쓴 『일본 현대문학사』(고재석 역, 문학과지성사, 1998)[29]는 메이지혁명의 발발시점인 1868년을 기점으로 하는 근대와 구별하여, 현대는 관동대지진의 발발시점인 1923년이나 쇼와 천황 즉위 시점인 1926년 이후로 하고 있기도 하다. 관동대지진을 한국 현대문학의 출발점으로 볼 수는 없지만, 관동대지진의 영향이 전혀 없었다고 하는 것도 문제가 있다. 역설적으로 위에 언급한 일본 유학생들이 대거 조선으로 돌아왔기에 기존에 있었던 『창조』, 『폐허』(1920), 『백조』 등의 문예동인지의 필진이나 편집진이 보다 풍부해진 것이다. 이들 중에 구체적으로 현실을 개혁하기 위해 프롤레타리아 문학에 참여한 작가들이 적지 않았다. 이른바 1923년 그 사건으로 인해 한국으로 돌아온

---

[29] 이 책은 도쿄대 출신이 아닌 젊은 학자들이 '내부적 시각'에서 쓴 문학사이다. 『쇼와문학전집』(전35권, 1990)의 별권으로 나온 이 책의 원제는 『쇼와문학사』이다. 이때 쇼와란 쇼와 천황이 즉위한 1926년에서 그가 사망한 1989년까지의 63년 간을 가리키기에, 옮긴이가 '일본 현대문학사'라고 이름 붙여도 무리한 것은 아니다.

그들로 인해 '신문학운동의 개화기'가 꽃피웠던 것이 아닐까.

셋째, 이 작가들이 귀국해서 신경향파와 프롤레타리아 문학에 참여했다는 점이 중요하다. 저자가 확인해 본 이기영·김동환·이상화·김용제는 관동대지진을 기점으로 그 이후 프롤레타리아 문학운동에 참여하게 된다. 진재가 일어난 뒤 어떤 구체적인 실천의 장을 모색하게 되는 것은 일본의 1920년대 문학사도 마찬가지이다. 쇼와 문학사는 관동대지진 뒤『문예전선』과 요코미쓰 리이치橫光利一, 가와바타 야스나리川端康成등이 예술에 의한 개혁을 목표로 1924년『문예시대』를 창간한 뒤부터 시작한다. 프롤레타리아 문학과 신감각파는 기성문단에 대한 반항이라는 점에서는 방법을 같이 하면서도, 일본의 1920년대 문학사는 저들의 교류와 배반 속에서 프롤레타리아 문학, 신감각파, 기성문단이 정립鼎立 되었던 것이다. 이후 프롤레타리아 문학이 한때 전성기를 맞았으나 계속된 탄압으로 전향현상이 일어났고, 신감각파는 기성문단에 흡수되었던 것은 한국의 1920년 문학사와 어느 정도 닮은 부분도 보이고 있다.

일본문학사와 비교컨대, 이기영은 대하 장편소설『두만강』에서 단지 지진의 비극성을 묘사한 것이 아니라, 지진을 계기로 해서 등장인물들이 어떻게 혁명적 인간으로 근대 민족운동에 뛰어드는가에 관심을 기울이고 있다. 실제로 이상화와 리찬은 지진 사건을 계기로 계급주의 문학을 선택하는 확실한 입장변화를 보인다. 후에 명확한 입장을 못 보이고 친일문학에 참여하는 시인 김동환도 관동조선인 학살사건이 끝난 뒤, 카프에 참여한다. 김용제는 더욱 극명하게 프롤레타리아 운동에 참여하는 모습을 보여주고 있다. 이 외에도 관동대진재를 다룬 작품은 적지 않다. 가령, 박태원의 중편 「반년간」(『동아일보』, 1933.6.15~8.20)도 분석해야 하는데 이 글에서 다루지 못했다. 좀 더 다양한 작품들을 심도 싶게 분석해 볼 때, 관동대진재와 1920년대 한국문학사와 관계는 명확하게 드러나리라 본다. 다만 적어도 이 글에서 다룬 자료를 본다면, 관동대지진이 한국 프롤레타리아 문학에 어떤 기폭제가 되었음은 부인할 수 없다.

매년 9월 1일이 되면, 이날 도쿄 재난방지훈련이 벌어져 떠들썩하기만 한데, 저자는 억울하게 죽어 간 영혼들과 이 사건으로 조선으로 돌아간 조선인 작가들의 이름을 습관처럼 호명해 본다. 동시에 당시 조선인 학살을 "세계 무대에 얼굴을 돌릴 수 없는 대치욕大恥辱이 아닌가"[30]라며 일본 정부를 격렬하게 비판하며 독자적으로 조선인 학살을 조사했던 정치가 요시노 사쿠조吉野作造(1880~1953), 혹은 지금도 현장 조사와 함께 자료집을 펴내며 조선인 학살사건을 조사하는 양심적인 시민운동단체의 일본인 회원분들, 그리고 내 수업에서 이 문제를 갖고 심각하게 씨름하는 일본인 학생들의 푸른 이마도 떠오르는 것이다.

---

30 吉野作造, 「朝鮮人虐殺事件について」, 『中央公論』, 1923.11.

임화와 일본 나프의 시

시인 임화와 일본

"도오교오의 긴자는 밤의 귓속 잘하는 네온사
인 눈씨 조차(눈길 좋아) 가고 싶퍼"[1]라고 소월이
꿈꾸었던 그곳은 공부 잘 했던 히라야마 야키치
平山八吉가 내지성지참배를 다녔던 파시즘 교육의
공간[2]이며, "대학 노트를 끼고 늙은 교수의 강
의"를 "보내주신 학비"를 내고 배워야 하는 마른
풀내 나는 "육첩방六疊房" "남의 나라"[3]였다.

임화

---

1 김소월, 「祈願」, 『소월시초』, 박문서관, 1939.12, 149쪽.
2 히라야마 야키치는 시인 신동엽의 창씨다. 김응교, 「히라야마 야키치, 신동엽과 회상의
   시학」, 『민족문학사연구』 30, 민족문학사학회, 2006.4.
3 윤동주, 「쉽게 씌어진 시」, 『하늘과 바람과 별과 시』, 연세대 출판부, 2004, 58쪽.

일본문학이 어떻게 한국 근대시와 관련을 맺고 있는가에 대해서, 특히 창가·신체시·자유시로 이행하는 과정에서 어떤 관계가 있었는지에 대한 연구 성과[4]가 있어 왔다. 이제는 개화기뿐만 아니라, 이후 개별 작가들에 대한 비교문학 연구가 이루어질 때, 우리문학을 보는 시각은 보다 다면화되고, 한국문학을 아시아문학의 영역에서 새롭게 볼 수 있을 것이다. 이러한 시각에서 "예술, 학문, 움직일 수 없는…… / 그의 꿈꾸는 사상이 높다랗게 굽이치는 도쿄東京 / 모든 것을 배워 모든 것을"[5] 익혔다고 했던 임화의 시를 일본의 시와 비교하면 어떤 결과를 볼 수 있을까.

시인이며, 평론가이며, 문학사가이며, 영화 배우였던 임화林和(1908~1953)는 전방위적 문학운동가다. 시인 역할만으로 평가하기에는 너무도 폭이 넓은 예술가다. 그러면서도 그가 이루어온 시 업적을 빼놓고 그를 평가하기는 곤란하다. 그의 시는 자신의 고독한 무의식과 현실의식을 선명히 드러낸 장르이지만, 나아가 그의 시는 우리시 역사에 리얼리즘 현재성을 담아낸 탁월한 시도였고, 구비적口碑的 상상력[6]에 중요한 계기가 되었다.

임화와 일본시를 비교하자면 여러 방법이 있을 것이다.

첫째는 작품 외적인 영향관계 연구다. 인간관계나 독서체험을 분석할 수 있을 것이다. 일본에서 임화가 느낀 것은 비단 문학뿐만 아니라, 삶의 모든 영역이었기에, 현해탄은 "몬푸랑보다 더 높은 파도"(「현해탄」)

---

4 정한모, 『한국현대시문학사』(일지사, 1974); 김병철, 『한국 근대번역문학사 연구』(을유문화사, 1975); 김학동, 『한국문학의 비교문학적 연구』(일조각, 1979) 등이 그러하다.
5 임화, 「海峽의 로맨티시즘」, 『玄海灘』, 京城 : 東光堂書店, 1939, 141~142쪽.
6 김응교, 「해체 혹은 구비적 상상력」, 『사회적 상상력과 한국시』, 소명출판, 2002.

였다. 따라서 임화 시와 일본 시를 비교하려면, 독서체험뿐만 아니라, 보다 넓은 영역에 대한 비교를 해야 할 것이다. 정지용과 기타하라 하쿠슈北原白秋의 매우 확실한 관계처럼, 임화가 만났던 일본 시인이나 인간 관계도 조사할 수 있을 것이다. 우선 이 글에서는 독서체험을 통해 임화가 어떤 시집이나 어떤 시잡지를 읽었는지 살펴볼 수 있겠다.

둘째는 작품 비교 연구다. 임화의 경우에는 먼저 다다이즘 시나 단편 서사시의 형태에 대한 비교 연구를 할 수 있겠다. 사실 임화 시와 일본 시의 관계를 비교 연구하는 것은 이 지면으로 불가능하다. 임화의 초기 시인 다다이즘 계열의 시와 일본 다다이즘 시를 비교하기 위해서는 다른 지면이 필요하다. 이 글에서는 일본 프롤레타리아 문학Proletarian Literature의 시, 줄여서 '나프시NAPF Poetry'와 관계를 비교해 보려 한다.

1917년 러시아 혁명 이후 세계적으로 사회주의 문학이 퍼져 나갔다. 한국은 1923년경의 신경향파新傾向派가 시작되고, 1925년 조선프롤레타리아예술가동맹인 카프KAPF가 결성되고, 1935년까지 계속되었다. 일본의 경우, 본격적인 프롤레타리아 운동은 1928년 일본공산당을 지지한 '일본프롤레타리아예술연맹'과 '전위예술가연맹'이 합동으로 결성한 '전일본무산자예술연맹NAPF, Nippona Artista Proleta Federacio'가 기관지 『센키戰旗』와 함께 창립되었다. 이와 비슷하게 러시아의 라프RAPP, 중국의 좌련(중국좌익작가동맹, 1930년 창립), 프랑스 클라르테Clarte 등이 있었다.

아쉽게도 임화 시와 일본시에 대한 비교 연구는 한쪽으로 편중되어 있다. 지금까지 한국시와 일본시를 비교하는 연구가 편향되어 있듯이 임화 연구도 예외가 아니다. 가령, 김소월과 이시카와 다쿠보쿠石川啄木

의 비교 연구, 주요한과 기타하라 하쿠슈北原白秋의 비교 연구, 혹은 한국
근대시와 프랑스 상징주의 시 사이의 상호교류 등 이른바 이미 알려진
대상에 대한 연구를 하듯이, 임화의 경우에는 주로 나카노 시게하루中野
重治 시와의 관계에 집중되어 있다. 이 글은 그 부분을 제외하고 임화의
단편서사시와 나프의 장시를 비교하려고 한다.

연구자들이 한쪽 문학에만 전문가이기에 정확한 분석을 기하지 못한
점이 문제다. 가령, 한국 혹은 일본문학 연구자들이 상대국 문학에 대
해 틀린 자료를 인용하거나 자료를 하나를 인용하여 과장하는 경우가
있다. 일본어를 모르는 한국문학 연구자들은 잘못 번역된 2, 3차 자료
에 기대는 경우도 있고, 일본문학 전공자가 몇 가지 한국시과 일본시를
비교하여, 한국시를 일본시의 기계적인 모방작으로 평가하고, 게다가
당시 시문학을 모두 모방작으로 침소봉대針小棒大하는 논문도 있었다.
이를 극복하기 위해 보다 포괄적인 비교문학적 연구방법을 이 글에 이
용하고자 한다.

임화의 시 125편[7]과 비교하려는 일본 프롤레타리아 시문학 자료들
은 다음과 같다.

① 中野重治『中野重治詩集』(東京 : ナップ出版社, 1932)
나프의 중앙위원이었던 나카노 시게하루의 첫시집이다. 53편이 수록되어
있다.

---

7 김재용 편, 『임화문학예술전집』 1(시), 소명출판, 2009.

② 野間宏浩 책임편집, 『日本プロレタリア文学大系』 전9권(東京 : 三一書房, 1954)

일본 프롤레타리아 문학의 주요한 작품과 평론을 시기별로 편집하여 실은 전집이다. 서권은 모태와 탄생, 1권 운동대두의 시대, 2권 운동성립의 시대, 3권 운동개화의 시대(상), 4권 운동개화의 시대(중), 5권 운동개화의 시대(하), 6권 탄압과 해체의 시대(상), 7권 탄압과 해체의 시대(하), 8권 전향과 저항의 시대를 다루고 있다. 각권마다 소설, 평론, 성명서, 시, 시론, 단가, 하이쿠 등이 실려 있다. 시는 279편이 실려 있다.

③ 壺井繁次·遠地輝武 편 『日本解放詩集』(東京 : 飯塚書店, 1950)

쓰보이 시게지가 편집한 시선집으로 프롤레타리아 시인뿐만 아니라, 프롤레타리아 시를 포함하여, 전체주의와 전쟁에 반대하는 시를 망라하여, 시인 130명의 시 140편을 담은 앤솔로지다.

④ 中野重治·小熊秀雄·壺井繁次 『中野重治·小熊秀雄壺井繁次』(東京 : 新潮社, 1968)

34권으로 출판된 일본시인전집 시리즈의 25번째 프롤레타리아 시인 시선집이다. 178편이 수록되어 있다.

⑤ 壺井繁次 외편 『日本の抵抗詩』(東京 : 光和堂, 1974)

일본의 근대시가 시작되는 『신체시초(新體詩抄)』(1882) 이후 90년 역사 과정에서 지배자적 권위와 권력체제에 저항한 시들을 편집하여 모은 앤솔로지다. 101편이 실려 있다.

임화 시 125편과 일본의 프로시 혹은 저항시 751편은 비교한다 하니 양적으로 대단하지만, 사실 일본시의 경우 여러 책에 반복해서 나오는 명작도 있어, 작품수의 적고 많음은 별로 의미가 없다. 중요한 것은 단 한 편이라도 대표성 있는 시들을 비교 자료로 해야 한다는 점이다.

임화와 일본시의 비교는 세 가지 항목에서 비교할 수 있겠다. 첫째는 초기 다다이즘시와 일본 다다이즘 시의 비교다. 둘째는 임화의 단편서사시와 일본 나프의 장시와의 비교다. 셋째는 나카노 시게하루中野重治가 발표한 「비 내리는 시나가와역」(『개조』, 1929.2)에 대해, 임화가 화답 형식으로 발표한 시 「우산 받는 요코하마의 부두」(1929)와의 비교 연구다. 이 연구 항목들은 하나 하나가 단행본이 필요할 정도로 이미 여러 연구업적[8]이 축적되어 있다. 저자는 두 번째 항목, 즉 임화와 나프의 이야기 시 비교 연구만을 과제로 분석하려 한다.

이 글은 임화 시와 일본 나프시를 비교하여 임화의 시를 한일문학의 지형도에 새롭게 읽어보려는 시도다. 이 연구가 한일 근대시의 넘나듦을 위한 기초가 되기를 바라면서 시작한다.

---

8 윤학준, 「中野重治の自己批判―朝鮮への姿勢について」, 『新日本文学』, 1979.12; 김윤식, 「中野重治와 비 나리는 品川驛」, 『임화연구』, 문학사상사, 1989; 신은주, 「나카노 시게하루와 한국 프롤레타리아 문학운동」, 『일본연구』 12, 한국외대 일본연구소, 1997.12; 정승운, 「中野重治 「雨の降る品川驛」の再解釋(1)―〈溫もり〉を中心に」, 『일본어문학』 12, 일본어문학회, 2002.3.

임화의 '나프시' 독서체험

임화가 스스로 독서체험을 자세하게 밝힌 수필이 있다. 카프의 의장을 역임했던 인물이 마치 고해성사하듯 자신의 독서편력을 써놓는 「어떤 靑年의 懺悔」(『文章』, 1940.2)다. "열여섯 살에 '하이네'의 詩와 어여쁜 少女의 생각으로 퍽 幸福되었읍니다"로 시작되는 이 글은 임화의 청소년기가 고리키가 아닌 하이네로 출발했다는 것을 보여준다. 글 끝을 보면 "이우에(이후에 — 인용자) 더 무엇을 말하리오. 哀哉라"고 하여 거의 허탈한 심정에서 쓴 글임을 토로한다. 따라서 이 글은 임화의 독서편력을 어떤 자기검열 없이 솔직히 털어낸 자료로 가치가 있다. 중요한 대목은 지금 우리가 관심을 기울이고 있는 일본 나프에 소속된 시인들의 시집에 관한 독서체험이다. 임화는 1926년경의 독서체험을 이렇게 쓰고 있다.

尹基鼎君을 만난 것은 그보다 좀 뒤였는데, 그는 나의 學校친구로 그때 小說을 쓰는 趙君과 친했습니다. 나는 그와 곧 親해지면서 藝術同盟에 加入하는 것을 名譽라고 생각했습니다. 朴英熙氏를 안것도 勿論 그때입니다. (…중략…) 一九二六七年頃이겠지요. (…중략…) 나는 이團體의 充實한 一員이 될 수있었습니다. 東京서오는 이系統의 雜誌를 每月읽고, 그中에도 '마르치네'의 詩와, 三好十朗, 森山啓의 시, 中野重治의 評論을 熱讀했습니다.[9]

---

9 임화, 「어떤 靑年의 懺悔」, 『文章』, 1940.2, 24쪽.

여기서 나타나듯, 임화는 1927년 이후 이탈리아 시인 마르치네, 그리고 일본시인 미요시 주로三好十朗(1902~1958), 모리야마 게이森山啓(1904~1991) 등을 읽었고, 나카노 시게하루의 글을 열독했다. 흔히 어느 작가를 좋아하느냐에 따라 작가의 수준이 이미 결정된다는 말을 하곤 한다. 임화가 글에 남길 정도의 작가는 어떤 작가들이었을까. 임화의 독서편력은 임화 시에 나타난 일본 시의 영향을 추적하는 데 하나의 단서가 된다.

첫째, 미요시 주로는 쇼와 초기부터 종전 후의 부흥기에 걸쳐 활동한 소설가이며 극작가다. 사가佐賀시에서 태어나, 12세에 부모를 잃었으나, 1925년 와세다대학 영문학과를 졸업한다. 대학 재학 중 시를 발표하여, 1928년 쓰보이 시게지壺井繁治 등과 좌익 예술 동맹을 결성하여, 기관지 창간호에 처녀 희곡「파면하는 것은 누구다」를 발표하고, 같은 해 4월 나프全日本無産者芸術連盟에 합류, 그 하부조직 일본 프롤레타리아 극장 동맹에 속해, 희곡을 발표하기 시작한다. 화가 고호의 삶을 표현한「불의 사람炎の人」(1951)으로 요미우리 문학상을 받는다. 사후 오오타케 마사토大武正人의 노력으로『미요시 주로 저작집三好十郎著作集』전63권(1960~1966)이 간행되었던 중요한 작가다.

둘째, 모리야마 게이[10]는 니가타현 출신의 시인, 소설가이다. 중학교 교사인 아버지를 따라 도야마현富山県 다카오카시高岡市로 옮겨 소년기를 보낸다. 1912년, 후쿠이시福井市에 이주.1916년, 후쿠이 중학에 입학한다. 상급생으로 나카노 시게하루中野重治가 있었지만 서로 알지 못했고, 제4고등학교에 진학했을 때도 나카노가 있었지만 여전히 서로 알지 못

---

10 그의 홈페이지는 다음과 같다. http://www.lib.city.komatsu.ishikawa.jp/moriyama/index.html

했다. 1925년 도쿄제국대학에 입학하여 점차 나카노와 친해지면서 프롤레타리아 문학에 심취한다. 1928년에 대학을 중퇴하고, 1932년『프롤레타리아시를 위해서』를 출판한다. 1942년『바다의 부채海の扇』로 신초샤 문예상을 수상한다. 전쟁 후에도 고마쓰시에서 문필 활동을 계속하다가 1991년 사망한다. 주요작품으로는『먼 곳의 사람遠方の人』(1941), 『들국화의 이슬野菊の露』(1966), 『홍련 이야기紅蓮物語』(1978), 『골짜기의 여자들谷間の女たち』(1989) 등이 있다.

셋째, 나카노 시게하루中野重治(1902~1979)는 1902년에 후쿠이현에서 태어나 1926년의 도쿄대학 재학중에 프롤레타리아 문학운동에 참가, 『센키』를 중심으로 지도적 이론가로 활동한다. 서정성과 전투성이 조화된 작품을 많이 썼고, 특히「비 내리는 시나가와역」등 조선사회주의자과 국제연대를 제시하는 시를 써서 카프 맹원과 독특한 관계가 있다. 1930년 5월에 치안유지법 위반으로 체포·기소, 12월 보석, 1932년 4월 다시 체포, 1934년 5월까지 도요타마 형무소에 수용된다. 1934년에 전향을 표명하지만 시국에 영합하지 않는 뛰어난 여러 작품을 발표한다. 전후에는 다시 일본공산당에 들어가『신일본문학』창간에 참가하고, '정치와 문학' 논쟁을 일으키는 등 전후의 일본문학을 확립하는 데 큰 획을 긋는다.

이제 세 시인의 작품을 중심으로 임화 시와 비교하면서, 그 의미를 생각해 보자. 단순히 영향관계 연구를 하여 도식적이고 기계적인 영향사적 평가를 넘어서고자 한다. 소위 영향관계 연구는 '발신자—수신자—전신자'라는 과정에서 영향과 원천의 관계를 해명하는 실증적인 연구다. 폭넓게 자료를 분석하지 않는다면, 게다가 잘못 번역된 번역시나

원전과 틀린 원시를 비교한다면, 엉뚱하고도 기계적인 영향관계를 도출해낼 위험성이 크다. 기계적 영향관계에 묶이지 않도록 조심하면서, 수집 가능한 시와 정확한 번역을 통해 세 시인과 다른 나프 시인들의 작품을 임화 시와 비교하면서, 그 유사성을 추출하고 보편성을 추구하고자 한다.

이제부터 첫째 시형식에 관한 비교 연구, 둘째 화자 비교 연구, 셋째 주제 비교 연구 등을 시도하려 한다.

단편서사시 — 모방인가 이식인가

시인 임화에게 주어진 최초의 찬사는 "절규에 가까운 감정과 감격"[11] 적인 표현으로 프로시의 한계를 뛰어넘는 '단편서사시'를 발표했다는 것이다. 물론 "감상적 동정의 눈물을 짜내게"[12] 하는 작품이라는 비판을 받았고, 임화 스스로 그 부분을 자기비판했지만,[13] 그의 단편서사시는 당시 프로시의 영역을 넓혔던 것이 분명하다. 그런데 임화의 단편서사시가 일본 나프계 시인들의 시와 어떻게 다른가 생각해 볼 때, 문제

11 김기진, 「단편서사시의 길로」, 『조선문예』 창간호, 1929.5.
12 권환, 「무산예술의 별고와 장래의 전개책」(1930.4.19~5.30), 임규찬・한기형 편 『카프비평자료총서』 III, 태학사, 1989, 59쪽.
13 그러면서도 이정구의 「감상주의를 버려라」(『조선일보』 1933.9.19~23)는 시론에 대해, 임화는 자기가 쓴 단편서사시의 의미를 밝히기도 했다. 임화, 「33년을 통해 본 현대 조선의 시문학」, 『조선중앙일보』, 1934.1.1~1.12.

는 달라진다. 결론부터 말하자면 일본 나프시에도 단편서사시와 비슷한 시들이 많았다. 특히 임화가 숙독했다고 밝힌 세 시인은 긴 이야기 시를 발표해온 시인이다. 그중에 먼저 모리야마 게이의 시를 읽어보자.

아라카와(荒川)는 난카쓰(南葛) 무산자의
고뇌의 밤을 흐르는 정맥(靜脈)
아라카와는 난카쓰의 노동자가
분기하는 아침에 물결치는 동맥(動脈)

모리야마 게이

아득한 저 모래밭이여!
물너울은 살랑살랑 시간을 흘려보내고
바람은 쉬지 않고 경보를 전한다

바람은 우리의 가슴을 가른다
바람은 무참한 피의 물살에 스미고 있다
강가에는 빈민과 매음과 노동자들의 무리
크레인은 반항의 날개를 펴고
한 무리의 노동자는 말한다, 애도와 비분을 가진 희생을
말없는 거대 군중 속으로 돌아오는 선구자를
물가에서, 일어서는, 7인의 동지에게 힘을 실어주듯
바람은 가슴을 가른다
바람은 무참한 피의 물살에 스미고 있다

생각하라, 머나먼 남쪽의 키른까지

　그 사람이야말로 난카쓰의 노동자, 길을 개척한 선구자, 빈민과 매음과 노동자의 거리로!

　전투 중 대로에 쓰러진 우리의 전사

성난 민중의 맥박처럼 고동쳐라 아라카와여!

이전에 민중의 아침을 노래하고

드디어 흰빛 작열하는 대낮, 전투의 큰 불꽃을 노래한다

물너울아! 흘러가라!

보라! 햇살 받고 평야에서 맥박 치는, 그대 아라카와는 봄의 혈관

그리고 물가에는 선구자의 씨앗이 발아하는, 그대 아라카와는 우리의 동맥!

고동쳐라! 말없는 거대 군중의 고뇌와 반항의 심장에서

맥과 맥은 고동치나니, 봄의 아라카와여!

—모리야마 게이, 「난카쓰의 노동자」 전문[14]

　1929년 2월에 나프 기관지인 『센키戦旗』에 발표된 모리야마 게이의 작품이다. 이후 『戦旗36人集』(江口渙・貴司山治 編, 改造社, 1930)에 다시 실린 이 시는 나프의 이야기시 중의 걸작으로 알려져 있다. 아라카와荒川

---

[14] "荒川は南葛の無産者の / 苦悩の夜は流れる静脈 / 荒川は南葛の労働者の / 奮起の朝に波立つの動脈 // 茫々たるその河原よ! / 波はサラサラ時を流し / 風は絶え間なく警報をつたえる // 風は僕達の胸を切る / 風は無惨な血潮に沁みている / 河畔には、細民と淫売と労働者の大群 / クレインは反抗の翼を張り(…下略…)" 森山啓, 「南葛労働者」, 野間宏浩 編, 『日本プロレタリア文学大系』 제3권, 東京: 三一書房, 1954, 353~354쪽. 이후의 일본어시 인용은 모두 저자가 번역했다.

『戦旗36人集』

지역은 제1차 세계대전 이후 공장이 집중 건설되었던 도쿄 외곽지역이다. 특히 난카쓰南葛는 원래 강가의 전원지대였으나 1923년 관동대진재 이후 점차 공장지대로 바뀌어 이 지역을 배역으로 많은 노동시가 발표되었다. "난카쓰의 낮은 하늘을 옆에 끼고 '아라가와'의 흐릿한 검푸른 물살을 안은 지대다"로 시작되는 안용만[15]의 시가 대표적인 작품이다. 그래서 아라카와 강은 모든 무산자의 정보와 삶을 나누는 '정맥'과 '동맥'으로 상징된다. 그런데 이곳에는 "애도와 비분을 가진 희생", "군중 속에 돌아오는 선구자", "7인의 동지들"이 호명된다. 그것은 1923년 9월 1일 관동대진재 사건 때 조선인학살,[16] 오스기 사카에大杉榮(1885~1923)[17]로 대표되는 진보주의자 살해, 난카쓰 노동자회 지도자 6명의 학살을 의미하는 것이다. 1917년에 자연발생적으로 일어났던 노동쟁의는 공장이 늘면서 1919년에는 노동조합이 급증한다. 이른바 '난카쓰 노동자'는 아직도 노래[18]로 불리어질만치 전설적인 노동자 조직이었다. 그것은 1920년 일본사회주의 연맹을 조직하는 기반이 된다. 그 기

---

15 안용만, 「강동의 품-생활의 강 '아라가와'여」, 『조선중앙일보』(1935.1.1)가 대표적인 예다.

16 김응교, 「1923년 9월 1일, 도쿄」, 『민족문학사연구』 19, 민족문학사학회, 2001.12.

17 大杉榮, 『自叙伝・日本脱出記』(岩波文庫, 1971). 한국어판은 김응교・윤영수 역 『오스기 사카에 자서전』, 실천문학사, 2005.

18 작사・작곡 築比地仲介, 〈南葛労働者の歌〉. 가사는 다음과 같다.
1절 "ああ革命は近づけり かいめつ近し資本主義 / わが南葛の同志らは 熱と力もてきたえゆく".
2절 "闘いここに幾とせか 歴史をくれば血の頁 / わが南葛の同志らは いかでか伝統失すべき".
3절 "断頭台を血ぬるとも かばねを越えて我等ゆかん / わが南葛の同志らは いかでか迫害屈すべき".
4절 "やがて勝利の栄光に 紅もゆるバラの花 / わが南葛の同志らは 赤旗かかげ進みゆく".

상을 시인은 노래하고 있는 것이다.

나프시 한 편을 보고 설명해 보았는데, 실은 이 무렵 나프시들은 거의 비슷한 이야기시 형식을 갖고 있었다. 이렇게 볼 때 임화의 단편서사시는 전혀 새로워 보이지 않는다. 게다가 비슷한 시를 발견했을 때는 모방이냐 표절이냐 하는 문제가 대두된다. 임화의 단편서사시가 독창적이지 않고 나카노의 시를 아래처럼 모방했을 가능성도 있다. '모방'은 쓸모있는 전통에 대한 개인의 영향관계이다. '이식'은 모방보다는 큰 영향관계로 하나의 문화사가 옮겨가는 과정이라고 저자는 생각한다.

오늘밤 아버지는 퍼렁이불을 덥고

노들강건너편 그 조그만 오막살이 속에 잠자는 네 등을 두드리고 잇다

그리고 지금 나는 네가 일에 충성하는 것을 생각하며 대님을 묶근 길다란

바지가 툭 터지는 줄도 모르고

첩첩히 다친 창살문 밧게 밝어가는 한울을 바라보며 두 다리를 쭉뺏고 있다

아직도 내가 동무들과 갓지

오도바이에 실려 〈볼〉로 〈×××〉로 끌려다녓슬 때 **너는 어린개미처름**

〈사시이레〉보퉁이 끼고 귀를 어이는 바람이 노들강 우우를 부러나리고

잇는집자식들이 털에뭇처 스케트타는 **어름판을건너**

하로갓치 영등포에서 서울노 아버지를 차저왓다

그러나 만일 네가 그것 때문에 조곰치라도 일을 게을넛다면은

네가 정성을 다하야 빨아오는 그양말쫙이나마

엇더케 아버지는 마음노코 발에 신을 수가 잇섯겠느냐

벌서 섣달!

동무들과갓치 아버지가 한테 뭇겨X무소로 넘어올 때

그때도 너는 울지 안코 너는 손을 흔들며 자동차를 따라왓다

(…중략…)

영리하고 귀여웁고 사랑스러운 아들아 아버지는 요전에도 네 연필로 쓴 편

지를 생각하고

네 가슴이 똑똑이 뛰고잇는 것을 칭찬하고

퍼렁이불자락을 끄을어 억개를덥고잇다 일에 충실한 착한너를 생각하며

— 임화, 「오늘밤아버지는퍼렁이불을 덥고」에서(강조는 인용자)

카프나 나프를 넘어 세계 프롤레타리아 문학을 보면, 옥중의 수인이
된 동지나 아버지나 오빠를 시의 주인공으로 삼은 시들이 셀 수 없이
많고, 그 고백체적 혹은 서간체 형식은 너무도 유사하다.[19] 그런데 임
화의 위 시는 나카노의 아래 시와 지나치게 유사하다.

오늘밤 나는 너의 숨소리를 듣고 있다

나는 네가 네 일에 충실한 것을 칭찬한다

내가 이 경찰서에서 저 경찰서로 끌려 다닐 때

너는 조촐한 차입물을 들고 나를 여기저기 따라 다녔지

그것은 흰 알을 안고 새 집을 찾는 개미와 같았었어

그러나 그로 인해 너의 일을 조금이라도 게을리 했다면

너의 마음씨를 나는 받아들이지 못했을 거다

---

19 이에 관해서는 이찬의 옥중시집 『대망』(1937)을 분석한, 김응교의 「옥중시, 만주이주,
북방, 어촌, 국경마을」(『이찬과 한국 근대문학』, 소명출판, 2007)을 참조 바란다.

드디어 내가 감방에 수감되었을 때

너는 다시 기꺼이 나를 찾아 왔었지 그러나 네가

(…중략…)

너는 언제나 맡은 바 일에 충실했으며

지금도 여전히 충실하다

너는 내일 일을 찾아 **강건너 떠난다**

(…중략…)

이전에 갈라놓은 우리들을 또 다시 갈라놓을지도 모르겠다

그러나 우리가 우리들의 일에 모두 충실하는 한

우리들을 본질적으로 갈라놓은 것은 아무것도 없는 것이다

모든 수단을 빼앗아도 헌신적인 수단을 빼앗을 수는 없다

나는 너의 숨소리를 헤아리며 그 편안함을 치하한다

언제까지나 편안하기를

맡은 바 자기 일에 충실함으로서 안도감에 의해

— 나카노 시게하루, 「今夜おれはお前の寝息聞いてやる」[20]에서

이 시는 나카노의 첫시집에서 가장 앞에 실린 시다. 거의 모든 일본 프롤레타리아 문학 전집이나 선집에 실려있는, 비중있는 작품이다. 그

---

20 "今夜おれはお前の寝息聞いてやる / おれはお前が仕事に忠實であることを褒めてやる / おれが 警察から警察へまわされていた時 / お前はささやかな差入物をかかえて次々とまわって來た / そ れは白い卵を抱えて巣移りする蟻のようだった / しかしそのためお前がお前の仕事を少しでも怠 るのであったらば / お前の心づくしを受け取ることがおれに出来なかったろう / やがておれが刑 務所へまわった時 / お前はふたたび手を振ってやって來たしかしお前が / (…下略…)" 中野重 治, 『中野重治詩集』, ナップ出版部版, 1931, 13~15쪽; 中野重治・小熊秀雄・壺井繁次『中 野重治・小熊秀雄・壺井繁次』, 東京 : 新潮社, 1968, 58~59쪽.

나카노 시게하루

런데 위의 임화의 시와 나카노의 시는 비슷한 면이 너무 많다. ① 시의 배경이 감옥인 점이 같다. ② 등장인물은 아버지와 아들의 관계다. ③ 두 편 모두 서간체다. ④ "오늘밤", "개미", "차입물(사시이레差し入れ)"와 같은 같은 단어들이 반복되고 있다. 특히 감방을 찾아다니는 아들을 나카노는 "그 것은 흰 알을 안고 새 집을 찾는 개미와 같았"라고 표현하고, 임화가 "너는 어린개미처럼 〈사시이레〉보퉁이 끼고 귀"라고 표현하는 직유법은 너무도 유사하다. ⑤ 중요한 몇 가지 단어가 조금 다르게 표현되고 있다. "강건너"(나카노)가 "얼음판을 넘어"(임화)로, "형무소"가 "경찰서" 등으로 조금 다르게 표현되어 있다. ⑥ 가장 중요한 것은 화자다. 표면적인 화자external speaker는 두 편 모두 아버지인데, 내면적인 화자internal speaker는 현재 감옥에 갇혀 있는 모든 아버지일 것이다. 그래서 이 시는 특성 가족의 부자간의 대화가 아니라, 당시 감옥에 갇혀 있거나 고통받는 가족들의 이야기였고, 정서적 감염력이 있었을 것이다.

임화가 나카노의 시를 읽고 착상을 얻어 쓴 시일 가능성도 있다. 나카노의 시는 1931년 『나카노 시게하루 시집』에 실렸고, 임화의 시는 1933년 『第一線』 3월호에 실렸다. 나카노 시게하루를 잘 알았던 이북명과 임화는 도쿄에서 함께 지냈다. 이후 1933년 8월 29일 자 『조선일보』 '나의 애송시'에 원제가 「밤벼베기의 기억夜刈りの思ひ出」(『戰旗』 1928.10)인 나카노의 시 일부를 「닥쳐오는 가을」이라는 제목으로 번역 소개하고 있는 배경을 생각한다면, 충분히 그 영향관계를 생각해 볼 수 있다.

물론 시의 형태를 기계적으로 비교하는 연구는 낡은 방식이기도 하지만, 선명한 증거가 있기 때문에 임화가 나카노의 시에 영향 받았을 가망성을 충분하다. 안 읽었다 하더라도 나카노 시게하루는 이러한 형식의 반전시와 프롤레타리아 시는 임화에게 영향을 미쳤을 가능성이 있다. 치안유지법 위반으로 체포된 1930년경부터, 나카노 시게하루는 시와 함께 소설을 쓰는데, 당시 그의 시를 보면 이렇게 산문성이 두드러지게 나타난다. 그가 시에서 소설로 장르를 확산시킨 것은 여러 해석이 있으나 일본 시가의 전통에 있는 '연약한 미의식'이나 감상성을 어떻게 넘을까를, 20대 초부터 과제로서 의식했기 때문이라고 할 수 있겠다.

다만 적극적인 영향관계를 확인하면서도, 임화의 시는 대부분 그의 개성에서 발현되었다는 것을 놓치면 안될 것이다. 첫째, 임화는 단편서사시를 쓰기 전에 이미 긴 시를 발표해 왔다. 그의 초기시는 추상적인 다다이즘시와 구체적인 모더니즘시로 나누어 볼 수 있는데, 아래 시는 긴 이야기시 형식을 갖고 있다.

제1의 동지는 뉴욕 사크라멘트 등지에서 수십 층 死塔(사탑)에 폭탄 세례를 주었으며

제2의 동지는 핀랜드에서 살인자 米國의 상품에 대한 非買同盟(비매동맹)을 조직하였고

제3의 동지는 코-펜하겐에 아메리카 범죄사의 대사관을 습격하였으며

제4의 동지는 암스텔담 궁전을 파괴하고 군대의 총 끝에 목숨을 던졌고

제5의 동지는 파리에서 수백 명 경관을 ××하고 다 달아났으며

제6의 동지는 모스크바에서 치열한 제3인터내슈낼의 명령하에서 대시위 운동을 일으키었고

제7의 동지는 도-쿄에서 ××者의 대사관에 협박장을 던지고 갔으며

제8의 동지는 스위스에서 지구의 강도 국제연맹본부를 습격하였다

(그때의 그놈들은 한 장에 二百兩짜리 유리창이 깨어진 것을 탄식하였다 ―눈물은 廉價다)

오오 지금의 세계의 도처에서 우리들의 동지는 그놈들의 폭압과 ××에 얼마나 장렬히 싸워가고 있는가

그러나

인류의 범죄자

역사의 도살자인

아메리카―뿌르죠아의 정부는

사랑하는 우리의 동지

세계 무산자의 최대의 동무

작코, 반젯틔의 목숨을 빼앗았다

전기로 ―

(푸로레타리아ー트의 發電하는 전기로)

　　　― 임화, 「曇(담)―1927―작코, 반젯틔의 命日에」, 『예술운동』 창간호, 1927

현재는 흐리지만 곧 해日가 뜰 것을 기대하는 담曇이라는 한자를 제목으로 한 장시 「曇―1927」은 1917년, 지도자 '카알'과 '로사'를 죽이고, 2백만의 프롤레타리아를 학살한 부르조아의 만행을 그린 다다이즘 수

법의 긴 시였다. 임화는 1927년에 임화는 윤기정을 통해 이미 카프와 연계되어 있었다. 그러면서도 그의 시에는 아직 다다이즘적인 요소가 남아 있었다는 것을 볼 수 있다. 이후 1934년 이상이 발표한 「오감도」의 형식과 비교되는 이 시는 팔봉이 명명한 단편 서사시의 원조인 사건의 전개과정이 팽팽하게 이어진다. 이 시는 1929년 무산계급의 현장감이 절절한 「우리 옵바의 화로」, 「네거리의 순이」와 「우산받은 요코하마의 부두」로 이어지는 소위 단편서사시의 단초가 보이는 작품이다. 이어 임화는 소위 단편서사시라는 극찬을 받는 「우리 옵바와 화로」를 발표한다. 이 시에서 우리는 임화의 단편서사시가 갖고 있는 두 번째 개성, 즉 배역시配役詩의 특징을 볼 수 있겠다.

사랑하는 우리 오빠 어저께 그만 그렇게 위하시던 오빠의 거북무늬 질화로가 깨어졌어요

언제나 오빠가 우리들의 '피오닐'* 조그만 기수라 부르는 영남(永男)이가
지구에 해가 비친 하루의 모—든 시간을 담배의 독기 속에다
어린 몸을 잠그고 사 온 그 거북무늬 화로가 깨어졌어요

그리하야 지금은 화젓가락만이 불쌍한 우리 영남이하구 저하구처럼
똑 우리 사랑하는 오빠를 잃은 남매와 같이 외롭게 벽에가 나란히 걸렸어요

오빠 ……

저는요 저는요 잘 알았어요

웨 — 그날 오빠가 우리 두 동생을 떠나 그리로 들어가실 그날밤에

『조선일보』(1928.4.1)

연거푸 말은 궐련(卷煙)을 세 개씩이나 피우시고 계셨는지

저는요 잘 알았어요 오빠

— 「우리 오빠와 화로」에서, 『조선지광』 83호, 1929.2

이야기를 이끌어 가는 형태나 길이를 볼 때, 우리는 앞서 인용한 나프시 한 편만 보아도 비슷하다는 생각을 가질 수 있다. 그런데 임화가 시의 화자를 여성으로 두고 이른바 역할극처럼 시를 썼다는 것은 인상적이다. 이 시가 탄생하기 1년전 1928년 임화는 영화배우로 영화 〈유랑〉에 출연했었다. 당시 『조선일보』(1928.4.1)를 보면, "림화林華(임화) 씨의 주연으로 조선영화예술협회에 첫번 제작한 류랑流浪"을 시내 단성사에서 상연하여 "공전의 대성황을" 이루었다고 적고 있다. 또 임화는 연극을 배운다는 목적으로 도쿄로 향하기도 했다. 또 임화가 "열독熱讀했다"고 밝힌 미요시 주로三好十朗는 일본 연극사에 기록되어 있는 중요한 극작가이다. 이후에도 임화는 카프 조직에서 시분과나 평론분과 뿐만 아니라, 영화 분과인 키노 분과에서 조직의 일을 담당하기도 했다. 임화의 단편서사시를 낭송할 때 연극적 요소를 느끼는 이유는 이와 같은 배경이 있어서일 것이다.

셋째, 임화의 단편서사시는 우리문학이 갖고 있는 서사적 시의 전통과도 생각해봐야 한다. 임화가 이상화 시인을 좋아했었다[21]는 것을 놓치면 안된다. 임화가 1927년에 읽었다는 이상화 시란 「빼앗긴 들에도 봄이 오는가」로 대표되는 신경향적인 이야기 시편들이다. 임화 시에는

---

21 임화, 「어떤 靑年의 懺悔」, 『文章』, 1940.2, 23쪽.

이상화의 「빼앗긴 들에도 봄은 오는가」와 같은 탄력성이 숨어 있기도 하다. 더나아가 임화 시 앞에는 서사적 전통을 갖고 있는 한국문학사가 있었다는 점을 간과해서는 안된다.

임화의 단편서사시 이전의 '긴 이야기 형식'에 대해, 윤영천이 18세기 후반에 쓰여진 홍양호洪良浩의 「유민원流民怨」이나 1900년대 만주 시베리아에서 일제와 싸운 유인석柳麟錫이 쓴 「전촌빈가前村貧家」, 김동환의 장시 『국경의 밤』(1925), 『승천하는 청춘』(1925) 등을 언급[22]한 것은 유념해야 할 중요한 대목이다.

다시 쓰지만, 사실 임화의 단편서사시와 유사한 장시 형태는 일본의 나프시에서도 일반적인 형태였다. 프롤레타리아 전집에 실린 시 중의 거의 반수 이상을 차지한다 해도 과언이 아닐 정도로 대중적인 양식이었다. 그저 유행했던 정도가 아니라, 일본문학사에서 빼놓을 수 없는 명작들이 적지 않다. 위에 예로 든 시인 외에 오구마 히데오小熊秀雄(1901~1940)의 시는 예술성도 성취하고 있다. 다만 장시의 원류를 따지자면 쉽지 않다. 일본 이전에 러시아 문학에서도 당시 장시는 유행이었다. 가령 마야코프스키[23]의 장시는 당시 최고의 인기를 누리고 있었다.

본래 일본 시는 그 원류인 하이쿠俳句나 단카短歌처럼 이야기보다는 '암시暗示'와 상징을 위주로 하는 극도로 짧은 시다. 7·5조의 하이쿠가 대표하듯, 일본시 현대시도 7·5조를 기본[24]으로 하여, 이후 프랑스의 상징주의를 중심으로 받아들인 서정시를 주류로 하고 있다. 일본의 사

---

22 윤영천, 『한국의 유민시』, 실천문학사, 1987, 28~31쪽.
23 심성보, 「마야꼬프스키」, 김응교 편, 『심장은 탄환을 동경한다』, 민글, 1993.
24 川本皓嗣, 『日本詩歌の傳統 : 七と五の詩學』, 岩波書店, 1991.

회주의 시인 쓰보이 시게지는 서사시의 전통을 조선에서 보고 배웠다는 평론[25]을 남기기도 했고, 「15엔 50전」[26]이라는 장편서사시를 발표하기도 했다. 쓰보이 시게지는 긴 장편서사시를 말했지만, 이후 일본 현대시는 다시 암시를 위주로 하는 시로 바뀐다. 1950년대 렛토파 이후 사회 변혁을 지향하는 시보다는 다니카와 슌타로[27]와 같은 시인들이 대중성과 지도성을 획득한다. 사회성을 갖는 이야기시는 2000년대 현재에 이르러 일본의 아주 다양한 시적 흐름[28] 중에 소수 그룹이 되었다.

임화의 단편서사시를, 단 몇편을 갖고 비교하여 단순히 일본 나프시의 '직접적인 모방' 혹은 '맹목적으로 수용'했다고 하는 것은 피상적인 결론이다. 임화의 단편서사시는 한국인의 서사적 시형식에 당시 나프시의 흐름, 또한 거기에 임화의 연극적 체험을 결합한, 임화 나름의 창작으로 보아야 할 것이다.

---

25 壺井繁次, 「二つの朝鮮敍事詩について」, 『詩と政治の對話』, 新興書房, 1967, 74쪽.
26 김응교, 「15엔 50전, 광기의 기억—쓰보이 시게지 장시 『15엔 50전』(1948)에 부쳐」 『민족문학사연구』 27, 민족문학사학회, 2005.
27 谷川俊太郎, 김응교 역, 『이십억 광년의 고독』, 문학과지성사, 2009.
28 김응교, 「2010년, 일본시 올스타전」, 『시와 문화』, 2009.가을.

여성 화자의 보편성

임화와 나프시를 비교할 때, 시의 주인공인 서정적 화자가 모두 소년 노동자, 여공, 수인囚人으로 유사한 경우를 비교할 수 있겠다. 가령, 이른바 옥중문학은 세계 어디에 가든 진보적 문예에는 나타나는 현상이다.

여기서 주목하고 싶은 것은 임화나 나프시가 여성을 어떻게 시에 담았는가 하는 문제다. 당시 카프와 나프에서 여성을 화자로 쓰는 시는 하나의 흐름이었다.

> 안녕 안녕 안녕 안녕
> 안녕 안녕 안녕 안녕
> 우리는 그것을 보았다
> 백명의 여공이 내리고
> 천명의 여공이 계속 올라타는 것을
> 여공이란 무엇인가
> 방적(紡績)여공이란 뭐란 말인가
> 회사 공장 굴뚝 기숙사란 뭣인가
> 거기서 그녀들이 젖은 수건처럼 쥐어짜지는 것은 뭐란 말인가
> 그리고 설날이란
> 설날 휴가란 무엇인가
> 오오 그녀들은 충분히 쥐어짜졌다
> 그리고 쫓겨났다. 설날이라는 이름으로

그리고 우리는 보았다

(…중략…)

그녀들은 착취당할 만큼 착취당했다

마을에는 인신매매꾼들이 돌아다니고 있다

그녀들은 작은 정거장을 나와

눈(雪) 속을

새로운 인신매매꾼들의 복병 속으로 되돌아가는 것이다

그것을 그녀들 또한 알고 있다

안녕 안녕 안녕 안녕

아안녕 아안녕 아안녕 아안녕

거기는 엣추(越中)였다

그곳 작은 정거장의 눈이 휘날리는 시멘트바닥 위에서

딸과 부모 형제들이 서로 서로 쓰다듬고 있었다

내린 사람과 계속 타는 사람과의 이별 인사가

제각기 다른 공장으로 흩어질 그녀들의

두 번 다시 만날 수 없는 방적공장 여공들의 헤아릴 수 없는 합창소리가

쉬지 않고 내리는 눈 속에서 춤추며 올랐다.

　　　　　　　　　—나카노 시게하루, 「汽車 三」(1927)에서[29]

---

29 "さようなら さようなら さようなら さようなら / さようなら さようなら さようなら さよう なら / おれ達はそれを見た / 百人の女工が降り / 千人の女工が乗りつづけて行くのを / 紡績女 工とはなにか / 会社　工場　煙突　寄宿舎とはなにか / そこで彼女たちが濡れ手拭のように搾ら れるとは何か / そして正月とは何か / 正月休みとは何か / おお　彼女たちは十分に搾られた / そ

설날 휴가라는 명목으로 여공들은 공장에서 일시 나간다. 그런데 그 길은 일시 나가는 것이 아니라, 그대로 쫓겨나는 것이다. 1930년대에 이르기까지 여공의 비정규직 계약기간은 1년인 경우가 대부분이었다. 당시 대다수의 여성노동자들은 농민출신이었고, 직업별 노동조합도 결성되어 있지 않은 시기였다. 1년 동안 일한 여공들이 밀려나간 자리에 더욱 값싼 신참 여공들이 채워진다. 쫓겨나는 여공들은 운명을 알면서도 달리 방도가 없어 가족들과 얼싸 안고 울기만 한다. 이렇게 시인은 방적공장 여공들이 설날을 빌미로 퇴직당하고 빈 자리에 다른 여공들이 채워지는 과정을 '기차역'을 배경을 그리고 있다.

이 시가 탁월한 것은 먼저 방직산업의 여성노동자를 시의 주인공으로 삼았다는 점이다. 당시 일본 방직산업의 여성노동자 수는 급속히 확대되고 있었다. 쇼와昭和 공황 전후부터 무렵 1929년 여성노동시장을 보면, 1,000명을 조사했을 때 방직 823명, 금속 8명, 기계가구 12명, 화학 39명, 식료품 21명, 기타 30명이었을 정도로 방직 여공의 숫자는 절대적이었다. 또한 방직 여공의 수는 1909년 49만, 1914년 56만, 1919년 81만, 1929년에는 97만 명으로 확대되었다.[30] 즉 나카노 시인

して追い出された　正月の名で / そしておれ達は見た / (…中略…) / 彼女たちはもう十分に搾られていた / そして村々には新しい人買がまわっていた / それらを小さな停車場を出て / 雪の中を / 彼女たちは新しい人買いどもの伏兵の中へ帰って行くのだ / それを彼女たちは知っていた // さよなら さうなら さうなら / さようなら さようなら さようなら さようなら / そこは越中であった // その小さな停車場の吹きっさらしのたたきの上で / 娘と親と兄弟とが互いに撫で合った / 降りたものと乗りつづけるものとの別れの言葉が / 別々の工場に買いなおされるだろうと彼女たちの / 二度とあわないであろう紡績女工たちのその千の声の合唱が / 降りしきる雪空のなかに舞い上がった" 中野重治, 「汽車 三」(1927)에서. 『中野重治』(日本詩人全集 25), 新潮社, 1968, 45〜46쪽.

30 竹中恵三子, 『新女性労働論』, 有斐閣選書, 1991, 48〜63쪽.

은 그 시대에 가장 문제가 될 만한 첨예하고 전형적인 상황을 시에 담았던 것이다.

게다가 시의 배경은 엣추越中라는 지역이다. 엣추는 현재 도야마富山현의 옛이름으로 1918년경에 가장 큰 쌀소동이 일어났던 것이다. 시인은 바로 그 장소가 또다른 노동운동의 발화지가 될 수 있음을 암시한다.

당시 여성의 노동력을 주제로 한 작품은 많았다. 공장에서 남자보다 값싼 여성노동자가 대거 고용되던 시기였다. 당연히 프롤레타리아 시인들은 여성노동자를 시의 서정적 화자로 등장시키기 시작했다. 나카노 시게하루만이 아니라 많은 시인들이 여성을 서정적 화자 혹은 주인공으로 시에 등장시켰다.

"째브러진 초가삼간에서도 길에 나올 때에는 불란서 파리나 뉴욕 맨핫탄에서 부침하는 여성들의 옷을 걸치고 나와야만 하는"[31] '모던 걸'들도 있었지만, 1920년대는 "화장하고 작업복 입고 공장으로 들어가는"[32] 방직공장 여공들이 사회의 저변을 이루기 시작한 시대였다. 그것은 비단 일본 사회뿐만 아니라, 식민지 조선도 마찬가지였다. 그래서 여직공은 "악마의 굴 속 같은 작업물 안에서 / 무릎을 굽힌 채 고개 한 번 돌리지 못하고"(유완희, 「여직공」) 열두 시간을 일하면서, "태양도 잘 못 들어오는 / 어두컴컴하고 차듸찬 방"(권환, 「우리를 가난한 집 여자이라고」)에서 지내야 했다. 산업적 신분으로는 엄연히 존재하는 이들이 정치적, 사회적 신분으로는 대우받지 못한다. 여성노동자는 시대의 흐름에 따라가지 못하는 늦깎이들이고, 그 흐름을 방해하는 범죄자로 몰리

---

31 안석영, 「모던 걸」, 『안석영문선』, 관동출판사, 1984, 76쪽.
32 이광수, 「육장기」, 『이광수전집』 6, 삼중당, 1962, 503쪽.

면서, 이들에게 차별이나 폭력을 행사해선 안 되지만 행사해도 큰 처벌을 받지 않았던 것이다. 그래서 "누나의 얼굴은 / 해바라기 얼굴"이 되어 무겁게 얼굴을 떨구고 "해가 금방 뜨자 / 일터에 간다"(윤동주, 「해바라기 얼굴」1938). 당시 여성노동자들은 파시즘 국가들이 국가체제를 유지하기 위해 희생양으로 생산되는 존재였다. 무소부재의 자본이라는 권력은 여성노동자를 '벌거벗은 존재', 호모 사케르Homo Sacer로서 대우했다. 이 여성들은 인간으로 대우받아야 마땅한 신성한 존재들이건만, 시대의 논리를 깨닫지 못했다는 죄로, 시대의 희생물이 되었던 것이다. 위 시의 비정규직 여성노동자는 사회의 유지를 위한 희생양으로, 자본주의는 이들을 밖으로 내몰지 않고, 안으로 끌어안고 '배제 / 차별'한다.[33] 여성을 비정규직으로 그때 그때 바꿔치우는 것은 자본주의 시장 운영의 가장 기본적이고 손쉬운 방법일 것이다.

이러한 시대에 임화는 여성을 어떻게 시에 담았을까?

①
그리하야 지금은 화젓가락만이 불쌍한 우리 영남이하구 저하구처럼

똑 우리 사랑하는 오빠를 잃은 남매와 같이 외롭게 벽에가 나란히 걸렸어요

오빠 ……

---

33 호모 사케르(Homo Sacer)는 '신성한 인간을 뜻하지만, 실제로는 범죄를 저질렀거나 어떤 불결함을 지녔기에 신성한 제단에 바칠 수 없는 존재'였다. 로마 시대의 기록에 따르면 '호모 사케르를 희생물로 삼는 것은 합법적이지 않지만 그를 죽이는 자가 살인죄로 처벌받는 건 아니다'라고 되어 있다. 호모 사케르는 그 사회가 시민에게 부여하는 어떤 보호도 받지 못한 채 단지 숨 쉬는 생명체로, 날것의 인간으로 살아간다. 조르조 아감벤, 박진우 역, 『호모 사케르』, 새물결, 2008, 49쪽.

저는요 저는요 잘 알았어요

웨 — 그날 오빠가 우리 두 동생을 떠나 그리로 들어가실 그날밤에

연거푸 말은 궐련(卷煙)을 세 개씩이나 피우시고 계셨는지

저는요 잘 알았어요 오빠

언제나 철없는 제가 오빠가 공장에서 돌아와서 고단한 저녁을 잡수실 때 오빠

몸에서 신문지 냄새가 난다고 하면

(…중략…)

말 한마디 없이 담배 연기로 방 속을 메워 버리시는 우리 우리 용감한 오빠

의 마음을 저는 잘 알았어요

천정을 향하야 기어올라가든 외줄기 담배 연기 속에서 — 오빠의 강철 가슴

속에 백힌 위대한 결정과 성스러운 각오를 저는 분명히 보았어요

　　　　　　　　　　—「우리 오빠와 화로」 전문, 『조선지광』 83호, 1929.2

②

네가 지금 간다면, 어디를 간단 말이냐?

그러면, 내 사랑하는 젊은 동무,

너, 내 사랑하는 오직 하나뿐인 누이동생 순이,

너의 사랑하는 그 귀중한 사내,

근로하는 모든 여자의 연인 ……

그 청년인 용감한 사내가 어디서 온단 말이냐?

(…중략…)

순이야, 누이야!

근로하는 청년, 용감한 사내의 연인아!

생각해보아라, 오늘은 네 귀중한 청년인 용감한 사내가

젊은 날을 부지런한 일에 보내던 그 여윈 손가락으로

지금은 굳은 벽돌담에다 달력을 그리겠구나!

또 이거 봐라, 어서,

이 사내도 네 커다란 오빠를……

남은 것이라고는 때묻은 넥타이 하나뿐이 아니냐!

오오, 눈보라는 트럭처럼 길거리를 휘몰아간다.

자 좋다, 바로 종로 네거리가 예 아니냐!

어서 너와 나는 번개처럼 두 손을 잡고,

내일을 위하여 저 골목으로 들어가자,

네 사내를 위하여,

또 근로하는 모든 여자의 연인을 위하여……

이것이 너와 나의 행복된 청춘이 아니냐?

— 임화, 「네 거리의 순이(順伊)」, 『조선지광』, 1929

　여성 화자는 임화의 시에서 자주 나타난다. 다만 임화의 시에 나타나는 여성은 주체적으로 자기 삶을 꾸려가는 의지적인 인물이 아니다. 임화의 시에 나타나는 여자는 남자의 삶에 기대고 있는 종속적인 여인이다. ①에서 보듯이, 오빠를 잃은 두 자매는 외롭게 벽에 걸린 화젓가락 같은 인생이며, 오빠의 삶을 통해 소녀는 모든 것을 배운다. 세 번씩

"알았어요"라고 반복하고, "오빠의 강철 가슴 속에 박힌 위대한 결정과 성스러운 각오를 저는 분명히 보았어요"라고 한다. 오빠라는 존재를 통해서만이 알고, 보고, 깨닫는 것이다. ②에서처럼 여성은 오빠의 "오직 하나뿐인 누이동생 순이"이며, "근로하는 청년, 용감한 사내의 연인"일 뿐이다. 그렇게 살아야 "행복된 청춘이 아니냐"고 강변하는 임화의 태도는 자칫 봉건적인 태도로까지 보인다. '강변한다'고 쓴 이유는 임화 시에서 물음표(?)가 느낌표(!)의 기능을 가질 때가 많기 때문이고, 그렇다면 ②에는 마침표가 너무도 많다. 위 두 시에서 독자는 여성 화자를 통해, 누이의 목소리를 통해 남성의 계급의식을 느낄 수는 있고, 남성적 대결의 세계를 목도할 수는 있다. 물론 "저는 제사기를 떠나서 백장의 일전짜리 봉투에 손톱을 뚫어 뜨리"(「우리 오빠와 화로」)는 누이가 등장하기는 한다.

관부연락선이 뿌— 하고 신음하는데
바쁘게 경적을 울리며 달리는 순시함의 순경이 든 붉은 전등이
미친개의 눈동자같이 빛나고 있다
(…중략…)
오오 수만의 동포가 이산의 눈물을 흘리며
지난해 조방(朝紡)의 스트라이크가 실패한
애처로운 투쟁에서 자매들의 상처투성이 노래가 울려 퍼졌다
우리들의 바다! 현해탄은 출렁인다
오오 언제 저녁 바람이 잠잘지 모르는 현해탄의 거친 파도여!
우리들의 고통스러운 투쟁의 노래도

이 바다처럼 퍼져가며 파도처럼 높아가고 있는 것을 알고 있는가?

─「3월 1일」을 ×××날로써 기념하라!

─「현해탄(玄海灘)」에서

이 시에서도 여공이 등장하기는 한다. 시인은 '조선방직공장'의 파업 실패라는 구체적 현실을 거친 파도가 몰아치는 현해탄의 어두운 밤의 상황과 적절하게 유비시키고 있다. 관부연락선의 기적 소리마저 '신음'으로 들리고, 수만 동포의 '눈물'은 출렁이는 현해탄과 유비된다. 여기서 여공은 역사의 중심에 서지 못하고 주변周邊에 위치한다. 그러나 시에 여공이 등장하더라도, 구체적으로 여성이 어떻게 살아가는지 어떻게 노동하고 있는지를 임화는 형상하지 못하고 있다. 그가 구체적으로 형상하고 있는 여성들은 앞서 「네 거리의 순이」에서 보았듯이, 노동하는 주체적 여성이기 보다는 남성에 속해 있는 의존적인 여성적 화자다.

김윤식은 '누이 콤플렉스'[34]라는 이름으로 임화의 독특한 여성 화자에 대한 무의식을 설명한 바 있다. 김윤식은 임화의 가출신화부터 여성 편력, 그리고 임화 시에서 나타나는 여성 화자의 변화에 이르기까지 꼼꼼히 분석했다. 남자에 의해 희생당하는 여성이 혁명적인 영웅을 배출하는 배경이 되며, 영웅이 되기 위해 끊임없이 '희생당하는 누이'를 추구해야 했다고 밝힌다. 이 분석 역시 임화 시에서 여성의 역할이 단순히 남자의 계급의식을 강화하는 수사적 기능에 그치고 있다는 말과 같을 것이다. 임화 시에서 여성 화자는 주체가 아니라, 단순히 정서적 감

---

34 김윤식, 『임화연구』, 문학사상사, 1989, 180~192쪽.

염력을 위한 도구로 기능하고 있는 것은 임화가 갖고 있는 여성에 대한 인식의 한계일 것이다. 다시 말하면 임화 시에는 인텔리 특유의 계급의식은 있으나 노동자 현실에 밀착되어 있지 않다는 것을 이런 부분이 말해주는 것이다. 임화 시에서 여성이 끊임없이 등장하는 또다른 이유로는, 프로이트가 말한 모성회귀본능母性回歸本能이 있을 수도 있겠다. 실제로 그런 안락의 세계로 돌아갈 수 없었던 임화는 끊임없이 영원한 쉼의 세계를 한편으로는 동경했던 것이 아닐까. 그래서 끊임없이 상상의 세계를 만들어 냈던 것이 아닐까.

한편 임화의 여성 화자는 식민주의에 대항하는 기재로 읽을 수도 있다. 시대에 의해 고통받는 가족의 딸, 여성은 그것 자체가 탈식민적 저항의 의미를 가질 수 있기 때문이다. 전체주의 사회의 남성 권력에 대항하는 방법은 남성적 권력으로 정면으로 맞설 수 있겠으나, 그럴만한 힘이 없을 때, 곧 전체주의가 너무도 강대할 때는 여성적 화자로 대항하는 방법이 효과적일 것이다. 팔루스phallus(남성권력)[35]에 대항하기 위해서는, 남성적인 힘보다는 여성의 내면적 힘이 가장 효과적이라는 뜻이다. 가끔 혁명 이야기는 여성 화자가 주인공이 된다. 고리끼의 『어머니』, 북한의 혁명가극 〈꽃 파는 처녀〉처럼 여성 전사가 전면에 나선다. 다만 반드시 시대와 현실에 순응할 경우 남성 화자를 선택하고, 시대를

---

[35] 라캉은 한국어로 둘 다 남근이라고 번역될 수 있는 '페니스(penis, 음경)'와 '팔루스(phallus, 남성권력)'를 구분한다. 페니스는 생물학적인 남성의 성기를 지칭한다면, 팔루스는 이 남성적 권력이 추상화하여 기표의 세계 혹은 의미의 세계에 대하여 담당하는 유일무이한 역할을 가리킨다. 바벨탑 설화에서부터 시작하여, 불교의 탑이나 교회의 첨탑도 남성 권력 팔루스의 상징일 것이다. 제국의 상징물은 언제나 제국의 '기원신화'를 암시하는 것이다. 파시즘의 기원 역시 언제나 남성적 폭력이다. 상징적인 기념물은 이 폭력적 기원을 가리고 이를 숭고한 신화로 치장한다.

거부하고 저항할 때는 여성 화자를 기계적으로 쓰는 것은 아니다.

임화의 '현해탄'과 나프의 '반전反戰'

19세기 초부터 일본 시인들은 파시즘 전쟁을 비판하는 반전시를 많이 발표했다.

요사노 아키코與謝野晶子(1878~1942)는 가집歌集『흩어진 머리みだれ髮』(1901)에서 자유분방한 여성의 자아를 노래해서 문단을 놀라게 한 시인이다. 1904년 러일전쟁이 한창일 때 발표된 그녀의 시「동생이여 죽어서는 아니 된다君死にたもうことなかれ」는 전쟁에서 동생이 '죽어서는 안된다'는 내용이다. 이 시가 발표되자 국가의식이 없다는 강렬한 비난이 쏟아졌다. "아, 동생아, 너 위해 눈물 흘린다 / 그대 죽어서는 안 된다 / 막내로 태어난 너이기에 / 부모의 정이 더욱 깊으니 / 부모는 칼을 들고 / 사람 죽이는 것을 가르쳤느냐 / 사람을 죽이고 너도 죽으라고 / 24살까지 키웠느냐"는 이 시에는 전쟁의 본질에 항거하거나 제국주의 모순을 지적하는 논리를 갖고 있지 않다. 다만, 남동생의 죽음을 염려하는 내용이 이후에 열렬한 반전시로 받아들여졌던 것이다. 그렇다 하더라도 이 시를 단순히 가족 사랑의 시로만 해석할 수는 없다.[36]

---

36 김응교, 「다시 해석되어지는 가인, 與謝野晶子(2)」,『문학사상』, 2003.1.

관동대진재關東大震災의 조선인 학살을 테마로 한 장시 「15엔 50전十五円五十錢」(『新日本文學』, 1948.4)[37]을 남긴 시인 쓰보이 시게지壺井繁治(1898∼1975)도 많은 반전시를 발표했다. "포탄은 / 끊임없이 울리고 / 날은 저물어 간다 / (…중략…) / 가을이 깊어 가는 중에 / 철鐵보다도 딱딱한 돌이 그립다"(「돌」에서)라고 하여, 청일전쟁 이후 태평양전쟁에 이르기까지 15년의 전쟁을 경험했던 시인의 쓸쓸함을 표현하고 있다. 마지막 행에 "철보다도 딱딱한 돌이 그립다"라고 한 것은 철로 만들어진 온갖 전쟁 도구보다는 돌로 상징되는 자연 자체가 그립다는 표현이다.

예술파 시인인 가네코 미쓰하루金子光晴(1895∼1981)는 반골反骨 시인으로 알려져 있듯이 거의 모든 권력에 저항했다. 반전시 「상어(鮫)」 등의 작품으로 유명한 그는 무일푼으로 아시아와 유럽을 방랑했고, 이후 그의 시에는 동남아시아 원주민의 평화스러운 모습과 대비되는 전쟁의 참상을 고발하는 내용이 많이 담겨 있다. 그가 쓴 반전시 중에 「전쟁」이란 작품을 보자.

전쟁이란, 끊임없이 피가 흐르는 것이다
그 흐른 피가, 헛되이
땅에 빨아들여져 버리는 것이다
나는 알지 못하는 사이에, 내 피로 이어서 빨려드는가.

반성하거나, 선동하는 것을 그치고
기와를 만드는 것처럼 틀을 끼워서, 인간을 전력(戰力)으로 보내는 것이다

---

[37] 김응교, 「15엔 50전-쓰보이 시게지의 시 연구」, 위의 책.

19살의 아이도.
50살의 부친도.

19살의 아이도
50살의 부친도
하나의 명령에 복종하여,
좌로 향해
우로 향해
하나의 표적에 방아쇠를 당긴다

적의 부친과
적의 아이에 대해서는
생각할 필요가 털끝만치도 없다
그것은 적이기 때문이다

―가네코 미쓰하루, 「전쟁」에서

　일제가 무모한 전쟁을 도발하여 젊은이를 죽음터로 몰아가고 있을
때 유독 끈질기게 가네코 미쓰하루는 저항시를 계속 발표했다. 위의 시
에서 시인이 전쟁을 긍정하는 듯이 보이지만, 실은 전쟁에 대한 모든
생각을 '비아냥'거리고 있는 것이다. 가네코 미쓰하루의 시에는 단독자
로서의 강렬한 자아가 빛난다.
　이 외에 마키무라 고槇村浩(1912~1938)의 장시 「간도 파르티잔의 노
래」(『프롤레타리아문학』, 1932.3)란 작품도 기억할 만하다. 이 장시는 시인

이 식민지 지배에 저항하여 독립운동을 하던 조선인의 입장에서 쓴 것이다. 일본의 중국 침략이 1931년 본격화되자 「살아있는 총가」, 「출정」 등의 시를 통해 출병을 반대했던 마키무라 고는 조선독립운동과 연계해 검거돼 3년간 옥고를 치르기도 했다. 그러나 출옥 후 고문 등으로 몸과 정신이 병들어 정신병원에서 스물여섯 살로 세상을 떠났던 비극적 시인이다. 그는 일본 프롤레타리아작가동맹에서 활동하던 조선인 시인 김용제 등과 교유하며 식민지배를 받던 조선의 현실상황과 저항운동 등에 관심을 가졌다. 일본의 반전시는 비단 나프에 속한 시인들뿐만 아니라, 이른바 예술주의 노선을 택한 시인들도 반전시를 발표할 만치 일반적인 주제였다. 19세기 초부터 일본에서 '반전反戰'이란 단어는 문화예술계에서 상식적인 키워드 중의 하나였다.[38] 이제 임화가 숙독했던 미요시 주로의 반전시를 보자.

진타로(甚太郎) 아저씨

이 자루에는

---

[38] 일본 현대 시인들은 끊이지 않고 반전시를 발표하고 있다. 패전 이후, 일본의 시단은 패배의식과 암담한 현재를 문제 삼는 '아레치(荒れ地) 그룹'이 주도권을 잡고 있었다. 현실의 정치적 상황에 이데올로기로 맞선 '렛토(列島) 그룹'이 전쟁의 폐허를 시에 담았고, 이 흐름은 오늘날 평화운동과 반전시 운동의 밑거름이 되어 왔다. 사실 일본의 반전시집은 60년대부터 하나의 출판 장르를 이룰만치 출판되어 왔다. 중요한 시집을 논하면 다음과 같다. 秋山清・伊藤信吉・岡本潤, 『世界反戰詩集』(太平出版社, 1969); 島始・菅原克己・長谷川四郎 編, 『世界反戰詩集』(渥美書房, 1971); 倉田清 譯, 『世界反戰詩集』(角川文庫, 1974); 沖長ルミ子 外編, 『女性反戰詩集, 平和への願い』(視點社, 1982); 井之川巨, 『偏向する動き, 反戰詩の系譜』(一葉社, 1995); 伊藤信吉, 岡本潤 編, 『日本反戰詩集』(太平出版社, 1980); 村田正夫, 野口正義 編, 『反戰詩集、戰爭とは何か』(現代書館, 1970); 反戰詩集偏執委員會, 『反戰アンデパンダン詩集』(創風社, 2003). 일본의 반전시에 관해서는 김응교, 「일본의 반전시」, 계간 『시경』(박이정, 2004.가을)를 참조 바란다.

은단과 우카이산(ウガイ散, 위장약—옮긴이)과

테누구이(手拭い, 일본전통 손수건)가 들어있어요

그리고 논키(ノンキー)가 들어 있어요

어제, 뒷집 소메(染) 아저씨랑 둘이서

마을에서 사온 거예요.

우카이산,

배가 아플 때 먹는 겁니다.

그리고 진타로 아저씨

칼 꽂은 총으로

사람 찔러 죽이지 마세요.

(…중략…)

소메 아저씨가 신문을 읽어줬는데

일본군이 전투에서 승리했다지요

아저씨도 참전했었나요

그리고 적을 죽였나요

아저씨가 말했지요

중국은 진짜로 우리의 적이 아니라고!

그래도 출정하지 않으면 안돼

가고 싶지 않아도 가지 않으면 안돼

죽이고 싶지 않아도 죽이지 않으면 안돼

그렇다는 거

진짜 적은 중국이 아니잖아요?

(…중략…)

진타로 아저씨

죽이지는 마세요

죽이지는 마세요

그래도, 아저씨는

칼 꽂은 총으로 찌르지 않으면 안돼

— 미요시 주로, 「山東へやった手紙」, 1927[39]에서

중국으로 출병간 진타로 아저씨에게 꼬마 아이가 편지를 보낸다. 꼬마 아이는 진타로 아저씨의 건강을 염려하면서 동네 이야기를 전한다. 그리고 절대 중국 사람을 죽이면 안 된다는 것을 몇 번이고 강조한다. 어린아이 말투로 쓰여 있는 이 시는 낭송할 때 선동성을 발휘했을 것이다. 이 시는 중일전쟁을 반대하는 반전시로 여러 책에 실려 있는 명작이다. 이 시가 발표되었던 1927년은 바로 임화가 미요시 주로 시인을 알았던 시기다. 다만 임화 시에서 이러한 반전시를 찾아보기는 어렵다.

임화가 시에서는 직접 표명하지 않았지만, 군국주의 파시즘에 분명한 거리를 두는 비판적 의식을 그의 평론 「전체주의 문학론」(1940) 등에서 읽을 수 있다. 이 글에서 임화는 '나치스' 사상에 대하여 괴벨스의 회답문을 인용하면서, 비독일적非獨逸的이란 말은 "단순한 비평이 아니

---

39 "甚太郎おじさん / この袋には / 仁丹とウカイ散と / 手ぬぐいが入っとる / それから、ノンキー が入っとる / 昨日、裏の、お染さんと二人で / 町から買って來たものです。 / ウカイ散は、/ 腹の痛か時に飲むとです。 / そして、甚太郎さん / 剣つき鉄砲で突き殺ろされんよーにしなさ い / (…中略…) / お染さんが新聞を読んでくれたら / 日本軍が合戦に勝ったそーですね / おじ さんも戦ったのですか / そして敵を殺したのですか。 / おじさんは ほんとは俺達の敵では無い よ / しかし出征しなんならん / 行きたく無いのに行かんならん / 殺したく無いのに殺さんならん / ぞーたんのごと / ほんとの敵は支那じゃなか" 三好十郎, 「山東へやった手紙」(1927), 野間宏 浩 編, 『日本プロレタリア文学大系』 2, 東京 : 三一書房, 1954, 351~352쪽.

라 하나의 낙인烙印이다"라는 말로 전체주의적 문학은 강제성을 동반하고 있음을 비판하고 있다. 그래서 "독일적 비평이란 곧 하나의 정벌征伐을 의미한다". 따라서 임화가 보기에, 나치스 문학의 이상이 "세계 문학 가운데 무엇을 가져오느냐는 것은 물론勿論 역사만이 판단判斷할 일이다"[40]라고 할 만치 긍정적인 것은 아니었다. 임화는 이렇게 전체주의와 비판적인 거리를 두었지만, 파시즘 전쟁에 반대하는 직접적인 시는 발표하지 않았다.

임화의 반전체주의 의식이 유이민의 고통과 함께 은밀하게 드러나는 장소는 '현해탄'이다. 현해탄을 보며 "나는 학생으로부터 무엇이 되어 돌아갈 것인가?"[41]라고 자각했던, 임화는 「해상에서」, 「해협의 로맨티시즘」, 「상륙」 등 많은 시를 '현해탄'[42] 모티프로 하여 발표했다.

'반사이'! '반사이'! '다이닛······'······

二等 캐빈이 떠나갈듯한 아우성은,

感激인가? 협위인가?

깃발이 '마스트' 높이 기어 올라갈 제,

靑年의 가슴에는 굵은 돌이 내려앉았다.

어떠한 불덩이가

---

40 임화, 「전체주의 문학론」, 『문학의 논리』, 학예사, 1940, 768~770쪽.
41 임화, 「해상에서」, 『현해탄』, 동광당서점, 1938, 153쪽.
42 반면에 국내 문제에 대하여 임화의 시에서 계급의식과 상황변화를 보여준 장소는 '종로 네 거리'다. 「네 거리 순이」, 「다시 네 거리에서」 등으로 이어지는 시들이 모두 종로 네 거리를 배경으로 하여 쓰여졌다. 이에 대해서는 글을 달리하여 쓰고자 한다.

과연 충계를 내려가는 그의 머리보다도

더 뜨거웠을까?

어머니를 부르는, 어린애를 부르는,

南道 사투리,

오오! 왜 그것은 눈물을 자아내는가?

(…중략…)

三等 船室 밑

똥그란 유리창을 내다보고 내다보고

손가락을 입으로 깨물을 때,

깊은 바다의 검푸른 물결이 왈칵

海溢처럼 그의 가슴에 넘쳤다.

— 임화, 「해면의 로맨티시즘」에서, 『현해탄』, 동광당서점, 1938

모든 시가 그렇지만 이 시에서는 단어 하나 하나에 주의해야 한다. 일본인들은 "반자이万歳"를 외치고 "다이니뽄大日本"을 외친다. "다이닛……"이라고 하고 말줄임표(……)를 넣은 이유는 "대일본제국"이라는 발음으로 이어지기 때문에 그럴 것이다. 일본어에서 일본日本이라는 한자를 발음할 때 두 가지로 발음하곤 한다. 가장 일반적인 '니혼'이라는 발음은 강조의 의미가 없다. 그런데 '닛뽄'이라고 발음할 때는 우익 국가주의나 스포츠 시합을 응원할 때 쓴다. 2등 캐빈에서 '반자이'를 외치는 일본인들은 주위에 누가 있건 말건 대일본제국에 대한 자부심을 만끽하고 싶은 사람들이었을 것이다. 그들에게는 "감격感激"이겠지만, 조선인들에게는 "협위" 곧 공격적인 위협威脅으로 느껴졌을 것이다. 그리고 임화는 이 시에서 강조할 단어를 한자로 쓰고 있다. 일본인의 자부심 넘치는 "반자이"라는 일본어는 연약한 어머니와 어린애를 부르는 눈물 나는 "南道 사투리"와 대비된다. 일본인이 지내는 "二等 캐빈"은 식민지인이 지내는 "三等 船室"과 대비된다. 그래서 "青年의 가슴에는 굵은 돌이 내려앉"고, "깊은 바다의 검푸른 물결이 왈칵 / 海溢처럼 그의 가슴에" 넘친다. 이러한 열패적 감정을 느끼며 임화가 삼등실에서 보았던 것은 현해탄을 건너가는 디아스포라diaspora들이었다. 임화의 '현해탄'에서 주목해야 할 대상은 나라 잃은 유이민Diaspora의 비참한 삶이다.

눈물이 흐른다
현해탄 넓은 바다 위
지금 젖꼭지를 물고 누워
뒹굴을 듯 흔들리는 네 두 볼 외에
하염없이 눈물만이 흐른다
(…중략…)

나의 아기야, 그래도 이 속엔 아직 그들의 탄 배의 이름도 닿을 항구의 이름도 없고,

이 바다를 건너간 사람들의 운명은 조금도 똑똑히 기록되어 있지 않다

— 임화, 「눈물의 해협」에서, 『현해탄』, 동광당서점, 1938

현해탄 모티프는 임화뿐만 아니라, 조선의 젊은 시인들에게 귀중한 시적 이미지[43]였다. 식민지 청년에게 현해탄은 단순히 도쿄로 관광 가는 그런 길이 아니었다. 그래서 임화는 "첫 번 航路에 담배를 배우고, / 둘째 번 航路에 戀愛를 배우고, / 그 다음 航路에 돈 맛을 익힌 것은, / 하나도 우리 靑年이 아니었다"(「현해탄」)고 쓴다. 위의 시에서 주목되는 점은 탄 배의 이름도 닿을 항구 이름도 모르는 '유이민'이다. "어떤 사람은 건너간 채 돌아오지 않았다 / 어떤 사람은 돌아오자 죽어갔다 / 어떤 사람은 영영 생사도 모른다"(「현해탄」). 모를 말을 지저귀는 양복쟁이는 일본인으로 생각되는데 이 일본인은 잠결에 기댄 조선 늙은이의 머리를 "빠가!"(「야행자 속」)라며 밀쳐낸다. "정착하지 못하고, 살던 곳에서 뿌리가 뽑히고, 자기 스스로가 아니라 남에 의해 자신의 존재(역사나 이름 따위)가 번역되고 이동되는translated",[44] 노인의 이름이 "빠가!"(병신)로 번역되는 영락없는 난민refugee이다.

되놈의 땅으로 농사가는 줄을 누가 모르나

　면소(面所)에서 준 표지를 보지, 하도 지척도 안 뵈니까 그렇지!

43　시인 김용제(金龍濟, 1909~1994)도, "현해탄의 거센 파도는 / 오늘 밤에도 찬비에 해면을 두들겨 맞으면서 / 그 고통스런 감정처럼 / 어둠속에서 검게 굽이친다 / 멸망해가는 고국의 곳을 씹어서 / 회색 물안개를 토하고 웅성거린다 / 멀리 관부연락선의 기적이 신음소리를 내고 / 거친 증기선을 순시하는 순경의 붉은 전등불이 / 미친개의 눈동자처럼 번쩍인다"(「현해탄」)고 쓴 바 있다.

44　"Refugee : you are unsettled, uprooted. You have been translated. Who translated you?" Robert J. C. Young, *Postcolonialism*, Oxford University Press, 2003, p.11.

차가 덜컹 소리를 치며 엉덩방아를 찧는다

필연코 어제 아이들이 돌맹이를 놓고 달아난 게다

—임화, 「야행차 속」, 『현해탄』, 동광당서점, 1938

북방으로 향하는 이민열차에서 "엉덩방아를 찧"으며 짐짝처럼 실려 가는 유이민의 모습을 그리고 있다. 이런 기차는 "돌아올 날을 / 기약코 / 길을 떠난 / 사람이 / 하나도 없는 / 車간"[45]이다. 이렇듯 임화의 시는 남쪽으로 현해탄을 통해 건너가는 유이민, 북쪽으로는 이민열차를 통해 가는 유이민이 그려져 있다. 이러한 모습은 나프시에서 발견할 수 없는 임화 아니 조선 시인들만의 아픔이다.

지금까지 보았듯이, 임화는 주변인the marginal에서 떠나지 않으려 노력했다. 그가 쓴 단편서사시들, 여성 화자를 누구로 했든 그리고 유이민에 관해 어떻게 썼든 임화는 일관된 세계관을 갖고 있었다.

모방과 창조

이 글에서 확인한 내용 중에, 먼저 임화 시와 일본 프롤레타리아 시에서 공통적인 사항은 다음과 같다.

---

45 임화, 「車中(秋風嶺)」, 『맥』, 1938.10.

①임화의 단편서사시는 일본 나프의 장시와 유사한 면이 있다는 것을 확인했다. 일본 장시의 영향을 받았을 가능성이 있겠으나, 그것이 임화 단편서사시가 나프의 장편 프롤레타리아 시를 모방했다고 단언할 만한 근거는 안된다. 첫째, 임화는 단편서사시를 쓰기 전에 다다이즘시나 모더니즘 시도 긴 형식으로 썼다. 둘째, 임화가 썼던 배역시配役詩는 임화가 갖고 있는 개성 중의 하나였다. 1928년 임화는 연극을 배울 목적으로 도쿄에 갔고, 또 영화배우를 했다는 사실, 조직에서도 키노 분과에 있었다는 것을 기억해야 할 것이다. 셋째, 임화가 이상화 시인을 좋아했고 한국시의 서사적 전통을 의식했다는 것을 기억해야 한다. 당시 이상화의 「빼앗긴 들에도 봄은 오는가」(1927)는 최고의 걸작으로 회자되고 있는 상황이었다. 따라서 임화의 단편서사시를 단순히 일본 나프시의 모방으로 평가할 근거는 없다.

②임화 시에 나타나는 여성 화자는 당시 1920년대와 1930년대에 한국와 일본 프롤레타리아 시에서 자주 등장하는 인물 유형이라는 점을 확인했다. 다만 임화 시에 나타나는 여성 화자는 지극히 수동적인 유형임을 보았다.

다음으로 임화 시와 일본 프롤레타리아 시와 다른 점은, 일본 나프시에서 많이 나타나는 유형인 반전시는 임화 시에서 나타나지 않는다. 반면 임화 시에는 일본 나프시에서 나타나지 않는 유이민시가 나타난다. 또한 임화 시에 나타나는 현장성, 종로 네거리, 현해탄, 만주는 일본 프롤레타리아 시에서 나타나지 않고, 표현되더라도 그 의미는 다르다.

임화가 이식문학론을 생각하게 된 것은, 프로문학이 왜 1930년대 들어 패배했는가 하는 것을 성찰하면서부터이다. 역사적인 과정에서 봤을 때 프로문학 역시 외국문학의 이식이었다는 것을 인식한다. 임화는 아직도 우리 문학이 이식문학을 채 극복하지 못했다고 본다. 전통이 살아나려면 모방과 이식이 진행되고, 그것을 극복하는 과정에서 새로운 전통이 가능해진다고 임화는 보았다. 따라서 임화가 "동양의 근대문학사는 사실 서구문학사의 수입과 이식의 역사다"[46]라고 쓴 이식문학사관의 핵심이 "새 사회의 물질적 기초에 의해 형성되며, 그럴 때 외국문학과 구별되는 내부로부터의 문화 창조가 성숙한다는 것, 요컨대 식민지적 조건에서의 문화이식과 문화창조의 변증법적 과정을 이론화한 것"[47]이라는 변증은 가능해진다. 그렇다면 단편서사시의 탄생은 적극적인 창조적 수용이며, 임화의 이식문학사적 자기고백이라 할 수 있겠다.

다른 언어권의 시를 비교한다는 것이 얼마나 조심스런 시도인가. 번역과정에서 번역자의 적당치 않은 단어가 개입될 수도 있으니 공정하지도 않다. 번역되는 입장에서는 억울한 일이다. 알면서도 언어 표현 이전에 시를 창작하는 초기 상상력으로 나프시와 임화 시를 비교할 때 임화의 단편서사시에 대한 신선한 충격은 다소 축소되는 것이 사실이다. 같은 시대 시인인 이상화, 정지용, 백석의 시와 비교할 때 임화의 시가 우월하다고 말하기는 쉽지 않다. 그렇다 하더라도, 임화의 단편서사시는 지금에 이르기까지 한국 시의 구비적 상상력에 자양분이 되었다. 그것이 45세에 비극적인 생애를 마친 시인의 막대한 글과 시를 오늘 조심스레 펼치는 까닭일 것이다.

---

46 임화, 「신문학사」, 『조선일보』, 1939.9.8.
47 신승엽, 「이식과 창조의 변증법」, 『민족문학을 넘어서』, 소명출판, 2000, 97쪽.

김사량 소설 「빛 속으로」의 세 가지 풍습

풍속과 일상

배경을 알고 책을 읽으면 실망하는 경우가 있다. 반대로 풍속이나 배경을 알고 작품을 읽으면 훨씬 감동되는 경우가 있다. 작품의 풍속이나 배경을 안다는 것은 대상이 되는 공간의 생활, 곧 장소가 주는 일상생활 혹은 일상Alltag[1]과 친밀해져 있다는 뜻이다. 익숙해진 장소가 작품에 나올

김사량

---

[1] '일상', '일상생활', '비일상'의 개념에 대해서 강수택은 「일상생활의 개념과 일상생활론의 역사」(『일상생활의 패러다임』 민음사, 1998, 31~47쪽)에서, 비일상(Nicht-Alltag)이 '축일 / 특별한 사회영역 / 고위직 사람들의 생활 / 국가적인 행위 / 직업적인 생활' 따위의 내용이라면, 일상(Alltag)이란 '평일 / 통상적인 사회영역 / 노동자의 작업일 / 민중의 생활 / 매일의 생활 / 가족, 어린이 같은 사생활'의 내용을 갖고 있다는 엘리아스(Elias)의 대비표를 제시하고 있다.

때 등장인물의 심리를 더 깊게 이해할 수도 있는데, 바로 김사량의 소설 「빛 속으로」가 그러한 경우이다. 이 작품에서 풍속이나 배경은 단순한 장치를 넘어, 등장인물의 심리에까지 깊게 관여하고 있다. 이를 설명하기 위해 배경이란 표현과 더불어 '풍속'이라는 단어를 쓰고자 한다.

풍속風俗 : manners, customs, popular morals이란 말에는 '일상생활'이 중요하게 부각된다. 이때 풍속은 사전적인 의미로, 예로부터 지켜 내려오는 생활에 관한 사회적 습관이라 할 수 있겠다. 예로부터 관례로 행하여 오던 전승伝承 행사인 '세시풍속歲時風俗'이 바로 그러하다. 세시풍속도 인간의 일상에 주목하는 것이다. 4세기에서 6세기 사이에 유행된 고구려 고분 벽화의 풍속화를 통해, 우리는 그때의 일상생활을 추론해낼 수 있다. 이러한 태도는 일상의 각종 의식儀式으로 이해하는 방식이다. 소위 민속방법론Ethnomethodology[2]과도 연결될 수 있겠다.

좁은 의미로 특정 시대를 배경으로 하는 '풍속화'라는 장르도 있다. 대중大衆의 탄생과 관계가 있는 풍속화風俗畵 : Genre Panting라는 개념이 그것이다. 조선 후기의 단원檀園 김홍도나 혜원蕙園 신윤복, 긍재兢齋 김득신 등의 대표적인 풍속 화가를 통해 우리는 당시의 일상생활을 그대로 상상해낼 수 있다. 곧 유교국가의 이상을 드러낸 조선시대 궁중과 관아 주변의 행사장면, 사대부의 격조 있는 생활상이나 농민의 노동과 놀이

---

2 일상에 대한 구체적 접근 양상을 박재환(「일상생활에 대한 사회학적 조명」, 『일상생활의 사회학』, 한울아카데미, 1994, 27~30쪽)은 다섯 가지로 설명하고 있다. 첫째는 일상생활에 대한 인식론적 고찰(Michel Maffesoli)이고, 둘째는 하루 24시간에 대한 구체적인 분석 태도(1920년대 소련의 연구방법), 셋째는 일상생활의 각종 의식(儀式)에 대한 접근 방법(Erving Goffman), 넷째는 일상을 단순히 미시적으로 다루지 않고 사회 전체의 일상적 구조까지 확대하는 접근 방법(르페브르, H. Marcuse), 다섯째는 인간 존재의 내면적 반성과 결부지어 소외 등의 문제를 연구하는 태도(르페브르)이다.

장면, 소박한 민간신앙 등 '조선시대의 일상생활'[3]을 있는 그대로 만날 수 있는 것이다.

이제부터 연구할 문제는 '근대적 개성'의 문제이기에, 세시풍속보다는 '풍속화' 이후의 시대에 보이는 일상생활의 개념에 주의를 기울일 필요가 있다고 생각한다. 그래서 일본과 유럽에서의 풍속화의 의미를 조금 보충하려 한다. 일상의 발견을 뜻하는 풍속화의 개념은 일본의 경우에도 마찬가지이다. 신흥도시가 크게 부각되는 에도江戸 시대(1615~1868)에 가부키歌舞伎와 함께 풍속화인 우키요에浮世繪가 유행한다. 이 우키요에의 핵심은 '대중의 일상성', 즉 대중들이 좋아하는 풍경과 스포츠・시장・거리・배우 얼굴・섹스 등을 그려내는 것이다. 경제적인 번영을 배경으로 하는 거리 풍경이나 유녀遊女, 광대를 소재로 하는 야쿠샤에役者繪와 미인화美人畵 등이 원근법과 더불어 대량판매를 위해 목판화 형태로 발전하였다.[4] 한국이나 일본처럼 서양에서도, 서민과 시민의 일상생활을 주제로 한 풍속화가 유행하였다. 이전에 성서나 그리스 신화의 세계 혹은 왕족이나 귀족들을 그리던 네덜란드의 화가들은 17세기에 이르러 농부의 소박한 가정생활 등을 대상으로 하는 풍속화를 그리기 시작했다. 17세기의 네덜란드 미술가들은 그 수요자의 관심에 따라 도시 부르주아의 입장에서 바라본 농촌과 농민의 음주, 가무 등을 주제로 하는 풍속화를 그렸다.

한국과 일본 그리고 서양도 이른바 근대 시민사회 혹은 자본주의 과

---

3 이원복, 「조선시대 풍속화」, 국립중앙박물관 편, 『朝鮮時代 風俗畵』, 한국박물관회, 2002, 5~6쪽.
4 李孝德, 『表象空間の近代』, 新曜社, 37~66쪽.

정에서 육체화肉体化된 일상성의 사물이나 풍경 등을 '풍속'이라 할 수 있다. 앞서 보았듯이 풍속화의 주제가 되는 당시 풍속들은 당시 생활을 증언하는 장치가 되면서 아울러 화가의 '근대적 개성'을 더욱 돋보이게 하는 기능을 하고 있다.

조금은 길게 풍속과 일상에 대해 설명한 이유는, 이제부터 우리가 보려는 「빛 속으로」를 당시 풍속과 비교해 볼 때 작가의 '근대적 개성'을 새롭게 볼 수 있기 때문이며, 그 풍속들이 작품의 주제의식에 크게 기여하고 있기 때문이다. 우리가 만나려는 작가 김사량은 당시 공간·시간·풍물·풍속 따위를 거의 그대로 재현해내면서 주제의식을 부각시키는 사실주의 작가다. 때로는 그의 철저한 기술이 역사적인 증언이 되기도 한다. 와다 하루키和田春樹는, 마산이 지척에 보이는 서북산 700고지 진중에서 "바다가 보인다. 거제도가 보인다. 바로 이것이 남해 바다다"라고 했던 김사량의 증언을 한국전쟁 때 한국군과 미군이 낙동강 방어선 안으로 몰린 시기의 역사적 증언으로 인용하는 등, 김사량의 기록을 사료史料로 인용[5]하고 있다.

당시 풍속과 작품과의 관계를 검토하면서, 풍속의 일상성이 소설의 등장인물 또는 주제와 어떤 관계를 갖고 있는가를 살펴보려는 것이 이 글의 목적이다. 특히 자본주의 사회 속의 일상성이란 어떠한 의미를 갖고 있는가에 대해, 우리는 앙리 르페브르Henri Lefebvre의 생각을 인용해 볼 수 있겠다.

---

5 和田春樹, 『朝鮮戰爭全史』, 岩波書店, 2002, 176·201·211쪽.

어떻든 간에 일상성의 비판적 분석은 역사에 대한 어떤 회고적 고찰을 요한다. 일상의 형성을 보여주기 위해 과거로 거슬러 올라가면서 일상의 역사성이 정립된 것 같다. 물론 우리는 언제나 먹고, 입고, 살고, 물품을 생산하고, 소비가 삼켜버린 부분을 재생산해야 한다. 그러나 19세기까지, 경쟁자본주의가 생겨날 때까지, 그리고 소위 '상품의 세계'가 전개되기 이전까지는 일상성의 지배가 없었다. 이 결정적인 관점을 우리는 강조해야만 한다. 여기에 역사의 한 패러독스가 있다. 옛날에는 빈곤과 억압(직접적) 속에서도 **양식**이 있었다. 시대가 아무리 바뀌어도 그 옛날에는 생산물이 아니라 **작품**이 있었다. 착취가 격렬한 억압의 자리에 대신 들어서는 동안 작품은 거의 사라지고, 그 대신 제품(상업화된)이 들어섰다. 인류의 이러한 일상생활에 대해 앙리 르페브르는 이렇게 말하고 있다.[6]

흔히 옛 작품을 보고 그 의미를 판단할 때, 오늘의 일상생활에서 보았기 때문에 당시에는 신기했던 경험을 이해하지 못해 작품의 흐름을 넘겨짚는 경우가 적지 않다. 과거의 작품을 당시의 온갖 풍속, 르페브르의 말을 빌리면 '과거의 일상에 대한 회고적 고찰'을 통해 작품의 의미를 다시 살펴볼 수 있을 것이다. 앙리 르페브르가 말한 '상품의 세계'가 「빛 속으로」의 후반부에 어떤 기능을 하는지를 볼 것이다. 상품의 세계는 등장인물들의 심리를 지배하는 것이다. 이러한 연구는 근대성에 대한 미시적이고 고현학考現學적인 탐색이 된다. 당연히 이 글의 목적은 과거의 풍속을 연구하는 사회학적 보고서가 아니다. 「빛 속으로」에

---

6 앙리 르페브르, 박정자 역, 『현대세계의 일상성』, 세계일보, 1990, 74쪽.

담겨있는 창씨개명·수사키·마쓰자카야 백화점·카레라이스·우에
노 공원 등 '과거 일상의 구성요소'들이 소설에서 어떻게 기능하고 있
는지, 텍스트의 의미를 새롭게 파악하고 싶은 것이다.

원본과 가마쿠라의 김사량

「빛 속으로」는 여러 출판물[7]에 실려 있다. 일본어『金史良全集』I(김사
량전집편집위원회 편, 河出書房新社, 1983)에는 그의 문장에서 일본어답지 않
은 문장을 바른 일본어 표현으로 고쳐 놓은 대목도 있다. 서툰 일본어
표현이 없어졌는지 모르지만, 외국인이 썼기에 이중언어가 가지는 고
유한 문제는 사라지고 말았다. 한편 한국에서 출판된 두 권의 출판물은
뒤에서 지적하겠으나 오자나 잘못된 번역이 적지 않다. 이 글이 원본 확
인 작업을 목적으로 하는 글은 아니지만 원본과 다르게 출판된 경우는
인용할 때마다 지적하려고 한다.

---

7 「빛 속으로」가 실린 중요 출판물을 시기순으로,
　잡지『文芸首都』(1939.4),『文芸春秋』(1940.3)에 처음 발표되었다.
　金史良 제1소설집,『光の中に』, 小山書店, 1940.12.
　金達壽 編,『金史良作品集』, 東京 : 理論社, 1954.
　野間宏 編,『日本プロレタリア文學大系』8, 東京 : 三一書房, 1955.
　伊藤整 編,『プロレタリア文學集』(日本現代文學全集·69), 東京 : 講談社, 1969.
　『日本の文學—名作集·3』, 東京 : 中央公論社, 1970.
　金史良全集編輯委員會 編,『金史良全集』I, 東京 : 河出書房新社, 1983.
　리명호 편,『김사량 작품집』, 평양 : 문예출판사, 1987 등이 있다.

그의 산문이나 평전 자료를 볼 때, 작가 자신이 「빛 속으로」를 교정했을 가능성이 제일 높은 자료는, 제일 먼저 활자화된 『문예수도』(1939.4)에 실렸던 판본과 제1소설집 『빛 속으로』(小山書店, 1940.12)의 판본이다. 아쿠타가와 문학상 후보작으로 뽑힌 『문예춘추』(1940.3) 판본은 작가 자신이 교정 보지 못했다. 왜냐하면 「빛 속으로」가 아쿠타가와상 후보작에 뽑혔을 때 그는 그 사실을 전혀 모르고 고향 평양에 있었기 때문이다.[8] 어머니에게 보낸 그의 편지를 보면 『문예춘추』에 실린 자기의 작품을 보고 매우 놀라는 장면이 나온다.

> 역시 저의 소설 「빛 속으로」는 아쿠타가와상 후보로서 『문예춘추』에 실려 있었습니다. 그 살을 에는 듯한 2월의 찬 바람이 거칠게 부는 평양의 역두에서, 감기 기운이 있는 내 몸으로 여행이 가능할까 걱정하면서도, "빨리 타세요. 빨리 타세요"라는 소리에 쫓기듯 올라탄 오전 특급 '노조미(のぞみ, 희망)'가 12시경 신막(新幕)에 잠깐 정차했을 때, 제가 산 오사카 아사히(大阪朝日) 신문에 그 잡지의 광고가 실려 있었습니다. **저는 역시 그 광고를 일종의 흥분과 긴장으로 펼쳐들고, 드디어 내 소설이 실렸구나, 이렇게 마음속으로 외쳤습니다.**[9](이후 강조는 인용자)

갑작스런 수상 연락을 받고 도쿄로 돌아가면서 그의 마음은 흥분으로 가득찼다. 전혀 기대치 않았기에 흥분할 수밖에 없었을 것이다. 고향 평양으로 갔다가 갑자기 문학상 후보작으로 뽑혔다는 연락이 와서

---

8 安宇植, 『金史良－その抵抗の生涯』, 岩波新書, 1972, 94쪽.

9 金史良, 「母への手紙」(『文芸首都』, 1940.4), 『金史良全集』 IV, 河出書房新社, 1973, 104쪽.

일본으로 돌아가 본 것이 『문예춘추』 판본이었다. 당시 나이 26세의 김사량은 이미 출판된 작품을 읽었을 뿐이지 스스로 손대지는 못했던 것이다.

옛글을 연구할 때, 작가가 제일 먼저 발표했던 지면과 이후 첫 번째 단행본의 판본을 중요한 대상으로 여기는 것이 일반적인 원본 확정 작업의 순서다. 당연히 연구자는 연구대상으로 가장 처음 발표되었던 지면 『문예수도』(1940.2)와 첫 소설집으로 출판된 『빛 속으로』(小山書店, 1940.12)의 판본에 주목할 수밖에 없다. 이 글은 일단 가장 먼저 발표되었던 『문예수도』 판본을 연구대상으로 했다. 여유를 갖고 교정을 보고나서 책을 출판했을 것이라는 추측되는 첫 소설집도 중요하지만, 이 글은 가장 먼저 발표된 『문예수도』[10]의 판본을 연구대상으로 하기로 한다.

「빛 속으로」와 그것이 실린 단행본도 출판되어 일본문단에 널리 알려진 김사량은 좀더 작품에 몰두하기 위해 당시 작가들이 밀집해서 작품을 썼던 가마쿠라鎌倉 지역에 간다. 절이 많고 조용하며 경치가 좋기로 유명한 가마쿠라는 수많은 문인들이 글을 쓰던 문사의 마을이다. 가령 구니키다 독보國木田獨步는 1903년 가마쿠라의 별장에서 10개월간 머물며 글을 썼다. 나쓰메 소세키夏目漱石는 1908년 가마쿠라에 와서 한 달간 선禪을 익히며 글을 썼다. 아쿠타가와 류노스케芥川龍之介는 젊은 시절(1917~1923)을 거기서 보냈고, 시인 나가하라 추야中原中也가 1937년 36세의 나이로 요양생활을 하다가 숨을 거둔 곳도 가마쿠라이다. 가와

---

10 『문예수도』에 실린 「光の中に」는 『近代朝鮮文學日本語作品集(1939~1945) 創作篇·1』(大村益夫, 布袋敏博 編, 綠蔭書房, 2001, 53~416쪽)에 실린 것으로 인용한다. 이후 인용문 뒤 괄호 안에 쓰는 숫자는 『문예수도』의 면수이다.

바타 야스나리川端康成는 가마쿠라의 집에서 1972년에 자살했는데, 현재 그 집은 그의 문학기념관으로 보존되어 있다. 또한 한국인임을 숨기고 일본인으로 살았던 다치하라 마사아키立原正秋(본명 金胤奎)도 오랫동안 머물며 글을 썼던 곳이다. 이 외에 많은 작가들이 가마쿠라[11]의 절이나 온천여관에서 작품을 쓰며 지냈다.

1941년 4월부터 1942년 2월까지 김사량은 '가마쿠라鎌倉시 오기가야쓰扇ヶ谷 407번지 고메신테이米新亭'라는 온천여관에서 하숙하며 지냈던 것으로 조사되고 있다.[12] 2002년 4월 9일, 저자는 오무라 마스오大村益夫 교수의 안내로 김인환 교수(고려대), 호테이 도시히로布袋敏博 선생과 함께 그 집을 방문할 수 있었다.

당시 건물은 없어지고 1984년 새 집이 들어섰지만, 김사량이 즐겼을 광천鑛泉 온천 자리를 시멘트로 덮어놓은 흔적이 그대로 남아 있었다. 그때도 있었다던 백 년 묵은 백목련白木蓮, 자그마한 연못, 그리고 너구리タヌキ 석상도 그대로 남아 있었다. 집 뒤쪽에 신록이 푸르러 글 쓰다가 휴식하기도 좋았을 듯싶다. 온천여관에서 도쿄로 가려고 가마쿠라역으로 가는 길은 나무숲 언덕길이었다.

"김사량 씨가 저희 집에서 지내면서 글을 썼다는 것을 시어머니에게서 여러 번 들었어요. 제 남편과 특히 남편의 여동생이 다섯 살 무렵에 김사량 씨가 놀아주곤 했대요. 그리고 어느 날인가 갑자기 헌병들한테 끌려가다시피 했기에 시어머니는 잊을 수 없다고 하셨어요."

---

11 이에 대해서는 『鎌倉文學散步』(鎌倉文學館, 1999)를 참조.
12 大村益夫, 「市井の哀歡描いた金史良」, 『北海道新聞』, 2000.9.12. 김사량이 살던 곳을 가르쳐주신 오무라 교수님께 감사드린다.

여주인 요시하라 요우코吉原洋子의 말이다. 김사량이 끌려갔다는 말은, 1941년 12월 9일, 태평양전쟁이 시작된 날의 다음날, '사상범예방구금법'으로 김사량이 예비검속되었던 것을 뜻한다. 김사량은 거기서 50여 일간 구류되면서 남방군의 종군작가가 될 것을 강요받았지만 거부했다고 한다. 그리고 구메 마사오久米雅夫, 시마키 겐사쿠島木健作, 야스타카 도쿠조保高德藏 등 일본인 작가의 노력에 의해 석방된 김사량은 1942년 1월 29일에 강제송환의 형식으로 평양에 귀환된다. 이때로 가마쿠라의 온천 여관을 떠났던 것이다.

조선에서 왔던 한국인 작가들이 이렇게 살다간 장소들이 일본에 적지 않을 텐데, 아무도 모르게 묻혀져 가는 것이 안타깝다. 작은 돌비석이라도 남겨야 하지 않을까. 60년 전, 어느 겨울날 갑자기 헌병대에 끌려갔던 한 조선인 작가, 일본어로 조국의 이야기를 써야 했던 한 나그네를 떠올리며 저자는 집앞 언덕길에서 멀거니 서 있었다. 일본어로 민족의 이야기를 써야 한다는 것은 그에게 무거운 짐이었을까.

이름 — 창씨개명 · 이중언어

인간을 규정하는 데에 이름보다 더 일상적인 사슬이 있을까.

미나미 · 한베에 · 야마다 하루오 등 이 소설에는 당시 일상적으로 접할 수 있는 일본어 호칭들이 나온다. **첫째 이름은 '미나미南'라는 호칭이다.**

「빛 속으로」는 도쿄제대의 사회복지운동을 하는 세틀먼트 운동セッツル メント活動, Settlement의 하나인 S협회에서 빈민촌의 교사역을 하고 있는 한국인인 '나'의 눈을 통해 일본인 아버지와 한국인 어머니 사이에 태어난 혼혈아 소년을 관찰한 '심리 관찰 소설'이다. '나'는 '남南' 씨인데, 일본어 '미나미'로 발음된다. 소설에서 '나'는 내지인인 척하려는 의식과 본래 조선인으로의 정체성을 가지려 하는 의식 사이에서 조화되지 않는 갈등을 겪는다. 5장으로 나뉘어 있는 이 소설은 1장 도입부부터 주인공 '나'의 내적 고민은 시작된다.

> 그러고 보면 나는 이 협회[13] 안에서, 어느새 미나미 선생으로 통하고 있었다. 내 성(姓)은 아시다시피 '남'으로 읽어야 하지만 여러 가지 이유에서 일본식으로 불리고 있었다. 내 동료들이 그런 식으로 불러 주기 시작했다. 나는 처음에는 그런 호칭이 매우 신경에 거슬렀다. (…중략…) 나는 위선을 부리는 것도 아니고 또한 비굴한 것도 아니라고 스스로 몇 번이고 타일러 왔다. 그리고 말할 것도 없이 만약 이 아동부 중에 조선 아이라도 있었다면 나는 억지로라도 '남'이라고 부르도록 했을 것이라고 스스로 열심히 변명을 했다.(4쪽, 이후 인용은 『문예수도』의 면수이다)

---

[13] '협회(協會)'라는 단어에 여러 표현이 있다. 틀린 예로는 '협회'라는 단어가 '쿄오카이'로 발음되기에 '교회(敎會)'로 잘못 인쇄된 출판물(金達壽 編, 『金史良作品集』, 理論社, 1972, 120쪽)이다. 이런 실수로 주인공의 단체가 갑자기 기독교 단체가 되어 버렸다. 한편, 북한의 번역본은 '교실'(리명호 편집, 『김사량 작품집』, 평양 : 문예출판사, 1987, 208쪽)로 되어 있는데, 이것은 지나친 의역이다. 주인공이 미나미로 불리는 곳은 교실뿐만 아니라, 다른 사람이나 봉사자들에게서도 그렇게 불리었기 때문이다. 그러므로 있는 그대로 '협회'로 번역하는 것이 타당하다. 이후 원문 인용은 기존의 번역을 검토하면서 저자가 한 것이다.

"미나미 선생님! 미나미 선생님!"이라고 아이들이 부를 때 갈등하곤 하는 '나'의 내적 심리가 묘사되어 있다. "스스로 열심히 변명을 했다"는 표현을 보면, '나'가 얼마나 힘겨운 내적 투쟁을 하고 있는가를 잘 볼 수 있다. 내선일체內鮮一体라는 이데올로기는 당시 조선인들에게 가장 일상적인 풍속의 하나였다. 내선일체의 계획에 따라, 신사참배(1937) → 조선어 폐지(1938.4) → 창씨개명(1940.2.11) → 징병제 실시(1943) 등으로 이른바 황민화皇民化 정책으로 이어진다. 이때 조선어 폐지와 창씨개명 정책은 조선을 '차별적 이중언어二重言語 사회'로 몰아넣었다. 「빛 속으로」에서 가장 중요한 풍속은 내선일체라는 이데올로기였고, 그 핵심은 창씨개명이다.

김사량의 일본어 소설에는 창씨개명한 인물들이 적지 않게 나온다.[14] 창씨개명의 문제를 정면으로 다루고 있는 「천마天馬」(『文芸春秋』 1940.6)의 주인공 현룡玄の上龍之介은 당시 작가 김문집의 창씨개명인 오오에 류노스케大江龍之介에서 따온 말이다. 김사량은 주인공을 통해 창씨개명에 따른 이중분열적인 정신상황을 표현한다. 시바우라 노무자 합숙소의 정경이 묘사되는 마지막 일본어 소설인 「親方コブセ」(한글은 「십장꼽새」로 발표됨)에는 가라하라韓原, 사이모토崔元, 리야마李山, 보쿠사와朴澤, 가네우미金海 등 조선의 성을 일본식으로 바꾼 일본어와 다른 이질적인 이름들이 나온다. 이런 이름들은 조선인 노동자들의 처지와 어울려 묘한 분위기를 암시해낸다. 따라서 그의 많은 일본어 소설의 일상적인 풍속이 되

---

14 김윤식, 「'內鮮一体' 사상과 그 작품의 귀속 문제」(『한국 근대문학사상사』, 한길사, 1984)와 南富鎭의 「創氏改名の時代-金史良」(『近代文學の'朝鮮'体驗』, 2002)은 김사량의 작품을 창씨개명의 시각에서 깊게 연구한 논문이다.

는 창씨개명을 살펴보는 것은 그의 소설을 이해하는 데 꼭 필요하다.

국체명징國体明徵·내선일체內鮮一体·인고단련忍苦鍛鍊의 3대 강령을 기본으로 하여 "충량한 황국신민을 육성함에 힘을 기울여야 한다"라는 제3차 조선교육령(1938.3)이 공포되면서 이른바 창씨개명이라고 하는 식민지 주민의 일본명화日本名化가 시작된다. 창씨개명은 일본의 건국기념일인 1940년 2월 11일부터 6개월 이내에 "조선인은 일본인의 우지氏를 만들어야 한다"라고 하여 식민지 전지역에서 일괄적으로 실시되는데, 1930년대 후반의 핵심적인 문제로 떠오른다. 창씨개명이란 '성姓'을 일본식으로 바꾸는 것이다. 곧 일본인 쪽에서 보았을 때 조선인은 '성'이 있으나 '우지氏'가 없었던 것이다. 그래서 '씨를 만든다'는 의미에서 '창씨創氏'가 되었다. 이것은 조선인의 유교적 조상숭배사상, 나아가 민족적 가치관을 파괴하는 정책이었다.

창씨개명을 시작했던 첫날인 2월 11일 48건의 창씨개명 신청이 있었는데, 그중 한명이 이광수였다. 다음날, 이광수의 창씨개명은 총독부의 어용지 『경성일보』(1939.2.12)에 대대적으로 보도되었다. 사실 이광수의 창씨개명은 1개월 전에 이미 예고되었던 것이다. 그는 자신의 창씨명을 '가야마 미쓰로香山光郎'라 하면서, '향산香山'은 진무텐노神武天皇가 직위한 곳에 있는 산의 이름이고, '광랑光郎'은 이광수의 '광光'에 일본식의 '랑郎' 자를 붙여 만들었다고 인터뷰 한다.[15] 그의 영향은 적지 않았다. 와세다대학 유학 중 「2·8독립선언」을 기초했고, 임시정부의 기관지 『독립신문』을 주재했던 그가 제일 첫날 창씨개명을 한 것은, 김문집

---

15 「暴風 가튼 感激 속에 "氏"創設의 先驅들—指導的 諸氏의 選氏 苦心談」, 『每日新報』, 1940.1.5.

이광수 창씨개명 기사

의 창씨개명과 더불어 문인들이 자진해서 창씨개명에 나서는 계기가 되었다. 창씨개명이 시작된 열흘 뒤, "강하게 비난하는 익명인의 편지를 받았다"며 이광수는 수필 「創氏와 나」에서 자신의 생각을 담아낸다.

나는 天皇의 臣民이다. 내 子孫도 天皇의 臣民으로 살 것이다. 李光洙라는 氏名으로도 天皇의 臣民이 못 될 것이 아니다. 그러나 香山光郎이 조곰 더 天皇의 臣民답다고 나는 밋기 째문이다. (…중략…) 압흐로 漸漸 우리 朝鮮人의 氏名이 國語로 불려질 機會가 만을 것이다. 그러할 째에 李光洙보다 香山光郎이 훨신 便할 것이다. 또 滿洲나 東京 大阪 等에 사는 同胞로는 日本式의 氏名을 가지는 것이 實生活 上에 만은 便宜를 가져올 것이다.[16]

창씨개명은 ① 국가가 조선인에게 허락한 은총이고, ② 실생활의 편의를 위한 선택이며, ③ 조선인과 내지인 사이에 차별을 없애는, ④ 민족적 선택을 위해 하나의 '정치적 운동'이라고, 이광수는 주장하고 있다. 이러한 그가 "조선 통치의 비약의 일대 시기를 획하기 위해, 조선에 온 인물"[17]로 평하는 이가 있다. 그 이름이 바로 미나미 지로우南次郎다.

16 「創氏와 나」, 『每日新報』, 1940.2.20.
17 香山光郎, 「內鮮一体と國民文學」, 『朝鮮』, 1940.3.

미나미 지로우는 1931년 만주사변 때 육군대신陸軍大 臣이었고, 1936년 관동군 사령관을 거친 소위 '15년 전 쟁' 최전선의 책임자였다. 이후 1936년 제7대 조선총독 으로 부임해서 1942년까지 7년간 총독으로 일했다. 그 의 목표는 조선을 황민화시키고, 징병제 실시를 위한 발 판을 만드는 것[18]이었다. 창씨개명의 중요한 서류에 미 나미 총독의 도장이 찍혀야 했던 이른바 '미나미 시대' 였다.

미나미 지로우(『創氏改名』, 4쪽)

공교롭게도 「빛 속으로」의 주인공이 '미나미'라는 데 에 어떤 정치적 풍자성이 있지 않나 하는 질문을 던질 수 있겠다. 읽는 이에 따라서는 정치적 이데올로기에 대한 비판적인 응시[19]로 볼 수도 있겠다. 다만 텍스트에서 '미나미'라는 이름이 정치적 풍자를 위한 장 치로 읽히지는 않는다. 소설가가 가장 강조하고 싶었던 것은 주인공의 이름을 어떤 이름으로 해야 그 내적 갈등을 보다 잘 드러낼 수 있는가 하는 문제가 아닐까. 창씨개명하지 않아도 일본어 성으로 읽힐 수 있는 한자로는 유柳(야나기), 임林(하야시) 등이 있다. 이런 이름들을 소설의 주 인공으로 내세워도 소설의 주제의식은 별 차이가 없을 것이다. 이런 시 각에서 본다면 주인공의 이름을 '미나미'로 정한 것은 크게는 창씨개명 아래 한 인간의 내적 갈등을 제시하기 위해 창씨개명 하지 않아도 될 성씨로 주인공 이름을 삼은 것이다. 혹시 당시 '미나미'라는 이름을 읽 으면서 독자가 조선총독 미나미를 연상하면서 시대의 무게를 느꼈을

---

18 宮田節子, 「創氏改名と時代」, 『創氏改名』, 明石書店, 1992, 3～5쪽.
19 정백수, 『한국 근대의 식민지 체험과 이중언어 문학』, 아세아문화사, 2000, 322쪽.

가능성도 있을지 모른다. 다만 텍스트에서 그런 정치적이거나 풍자적 의도는 나타나지 않는다. 이름을 어떻게 해석하는가 하는 선택은 독자의 몫으로 남는다.

둘째 이름은 '한베에'라는 이름이다. 혼혈아 야마다 하루오의 아버지인 '한베에'를 '나'는 유치장에서 만난다. 처음 만났던 쌀쌀했을 11월에 면식도 없는 '나'에게 옷을 달라고 하는 이기주의자가 한베에이다. 한베에는 "필요 이상으로 간수의 눈을 두려워하는 대신 신참자나 약한 자에 대해서는 난폭하기 그지없었던" 치졸하고 "비겁한 폭군"(18쪽)이었다.

> 그의 허풍을 따르자면 그들은 아사쿠사를 구역으로 하는 다카다구미(高田組 : 야쿠쟈 조직—인용자)로, 유명한 배우들을 공갈해서 목돈을 울궈먹었다는 것이다. 그중에서 자신은 제법 실력자인 것처럼 떠들어댔다. 그러므로 **'모자라는 자'라는 의미의 한베에**[20]라는 이름이 그의 무리에서 붙여진 것임을 금방 알 수 있었다(18쪽)

본래 '한베에半兵衛'라는 말은 "고의로 모르는 척 하는 것故意にしらないふりをすること"[21]를 말한다. 가령, 자기 집 문 앞을 청소해야 하는데 옆집 사람이 치우겠지, 하고 '모르는 척' 하거나 쓰레기를 옆집에 슬쩍 밀쳐 놓는 얌체를 뜻한다. 어느 의미에서는 게으름뱅이이고 어느 의미에서

---

20 '다다미(疊)'를 '첩'이라고 번역하면 이상하다. 좋은 번역은 문자의 번역이 아니라 '문화(文化)의 번역'이다. 지금도 고유명사로 쓰이는 '한베에(半兵衛)'라는 단어를 '반헤이'(『빛 속으로』, 소담출판사, 2001, 35쪽)로 번역한 것, 지역 이름인 '수사키(洲崎)'를 '스노사키'(위의 책, 47쪽)라고 한 것도 틀린 번역이다.

21 新村出 編, 『廣辭苑』(第3版), 岩波書店, 1984, 1993쪽.

는 철면피鐵面皮를 뜻한다.

더욱 중요한 것은 그가 '모자라는 자足らずもの'를 뜻하는 한베에로 불리는 이유이다. 그는 "난 남조선에서 태어났지"라는 말 그대로 '모자란 운명'을 타고났다. 게다가 "내 마누라도 조선 여자야"라는 넋두리에서 보듯이 결혼마저도 '모자란 선택'을 했다. 그는 일본인뿐만 아니라, 조선인인 운전수 이씨에게도 "기껏해야 잡종인 주제에"라는 대접을 받아야 한다. "어머니가 나처럼 조선인이었죠"라는 말처럼 그는 섬나라에서 인정받기 힘든 혼혈아다. 이런 불우한 정체성正体性을 갖고 살아온 아버지 밑에서 자란 아들 하루오의 상처가 얼마나 심각하리란 것은 상상하기 어렵지 않다.

두 인물의 내적 심리도 주목해 보자. 먼저 야마다 하루오의 심리를 살펴보자. 소년의 내적 심리는 소설 전면에 걸쳐 나타난다. 하루오의 비극은 이중언어 이데올로기를 강요하는 사회에 있다. "조센진 따위가, 우리 어머니는 아냐! 아니라구요!"라는 그의 외침은 '어머니 것'에 대한 강한 거부가 돋아나 있다.

내지인의 피와 조선인의 피를 물려받은 한 소년의 내부에 **조화되지 않은 이 원적 분열의 비극**을 생각했다. '아버지의 것'에 대한 무조건적인 헌신과 '어머니 것'에 대한 맹목적인 배척, 두 가지가 늘 상극하고 있을 것이다. (14쪽)

이러한 거부의식은 "난 조선인이 아냐, 난 조선인이 아니라구요. 그치요, 선생님?"이라는 항변으로도 나타난다. 1장 끝에 야마다 하루오가 선생에게 "조센징 바보!"라고 한 것은 주인공 '나'에게만 한 것이 아니라, 바로 이원적 분열을 일으키는 당시 일상성에 대한 항변인 것이다. 이러한 분열증세는 「천마」에서 주인공 현룡이 "난 조선인이 아냐!"라고 외치는 대목과 마찬가지다. 그러나 작가는 화해의 가능성을 곳곳에 남겨놓는다.

> 분명히 가까운 시일 안에 하루오는 어머니에 대한 애정을 되찾을 겁니다. 하루오가 저랑 친해진 건 반드시 저에 대한 애정에서만이 아니라 실은 어머니에 대한 사랑의 다른 표현이라고 생각합니다.(23쪽)

주인공 나는 하루오의 애정결핍과 애정을 받고 싶어도 받아들일 수 없는 하루오의 심리를 설명한다. 그것은 외부적 차별에 의해, 스스로 '어머니 것'과 차별하려는 심리가 소년에게서 생겨났기 때문일 것이다. 이것은 단지 소설 속의 등장인물만이 갖고 있던 고통만이 아니라, 작가 김사량이 품고 있던 심리이기도 했을 것이다.

다음으로 소설 이면에 놓여 있는 작가의 내면의식을 보자. 김사량이 도쿄 언저리에서 지낸 기간은 1931년부터 1942년까지 약 12년이다. 일본에서 고등학교와 대학을 졸업하기까지 8년, 작가가 되고나서 4년 간은 내선일체 시대였다. 억압적인 이중언어 사회에서 가장 혈기왕성한 시대를, 그것도 일본 한복판에서 지낸다.

> 현실의 중압감에 눌려, 내 눈은 아직 어두운 곳에만 쏠려 있는 것 같다. 하지만 내 마음은 언제나 명암(明暗) 속을 헤엄치고, 긍정과 부정을 누비며, 언제나 희미한 빛을 찾으려 기를 쓰고 있다. 그러나 빛을 바라기 위해서, 나는 혹시

아직 어둠 속에 몸을 움추려 눈을 반짝이고 있지 않아야 할지도 모른다.[22]

그가 활동하던 시기는 일본어를 써야 했던 이중언어 사회였다. 그가 가장 활발히 일본어로 작품을 발표했던 1940년부터 1945년 2월 국민총력조선연맹 병사후원부의 재지在支 조선출신 학도병 위문단 일원으로 중국으로 갔다가 팔로군으로 탈출하는 사이에도 그는 끊임없이 위에서 말한 이중언어의 어둠에서 벗어날 수 없었다. 그러한 어둠 속에서 '빛을 찾아 헤맨다'는 그의 고백은 36세에 요절한 그의 문학이 지향하는 탄착점이 어디인지를 보여주고 있다. 작가는 "그러나 그건 조금씩 나아질 것"이라고 작은 빛을 남겨둔다.

지명 – 오시아게역 · 수사키

가볍게 지나치곤 하는 지명地名이 소설에서 중요한 몫을 하고 있을 때가 있다. 작가 김사량이 백화점 주인의 아들이고, 군수의 동생이며, 도쿄제대 출신이기에 최고의 생활을 누리고, 화려한 삶에 대한 작품도 썼을 법하다. 이상하게도 그의 소설은 조선의 빈민(「토성랑」), 화전민(「덤불 헤치기」), 유치장의 죄수들, 걸레장사 하는 이들(「지기미」), 요코쓰카橫

---

22 金史良, 「あとがき」, 『光の中に』, 小山書店, 1940, 347쪽.

^場 부두의 노동자들(「곱사왕초」)의 삶 등 천한 이들을 대상으로 쓴 것이 대부분이다. 「빛 속으로」에 나오는 몇 가지 지명도 소설의 주제와 밀접한 관계를 갖고 있다.

① 내가 대학에서 S협회로 돌아오는 길인 **오시아게역**(押上驛) 앞에서 두세 번 그를 만난 적이 있었다. 그 아이가 걸어오는 방향을 보건대, 아마 그는 역 뒤 늪지 부근에 살고 있는 모양 같았다.(2쪽)

② 그녀는 지금도 여전히 이런 노예 같은 감사의 마음에 의지해 살고 있단 말인가. ……언젠가 **수사키**(洲崎)의 조선 요릿집에서 윽박질러 데리고 왔다고 했던 게, 바로 이 여자였던 것이다. 비겁하고 잔인한 반헤이로서는 이 의지할 데 없는 조선 여자가 어찌어찌 눈에 들어와 인수해왔다는 이야기가 아닌가.(21쪽)

「빛 속으로」의 무대로 설정되어 있는 곳은 현재의 구로다 구가 된 당시의 혼쵸 구 일부 지역이다. 여기에 나오는 오시아게역^{押上驛}은 지금도 남아 있다. 홍고^{本鄕}의 도쿄대학 뒷문을 지나 우에노 공원을 거쳐, 아사쿠사, 그리고 오시아게역으로 이어지는 코스는 지금도 버스 노선이 달리고 있다. 이 소설은 도쿄를 한 바퀴 도는 전차 야마노테선^{山手線}에서 동쪽 지역의 시타마치^{下町}의 가난한 지역을 배경으로 하고 있다. 소설 속에서는 "고토^{江東} 근처 공장 지대에서 배우러 오는 근로자들인 만큼 두 시간 수업이라고 해도 무척 힘이 들었다"는 표현으로 보아 주인공이 만나는 이들이 대부분 조선인 노동자들과 빈민촌의 아이들이란 것을 알 수 있다.

당시 도쿄 변두리에 조선인들이 어떻게 늘어났는가는 장혁주張赫宙의 소설 등에 상세히 나온다. 김사량의 「지기미」라는 소설 제목처럼, 도쿄의 조선인은 자신들 스스로 '걸레장수'라는 표현의 '동경 지기미'[23]라는 표현을 쓸 정도였다. 1919년에 일본에 와서 20년간 도쿄에 사는 조선인의 삶을 보고한 김호영金浩永은 1939년 당시 도쿄에 사는 조선인의 삶을 이렇게 보고했다.

借家稅('월세'를 말한다─인용자)의 『長期滯納』도 力不及이며 榮養不良과 幼兒의 死亡率急增도 또한 不可避요 缺食兒童이 學校가기를 싫어하는 理由도 짐작할 수 있고 人間의 末子인 듯 한것도 할 수 없는 일이오 더러운 衣服을 입는 根據도 一렬瞭然이 아닐가고 나는 생각한다.[24]

"영양불량과 유아의 사망률이 급증하고 결식아동이 학교 가기를 싫어하는" 상황에서, 우리는 「빛 속으로」의 주인공 야마다 하루오가 어떤 환경에서 자라났는지 충분히 추론할 수 있겠다. 특히 「빛 속으로」가 발표될 무렵에는 도쿄에 조선인이 갑자기 증가했다. 재일조선인의 9할 정도가 가난한 농민 출신이었다. 식민지 경제의 파탄 속에서 일본으로 탈출하려 했고, 일본측에서는 저임금으로 고용할 수 있는 조선인을 선호했다. 자료에 따르면 1939년부터 재일조선인 수가 급속히 증가하여, 재일조선인 숫자가 1939년 961,591명에서 1940년 11,936,843명으로, 1년 사이에 228,853명이 증가했다. 이런 숫자는 유사 이래 없었던 일이

---

23 金浩永, 「在東京朝鮮人의 現狀」, 『朝光』, 1939.2, 288쪽.
24 위의 글, 291쪽.

아직도 수사키에는 옛날 유곽 때 모습을 그대로 갖고 있는 건물이 많다.

다. 이유는 노동력 부족에 고민하고 있던 일본 노동시장을 찾아간 이들과, 강제 연행되었던 노동자들이 급증했기 때문이다.[25] 바로 이 시기에 「빛 속으로」가, 사회복지운동을 사회복지관을 뜻하는 '쎄틀먼트'로 찾아오는 노동자나 운전사 이씨, 술집 출신인 하루오의 엄마 등 조선인들의 삶을 다룬 것은 의미있는 보고인 것이다.

또 하나 주목해야 할 지명은 수사키洲崎라는 지명이다. 지금도 일본인들은 에도 시대의 '수사키'라는 지역 이름을 유곽遊廓이라는 단어와 동격으로 떠올리곤 한다. 유곽이 있던 자리는 '후카가와구深川區 수사키洲崎 벤텐초辯天町 1, 2초메丁目'이다. 현재 지명지는 '江東區東場1丁目'으로 현재 도쿄에서 도쿄 디즈니랜드로 가는 길목 아래쪽이며, 임해부심도시의 위쪽에 있고, 지하철 도우자이센東西線 와세다역에서 20분 정도면 도착하는 키바역木場驛에서 가까운 곳이다. 원래 바다였던 이곳은 1888년 5월에 매립되어 1889년 9월부터 유곽이 생겨났다. 태평양이 그대로 보이는 바닷가의 유곽 거리였다. 당시 기생과 즐기기 위해 빌릴

---

25 李進熙・姜在彦, 『日朝交流史』, 有斐閣, 230~231쪽.

영화 〈수사키 파라다이스〉 한 장면. 뒷 간판에 '수사키 파라다이스'라는 글씨가 명확히 보인다.

수 있는 방貸し座敷의 수는 103칸이었고, 유곽의 기생을 만나게 하는 장소로 쓰인 찻집引き手茶屋이 45칸, 창기娼妓가 974명이 있던 큰 유곽 거리였다. 쇼와 시대 때 '수사키 요시하라吉原'라고 불리던 이곳은 전후 미군들이 '수사키 파라다이스'라고 불렀다. 이 거리는 1958년 매춘방지법의 실시에 의해 예전의 모습이 완전히 사라져 버리고 지금은 주택지로 남아 있지만, 아직도 옛날 유곽의 모습을 그대로 갖고 있는 건물이 많이 남아 있다. 이곳은 문학 작품과 영화의 대상이 되어서 아직도 많은 이들의 답사기행지로 잘 알려져 있다.

일본 풍속 소설의 정점을 보여주는 나가이 가후永井荷風(1879~1959)의 「꿈의 여자夢の女」(1904)는 수사키 지역의 창부를 대상으로 하고 있고, 「보쿠토키탄ボク東綺譚」(1937)은 수사키에서 작가가 실제 만난 스물셋 정도의 어린 창부와 사랑을 소재로 썼다고 알려져 있다.[26] 이 외에도 닛카

---

26 槌田滿文, 『東京文學地名事典』, 東京堂出版, 1997, 178쪽.

쓰日活가 1956년 영화로 만들어서 더 유명해진 시바키 요시코芝木好子의 소설 「수사키 파라다이스」(1954)도 바로 이곳을 소재로 한 영화이다.

앞서 인용했던 김호영의 글에서는 "東京에 百世帶 以上 朝鮮사람이 密集해가지고 사는 곳"이 11군데 있다고 하면서 그중에 대표적인 곳으로 가장 먼저 "수사키洲崎 유곽 근방"[27]을 보고하고 있다. 「빛 속으로」의 하루오의 엄마인 조선 여자가 바로 이 수사키 출신이라는 것은, 한베에가 "수사키 조선 요릿집에서 윽박질러おどかして 데리고 왔다"(21쪽)라는 표현에서 알 수 있다. 'おどかして'라는 말은 '협박해서' 혹은 '놀라게 해서'라는 뜻이다. 그녀가 수사키에서 어떤 처지에서 생활하다가 한베에를 만났는지 지명 이름으로 충분히 상상할 수 있다. 따라서 "그 사람…… 나를 팔아 버리겠다는 소리도 했지요. 그렇게 된다 해도…… 아무도 나 같은 여자 따위를 사 주지도 않을 거예요"(24쪽)라는 그녀의 말은 유곽 언저리에서 일하다 겨우 탈출해온 여자의 항변으로 자연스럽게 이어진다.

김사량은 단순히 관찰자의 입장만은 아니었다. 부두의 노동자들이 사는 곳에 가서 함께 지내기도 했던 그는 몇 번에 걸쳐 투옥되기도 했다. 1936년 10월부터 몇 달 동안 일본 경찰서에 미결수로 구류되었는데, 이유는 연극으로 공연된 그의 작품 「토성랑土城廊」이 빈민을 소재로 했다는 이유 때문이었다. 1941년 12월 9일, 그는 또 치안유지법에 걸려 50일 동안 예방 구금 당하는 고난을 겪기도 했다.

---

27 金浩永, 앞의 글, 291쪽.

도시 유람 —마쓰자카야 · 카레라이스 · 우에노

「빛 속으로」의 결말부로 가기 전에 주인공 '나'는 하루오가 자기를 애정의 눈으로 보고 있다는 것을 믿었다. "그건 분명 나에 대한 애정이지 아닐까. '어머니의 것'에 대한 무의식적 그리움일 것이다"라는 자신감에서 하루오와의 화해를 도모한다. 이때 새로운 장소와 그 장소에서 만나는 당시 일상의 구성요소는 화해를 위한 결정적인 단초를 제공한다.

어느새 밀려오듯 **마쓰자카야**(松坂屋) 백화점 입구까지 왔기에 특별히 볼 일은 없었지만 그의 손을 끌고 들어갔다. 안에도 매우 붐비고 있었다. 하루오가 **에스컬레이터**를 타고 싶어 해서 둘이 나란히 탔을 때는 그 역시 행복한 듯 표정이 환해져 있었다. 소년 하루오가 지금 모든 사람들 속에 있다는 생각이 나에게는 너무나 이상할 정도로 기뻐 어찌할 바를 몰랐다. (…중략…) 둘은 나란히 3층으로 갔다. 거기서도 붐비는 사람들 사이를 누비고 다니면서 **5층인가 6층까지** 올라가 식당 한구석에 마주 앉았다. 그러나 사실 두 사람은 필요 이상의 말은 별로 주고받지 않았다. 하루오가 아이스크림과 **카레라이스**를 먹고 나는 소다수를 마셨다.(26쪽)

결말부에 소년 하루오와 남 선생 사이에 조금씩 친밀해지는 장면이 나온다. 소설에 나오는 당시 풍속을 살펴보면 그들이 서로 마음문을 열 수 있는 계기를 볼 수 있다.

먼저 그들은 우에노 공원에 들어가기 전에, 공원 바로 앞에 있는 우

1929년에 신축한 우에노 마쓰자카야 백화점에 두 주인공은 놀러간다.

에노 마쓰자카야松坂屋 백화점으로 들어갔다. 우에노 마쓰자카야 백화점은 현재도 일본 내에 손가락 안에 드는 큰 백화점이다. 지금도 우에노 공원 입구에서 보이고, 대략 200~300미터 떨어진 곳에 그 백화점이 있다. 1611년에 나고야名古屋에 본점이 생기고 현재에 이르기까지 400년 가까운 역사를 갖고 있는 이 마쓰자카야가 우에노에 진출한 것은 1768년이다. 처음 엘레베이터를 갖춘 서양풍의 건축물로 백화점이 세워진 때는 1917년이다. 그 건물은 1923년 도쿄대진재 때 불에 타서, 1929년에 다시 지어진다. 이 건물은 "중앙입구에서 정면 계단에 이르기까지 대리석 원기둥이 있었고, 일본풍속화가 그려진 금속판 문으로 치장된 엘리베이터 8기가 손님을 맞이하는"[28] 이른바 관동재진재 이후 일본제국의 재부흥을 상징하는 건물이었다. 「빛 속으로」의 남 선생과 하루오가 찾아가 카레라이스를 먹었다는 건물은 1929년에 지어진 이

---

[28] 松坂屋50年史編輯委員會, 『松坂屋50年史』, 松坂屋, 1960, 58쪽.

건물이다. 도쿄의 백화점을 1936년 10월부터 1937년 4월까지 도쿄에 머물렀던 시인 이상李箱은 이렇게 묘사한다.

三越 松坂屋 伊東屋 白木屋 松屋 이 7層 집들이 요새는 밤에 자지 않는다. 그러나 우리는 그속에 들어가면 않된다. 왜? 속은 七層이 아니오 한層式인데다가 山積한 商品과 茂盛한 '숲껼' 때문에 길을 잃어버리기 쉽다.[29]

이상이 보는 백화점은 "밤에 자지 않는" 곳이었다. "'숲껼Shop Girl' 때문에 길을 잃어버리기" 쉬운 말그대로 '딴 세상'이었다. 당시 "각 산지에서 미인美人을 출장시켜 각지의 민요나 무용을"[30] 보여주는 마쓰자카야의 상술 때문에 손님들은 정신 없었다. 이렇게 워낙 새로운 근대 문명이었기에 백화점에서 쓰는 "그 술어術語들은 자전字典에도 없다"고 이상은 쓰고 있다. 그가 도쿄의 백화점 중에 두 번째로 지적한 엘리베이터가 8기 설치된 7층의 마쓰자카야의 우에노 백화점 건물과, 1937년에 완공된 서울의 화신 백화점이 5층 건물에 4인승 엘리베이터 3대(1대는 직원용)였던 것[31]과 비교하면, 마쓰자카야의 규모를 짐작할 수 있겠다.

카레라이스도 소설에서 중요한 기능을 한다. 인도의 대표적인 요리인 카레Curry는 18세기 영국의 식민지였을 때 영국으로 전해지면서 유럽풍의 조리법으로 가공되었다. 단무지 반찬과 쌀 중심의 식생활권이었던 일본에 1910년경 수입되어 일본화되었다. 일본인은 국물을 숟가

---

29 李箱, 「東京(遺稿)」, 『文章』 4, 1939.5, 141쪽.
30 松坂屋50年史編輯委員會, 앞의 책, 58쪽.
31 김정동, 『근대건축기행』, 푸른역사, 1999, 169~176쪽.

락 없이 마셨는데, 카레라이스가 전래되면서 메이지 시대 이후 숟가락匙을 쓰게 되었다. 서양요리점에 들어가 카레라이스カレーライス나 돈까스豚カツ를 먹는 것은 당시 자랑할 만한 하나의 체험이었다.[32]

　여기서 주목하고자 하는 것은 건물의 규모나 카레라이스의 역사가 아니다. 바로 이런 근대적인 풍속의 경험이 등장인물들의 심리에 어떤 영향을 미쳤느냐는 것이다. 당시 유람버스를 이용해서 백화점을 순례하는 것은 하나의 유행이었다. 마쓰자카야 백화점은 도시 유람버스가 방문하는 코스에 들어가 있었다.[33] 이런 곳에서 에스컬레이터를 타고, 카레라이스 먹고, 옷을 사 입는 행위는 단순한 소비가 아니라, 즐거운 일탈逸脫을 의미한다. 이렇게 도시유람을 만끽하게 된 하루오가 "행복한 듯 표정이 환해져" 있고, 남 선생 역시 "넘칠 듯한 기쁨을 온몸으로 느꼈다"는 기술이 가능한 것이고, 거꾸로 현재의 독자가 당시의 풍속을 알게 되면 인물들의 심리변화의 과정도 아주 자연스럽게 이해된다는 사실이다.

　마지막으로 등장인물들이 우에노 공원으로 찾아가는 장면도 상징적이다. 그때나 지금이나 우에노 공원이란 사방팔방 열려진 공간이다. 도시 유람의 일탈을 경험한 이들이 열려진 공간으로 가서 화해하게 되는 것은 당연한 결말이다. 여기서 "내 눈앞에는…… 한 소년이…… 여러 빛깔의 빛을 쫓으며 빛 속에서 춤추는 영상이 어른거렸다"(28쪽)는 기술이나, 소년이 '나'를 "남 선생님이시죠"(29쪽)라고 부르며 화해하는 장면은 자연스러운 것이다. 물론 작가는 결론 자체도 열어놓아 소설의 주제를 정하는 것을 독자의 몫으로 던져 놓는다.

---

32 日本風俗學會, 『日本風俗史事典』, 弘文堂, 1994, 353쪽.
33 初田亨, 『百貨店の誕生』, 筑摩書房, 1999, 226쪽.

세 가지 풍속과 물음표

「빛 속으로」는 이렇게 세 가지의 풍속을 배경으로 짜여 있다. 다시 정리하자면, 첫째 풍속은, 창씨개명 시대에 일본어 이름이 갖고 있는 '이름의 일상성과 그 내면의식'이고, 둘째 풍속은 오시아게 지역 등 조선인 노동자의 삶과 수사키 유곽지대에 살고 있는 '재일조선인의 일상성'이며, 셋째 풍속은 마쓰자카야 백화점에서 카레라이스를 먹고 우에노 공원을 찾아가는 '도시유람의 일탈을 통한 일상성'이다. 이렇게 이 작품은 이름의 일상성과 재일조선인의 삶, 그리고 도시유람의 일탈을 통해, 조금 도식적으로 말하자면 삼각 꼭지점을 거쳐 갈등에서 화해로 나아가는 소설이다. 이렇게 김사량은 시대적인 문제며, 민족의 문제, 그리고 근대 대중성의 문제까지 다양하게 그리고도 정확하게 한 편의 소설에 담아냈다.

「빛 속으로」의 마지막 부분에서, 소년 야마다 하루오가 춤 선생이 되고 싶다는 말을 듣고 주인공 남 선생이 빛 속에서 춤추는 야마다 하루오를 상상하는 장면이 있다. 사실 빛 속에서 춤추고 싶어하는 욕망은 야마다 하루오만의 욕망이 아니라, 당시 조선인 전체의 욕망이요, 작가 자신의 희망이었을 것이다. 그는 그 빛을 찾아 항일전쟁에 뛰어들고, 중국군 팔로군을 거쳐 조선민주주의인민공화국을 택한다. 이후 한국전쟁에도 참여하여 이 세상과 결별한다.

한국전쟁 중에 전사한 그의 최후를 북한 측은 장열하게 묘사한다. "1950년 말 36살의 한창 나이에 적의 포위를 더는 벗어날 수 없게 되자 마지막까지 결사전을 벌리던 끝에 수류탄을 안고"[34]라며 수류탄의 '빛 속에서' 장열한 최후를 마친 영웅으로 묘사하고 있다. 다만 한국이나 일본에서는 이런 표현과 그의 최후에 물음표를 단다. 단지 죽음에 대한 문제뿐만 아니라, 전기사적인 연구에서도 김사량이라는 작가에게 너무도 많은 물음표가 달려 있다. 그나마 최근에 일본에서 발표된 2편의 논문은 주목할 만한 가치가 있다.

먼저, 이건지의 논문[35]은 제목이 조금 어색하지만, 평양고등보통학교 시절 이후 일본 유학 이전까지 김사량의 모습을 꼼꼼히 되살려 낸 전기사적인 연구로 주목된다. 중요한 자료를 근거로 당시 평양고등보통학교 출신의 동기생들 그리고 선생이었던 사람도 인터뷰 하는 등 전기사적인 연구를 치밀하게 시도한 논문이다.

호테이 도시히로布袋敏博[36]의 논문은 서두에서 북한에서의 김사량에 대한 평가를 소개한다. 그가 화북 연안의 태행산太行山으로 탈출하고 귀국하는 과정의 정확한 날짜를 논증하는 등, 해방 이후 서울에서 김사량의 행적 등을 구하기 힘든 자료를 통해 정확히 되살리고 있는 논문이다. 무엇보다도 북한에서의 행적을 새로운 자료로 재구성한 대목이 돋보인다. 이 논문은 정확한 근거를 통해 그간 잘못된 약력과 연구결과를 지적하는 등, 해방 이후 김사량에 대한 전면적인 검토를 시도하고 있다.

이후 곽형덕 교수의 저서[37]와 전3권에 이르는 『김사량 전집』(역락)

---

34 『문예상식』, 문학예술종합출판사, 1994, 245쪽.
35 李建志, 「'日本語'に殺された男―金史良の文學と死」, 『二〇世紀を生きた朝鮮人』, 大和書房, 1998.
36 布袋敏博, 「解放後の金史良覺書」, 『青丘學術論集』, 東京 : 韓國文化硏究振興財團, 2001.11.25.
37 곽형덕, 『김사량과 일제 말 식민지 문학』, 소명출판, 2017.

번역은 총체적인 정리와 분석을 보여준다.

　꼼꼼한 연구들이 이어지고 있지만, 아직 그의 작품 자체에 대한 연구는 그의 전기사적 연구만치 물음표가 많이 달려 있다. 먼저 한글과 일본어로 발표된 글들이 갖는 미묘한 차이에 대한 연구, 작품 원본에 대한 서지적인 정리 작업부터 새로 시작해야 할 것이다. 그는 분명 한국, 일본, 북한, 중국 등 국제적인 시각에서 다시 연구해야 할 작가다.

　이 글을 통해 저자는 「빛 속으로」를 풍속을 통해 새롭게 이해해 보고자 하는 시도를 해보았다.

　많은 작품을 발표해야 좋은 작가가 되는 것은 아니다. 당시 풍속을 교묘巧妙히 직조해내면서 등장인물의 내면적 갈등을 예리하게 묘사하여, 독자의 영혼을 울리는 단 한 편의 명작을 남기기도 쉽지 않다. 그런 의미에서 저자는 「빛 속으로」라는 단 한 편으로도 김사량의 문학사적 의의는 충분하다고 본다.

일제 말 조선인이 쓴 일본어시*

'국민문학'과 일본어시

1) '국민문학'의 탄생

1941년 『국민문학』이 나오기 전, 여러 문예 잡지들이 있었으나 거의 단명했고, 40년대 벽두에서 한국문학의 맥을 이은 잡지는 『문장』과 『인문평론』이 있었다. 월간 『문장』(1939.2~1942.4)은 김연만이 창간하고

---

* 이 글의 본론 부분은 2008년 9월 25일 캐나다 토론토에 있는 요크대학에서 열린 학술대회 'Representations of Japan's Total War Mobilization in Late Colonial Korea'에서 영문 *"A study of Japanese Poems Written by Koreans in the Late Colonial Korea"*으로 발표했던 내용이다. 당시 테드 구센 교수(Ted Goossen, 요크대학)와 와타나베 나오키 교수(渡辺直木, 무사시대학)의 질문을 받았고, 이후 수정하고 보충하여 2009년 2월 13일에 연세대학교에서 열린 제3회 한국 언어·문학·문화 국제학술대회에서 다시 발표하고, 이경훈 교수(연세대)와 토론을 통해 수정한 글이다. 지적해주신 분들께 깊이 감사드린다.

편집 발행했으나, 1940년 5월호를 끝으로 이후 이태준이 편집·발행했다. 시, 소설 등 작품 위주로 편집된 『문장』은 우리 고전작품을 거의 매호마다 소개하고 있고, 국어학 분야의 논문도 실려 있다. 최재서가 편집 발행한 월간 『인문평론』(1939.10~1941.4)은 월간지였으나 1939년에 3권, 1940년에 10권, 1941년에 3권을 내고 일제에 의해 강제 폐간되었다. 『인문평론』은 시나 소설에 비해 평론이 많이 실려 있으며, 해외문학 사조나 문학이론, 모던용어, 연극, 영화, 미술 등 서구지향적이다. 그런데 당시 잡지는 예술적인 내용만을 담을 수는 없었다 이 시기의 문학은 박영희의 말대로 "일본정신의 예술화"(「전쟁과 조선문학」, 『인문평론』 창간호)라는 친일정신이 강요되었다. 정치성이 거의 없는 작품 내용과는 전혀 다른 친일적인 권두언이나 평론을 볼 때, 잡지를 발간하기 위해 얼마나 어려웠을지 추측된다.

휴간을 거듭하던 두 잡지는 결국 폐간되고, 20여 종의 잡지를 통폐합되어 1941년 11월에 『국민문학』이 탄생한다. 이 잡지가 출판되고 한달 후인 1941년 12월 8일 진주만 공격으로 태평양전쟁이 시작된다. 『국민문학』 창간호에서 편집인인 평론가 최재서는 '국민문학'이 나아가야 할 길을 단적으로 제시한다.

유럽의 전통에 뿌리박은 이른바 근대문학의 한 연장(延長)으로서가 아니라, 일본정신에 의하여 통일된 동서(東西) 문화 종합을 터전으로, 새롭게 비약하려는 **일본 국민의 이상을 담은 대표적인 문학**으로서, 금후의 동양을 이끌고 나갈 사명을 띠고 있는 것이다.[1] (강조는 인용자)

'일본 국민의 이상'을 담은 문학이 동양을 이끌어 가도록 해야 한다는 이 말은 이후 일제 말의 정언正言이 되었다. 물론 이전에도 일본 국가주의에 협력하는 문학은 다양하게 일컬어졌다. 가령 중일전쟁을 전후하여 애국문학, 총후문학으로 불리었고, 1940년대 이후 태평양전쟁 시기에 잡지 제목인 『국민문학』은 문학의 한 장르인 '국민문학'으로 일반적으로 불리었고, 태평양전쟁 말기의 급변하는 상황에서는 '결전문학'이라고도 일컬어졌다.

일본 파시즘을 옹호하는 문학을 위해서 『국민문학』은 물론 친일잡지 『신시대』, 『춘추』 그리고 『대동아』로 제호를 바꾼 『삼천리』 등도 일본어창작을 주장했다.

이 논문은 바로 '국민문학'이 탄생한 1941년 11월의 1년전인 1939년부터 전쟁이 끝나는 1945년 8월까지, 일제 말 파시즘 시대를 살았던 조선 시인들의 일어시의 경향을 살펴보려 한다.

2) 1939~1945, 일본어시

한국 근대문학에서 일본어와 문학작품과의 관계를 논한 것은 1940년대가 처음이 아니다. 이미 1910년대 주요한 시인부터 일본어시는 발표되어 왔다. 1910년대 주요한의 일본어시 「五月雨の朝」(『文芸雑誌』, 1916), 「夜、寝る時」(『現代詩歌』, 1917), 「嵐」(『現代詩歌』, 1918), 그리고 1920년대

---

1 최재서, 「국민문학의 요건」, 『국민문학』 창간호, 1941.11.

정지용의 일본어시 「かつふえ・ふらんす」(『近代風景』, 1926), 「海」(『近代風景』, 1927) 외 김병호, 김희명 등, 그리고 1930년대 이상의 시 「空腹」(『朝鮮の建築』 1931), 「線に関する覚書.1」(『朝鮮の建築』, 1931) 외 류용하, 엄성파, 주영보, 박승걸, 장수철, 박남수 등이 많은 일본어시를 발표했었다. 일본어시의 목록[2]을 보면, 식민지 시절 조선인이 쓴 일본어시는 지속적으로 창작되어 왔던 것을 확인할 수 있다.

1939년부터의 일본어시에 주목하는 이유는 첫째, 이때부터 '국어國語'란 바로 일본어를 의미했기 때문이다. 둘째, 『동양지광』, 『국민문학』, 『총동원』(이후 『국민총력』으로 개칭) 등의 일본어 잡지와 신문이 창간되고, 여기에 일본어 작품이 게재된다. 셋째, 이 무렵부터 체재 협력적인 작품이 서서히 등장하기 때문이다. 넷째, 이러한 배경을 토대로 본격적으로 조선시가 김종한, 김소운에 의해 번역 소개되는 시기이기 때문이다. 다섯째, 이 시기는 1930년대와 해방기 문학사를 잇는 중요한 시기이다. 많은 작품이 일본어로 쓰여졌다고 해서 '암흑기'(송민호)[3]라고 규정하고 외면할 수는 없다. 오히려 그 암흑기의 '신체제'(김윤식) 시기에 조선의 시인들이 어떻게 시 창작을 했는가를 살펴 보는 것은 의미 깊은 일이다.

이 시기의 일본어 작품에 대한 연구는 이미 많은 성과가 있다. 세 가지 중요한 성과를 소개하자면, 먼저 오무라 마스오大村益夫와 호테이 도시히로布袋敏博 편집의 『근대 조선문학 일본어작품집近代朝鮮文学日本語作品集』(주2) 1회 전6권이 2001년에 출판되면서, 기본적인 서지학적 목록

---

2 大村益夫, 布袋敏博 編輯, 『近代朝鮮文学日本語作品集』(綠蔭書房, 2001)을 참조 바란다. 이 책을 토대로 佐川亜紀, 『在日コリアン詩選集』(土曜美術出版販売, 2005)을 발간했다.

3 송민호, 『일제 말 암흑기 문학 연구』, 새문사, 1991.

이 소개되고, 원본 연구가 가능해졌다. 이 작품집은 36개의 잡지, 신문 등을 조사하여, 조선인이 발표한 모든 일본어 작품을 담고 있는데, 그 중 시 장르는 4권과 6권에 편집되어 있다. 다만 작품 선택에 편자들이 생각하는 '작품의 질'에 따라 선택되었기에, 실리지 않은 시도 있다. 실리지 않은 시는 이후의 연구자들이 발굴해서 평가해야 할 문제이고, 기본적인 자료는 이 작품집에 모두 수록되어 있다고 할 수 있겠다.

이후 박경수[4]의 연구는 재일한국인의 일본어시와 친일문제를 폭넓고 깊게 다루고 있다. 이 논문은 자세히 알려지지 않은 주영섭, 박승걸, 김이옥, 조향의 일본어시를 꼼꼼히 분석한 의미있는 글이다. 제목은 '일제 말'이라 했지만 상당 부분 1930년대 작품 분석에 치중하는 작가론적인 고찰을 하고 있다. 심원섭[5]의 연구는 이제까지 따로 연구되었던 김종한과 김소운의 번역작업을 확연히 비교하여, 조선적인 것의 추구(김종한)와 비애적인 재창작 번역(김소운)의 특징을 잘 드러내고 있다.

연구성과를 토대로 저자가 관심을 가지는 것은 두 가지다. 첫째, 일본어시가 전쟁상황에서 어떠한 세계관을 갖고 있는지 가장 큰 변화를 연도별로 살펴보려 한다. 둘째, 일본어시의 연도별 발표량을 조사하여, 그 분포 상황을 분석해 보려 한다.

일제 말 조선인이 쓴 일본어시를 분석하는 이 글에서 주목하려는 것은 작가별 혹은 주제별 분석이 아니다. 이 글에서 그 개별적인 시인과 작품 분석을 세세히 깊이 있게 논하지는 못한다.

---

4 박경수, 「일제 말기 재일한국인의 일어시와 친일문제」, 경상대학교 배달말학회, 『배달말』 32, 2003.
5 심원섭, 「김종한과 김소운의 정지용 시 번역에 대하여―『雪白集』(1943)과 『朝鮮詩集』(1943)을 중심으로」, 『한국논총』 41, 한국문학회, 2005.12.

그 연구를 위한 전 단계의 연구로, 태평양전쟁 전개과정에 따라, 조선시인이 어떻게, 어느 정도 일본어시를 발표했는지를 살펴 보려 한다.

일본어 '국민시'의 전개과정

과거 1개년 동안 일본 시단 최대 수확은 **국민시의 창조**라는 것이다. 때마침 반도에 있어서는 국민문학이 발달되었다. 그것은 국어관과 언문(諺文)관이라는 이중의 고뇌를 걸머지고 태어났다.[6]

'국민시'란, 첫째 '국민문학'의 정신, 곧 일본 정신에 충일한 시를 말한다. 이러한 시가 1940년대 무렵에 이루어졌으며 그것은 국책에 협력해야 한다. 둘째, 그 표기는 당시 국어였던 '일본어'여야 했다. 친일 '국민시'가 되기 위해 절대적인 것은 무엇보다도 당시 국어國語였던 일본어로 시를 써야 한다는 것이다. 가령 『국민문학』은 연4회 일문판, 8회 한글판으로 발행하려다가 총권 제7호(1942년 5·6월 합병호)부터는 완전히 일본어판으로 발간했다.

1940년대 식민지 말, 시 내용의 변화과정을 시대 변화와 더불어 구체적으로 관찰해보려 한다. 따라서 전쟁상황의 변천과정에 따라, 시 내용

---

6 "過去一ヶ年に於ける日本詩壇の最大の收穫は国民詩の創造と云うことであった". 寺本喜一, 「詩壇の一年―半島詩壇の創成」, 『國民文學』, 1942.11, 20쪽.

의 변이과정을 살펴보려 한다. 소설이나 희곡과 달리, 즉흥적으로 창작할 수 있는 시 장르는 시대와 더불어 즉시 창작 발표가 가능했다. 바로 이러한 이유 때문에, 조선인의 일본어 '국민시'가 전개된 양상을 보면, 단순히 전쟁상황의 변천을 보이고 있을 뿐이라는 생각이 들 수도 있겠다. 혹은 선택된 몇 편의 시와 전황戰況을 단순 대응시키고 있는 느낌도 받을 수 있다. 이것은 '국민시'의 창작 자체가 역사적 상황을 강력하게 따르고 있기 때문이다. 그 과정을 더욱 설득력 있게 논증하기 위해, 대표적인 시를 인용하고 되도록 많은 시를 제목만이라도 인용하려 한다.

논의를 통해 '국민시 = 친일시'라는 등식은 이해할 수 있다. 그런데 '국민·친일시 = 조선인의 일본어시'라는 등식은 가능할까. 이민족의 정신과 언어를 택한다는 것은 민족의 상실을 의미하는 것일까. 일본어 '국민시'란 이미 정서적인 굴절이 작용된 변종變種일까. 물론 대부분 그럴 수 있으나, 또한 그렇지 않다는 것도 확인할 것이다.

1) 남태평양에서의 승리 찬양－승리기(1941.12~1942.6)

1938년 세계 공황과 국제정세의 혼미 속에서 일본은 그 탈출구로 남진南進 즉 동남아시아를 선택한다. '대동아 신질서' 건설을 추구하면서, 1940년 9월 프랑스령인 인도차이나 반도 북부를, 이어 남부까지 점령했다. 1942년 5월까지 필리핀, 미얀마, 태국, 베트남, 말레이지아, 인도네시아를 파죽지세로 점령했다. 이렇게 1941년 12월 8일 개전부터, 1942년 6월 미드웨이 해전의 패전에 이르기까지는 일본군의 승리 시기였다. 이 시기의 문단은 마치 태평양 전 지역을 금방 점령할 것 같은 무드에 젖어 있다. 1942년 2월호『국민문학』표지에는 "태평양전쟁 특집호"라고 큰 활자로 써있다. 그리고 '대동아전쟁의 시'라는 기획 아래, 일본인 3인 한국인 2인(정지용, 김용제)의 시가 실려 있기도 하다.

아래 세 편의 시는 이러한 흐름을 잘 드러낸다. 싱가폴이니 자바니 인도니 하는 남방의 지명이 나오는 이 시들을 단지 남방 정서를 드러낸 낭만적인 시로 읽을 수도 있다. 그저 남쪽 섬나라 민족의 부락 축제에 참가하여 흥겨워하는 풍경으로 볼 수도 있다. 그러나 세 편의 시는 일본군의 초기 승전을 예고 찬양하는 시다.

> 자바의 아가씨들이여
> 손에 손을 잡으면 새날이 밝아온다
> 아시아에 아침이 온다
> 토토 탐탐
> 탐탐 토토탐
> (…중략…)
> 박자를 맞춥시다 박자를 맞춥시다
> 인도의 코끼리 아저씨 앞에서
> 고비사막의 기다란 목을 가진 낙타 앞에서
> (…중략…)
> 말레이 바다에 봉화가 오르면
> 캄차카에서 마라톤이 시작된다
> 손에 손을 이어잡고

발로 박자를 잘 맞춰서

(…중략…)

아시아가 밝아오면

세계도 밝아진다

토토 타메타무

타무타무 토토타무

—주요한, 「손에 손을」, 『국민문학』, 1941.11[7]

　　자바, 우랄, 바이칼, 인도, 고비사막, 말레이해, 캄차카 반도까지 "손에 손을 잡고" 나아가 '아시아 평화'를 이룩하자는 '대동아공영권'에 관한 시다. "토토 타메타무 / 타무타무 토토타무トトタメタム / タムタムトトタム"라고 마치 작은 북을 두둘기는 후렴을 넣어 진취적인 분위기를 띠고 있다. 1941년 12월 진주만 공격 이전에 일본은 이미 중국과 인도네시아 반도를 점령하고 있었던 상황을 담고 있는 이 시는 김용제와 함께 가장 많은 친일시를 남긴 주요한朱曜翰(1900~1979)의 소품이다.

　　1941년 12월 8일 진주만 공격을 찬양하여, "새로운 역사의 첫 페이지에 / 명기하라 / 12월 8일 / 아세아 붉은 태양이 세계를 비추려 떠오른 날도 / 폭탄의 세례와 프로펠러의 선률 속에 / 새로운 시대"(「명기하라 12월 8일」, 『신시대』 1942.1)라고 썼던 주요한은 국가주의를 찬양하는

7　"ジャバの娘御よ / 手に手を取れば夜が明ける / アジアの夜が明ける / トトタメタム / タムタムトトタム / (…中略…) / 拍子を取りませ～拍子をとりませ～ / 印度の象さん前足で / ゴビのラクダ君長首で / (…中略…) / マレーの海に烽火が上つたら / カムチャッカでマラソンが初まる / 手に手を連ねて / 足拍子宜しく / (…中略…) / アジヤが明ければ / 世界も明ける / トトタメタム / タムタムトトタム". 「手に手を」, 『國民文學』, 1941.11, 22～23쪽.

시인들에게 주는 제4회 조선예술상 문학상을 수상했다. 일본정신의 표상인 '팔굉일우八紘一宇'를 변형하여 스스로 마쓰무라 고이치松村紘一라고 창씨개명 했던 그는 여러 친일 단체에 가담해 징병제를 선전하는 등 전쟁에 적극 협력했다. 그리고 해방 후 국회위원이 되었고, 4·19혁명 이후 상공부 장관 등을 했다.

1942년 2월 8일 싱가포르가 일본군에게 함락당했다. 영국군은 패퇴를 거듭해 결국 야마시타 도모유키에게 무조건 항복한다. 이때 이광수는 싱가포르 점령을 소재로 시를 발표한다.

> 아내가 우네,
> 내가 우네,
> 외치는 만세소리도 덜덜 떨렸다.
> 아내는 달려가, 병들어 누운 아들을 일으켜
> "싱가포르를 함락했어"라고 알렸다.
>
> 싱가포르 전투에서
> 돌아가신 영령(英靈)이여
> 다치신 용사(勇士)여,
> 잘도 싸워 이겼으니,
> 경(卿)들의 피는 만대에 살리라
> (…중략…)
> 아시아 십억의 마음은 열렸다.
>
> ─ 이광수, 「싱가폴 함락되다」[8]에서, 『신시대』, 1942.3

싱가포르가 일본군에게 함락되었다는 소식은 이광수에게 자기의 신념이 옳다는 것을 다시 확인시켜 주었을 것이다. 일본군이 싱가포르를 함락시킨 그 다음 달에 이광수는 이 시를 발표했다. 전쟁에 나가서 그 기쁨을 누리지 못하는 아들에게 아내는 승리를 전한다. 그 아들의 이미지는 "싱가포르 전투에서 / 돌아가신 영령"과 겹쳐진다. 일본어로 '영령英靈'이라는 단어는 곧 야스쿠니 신사에 모셔지는 영웅을 떠올리게 한다. 이광수는 "천황의 신민이며, 일본은 나의 조국이다. 나는 생명을 바쳐 이 조국을 수호할 것이다"라며 조선인은 당연히 참전하는 영광을 누려야 한다[9]고 역설했다.

싱가포르를 점령했다는 소식은 태평양전쟁을 승리로 이끌 수 있다는 '전승의 자신감'에 넘치게 했다. 이광수가 싱가포르를 함락시킨 정세에 감격했듯이, 당시 많은 시인들이 싱가포르의 점령을 찬양한다. 노천명은 "아세아의 세기적인 여명이 왔다 / 영미의 독아에서 일본군은 신가피新嘉坡도 빼앗고야 말았다"(「싱가폴 함락」, 『매일신보』, 1942.2.19)고 노래한다. 김동환은 "물러가라 쫓아내라 포악미영웅 / 백여 년을 아편 위에 영화 누리는 / 거만스런 홍콩 충돌 몰아내듯이 / 마래(말레이지아) 市(하와이)와 인도총독 몰아 내치자"(「미영장송곡」, 『매일신보』, 1942.1.13)고 노래했다.

일본어시가 아니고 한글로 발표되었지만 이찬은 아시아 곳곳에서 전승의 깃발을 날리는 당시를 하나의 축제로 가장 구체적으로 묘사하고 있다.

---

8 "妻泣けり、 / 我泣けり、 / 叫ぶ万歳の聲もおろおろなりき。 / 妻は走りて、病みて寝ぬる子を起こし 「シンガポール落ちぬ」と告げにき // シンカポールの戰いに / 死せる英霊よ / 傷ける勇士よ / よくぞ 戰ひで勝ちし / 卿等の血は萬代に生きむ / (…中略…) / アジア十億の胸はあきぬ。", 「シガポール落つ」, 『新時代』, 1942.3.

9 李光洙, 「兵役と国語と朝鮮人」, 『新時代』, 1942.5.

전승(戰勝)의 깃발 나부끼는 다양한 하늘을 나의 날이 풍선처럼 부풀어 올라

놓아다오 놓아다오
내 진정 날고 오너라 날고 오너라

불타는 적도 무르녹는 야자수 그늘 올리브 코코아 바나나 파인애플 훈훈한
향기에 쌓인

그것은 자바라도 좋다 하와이라도 좋다
그곳은 호주라도 좋다 말레이지아라도 좋다

나는 장군도 싫다 총독도 싫다
나는 다만 지극히 너와 친할 수 있는 한 개 레트랑제(l'etrager, 이방인)로
족하나니

깜둥이 나의 여인아
어서 너의 키타를 들어

미친듯 정열에 뛰는 손끝이여 우는듯 우는듯 다감한
음률이여

들려다오 마음껏 해방된 네 종족의
참으로 참으로 그 기쁜 그 노래를

오, 오랜 인고에 헝클어진 네 머리칼을 쓰다듬으며 쓰다듬으며

나도 아이처럼 즐거워 보련다 이웃 잔칫날처럼 즐거워 보련다

— 이찬, 「어서 너의 키타를 들어」 전문, 『조광』, 1942.6

이 시에서, 전승(1연), 해방(8연)이라는 단어가 직접적인 정치성을 표상하고 있다. '전승의 깃발'이란 개전과 동시에 필리핀, 싱가폴, 인도네시아를 점령하고 1942년 5월까지 미얀마를 점령하고 인도까지 진군해 나가던 그 '전승'을 말한다. '해방된 네 민족'이란, 대동아전쟁을 백인식민주의에 대항하는 인종주의 전쟁이었다는 전쟁론에 따라, 일본군이 남방섬의 민족들을 해방시켰다는 의미다.

이찬은 1910년 함경남도에서 태어난 이찬은 1930년대 프롤레타리아 문학운동을 하고 감옥에도 간힌다. 이후 "좌절된 프롤레타리아 운동에 절망하고 먹고 살아야 할 생계 문제에 봉착해 절망과 도피를 경험"한 그는 1940년대 이후 친일시 「송출진학도送出陳學徒」 등을 발표하면서, '아오바 가오리靑葉薰'라는 이름으로 친일작품을 발표[10]한다.

---

[10] 김응교, 『이찬과 한국 근대문학』, 소명출판, 2007, 103~165쪽. "해방이 되자 함경도로 돌아간 그는 북한의 제2 국가(國歌)라고 하는 「김일성 장군의 노래」를 지었다. 이 시와 열성적인 사회주의 건설 참여 덕택에 그는 친일시를 썼지만 북한에서 이른바 '김일성 면죄부'를 받고 북한에 두 명밖에 없는 '혁명 시인'이 되어, 1974년 사망 후 북한의 애국열사능에 묻혔다."

2) 내선일체와 징병제 강화 – 패전기(1942.6~1944.6)

1942년 2월 일본군은 미드웨이 해전에서 패배하고, 1942년 8월 미군은 솔로몬 제도의 과달카나 섬에 상륙한 미군에 의해 1943년 2월 일본군은 2만 명의 사상자를 내고 섬에서 철퇴한다. 이 시기부터 1944년 7월 일본군의 마리아나 제도 포기와 도조 히데키東條英機 내각의 총사직까지 일본군은 패전의 패전을 거듭했다.

연합군은 1943년 중엽에 일본 본토 침공을 위한 작전을 짰다. 지상과 공중에서 동시에 이루어졌던 라바울 포위는 1943년 10월과 11월에 시작되었다. 미군은 1944년 1월 2일 뉴기니섬의 휴언반도에 있는 사이도르를 점령하여, 그곳에 공군 기지를 세웠다. 일본군은 새로운 방어계획을 서둘러 마련했고, 마리아나 제도와 캐롤라인 제도 및 뉴기니섬 서부에 남아 있는 1,055대의 항공기와 해군의 협동작전을 계획했다. 그러나 1944년 봄에 일본 공군력은 더 파괴되었고, 게다가 3월 31일에는 이 방어계획의 제안자인 고가 미네이치古賀峯一 제독과 그의 참모가 비행기 추락으로 죽었다.

이러한 시기에 필요한 것은 사상적으로는 일본정신의 강화, 현실적으로는 지원병의 확대가 절실했다. 천황주의를 담은 시인은 김용제는 가장 많은 분량의 일본어 친일시를 남겼다.

> 천황의 기원이 시작된 것은
> 지금으로부터 2천6백3년 전
> 경사로운 빛발 빛나는 2월에

신하인 나는 새로이 기도 드리옵니다

새롭게 기도드리는 이 아침
흰 구름에 마음을 씻고
전쟁의 천지 아득한데
일어서서 바라보는 아시아의 들판

— 김용제, 「어동정(御東征)」, 『녹기(綠旗)』, 1943.2

　　일본 프롤레타리아 작가동맹 출신인 좌익시인에서, '천황의 신하'임을 자부하는 극우시인으로 변모한 김용제에게 새로운 국가는 '천황을 중심으로' 하는 국가였다. 천황제를 중심으로 한 '내선일체'는 중일전쟁(1937~1938) 발발로부터 태평양전쟁 기간에 이르기까지 조선지배를 향한 최고 이념이었다. 천황에 대한 김용제의 충성은 구체적으로 징병제 찬양으로 이어진다.

지원한 바다에 마유의 도장을 찍으면 된다
아—싸움과 건설의 지금 세상에는
남자로 태어나 또 나이 젊은 행복이여
물에서 태어나 또 나이 젊은 행복이여
물에서 살고 물에 잠겨죽은 행복이여
물에서 살고 물에 잠겨죽은 생명과 시체
7개의 바다로 환회의 축배도 마시라

— 김용제, 「바다가 맑아서」, 『신시대』, 1943.6

이 시에서는 해전海戰에 참여한 지원병들을 위로한다. 그리고 그들의 죽음까지도 "환희의 축배를 마리사"며 찬양한다.

김용제가 내적 일관성을 갖고 친일을 행했듯이, 이광수는 역시 논리적 판단에 따라 신념을 갖고 친일을 선택한 경우다. 천황에 대한 이광수의 태도는 김용제를 버금간다. "일본인의 충忠에 대한 감정은 한자의 충忠자만으로는 설명할 수 없는 것이니 도리어 유태인의 여호와에 대한 충에 접할 것이다. 일본인은 내가 향유한 모든 행복을 천황께서 받은 것으로 생각한다. 내 토지도 천황의 것이오, 내 가옥도 천황의 것이오, 내 자녀도 천황의 것이오, 내 몸도 생명도 천황의 것이라고 생각한다…… 천황은 살아계신 하느님이신 때문이다…… 내게 있는 모든 것은 다 천황께서 주신 것으로 따라서 언제든지 천황께 바칠 것으로 깨달아야 한다. 이것이 마음의 신체제의 초석이다."(이광수, 『매일신보』, 1940.9.5~12) 이광수에게 천황은 인생의 목적이었다. 이를 위해 '내게 있는 모든 것을 천황에 바치는 것이' '신체제의 초석'이라고 이광수는 생각했고, 그 구체적인 실천은 결전기에 목숨 바쳐 군인으로 자원입대하는 것이었다.

특별지원병이라 부르시도다.
의무의 유무(有無)를 논하리,
이 사정 저 형편 궁리하리,
제만사(除萬事) 제잡담(除雜談)하고
나서라 조선의 학도여

그대들의 나섬은

그대들의 충의(忠義), 가문의 영예,

삼천만 조선인의 생광(生光)이오, 생로(生路),

1억 국민의 기쁨과 감사.

남아 한번 세상 나,

이런 호기(好氣) 또 있던가,

일생일사(一生一死)는 저마다 다 있는 것,

위국충절은 그대만의 행운

　　　　　　　　　　　　—이광수, 「조선의 학도여」, 『每日新報』, 1943.11.5

　이때 전쟁을 위해 가장 필요했던 것은 병사였다. 이미 일본은 1942
년 5월 조선의 청년들을 동원하기 위하여 1944년부터 징병제를 실시
하기로 결의했다. 그해 10월 징병 적령자에 대한 일제 신고가 있었고,
적령자의 96%인 25만 8,000여 명이 신고되었고, 결국 1944년 4월 징
병제가 실시되었다. 바로 이 시기에 이광수는 '특별지원병'이 되는 것
은 '가문의 영예'이고, '살아 있는 영광生光'이며, '살아있는 길生路'이라
고 강권한다. 소설가 장혁주도 징병제를 찬양하며, "조선에 지원병제가
실시되고 뒤따라 징병제가 실시된 것이다. 반가웠다. 가슴이 설레이도
록 기뻤다"(「岩本志願兵」, 『每日新報』, 1943.8)고 했다.

　이광수의 일본어시는 서구적 근대나 문명 개화 또는 나아가 구시대
적 봉건질서에 대한 일정한 반성과 초극을 견지하려 '근대의 초극'이라
는 맥과 함께 하고 있다. '근대의 초극'이라는 관념어보다 그것이 목표
한 세계와 이데올로기가 무엇인지에 대한 성찰이 없다면, '근대의 초

극'에 게재된 파시즘의 논리를 지나치게 될 것이다.

이 시기에 빼놓을 수 없는 일본어시는 김종한 일본어 번역시집 『雪白集』(1943)과 김소운의 일본어 번역시집 『朝鮮詩集』(1943)이다.[11] 김종한의 번역은 정지용과 백석을 중심으로 번역하고 있는데, 그것은 나아가 '조선적인 것을 수호'[12]하려는 은근한 믿힘을 보여주고 있기도 하다. 반면 김소운은 평이한 수준의 한국시를 '훌륭한 일본시'로 재창작하고 있지만, 이에 비해 김종한은 다소 서툴지 모르나, 조선적인 것을 그대로 살려내려는 의지를 일본어시 번역을 통해 보여주고 있다. 김종한의 번역을 읽으면, 조선인이 쓴 일본어시는 모두 대동아체제에 협력한다고 생각하는 고정관념이 해체되어 버린다.

3) 죽은 자에 대한 송가 – 대공습기(1944.6~1945.8)

태평양에서의 일본군 보급로가 길어지면서 미군의 승리가 이어졌다. 1944년 6월 15일 미국 해병 2개 사단이 마리아나 제도의 사이판섬에 상륙하자, 3만 명의 일본군 수비대는 격렬하게 저항했다. 일본군은 지하 동굴에 숨어 격렬하게 저항했다. 7월 7일의 옥쇄玉碎 작전은 제2차 세계대전 중에 일어난 옥쇄 반격 가운데 가장 규모가 큰 것이었다. 사이판을 잃은 것은 일본에 커다란 재앙이었다.

---

11 두 가지 일본어 번역 시집의 지향성과 의미를 분석한 심원섭, 「김종한과 김소운의 정지용 시 번역에 대하여－『雪白集』(1943)과 『朝鮮詩集』(1943)을 중심으로」(『한국논총』 41, 한국문학회, 2005.12)를 참조 바란다.

12 大村益夫, 「金鐘漢について」, 『朝鮮近代文学と日本』, 緑蔭書房, 2003.

이 소식을 듣고 도조 히데키 총리를 비롯한 내각 전체가 사임했다. 마리아나 제도를 잃은 것은 곧 패전을 의미했다. 미국 전략가들은 사이판 함락을 '태평양전쟁의 전환점'이라고 불렀다. 일본 본토 폭격을 위해 개발한 B-29 대형폭격기의 기지를 사이판섬에 세울 수 있었기 때문이다. 1944년 11월 24일 사이판섬에서 발진한 100대의 B-29 폭격기가 처음으로 도쿄를 폭격했다. '도쿄대공습'은 이렇게 시작되었다. 1945년 초부터는 오랫동안 지속시켜 왔던 중국에서도 차차 세력이 축소되고, 4월부터 오키나와에 미군이 상륙[13]한다.

1944년 6월 마리아나의 패배에서 1945년 8월까지가 '대공습기'라고 한다. 이 시기에 서정주의 시는 일본 파시즘의 종말을 장례하고 있다.

> 얼굴에 붉은 홍조를 띠우고
> "갔다가 오겠습니다"
> 웃으며 가드니
> 새와 같은 비행기가 날아서 가드니
> 아우야 너는 다시 돌아오진 않는다
>
> 마쓰이 히데오!
> 그대는 우리의 오장 우리의 자랑,
> 그대는 조선 경기도 개성사람
> 인씨(印氏)의 둘째아들 스물 한 살 먹은 사내

---

13 김응교, 「폭력의 기억, 오키나와 문학—오에 겐자브로. 하이타니 겐지로. 매도루마 슌」, 『외국문학연구』 32, 한국외대 외국문학연구소, 2008.11.30.

마쓰이 히데오!
그대는 우리의 가미가제 특별공격대원
귀국대원

귀국대원의 푸른 영혼은
살아서 벌써 우리게로 왔느니
우리 숨쉬는 이 나라의 하늘 위에
조용히 조용히 돌아왔느니

우리의 동포들이 밤과 낮으로
정성껏 만들어 보낸 비행기 한 채에
그대, 몸을 실어 날았다간 내리는 곳
소리 있어 벌이는 고흔 꽃처럼
오히려 기쁜 몸짓 하며 내리는 곳
쪼각쪼각 부서지는 산더미 같은 미국 군함!

수백 척의 비행기와
대포와 폭발탄과
머리털이 샛노란 벌레 같은 병정을 싣고
우리의 땅과 목숨을 뺏으러 온
원수 영미의 항공모함을

그대

몸뚱이로 내려져서 깨었는가?

깨뜨리며 깨뜨리며 자네도 깨졌는가 —

장하도다

우리의 육군항공 오장(伍長) 마쓰이 히데오여

너로 하여 향기로운 삼천리의 산천이여

한결 더 짙푸르는 우리의 하늘이여

— 서정주, 「松井五長 頌歌」, 『每日新報』, 1944.12.9

　　이처럼 전쟁 말기에는 전쟁영웅으로서 '죽은 자'를 노래하는 송가들이 많다. 특히 조선인 징용병이 이 시의 주인공이라는 사실이 인상 깊다. 서정주가 노래했던 마쓰이 히데오라는 병사는 이광수도 「적합대자 찾았노라, 神兵 松井伍長을 노래함」(『매일신보』, 1944.12)에서 노래했었다. 이외에도 여러 시인이 마쓰이 히데오에 관해 시를 발표했다.

　　시에서 개성 인씨의 아들로 등장하는 마쓰이 오장은 1924년 개성에서 태어나 본명이 인재웅印在雄(당시 23세)으로, 소년 비행병 13기생으로 야스쿠니靖國 부대 하사관伍長이 되어, 1944년 향년 20세 11월 29일 필리핀 레이테만에서 전사하고, 전사 후 2계급 특진(소위)된 것으로 알려졌었다. 조선인 지원병이 가미가제 특공대원으로 자원하여 미국 함대를 공격하다가 전사한 것으로 알려지자 일제는 '일기일함一機一艦의 필살행'을 행한 영웅으로 이 사실을 대대적으로 선전했다. 『매일신보』는 「마쓰이 오장을 따르자」는 사설을 게재했으며 조선총독부는 '마쓰이 정신松井情神을 드높이기 위한 사업'을 그의 고향인 개성에서 시작했다.

그런데 해방이 되자 죽었다던 그가 살아서 돌아온 것이다.

재작년 11월 24일 소위 특별공격대원(特別攻擊隊員)으로서 전사하였다던
송정오장(松井伍長 = 本名 印在雄, 23세, 開城出身)이 생존하야 방금 인천
팔미도에 머물고 있는데 오는 10日 아침 미국포로수송선으로 수송되어 인천
에 상륙하게 되었다. 버젓이 살아 있는 사람을 죽었다고 허위보도하야 세인
의 이목을 속인 것만으로 미루어 보드라도 제국주의 일본의 천박한 선전정책
이 얼마나 가증한가를 알 수 있다. 그런데 동군의 양친은 아들을 만나려고 지
금 인천 율목동(栗木洞)에 체류하고 있는데 그 부친은 다음과 같이 말한다.
"전사하였다는 통지가 있어서 장례까지 지냈는데 일본육군성에서 채권으
로 3천 500원을 보내고 기타 부의금으로 약 2만 원이 모여서 정말 죽은 줄
알았더니 하와이에서 포로가 되어 미국 군함을 타고 인천에 입항한다는 소식
이 있어 여기 와서 기다리고 있는 중입니다."[14]

'마쓰이 오장'의 생환 소식이 전해지자 개성의 가족들은 그를 맞이했
을 것이다. 그러나 그를 소재로 하여 그의 죽음을 찬양하는 시를 발표
했던 서정주, 이광수, 모윤숙은 악몽 같은 허무함을 경험했을 것이다.
서정주는 이 시 외에도 「무제―사이판섬에서 전원 전사한 영령을 맞
이하여」(『국민문학』, 1944.8)을 발표하기도 했다. 서정주의 친일 행위는
감성적이었다. 그는 시집 『팔할이 바람』(1988)에 수록된 시 「종천순일
파從天順日派」에서, 일제 강점기에 자신이 친일행위를 한 것은 일본의 패

---

14 「전사했다든 松井伍長 살아서 十日 仁川 入港」, 『자유신문』, 1946.1.10.

망을 상상하지 못한 탓에 일본의 장기지배 속에서 호구연명할 길을 마련키 위해 어쩔 수 없이 한 행위였다고 했다. 그러면서 그는 자신의 친일행적을 "이조 사람들이 그들의 백자에다 하늘을 담아 배우듯이 하늘의 그 무한포용을 배우고 살려 했을 뿐"이라고 했다. 그러면서 자신을 '친일파'나 '부일附日파'라고 부르는 것에 이의를 제기하면서 스스로를 '종천순일파從天順日派'로 칭하였다. '다쓰시로 시즈오達城靜雄'라는 창씨명으로 『국민문학』과 『국민시가』의 편집 일을 맡았던 그의 친일작품은 시, 수필, 단편소설, 르포 등 11편에 이른다.

전쟁과정과 관련 없는 '조선적인 일본어시'

이제까지 전황에 따라, '국민시'가 마치 대응하듯이 변화되고 있는 과정을 살펴보았다. 그런데 조선인이 일본어로 썼다고 해서, 모두 전쟁을 찬양했던 것은 아니다. 우리는 식민지 정책을 분석할 때, 식민지 시대를 일목요연하게 설명할 수 있다는 착각 혹은 설명해야 한다는 의무에 빠져들기도 한다. 마치 식민지라는 지나간 시대가 정교하게 완벽하게 짜여진 구성물로 생각하곤 한다. 저자 또한 식민지 말기의 시적 변이상황을 논리정연하게 '재구성할 수 있다' 혹은 '해야 한다'는 욕구 속에 빠져 드는 과정을 체험했다. 그런데 분명히 철저한 식민지 문예정책이 있었으나, 그와 다른 다양한 '분열'이 있었다는 것도 중요하다.

신체제에 협력하는 조선인의 일본어시가 가장 집중적으로 발표되었던 시기에, 일본어로 오히려 조선민족의 서정을 노래했던 시인들이 있었다. 가령, 김이옥金二玉(1918~1945. 창씨명 荒野耕作)의 경우가 그렇다.

①
해녀야!
휘파람을 불어라
파도가 삼켜버리는 애절한 휘파람을
해녀야!
바가지를 안아라
주인을 품지 않은 텅빈 가슴에
생활을 의지하는 차가운 바가지를

—「해녀 2」에서

②
이여도, 이여도는
내 고향의 장단소리언만
그 근원을 더듬어 보면
슬픈 인생이 있다
(…중략…)
이여도, 이여도가
어딘지는 모르나
예로부터 전해오는 이여도를 노래하며

쌀을 찧고 보리를 때리며 이여도에서 사노라

1918년에 제주시 이도동에서 태어나는 그는 일본으로 유학하여 노동하면서 시를 발표하고, 1940년대 초에 미간행 시집 『흐르는 정서』를 남겼다. 이 시집에는 47편의 시가 실려 있고, 「해녀」 연작시, 「노스탈자」, 「방고애부」 등은 이국에서 고향을 그리워 하는 제주인의 정서가 표현되어 있다. 일본에서 활동하며 일본어시를 남긴 그는 1945년 젊은 나이에 사망[15]한 것으로 알려져 있다. ①에서 '바가지'라는 상징은 큰 의미를 갖고 있다. 속을 긁어낸 텅빈 바가지에 해녀들은 해산물과 꿈을 담아낸다 ②에서 시인은 제주도민에게 한의 상징인 '이여도'를 노래하면서 제주도 공동체의 아픔을 노래한다.

그런데 김이옥이 노래했던 '조선적인 것'은, 당시 오히려 일본 제국의 장려했던 '지방성에의 정립'을 정립하고 확인하고 강화하는 것이 아닐까. 시인 김종한의 조선어시 번역도 한편으로는 '지방성의 정립 강화'와 관계가 없다 할 수 없는 것이다. 또한 이광수나 이찬 등이 조선어로 '국민시'를 씀으로써 조선 민족을 일본 제국의 국민으로 설득했던 일과 상통한다. 일본어로 쓰인 '조선적인 것'과 조선어로 쓰인 '친일적'인 것은 서로 협력하며 제국의 내부를 이루었던 시대[16]였다.

37편이 발굴되어 있는 김이옥의 일본어시는 전혀 정치적인 색이 없다.

---

15 편집부, 「향토시인 故 김이옥 君을 추도하며」, 『新生』 2-1, 1946.1; 김영화, 『제주문학, 1900~1949』, 제주대 탐라문화연구소, 1995, 54쪽 참조.
16 이 지적은 2009년 2월 13일 연세대학교에서 열린 제3회 한국 언어·문학·문화 국제 학술대회에서 이경훈 교수가 한 질문이다.

저자는 일본어로 쓴 '조선적인 것'이 일제가 행하는 식민지 지배의 넉넉함을 강화하는 예가 될 수 있다는 것을 수긍한다. 이는 거의 모든 매체를 일본어로 쓰게 하면서도, 『매일신보』는 조선어로 쓰게 용인했던 식민지 지배술과 비슷하다. 그런데 한편 김이옥의 작품 자체를 볼 때, 전쟁을 찬양하거나 식민지 지배를 인정하는 '내적 일관성'이 나타나지 않는 것이 분명하다. 오히려 '애절한 휘파람'(①)이니 '슬픈 인생'(②)을 통해 아름다운 풍속 속의 애절한 해녀의 삶을 그려내고 있을 뿐이다. 이러한 김이옥의 일본어시는 1970년대 재일조선인 시인 종추월을 연상케 한다.

에헤이요~
에히헤이요
내가 일본에 왔을 때는
돌투성이 자갈밭이었다
무너뜨린 산의 흙을
뼈가 짓눌리도록 손수레에 실어
나루고 나르고 또 날라
내가 만든
내 밭이다
에헤이요~
그건 열아홉 때였다.

— 종추월, 「술멍석」[17]에서

---

[17] "エヘイヨ～ / エイヘイエ / 僕が日本に来た頃は / 石ころだらけの河原だったさ / 切り崩した山土を / モッコで運び骨にめりこむ土運び / 運び運び運び込み / 僕が作った / 僕の田さ / エヘイ

재일조선인 2세 시인인 종추월宗秋月(1949~)은 오사카 이카이노猪飼野를 중심으로 한 독특한 시를 발표하고 있다. 양복봉제, 세일즈, 포장마차, 샌달 수공 등 다양한 일을 전전하면서 작은 스낵을 경영했다는 그녀는 『종추월 시집宗秋月詩集』(編集工房ノア, 1971), 『이카이노·여자·사랑·노래-종추월시집猪飼野·女·愛·うた-宗秋月詩集』(プレーンセンター, 1984) 등을 냈다. 그녀의 시는 어머니의 신세타령, 아버지의 잔소리 등으로 표현되어, 일본 시단에 작은 충격을 주었다. 제주도 사투리와 오사카 사투리로 시를 쓰는 그녀의 언어는 표준적인 일본어가 아니라, 재일조선인 집단부락지인 이카이노에서 쓰는 말이다. 그녀는 한국어도 일본어도 아닌 전혀 새로운 언어를 탄생시켰던 것이다. 종추월의 시에는 어김없이 제주도 민요가 오사카 사투리를 타고 개입된다. 그리고 시를 읽는 독자에게 육체적인 움직임을 자극하고, 시와 함께 재일 여성들의 고통과 차별을 공감하게 한다.

일본어로 시를 썼다고 모두 친일혐의로 모는 것은 위험하다는 것을 김이옥과 종추월의 작품이 반증한다. 해방 후 재일 디아스포라 시의 경우도 마찬가지다. 조총련의 문예동(= 문학예술동맹)[18]에서는 일본어로 시를 쓰는 김시종, 양석일, 종추월 등을 심하게 비판했는데, 이들은 일본어를 통해 오히려 일본어적 문법을 파괴하면서, 마이너리티의 인권문제를 노래 혹은 투쟁[19]하고 있다.

ヨー / あれは十九の歳だったあさ゛

18 문예동에 대해서는 김응교, 「재일조선인 조선어 시전문지 『종소리』 연구」, 『현대문학의 연구』 34, 한국문학연구학회, 2008.2.29를 참고 바란다.

19 梁石日, 「在日朝鮮人文学の現状」, 『アジア的身體』, 靑峰社, 1990.

일본어시의 연도별 작품 분포
―『근대 조선문학 일본어작품집』과 『국민문학』의 경우

앞서 말했듯이, 일본어시는 1910년대 주요한의 작품부터 줄곧 있어왔고, 1939년 이후 '신체제 암흑기'야말로 일본어시는 핵심적인 시기에 해당된다. 이제 그 시기에 문헌 서지에 따라, 연도별 작품 분포를 살펴 보려 한다. 그런데 이런 작업을 하기에 여러 가지 어려움이 있다. 무엇보다도 모든 자료가 확인되지 않은 상태에서, 그 전모를 파악하는 것이 가능한가 하는 물음이다. 또한 창씨개명을 통해 일본명으로 시를 발표하는 조선인이 있어, 작가 이름만 보고 조선인인지 일본인인지 구별하기 어려운 점도 있다.

첫째, 연도별 발표상황에 대한 연구자료는 오무라 마스오大村益夫와 호테이 도시히로布袋敏博 편집의 『근대 조선문학 일본어작품집近代朝鮮文学日本語作品集』와 잡지 『국민문학』으로 한정했다. 『근대 조선문학 일본어작품집』에는 당시 모든 시집은 아니지만 16개 정도의 중요시집에 실린 조선인의 일본어시를 싣고 있다. 물론 국내와 일본에서 발표된 일본어시를 분리할 수도 있겠다. 그리고 실제로는 당연히 이보다 훨씬 작품이 많다. 그렇지만, 이번 연구에서는 두 가지 자료에만 근거로 삼으려 한다.

둘째, 잡지에 발표된 일본어시만을 분석대상으로 삼았고, 국내에 발표된 주요한의 일본어 시집이나 일본에서 간행된 시집 등은 참고 자료로만 삼았다. 가령, 1944년 4월 25일 제5회 조선예술상문학상 수상시집 『손에 손을手に手を』(박문서관, 1943.7)은 일본의 '와카和歌' 형식으로

연도	창작시			번역시	합계	주요 일본어 창작, 번역 시집
	『국민문학』	『일본어작품집』				
		4권	6권			
1939		10편	4편	1	15	
1940		2	2	5	9	
1941	11월 창간 3편	8	7		18	
1942	1월 3편 2월 2편 4월 1편 5, 6월 1편 7월 2편 11월 1편 12월 1편	15	28	1	55	김종한, 『たらちねのうた』 (1943.7) 김용제, 『亞細亞詩集』 (1942.12)
1943	2월 1편 6월 3편 8월 1편 10월 1편 11월 1편	22	23		52	김용제, 『敍事詩御東征』 (1943.5) 주요한 일본어 시집 『手に手を』19편의 일본어시 (1943.7) 김종한 역시집 『雪白集』역시 23편, 자작시 6편 (1943) 김소운 역시집 『朝鮮詩集』(98편) (1943)
1944	1월 1편 2월 2편 4월 1편 7월 1편 10월 1편	21			27	김용제 『報道詩帖』 (1944.6)
1945		1			1	
합계	27편	143편		7편	177	

쓰인 이 시집은 '우리들 황국신민', '소집되는 아들들', '승리의 보譜', '송가' 등 4장으로 구성된 19편의 일문시가 수록되어 있다. 단행본에 시가 실리기 전에 잡지에 발표되는 경우가 있기도 하지만, 다음 도표는 잡지에 실린 시를 위주로 한다는 것을 다시 밝힌다.

『국민문학』 자료의 발표 분포를 살펴보고, 이후『일본어작품집』에 실린 시의 분포량을 살펴보는 이 연구는 충분히 만족할 수 없다는 한계를 지닌다. 다만 중요한 잡지와 신문에, 중요한 시인들이 어느 정도 일본어시를 발표했는지는 확인할 수는 있을 것이다.

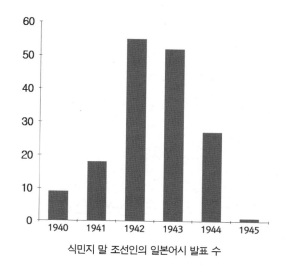

식민지 말 조선인의 일본어시 발표 수

첫째, 1939년부터 1941년까지는 그렇게 많은 작품이 발표되지 않는다는 것을 확인할 수 있다. 1941년 12월 8일 진주만 사건과 함께 태평양전쟁이 발발하면서, 1942년 조선인의 일본어시 창작은 전년도에 비해 3배 정도 증가한다. 이러한 현상은 시 장르에서만 일어난 것이 아니다. 호테이 도시히로의 일제 말 일본어 소설 연구에 대한 보고에 의하면, "한국에서 1942년에는 (일본어 소설이 - 인용자) 전년의 세 배가 되며, 이 해를 고비로 일본과 한국의 작품 수가 역전되었다는 사실, 또 조국문인보국회의 발족 이후 작품의 시국색이 더 강화되었다"[20]는 배경은 소설에만 해당되는 것이 아니고, 시 장르에도 영향을 미쳤던 것이다.

---

20 호테이 도시히로, 『일제 말기 일본어 소설 연구』, 서울대 석사논문, 1996, 119쪽. 한국에서 발표된 일본어 창작소설의 경우, 1939년 10편, 1940년 7편, 1941년 16편이었던 것이, 1942년 45편, 1943년 49편, 1944년 53편이다.

둘째, 전쟁승리기에 많은 작품이 생산된다. 이광수, 김용제, 김종한의 일본어시가 주목된다. 그러나 김종한의 시를 단순히 대동아체제 수호를 위한 시로 분석할 수는 없을 것이다.

셋째, 1942년 번역하면서 엄청난 수의 작품이 생산된다. 조선시의 일본어 번역은 이 암흑기에 의미 깊은 성과였다고 생각된다. 번역시의 경우는 김종한과 김소운에 의해 1943년 단행본으로 출판되었지만, 이 도표는 잡지에 실린 창작시와 번역시를 위주로 하기 때문에 단행본에 실린 합계에 넣지 않았다. 그렇지만, 1943년에 두 사람의 번역시집으로 인해, 한국 근대시가 일본어로 소개된 것은 의미가 깊다고 할 수 있겠다.

넷째, 1945년에 들어 급격히 일본어시 발표량이 줄어드는 것은 비단 시뿐만 아니라, 일본어 소설도 그 발표가 줄어들었다. 그리고 1944년 53편이 발표되었던 일본어 소설이 1945년 10편으로 급격히 줄어드는 것(호테이 도시히로 논문, 18쪽)은, 시 장르에서도 마찬가지다. 또한 대공습기의 인쇄소 시설 파괴와 물량 부족에도 문제가 있을 것이다.

일본어시의 소멸과 재탄생

첫째, 1941년 12월 전쟁이 발발하고 전쟁승리기인 1942년 6월에 이르기까지, 전쟁 승리를 찬양하는 가장 많은 시가 발표된 것을 확인했다. 그리고 패전기를 거쳐 본토 대공습 과정에 이르면, 일본어시가 급격히 감소되는 현상을 보았다.

지금까지 1940년대 일본어시의 변이과정을 전황의 변화와 더불어 살펴 보았으나, 평면적인 논의를 넘어섰다고 말하기 어렵다. 보다 복합적인 요소들이 서로 얽히고설켜있기 때문이다. 그렇지만 그 시기에 가장 핵심이 되는 소재나 주제는 지적했다고 생각한다.

둘째, 일본어로 시를 썼지만, 묘하게 '조선적인 것을 사수'하는 모습을 보여준 김이옥이나 김종한의 경우는 특이하게 보아야 할 것이다. 이제까지 일본어로 쓰인 친일시, 조선어로 쓰인 친일시, 그리고 이에 반하는 조선어로 쓰인 저항시 등으로 나뉘었던 갈래는 김이옥과 김종한이 있어 좀더 미세하게 분류되어야 한다. 김이옥은 일본어로 시를 쓰되 전쟁과 다른 해녀의 삶을 시에 담았다. 김종한은 조선의 근대시들을 일본어로 번역하여, 번역을 통해 조선문학의 존재를 암시시켰다.

일본어를 통해 오히려 조선적인 것을 찾으려 했던 김종한의 역설적인 시도, 그리고 이국에서 고향인 제주도를 절절하게 그려낸 김이옥 시인의 시는 그것이 과연 당시 강조하던 '지방주의'와 관계하고 있는지 정치하게 연구되어야 할 것이다. 김이옥이나 김종한의 시도는 이육사처럼 적극적인 저항의 의미를 내포하고 있지는 않지만, 1940년대 일제 말 파시즘에 대한 '협력과 저항' 사이에서 길항拮抗하는 모습을 보여준다. 최재서가 주창한 지방주의 이론의 충실한 수행자였던 김종한의 시 역시 결국은 황국신민의 시로 귀결된다고 하지만, 김종한의 지방주의는 당시의 지방주의와 다른 면이 있었다. 김종한의 일본어시는 '한글시＝저항＝절대선 / 일본어시＝친일＝절대악'이라는 이분법을 해체하는 미묘한 대목이 있다. 이들의 의식은 해방 후 일본어로 시를 발표하고 있는 허남기, 강순, 김시종, 종추월 시인 같은 재일 디아스포라 시인들에 의해 재탄생했다. 가령, 강순은 한국현대시의 일본어 번역을 통해 한국문학의 존재를 알리고 있으며, 김시종과 종추월은 일본어의 문법을 파괴하는 새로운 시도로, 파괴된 일본어를 통해 일본적 체계를 전복顚覆시키는 실험[21]을 하고 있다.

그러나 이 글은 아직 여러 한계를 갖고 있다. 논의 대상 작품이 국내와 일본에서 발표된 작품이 혼재되어 있는데, 국내와 일본에서 발표된 일본어시를 모두 포괄한다면, 현재의 논의는 지나치게 지엽적인 내용만 다루는 셈이다. 이후 보다 세세한 논의를 확대해 보려 한다.

파시즘에 대한 조선 시인들의 이중적 삶과 작품은 비단 1940년대 일제 말 친일과 저항의 논리는 한국적 상황에만 한정되는 것이 아니라, 파시즘을 경험했던 전 인류의 경험으로 보아야 할 것이다. 분명 일본어시는 한국 근현대문학사에 불행한 흔적을 남겼다. 그러나 일본어시만을 보아서 이 시기를 절맥絶脈의 역사로 보아서는 안 된다. 이 상처의 문학사에서 미세한 의미를 찾아 볼 때, 1940년대 일제 말 조선인의 일본어시는 역설적인 의미를 갖는다.

---

21 김응교, 「재일 디아스포라 시인 계보, 1945~1979−허남기, 강순, 김시종 시인」, 영남대 인문과학연구소, 『인문연구』 55, 2008.12.

2부

해방 이후 자이니치문학의 탄생

자이니치 디아스포라 시인 계보, 1945~1979

허남기, 강순, 김시종 시인

통합의 문학사

식민지 시대 때 조국을 떠나 일본에서 살아온 '재일 디아스포라 시인'[1]들은 유랑인의 삶을 시에 담아 왔다. 사실 해방 후 재일 디아스포라 시문학은 분열되어 진행되어 왔다. 조국이 남과 북으로 갈라졌기 때문이다. 그러나 최근 재일 디아스포라 문학은 한국문학이 다루어야 할 중요한 항목으로 대두되고 있다.

1　한반도에서 일본으로 가서 살고 있는 사람의 소속은 조선과 한국 두 가지로 나눌 수 있다. 사실 조선인이란 국적은 무국적자이지만, 두 항목을 하나로 하여 '재일조선·한국인문학'이란 용어를 쓰곤 한다. 이 표현에는 '조선'을 '한국'의 앞에 두는 우열의 문제가 생긴다. 이 책의 부제에는 '자이니치'라는 단어를 썼지만, 이 글에서는 '재일 (코리언) 디아스포라'에서 코리언을 뺀 '재일 디아스포라 문학'이라고 표기하려 한다. 조총련 '문예동'에 속해 있는 작가들은 '자이니치(在日)'라는 표현보다 '재일'이라는 표현을 쓴다. 이 용어는 김환기 편저 『재일 디아스포라 문학』(새미, 2006)에서도 쓰고 있다.

2004년 12월 11일에 와세다대학에서 열린 학술대회 '재일조선인 조선어문학의 현황과 과제', 2006년에 역시 와세다대학에서 열린 한국·재일조선인·일본인 시인 공동시낭송회 '2006년 도쿄평화문학축전' 그리고 숭실대와 서울대에서 열린 '재일조선인문학 학술대회' 등[2] 이 연이어 열렸다. 1990년대 말부터 있어 왔던 한국문인 혹은 학자와 재일조선인 문예동과의 개인적 교류는 문예동의 김학렬 시인[3]을 통해 이루어져 왔다. 그는 문예동의 중심에 있으면서도 늘 외부와의 교류를 시도해왔다.

다양한 학회와 이에 따른 연구성과가 축적되어 이제 재일조선한국인 시문학은 한국문학이 연구해야 할 한 대상으로 자리잡고 있다. 이제 개별적인 연구 성과의 토대 위에 1945년 이후 1980년대 이전까지의 재일조선인 시문학사를 서술해 보려 한다.

다만 연구에 들어가기 전에 두 가지 문제에 봉착한다. 첫째, 일본어로 쓴 시는 한국문학에서 다룰 수 없는가 하는 문제다. 둘째, 재일조선인 시문학사의 시기를 어떻게 구분하는가 하는 시기 구분의 문제다.

---

2   이 모임들에 관해 김응교 「재일조선인 조선어 시전문지 『종소리』 연구」(『현대문학의 연구』 34, 한국문학연구학회, 2008.2.29)를 참조 바란다.
3   일본 조선대학교 교수였던 김학렬 시인(1935~2012)은 평생 모든 도서를 2008년 9월 서울대학교에 기증하기도 했다. 서울대학교는 그의 이름을 따서 '학렬문고'라는 서가를 서울대 도서관에 만들었다.

1) 언어의 문제

앞서 재일조선인 조선어문학에 대해 언급하면서, 재일 디아스포라 시인들을 세 가지로 나눈 바 있다. 첫째는 일본어로 시를 쓰는 재일조선인 '일본어' 시인이다. 둘째는 '조선어'로만 쓰는 조총련(재일본조선인총연합회) 산하 문예동(재일본조선문학예술가동맹) 소속의 시인들이다. 셋째는 국적을 한국으로 갖고 있는 재일한국인 한국어 시인들이다.

① 재일조선인 일본어 시문학 : (허남기-초기), 김시종, 종추월, 최화국, 박경미 등.

② 재일조선인 조선어 시문학 : (허남기-후기), 강순, 김학렬, 문예동 시인들.

③ 재일한국인 한국어 시문학 : 김윤, 최화국, 김리박, 이승순 등

①과 ②는 서로 끊임없이 갈등이 있어 왔다. 가령 재일조선인 문예동 소속의 연구자들(②)은 일본어로 시를 쓰는 재일조선인 일어시(①)를 언급하지 않는다. '재일조선인 조선어문학'의 특징에 대해 김학렬은 첫째, 자기회복 문학, 둘째, 자기표현의 문학, 셋째, 통일지향의 문학이라고 정의[4]한다. 첫째, 일제 식민지 시기 빼앗긴 '민족어'를 다시 찾아 민족어에 담긴 민족정신을 살려내는 '자기회복'의 문학이라고 한다. 둘째, 식민지 노예의 과거를 청산할 뿐 아니라 일본의 군국화, 귀화, 동화정책에 반대하여 민족성과 민족적 긍지를 지켜나가는 재일동포상을 표

---

4 김학렬, 「우리문학의 과제」, 『문학예술』 98, 1990.겨울, 6쪽.

현하는 '자기표현'의 문학이라고 한다. 셋째, 통일민족의 내일을 준비하는 '통일지향'의 문학이기에, "조국통일에 이바지 하는가, 방해하는가"를 중요한 내적 근거로 내세운다. 여기서 첫째 항목에서 다루고 있는 '민족어'인 조선어로 써야 한다는 대의는 문예동의 이데올로기를 말한다. 언어를 선택한다는 것은 단순히 말을 선택하는 것이 아니라, 그 언어를 쓰는 지역의 이데올로기를 선택하는 것이다. 따라서 문예동은 일본어로 쓴 재일조선인의 작품을 언급하지 않는다.

사실 문예동의 민족어 우선주의는 충분히 공감할 만하다. 식민지 말기 파시즘 시대에 한글로 시를 썼던 윤동주 시인은 문예동의 표상이다. 그러나 한글과 민족정신을 거부했고, 일본인보다 더 일본인이 되고자 했던 소설가 다치하라 세이슈立原正秋(1926~1980)[5]는 세 가지 모두 맞지 않아 비판의 대상이 될 수밖에 없다.

그러나 일본어로 작품을 쓰는 재일조선인 작가를 모두 비난할 수만은 없다. 문예동 작가들만치 조국을 사랑하면서 일본어로 글을 발표하는 작가는 적지 않다. 한글보다 일본어가 태생적으로 쉬운 제3세대가 수준 높은 작품을 한글로 쓰기는 거의 불가능하다고 해도 과언이 아니다.

1980년대 재일한국인 시인으로 한국어와 일본어로 시를 발표해온 최화국崔華國(1915~1996) 시인을 어떻게 평가하는가 하는 문제는 또다

5 경북 안동군에 있는 봉정사(鳳停寺)에서 태어난 다치하라 세이슈(立原正秋, 1926~1980)의 본명은 김윤규(金胤奎)다. 이름을 여섯 번이나 바꾸었는데, 필명은 다치하라 마사아키(立原正秋)였고, 죽기 전에 다치하라 세이슈로 고쳤다. 1937년 재혼한 어머니를 따라 요코하마에 가서 1943년 요코하마 시립상업학교를 졸업한다. 1944년 일시 귀국하여 경성제국대학 예과에 입학했으나 곧 돌아가, 1946년 와세다대학교 문학부 청강생일 때 소설 「맥추(麥秋)」가 당선, 문단에 등단한다. 탐미의 비애를 표징한 「다키기노(薪能)」(1964)와 한일혼혈아의 고뇌를 그린 「쓰루기가사키(劍ヶ崎)」(1965)가 연이어 아쿠타가와상 후보에 올랐으며, 1966년 「하얀 앵속(白罌粟)」으로 나오키상을 수상했다.

른 영역에 있다. 1915년 경상북도에서 태어난 그는 기자생활을 하고, 1978년 우리말 시집 『윤회輪廻의 강江』을 서울에서 출판하고, 1980년 첫 번째 일본어 시집 『당나귀의 콧노래驢馬の鼻唄』를 냈다. 두번째 일본어 시집 『고양이 이야기猫談 義』(1984년)으로, 그는 1985년 외국인으로 처음 일본 시단의 권위 있는 신인상인 H씨상H氏賞 대상을 수상한다. 한국에서 태어나, 일본에서 살았고, 미국에서 작고한 한 디아스포라 유랑인의 곡절한 마음 앞에, 한국 문단은 1997년 제7회 편운문학상의 특별상 대상을 올려 경의를 표했다. 최화국 시인에 대해서 문예동 시인들이 내놓은 평가는 없다.

한국문학 연구자와는 달리, 일본문학 전공자들은 재일조선인문학 연구라 하면 아예 일본어로 쓰여진 시만을 연구하는 경향이 있다. 대체로 이들은 두 가지 이유로 재일조선인 '조선어문학'을 거부한다. 첫째는 문예동 동인이 갖고 있는 정치 이데올로기를 반대한다. 둘째로 문예동 시인들의 시는 작품 수준이 낮다고 외면한다. 가령, 제30회 지구상地球賞을 받은 시선집 『재일코리안 시선집在日コリアン詩選集』(土曜美術出版販売, 2005)을 펴낸 사가와 아키佐川亜紀 시인은 이 시선집에서 허남기와 강순 등 몇 명의 일본어시를 제외하고 재일조선인 조선어시를 한 편도 소개하지 않았다. 그녀는 핵문제나 이라크 전쟁을 반대하는 적극적인 진보적인 시인이지만, 문예동의 조선어시를 다루지 않는다. 또한 이한창은 재일조선인문학을 "조선인이 일본어로 조선적인 것이나 조선인의 생활을 그린 것에 한한다"[6]고 제한하기도 하여, 조선어로 쓰여진 문학은

6　이한창, 「민족문학으로서의 재일동포문학연구」, 『한국일본어문학회 학술발표 논문집』 1, 한국일본어문학회, 1997, 244쪽.

아예 배제하고 있다. 재일한국인 54명의 작가, 600여 편의 작품을 18권에 수록한 『재일문학전집』(勉誠出版, 2006)에서도 조선어시를 단 한 편도 소개하지 않고 있다.

여기에 외국어로 발표된 글을 한국문학 연구의 대상으로 삼을 수 있는가 하는 문제가 생긴다. 한국문학의 연구대상은 기본적으로 한글이어야 한다는 속문주의屬文主義가 강하다. 그러나 재일소설가 양석일은 경우는 이런 속문주의를 아예 거부한다. "한국문학이든 일본문학이든 구획을 정하는 것은 문학을 모르는 이들이 하는 일이지, 문학은 문학일 뿐이다"[7]라고 말한다.

사실 외국어로 썼다 하더라도, 디아스포라로서 모국을 그리워하는 동포들의 시는 우리 문화에 뿌리 두고 있기에, 엄연히 우리 문화의 자산으로 삼아야 할 것이다. 물론 우리말로 시를 써오며 우리말의 아름다움을 지켜온 문예동 시인들의 노력은 실로 값지다. 동시에 일본어로 작품 발표를 해온 조선인 혹은 한국인 작가의 노력은 "조선 민족의 문학이면서 동시에 일본문학朝鮮民族の文学であると同時にまた日本文学"이라는 점에서 우리문학의 영역을 넓혔으며, 우리의 아이덴티티를 갖고 있기에 부정적으로만 볼 필요는 전혀 없다. 일본에서 발표되는 조선어시나 일본어시는 모두 문학의 외연外延을 확장시키고, 문학연구의 대상을 확장시키는 것이다. 따라서 이 글에서는, 정신적이며 혈연적인 아이덴티티를 공유하고 있는 재일 디아스포라 시인 계보를 조선어든 한국어든 일본어든 언어 문제를 따지지 않고, 서술해 보려 한다.

---

7 2008년 12월 9일, 양석일 선생의 집이 있는 미나미아사가야(南阿佐谷)에서 양 선생이 저자에게 했던 말이다.

2) 시기 구분의 문제

문학사를 서술할 때, 시기를 구별하는 문제는 간단하지 않다. 한국문학사, 북한문학사, 일본문학사를 살펴 볼 때, 그 시기를 구분하는 기준은 각기 다르다.

한국 현대문학사는 한국전쟁 후 10년 주기의 큰 사건이 있었다. 사건에 따라, 한국전쟁 이후, 1970년대 전태일 사건 이후, 1980년대 광주민주화항쟁 이후, 1990년대 사회주의 붕괴 이후 등으로 나누어 설명해 왔다.

북한문학사의 경우는 철저히 혁명적 시기에 따르고 있다. 그 중심에는 수령 중심, 주체 중심의 역사관이 놓여 있다. 프롤레타리아 문학도, 모더니즘 작품도 수령 중심의 서사로 '흡수吸收'시켜야 했다. 이 혁명적 시기에 따라 문학사를 나누고 작품을 개작하기까지 한다. 과거의 작품을 개작하기까지 하는 이유는, 민족해방의 역사, 영웅수령 중심의 역사에 모든 것이 '흡수'[8]되어야 했기 때문이다.

일본문학사는 메이지明治 문학사. 다이쇼大正 문학사, 쇼와昭和 문학사 등으로 천황의 연호 구분을 따르고 있다. 물론 그 안에서 가령 1923년 관동대진재 이전과 이후의 문학적 특징을 나눈다든지 하는 구분은 있으나, 이러한 구분 역시 천황력天皇歷의 구분에 포함되어 있다.

재일 디아스포라 문학사는 이와 좀 다르다. 일본에 머물면서 작품을 발표한 동포들은 해방 전 식민지 시대부터 있었다. 식민지 시기에 일본

8 　김응교, 『이찬과 한국 근대문학』, 소명출판, 2007, 223~233쪽.

으로 건너온 제1세대 작가는 식민지체험을 벗어나지 못한 투철한 민족의식을 보인다. 김사량, 김석범, 허남기, 강순, 김시종, 이회성 등이 이러한 특성을 보인다. 평생 자신의 고향 제주도 이야기를 썼던 김석범과 그의 작품『화산도』는 제1세대 작가들의 특징을 가장 극명하게 보이는 예라 하겠다.

제2세대 작가는 민족성의 확립에 따른 갈등과 일본 사회에 대한 치열한 비판을 갖고 있다. 윤건차 교수가 언급했듯이, "재일在日이란, 일본 / 조선 / 동아시아의 '원죄原罪'를 계속 내리쬐며, 민족·국가에 관계하면서도 그것과 거리를 두는 존재이면서 동시에, 스스로 '살아가는 방법'에 의해서만이 그 존재 가치를 보일 수 있는"[9] 경계인境界人의 특성을 제2세대는 잘 보여주고 있다. 양석일, 김학영, 이양지는 경계인으로서 정체성의 문제를 중요시한다.

제3세대 작가들은 일본사회에의 동화하면서 새로운 시도를 보이고 있다. 민족문제에서 벗어난 제3세대 작가들은 다양한 모습을 보이고 있다. 장편소설『GO』(2000)로 나오키상을 수상한 가네시로 가즈키金城一紀는 자기 자신을 '한국계 일본인コリアン·ジャパニーズ'이라며, 한국과 일본 어느 곳에도 속하지 않은 자유를 요구했다. 제3세대에게 더 이상 정체성의 문제는 그리 중요하지 않다. 이들은 마이너리티 문제를 외면하고 내면적인 인간의 욕망에 주목(유미리)하거나, 통쾌하게 전복(가네시로 가즈키)시킨다.

이렇게 재일조선인 혹은 한국인의 문학관은 이민시기와 태생시기에

---

9 尹健次,『思想体験の交錯』, 東京 : 岩波書店, 2008, 469쪽.

따라 현격한 특징을 보이고 있다. 재일조선인문학을 논할 때, 이민시기와 태생시기에 따라 분류하는 것은 아직도 유효하다. 이러한 시각에서 볼 때, 재일조선인 '조선어 시문학'을 시기 구분한 김학렬의 논의[10]는 종요로운 성과다. 그러나 단순히 이민시기에 따라 한 작가의 문학적 특성을 논할 수는 없다. 시인의 시는 외부세계와 길항拮抗하는 시인의 지극히 개인적이고 내면적인 결정체이기 때문이다.

해방 전에 일본에 온 시인을 연구대상으로 한다면, 허남기, 강순, 김시종 시인을 주목하지 않을 수 없다. 세 시인이 가장 큰 활약을 했던 시기에 이 시인들의 시를 소개하는 방식을 택하려 한다.

이 글은 재일 디아스포라 시인이 조선어나 일본어로 쓴 시 모두를 한국문학의 자장에서, 주변周邊이 아닌 '또다른 중심'으로 연구해 보려는 시도가 될 것이다. 이제 우리 문학사는 변두리로 치부했던 문학을 그 자체로 하나의 흐름으로 받아들이고 있다. 다양한 꽃들이 꽃밭을 이룰 때 하나의 문학사를 만들어 낸다. 그 꽃들은 하나 하나가 모두 나름의 중심이다. 이제부터 재일 디아스포라 시를 언어나 정치사상에 따른 분열이 아닌 다양함에 주목하여 '통합의 문학사'로 서술해 보려 한다.

---

10 좌담회 「문예동 결성 40주년을 즈음하여」(『문학예술』 109, 1999.6.29)에 실린 김학렬의 발언; 손지원 「재일조선시문학연구」(1~3)(『겨레문학』, 2000.여름~가을); 김학렬, 「시지 『종소리』가 나오기까지─재일조선시문학이 지향하는 것」(김응교 편, 『치마저고리』, 화남, 2008)을 참조 바란다.

재일 디아스포라 시문학사

1) 식민지 말기, 일본어 '국민시'의 탄생과 소멸

1883년 조선이 보낸 사절단원 이수정이 4년간 일본에서 성서를 한국어로 번역 출판했다. 1905년 전후에서 1930년에는 유학생들이 거주하면서 한국어로 문학활동을 많이 했다. 『학지광』(1914~1930), 『학우』, 『학조』, 『무산자』 등에 유학생들은 소설, 시, 수필 등을 발표했다. 여기에 1916년 『문예잡지』(일본문예가협회)에 발표된 주요한의 일어시 「5월 비의 아침五月雨の朝」이 최초의 재일조선인의 일어시[11]로 알려져 있다.

1920년대에 일본에 프롤레타리아 문학 활동이 활발하게 일어나면서 일본의 프롤레라티아 문학잡지에 시인 김용제, 백철, 강문연 등이 시를 발표하기 시작한다. 프롤레타리아 운동이 해체하기 시작했을 무렵에 장혁주張赫宙는 「아귀도」(1932)로 일본 문단에 등장할 무렵, 1930년대에 주영섭은 『시정신』에 「검은 강」을 비롯한 여러 편의 일어시를 발표한다. 1930년대 말의 시인 박승걸, 제주출신의 김이옥, 조향 등이 일본에서 일어시[12]를 발표한다.

1940년대에 들어 재일 디아스포라 문학은 당시 국어(일본어)로 창작을 강요받는다. 이후 식민지 말기 조선인의 일본어시는 철저하게 내선

---

11 任展慧, 『日本における朝鮮人の文学と歴史』, 法政大学出版部, 1994.

12 박경수, 「일제말기 재일한국인의 일어시와 친일문제」, 경상대 배달말학회, 『배달말』 32, 2003.

일체를 위한 이른바 '국민시國民詩'로 변한다. 조선반도에 있던 시인들이나 재일조선인 시인들은 전쟁의 전개 과정에 따라 적극적인 전쟁시를 발표한다.

2) 1950년대 혼돈기, 허남기 시인

1945년 10월 15일 일본에서 재일조선인 전국 대표 약 5천 명이 모여 '재일본조선인 연맹'을 결성한다. 이때는 이데올로기적 색채를 띠지 않은 범동포적 사회단체였다. 그러나 곧 1948년 8월 15일 대한민국 정부가 수립되고, 곧이어 9월 9일 조선인민민주주의 공화국이 수립되면서, 재일동포 사회는 급격하게 양분된다.

1955년 5월 24일 '재일조선인총연합회'(약칭 조총련)이 결성된 후, 조총련에 소속된 작가들은 조선어로 창작하기로 한다. 당시 일본어로 작품을 발표하던 김달수金達壽(1919~1997), 김석범金石範(1925~), 허남기, 김시종, 강순, 남시우처럼 한글로 작품을 쓰던 재일조선인 대부분이 문예동에 결집했다. 그 시기 민단계에는 김파우, 김희명, 김경식, 김윤, 황명동 등에 불과했다.[13] 재일조선인이 대부분 문예동에 가입했던 까닭은, 민족적 내용을 자유롭게 발표할 매체[14]가 있었기 때문이기도 하지만, "미국의 괴뢰정부인 제국주의와 요시다吉田내각에 반대하고, 조

---

13 김윤, 「민족분단과 이념의 갈등—재일본 동포문단」, 『한국문학』 204, 한국문학사, 1991.7, 114~115쪽.
14 布袋敏博, 「해방 후 재일한국인 문학의 형성과 전개—1945~60년대 초를 중심으로」, 『인문논총』 47, 서울대 인문학연구소, 2002.8.

선의 진정한 독립을 위해서"[15]는 문예동을 택했던 것이다. 당시 일본문단에서 주목받던 시인 허남기(1918.6~1988.11)는 문예동 초대위원장이 되면서 일본말 창작에서 조선어 창작으로 전환한다.

1957년 조직 내의 갈등으로 문제가 일어난다. 1956년 재일조선중앙예술단과 조선대학이 창립되고, 1959년 북송사업이 시작되면서, 재일조선인 작가들은 조선어로 써야 한다는 지시와 함께 김일성 수령형상문학이 일반화되기 시작했다. 잡지 『진달래』에 일본어로 시를 발표했던 양석일은 한글 교육을 받은 적이 없기에, 조선어로 쓰라는 지시는 시를 쓰지 말라는 명령과 다름 없었다. 게다가 김시종, 양석일 등은 북쪽 수령에게 충성을 맹세할 수 없었다. 1957년 김시종은 『진달래』에 조총련을 비판하는 해학적인 시 「오사카 총련」을 발표한다.

급한 일이 있으면
뛰어가 주십시오
소련에는
전화가 없습니다.

바쁘시다면
소리쳐 주십시오.
소련에는
접수가 없습니다.

---

15 梁石日, 「在日朝鮮人文学の現状」, 『アジア的身體』, 靑峰社, 1990, 22쪽.

싸고 싶으시다면

다른 곳에 가주십시오

소련에는

변소가 없습니다.

소련은

여러분의 단체입니다.

거신 전화료가

정지될 정도로 쌓였습니다.

— 김시종, 「오사카 총련」[16]에서

　　소련의 국제주의와 김일성의 교조주의를 해학적으로 풍자하는 강력
한 비판시를 발표하고 김시종은 당시 시를 쓰던 양석일과 문예동을 탈
퇴한다. 소설가 양석일의 문장은 농밀하고 응축되어 있다. 이러한 문장
은, 그가 장편소설 작가이기 이전에 본래 시인이었다는 사실과 무관하
지 않다. 그러나 재일조선인 작가들은 대부분 신일본문학회 등에서 벗
어나 1959년 문예동에 모인다.[17] 소설가 김달수(1919~1997.5)를 문예
동 초대부위원장으로 하려고 그를 설득하는 데 총련결성 후 4년이나
걸렸다고 한다.[18] 소설가 김석범도 조선신보사에 있다가 문예동의 기

---

16 "急用があったら / 駆け付けてください。 / ソーレンには / 電話がありません。 // お急ぎでし
たら / どなって下さい。 / ・ソーレンには / 受付がありません。 // ご用をもよおしたら / 他
所へ行って下さい。 / ソーレンには / 便所がありません。 // ソーレンは皆さんの団体です。 /
御愛用して下さった電話料が / 止まってしまうほど溜りました。", 『チンダレ』 18, 1957.

17 김윤호, 「〈문학회〉로부터 〈문예동〉에로 넘어갈 무렵을 더듬으며」, 『문학예술』 109,
1999.6.29.

관지『문학예술』편집장이 된다.

　김학렬은 이 시기를 "시인 허남기, 남시우, 강순이 문단을 이끌어 온 '3인시대'"라고 했다. 특히 총련 결성을 기념하여 낸 3인 시인시집『조국에 드리는 노래』(1957)가 주목된다. 이 시집은 평양에서 출판된 것으로 허남기, 남시우, 강순이 재일조선인 시문학에서 어느 정도 위상이었는지 직감케 한다.

　이 시기에 재일조선인 시단을 빛낸 시인은 허남기許南麒(1918~1988) 시인이다. 1918년 경상남도에서 태어난 그는 1939년 도일하여, 조선 초급학교 교장, 재일조선문학예술가동맹 위원장 등 역임했고, 전후 일본의 중요한 잡지『열도』창간호 편집위원이었다. 1950년대에 재일조선인들에게 일본에서 가장 큰 사건은 민족학교를 건립하는 문제였다. 특히 1948년에 있었던 민족학교 건립 방해 사건은 재일동포 사회에 사건이었다.

　"얘들아 / 이것이 우리들의 학교다 // 교사는 비록 초라하지만 / 교실은 하나밖에 없지만 / 책상은 / 너희들이 몸을 기대면 / 삐걱— 기분 나쁜 소리를 내며 / 당장 무너질것 같고 / 창이란 창에는 / 유리 한 장 제대로 넣을 수 없어 / 긴 겨울에는 / 살을 여미는 북풍에 / 너희들의 앵두같은 얼굴을 / 멍들게 하고"(1연)로 시작되는『이것이 우리들의 학교다』는 당시는 물론 지금도 노래로 불리고 있다. 이 시는 당시 민족교육을 행하려 했던 동포들의 곡진한 마음이 잘 담겨 있다. "1948년 4월, 도쿄도 쿄우바시 공회당에서 열린 조선인 교육 불법탄압을 반대하는

---

18 김학렬,「시지『종소리』가 나오기까지」, 김응교 편,『치마저고리』, 화남, 2008.

학부형대회에 낭독된 시"라는 부제가 달려 있는 이 시에는 압제에 대항하는 인간의 처절한 희망이 담겨 있다. 그에게 시인은 '닭'과 같은 존재였다.

> 종일 바람이 불고 있다,
> 풍향계 망루 꼭대기에서
> 닭이 쫓기지 않으려고 매달려서
> 슬픈 시간을 알리고 있다,
>
> 닭은
> 울지 않으면 안되는 것,
> 닭은
> 바람을 향해 눈물을 말리우고 있다.

—허남기, 「닭(にわとり)」, 1947[19]

그의 삶에 서시에 해당할 만한 이 시는, 시인의 삶이란 닭과 같은 존재임을 명시하고 있다. 2행의 '풍향계, 망루, 꼭대기'라는 단어 하나 하나가 절박한 상황에 서 있는 시인의 존재를 표시한다. 바로 그 자리에서 시인은 닭처럼 울지 않으면 안 되는 존재다. 그래서 허남기 시인은 한국전쟁과 광주민주화항쟁에 이르기까지 슬픔의 역사를 평생 닭처럼 '슬픈

---

[19] "ひねもす風が吹いている、 / 風見やぐらの頂辺で / にわとりがふりおとされまいとしがみついて / 悲し時刻をつげている、 // とりは / なかずにやいられないものだ、 / とりは / 風にむかって涙をかわかしている。"「にわとり」, 1947.

시간'으로 알려야 했다. 그의 시는 "상처 투성이의 나의 詩들, / 야위고 쇠약해진 두 날개와 / 장난끼로 두리번거리는 / 두 촉각을 가진 / 붕대 투성이의 나의 詩들, / 주둥이에는 / 異國製의 단단한 재갈이 물려지고 / 손발 하나하나에는 / 족쇄, 수쇄, / 절컥절컥 / 쇠사슬 소리를 무섭게 울리는 나의 詩들"(「상처 투성이의 詩에 드리는 노래」에서)이었다. 그리고 그는 "이제야 노래할 때"라며 역사 속의 수많은 상처를 노래했다. 그의 시 「소」는 한민족의 우직함을 알레고리로 그려낸 명편이다.

소는 송곳이가 없다

소는 예리한 발톱을 가지고 있지 않다

소는 다만 묵묵히 잡초를 먹고

아주 온순하며 부리기가 쉽다

어떤 무리한 짓도 받아준다

눌리우면 울리운 채로

천대를 당하면 천대를 당한 채로 있는 동물이다

그러나 그렇다고 해서

소를 다루기가 쉽다고 생각해서는 안 된다

소에게도 뿔이 남아 있다

소에게도 인내의 한도가 있다

소가 한번 일어섰을 때

소에는 네 개의 튼튼한 다리가 있고

거대한 몸체가 있고

그리고 지면이 있다

넓게 이어진 지면이 있다

—「소」, 1949[20]

우직한 '소'의 모습은 한민족의 전형적인 이미지라고 할 수 있겠다. 여기서 시인은 소의 수동적인 모습만 그리지 않고, 뿔이 있고, 네 개의 튼튼한 다리가 있고, 무엇보다도 "넓게 이어진 지면ひろく つらなる地面"이라는 표현으로 강력한 연대성을 표출한다. 이처럼 그의 시는 수동성에서 그치지 않고 때로는 풍자적이고 때로는 공격적이다.

물론 그 역시 고향을 회상할 때는 "저 노랫소리는 / 그것은 / 토카이도선과 산요오선으로 규슈 하카타까지 가고, / 거기서 다시 3만 엔의 밀항선으로 현해탄을 넘어 / 머나먼 저쪽 나라에서 들려오는 것이 틀림없다, / 하기에 그것은 / 고추 냄새가 난다, / 하기에 그것은 / 내 몸을 떨리게 한다"(「한밤중의 노랫소리」)며 절절한 감상성을 드러내기도 한다.

감상성과 풍자성 그리고 공격적 투쟁의 정서가 아우러진 허남기의 시는 재일조선인들에게 하나의 큰 위로였다. 특히 대표작인 장편 서사시 『화승총의 노래』는 일본의 근대시에서는 거의 볼 수 없는 전혀 이질적인 민족적 서사시였고, 해방 후 한국전쟁으로 황폐화 된 남과 북에서도 볼 수 없는 장대한 서사시였다. 이 서사시로 그는 한반도 문학사의 공백을 메꾸고 있다. 주요 시집으로 『일본시사시집』, 『조선 겨울 이야

---

[20] "牛は 牙がない、 / 牛は 鋭利な爪を持っていない、 / 牛は ただ 黙黙と雑草を食べ / いたって 従順で 使いやすい、 / どんな無理もきく、 / 抑えられたら 抑えられたままでい / いやしめられたら いやしめられたままでいる動物である、 / しかし だからといって / 牛を 御しやすいと思っていけない、 / 牛にも 角が残されている、 / 牛にも 忍耐の限度がある、 / 牛がひとたび 立ち上がったとき / 牛には 四本の頑丈な脚があり、 / 巨大な胴があり、 / そして 地面がある、 / ひろく つらなる地面がある". 「牛」, 『朝鮮冬物語』, 1949.

기』,『화승총火繩銃의 노래』,『거제도』,『조선해협』등이 있다. 번역시집은『조기천 장편서사시집 백두산』,『싸우는 조선』등이 있고, 1988년에 사망했다.

3) 1960년대 형성기, 강순 시인

1960년대. 일본에서는 도쿄 올림픽과 고도의 경제 성장이 이루어지고, 한국에선 4·19혁명을 기점으로 반독재 민주화 투쟁이 한창이었다. 이 시기에 문예동의 미학은 북한 문예관과 거의 동일한 모양새를 갖춘다. 문예동의 첫 작품집으로 1962년에『찬사』가 나왔는데, 이 시집은 1957년에 나온『조국에 드리는 노래』와 비교해서 생각해야 한다. 1957년에는 3인 시집이었는 데 비해, 1962년 문예동 시선집에는 그 진영이 대폭 확대되어 있다. 시인 정화수, 오상홍, 김태경(이후 귀국), 정백운(귀국), 안우식(탈퇴), 김학렬 등의 시와 소설가 김석범(탈퇴), 김달수(탈퇴), 리은직, 박원준, 림경상, 조남두, 김병두의 글, 그리고 박원준의 희곡이 실려 있다.

이들에게 영향을 끼쳤던 강순姜舜(1918~1986)은 1964년『강순시집姜舜詩集』을 내고 시적 영향력을 끼치기 시작한다. 이 시집은 시기별로, 초기시(1947~1948), '조선 부락 시초'(1949~1954), 해방 후(1955~1964)으로 나뉘어 있다. 그의 첫 시집은 재일동포 문단에 큰 영향을 끼쳤다. 강순 시인에 대해서는 다음 글「강순, 자이니치 시인의 초상」에서 논하려 한다.

4) 1970년대 전개기, 김시종 시인

1970년 7 · 4공동성명이 나오고 통일운동이 급격히 발전된다. 1974년에는 재일조선예술단(후에 금강산가극단)이 처음 평양을 방문하고 재일작가들도 본토의 문예계와 직접 접촉한다. 이 시기 조선고급학교, 조선대학교 졸업생들을 중심으로 김정수(2007년 현재 문예동 위원장), 손지원(현재 조선대학교 교수), 허옥녀, 홍순련, 강명숙, 오향숙, 오홍심, 정호수, 한룡무, 김광숙 등이 등장한다. 문예동에서는 이들을 제3세대 시인이라 한다. 이들은 시사詩史에서도 3세대이지만, 대부분 일본에서 태어난 재일동포 2세대이기도 하다.

특히 1970년대 말부터 개인시집 출판이 활성화되기 시작하였다. 이 시기의 시집으로는, 김두권『아침노을 타오른다』(1977), 최영진 동시집『종이배』(1978), 허남기『락동강』(1978), 김학렬『삼지연』(1979), 허남기『조국의 하늘 우러러』(1980), 정화수『영원한 사랑 조국의 품이여』(1980), 정화흠『감격의 이날』(1980)이 있다.

한편 조총련으로부터 맹비판을 받았던 재일조선인 일본어 작가들은 1975년부터 1988년까지『삼천리三千里』를 내고, 1987년에는 계간『민도民濤』를 냈다. 이 두 잡지는 한국민주화를 지지하면서 '제3의 길'을 모색했던 잡지였다. 조총련의 허무주의 비판에 대하여 김석범은 '수단으로서의 언어'[21]를 말하면서 조선을 일본인에게 알리기 위해 일본어로 글을 쓴다는 자세를 견지했다.

---

21 金石範, 「民族虛無主義の所産について」, 『三千里』 20, 1979, 78~89쪽.

『삼천리』를 통해 가장 큰 활약을 했던 1980년대 시인은 김시종金時鐘
이다. 1929년에 원산에서 태어나 제주도에서 성장한 그는 1949년 일
본에 건너갔다. 1953년 시동인지 『진달래チンダレ』를 창간했으며, 일본
어로 시 창작 및 비평, 강연 활동을 꾸준히 해 왔다.

  없어도 있는 동네

  그대로 고스란히

  사라져 버린 동네

  전차 종소리 멀리서 달리고

  화장터만 바로 옆에

  눌러앉은 동네

  누구나 다 알지만

  지도엔 없고

  지도에 없으니까

  사라져도 상관없고

  아무래도 좋으니

  제멋대로라네

  — 김시종, 「보이지 않는 동네」[22]에서(번역은 인용자)

이카이노는 자전적 소설 『피와 뼈』를 냈던 양석일梁石日(1936~), 첫

---

22 "なくても ある町 / そのままのままで / なくなっている町。 / 電車はなるたけ 遠くを走り / 火
  葬場だけは すぐそばに / しつられてある町。 / みんなが知っていて / 地図になく / 地図にない
  から / 日本でなく / 日本でないから / 消えてもよく / どうでもいいから / 気ままなものよ", 『境
  界の詩』, 藤原書店, 2005, 11~12쪽.

창작집 『이카이노 이야기』를 냈던 원수일元秀一(1950~), 고서점을 경영하는 소설가 김창생金蒼生(1951~), 2000년 상반기에는 이카이노 출신인 현월玄月(1959~)이 아쿠타가와 문학상을 받았고, 종추월宗秋月(1949~)의 이카이노猪飼野를 중심으로 한 시는 특출한 재일여성작가의 탄생을 보여주었다.

평론가 가와무라 미나토川村湊은 제주도방언과 오사카방언이 섞인 '이카이노어'를 플로리다 반도나 서인도 제도 등지에서 볼 수 있는 불어와 현지어가 섞여 만들어진 혼합언어 '크레올creole어'의 예를 들어 설명했다.[23] 종추월은 오사카 사투리에 조선말투를 섞어 쓰는 이른바 '이카이노어'를 자유롭게 쓰고 있다. 이렇게 이카이노의 이름은 하나의 문학적 성지聖地로 격상되었다.

김시종의 시언어는 일본어 리듬과 조어와 문법을 파괴하지만, 그 결과 신선한 마술적 흡인력을 발휘한다. 이것은 일본말에 가끔 한국적 표현을 섞어 낯설게 하는 시인 종추월의 시도와는 또 다르다. 김시종이 파괴한 새로운 일본어 표현구조는 구태의연한 상투성에 대한 전복顚覆이며 생산적 노력이다. 그것은 다만 언어의 전복에만 그치지 않는다. 그것은 일본의 국어國語라는 국가주의 산물의 언어구조에 대한 반항이며, 동시에 비국민非國民으로서의 창조적 생산이다. 그래서 평론가 다카노 도시미高野斗志美透는 "일본어의 폐쇄적인 체계의 주박에서 풀려나는 기회를" 김시종의 언어가 주었다고 상찬했다.

"오직 빠져나가는 것이 꿈이었던" 장소를 오히려 "모두가 사랑하는

---

23 川村湊, 『生まれたそこがふるさと―在日朝鮮人文学論』, 平凡社, 1999, 224쪽.

변두리의 끝 이카이노"라고 마무리 하는 인식론적 전회轉回는 잔잔한 감동을 준다.

1986년 수필집『「재일」의 틈새에서「在日」のはざまで』로 '마이니치每日 출판문화상'을 수상한 김시종은 시집『지평선』, 『일본 풍토기』, 『니가타』, 『이카이노 시집』, 『광주시편』, 『화석의 여름』 등을 냈다. 1991년 집성시집『원야의 시』로 '오구마 히데오小熊秀雄상 특별상'을 수상했다. 일역으로 윤동주 시집『하늘과 바람과 별과 시』, 『재역再譯 조선시집』이 있다. 그는 백석, 정지용, 윤동주 등의 시선집『재역再譯 조선시집』(岩波書店, 2007)을 번역해내 김소운이 지나치게 의역하여 번역했던 조선시의 알짬을 다시 살려냈다. 무엇보다도 일본의 문화예술인이 시낭송회「시인 김시종을 모시고, 음악과 시와 춤」(2008.7.25~26)을 준비한 것도 눈에 띈다.

창조적 망명과 한국문학의 확장

최근 재일 디아스포라 문학 연구로 다양한 연구자들에 의해 실증적이고 깊이 있게 진행되고 있다. 이로 인해 한국문학의 지평은 그만치 넓어졌다. 재일 디아스포라 문학은 이미 주변부 문학이 아니라, 또다른 중심 문학으로 자리잡아 가고 있다. 다만, 재일 디아스포라라는 삶 자체가 이미 글 쓰기 좋은 소재라고 하는 것은 자칫 소재주의素材主義에 빠져버릴 위험이 있다. 양석일은 그 소재가 어떤 방향으로 가야 할지 이렇게 제시한다.

> 재일문학은 국제적인 시야에 서서 표현할 수 있는 일본어문학으로 손꼽을 가능성을 품고 있다고 생각한다. 왜냐하면, 재일이란 일본·조선·아시아 및 제3세계에로 넓혀지는 역사적인 배경을 갖고 있고, 재일이 품고 있는 문제의식은 뛰어난 오늘의 과제인 난민, 경제마찰, 차별, 민족문제 등 절실함을 신체화(身體化)하고 있기 때문이다. 일본문학이 관심을 기울이지 않고 있는 일상의 저변과 감추어진 진실을 살고 있기 때문이다. 역사의 깊은 어둠을 방황하고 있는 재일문학은, 일본문학이 잘라 버린 욱신거리는 감성을 일본어로 표현하는—극히 역설적인 원동력으로 밀어붙여 움직이는—문학이기도 하다.[24]

재일조선인문학은 조선어로 혹은 일본어로, 역사, 차별, 재일이라는 거대 담론을 담고 인간의 해방을 바라며 고투해왔다. 이들이 쓴 조선어는 민족정신을 지키는 민족어 운동이었고, 또 이들이 쓰는 일본어 문체는 일본의 제국주의적 국어정책에 반성 없이 따라가는 것이 아니라 '국가주의 일본어'에 '저항하는 일본어'였다.

우리는 1945년부터 1979년까지 재일조선인 시문학사를 살펴보면서 허남기, 강순, 김시종 시인이 어떻게 조선어와 일본어로 저항해 왔는지를 살펴보았다. 재일 디아스포라 시인들의 언어는 제국언어에 순종하지 않고, 세계의 보편으로 향하고 있다. 어쩔 수 없는 삶을 살아가

---

24 梁石日,「在日文学の可能性」,『闇の想像力』, 大阪 : 解放出版社, 1995, 84쪽.

는 이들에게 망명亡命은 이로울 뿐만 아니라, 재일 디아스포라 시인들의 상상력의 원천이 되었다. "창조의 길은 고독을 두려워할 필요는 없다"[25]는 임화의 말처럼, 재일 디아스포라의 고독은 창조의 원천이기도 하다. 주변인, 마이너리티의 운명은 역설적으로 시쓰기의 동력으로 작용하고 있다.

한국문단은 재일 디아스포라 문학에 더욱 관심을 기울여야 할 것이다. '한국'문학이라는 구획된 울타리를 뛰어 넘어 있는 이들의 코스모폴리턴적인 상상력, 그리고 그 밀도와 문학적 품격에 상응하는 평가를 해야 할 것이다. 이들 망명가들의 상상력은 인류에게 문제가 되고 있는 차별, 인권, 역사적 문제에 대한 가장 선연鮮然한 증표가 될 것이다. 이로 인해 한국문학은 세계문학에 공헌할 수 있을 것이다.

---

25 임화, 「창조적 비평」, 『인문평론』, 1940, 35쪽.

강순, 자이니치 시인의 초상

———

　1960년대에 문단에 등장한 시인 정화흠, 김두권, 홍윤표, 오상홍, 오홍심, 김윤호, 김학렬, 정화수는 재일조선인 조선어 시문학의 기본을 형성하고, 2000년 1월에 시동인지 『종소리』를 창간한다. 재일조선인 시문학사에서는 '1세대 시인들'이라고 부른다. 1세대라고 붙이는 이유는 이들이 제주도에서 태어나 일본으로 이주해 온 1세대이기도 하기 때문이다.

　이들에게 큰 영향을 키쳤던 시인은 강순姜舜(1918~1986) 선생이다.

　2009년 1월 11일, 강순 시인의 여동생을 뵙고, 그 분의 안내로 문예동 시인 김학렬 선생, 평론가 하상일 교수(동의대)와 함께 가나가와 현 사가미 야영원さがみ野靈園에 있는 강순 선생님 묘지를 찾았다. 묘지 옆에는 한국에서 가져왔다는 화강암에 그의 대표작 「날나리」가 일본어로 새겨져 있었다. 그의 시는 자이니치在日의 초상화 혹은 표본으로 후배들에게 읽히고 있다.

1.

　이들에게 영향을 끼쳤던 강순은 1964년 『강순 시집』(『姜舜詩集』)을 내고 시적 영향력을 끼치기 시작한다. 이 시집은 시기별로, 초기시 (1947~1948), '조선 부락 시초'(1949~1954), 해방 후(1955~1964)으로 나눠져 있다. 그의 첫 시집은 재일동포 문단에 큰 영향을 끼쳤다. 이 시집은 재일동포의 삶, 2년간의 교원생활, 향수, 가족사, 북한 찬양 등을 다양하게 노래하고 있다.

　　진눈까비가 쏟아지는 날이었다. 한쪽은 벗은 채 있어야 하고 꿰매여지기를 기다리는 발가락 째진 오까다비.
　　얼음 든 열 발가락이 온통 구공탄 우에서 가렵고 또 한 구멍이 엄마의 바늘로 미여지는 동안 아버지는 엄마더러 엄마는 아버지더러 할 말이 없었다

　　날마다 날이 궂이여 날일도 못 얻어 하는 화로 곁의 아버지가 무서운 범이였다. 누구 주머니에서도 나올 돈은 한 잎도 없었고 또 하나 피난 갈 방이 내게는 없었다.
　　푸대 안의 송곳이 된 내니만큼 빨아 볼 궁금 사탕도 재미나 죽을 그림책도 없어 하루 해가 천 년만 같았다.

　　　　　　　　　　　　　　　　　　　　　　　—강순, 「진눈까비」 전문

　재일조선인 가족의 어려운 삶을 그대로 드러낸 작품이다. '발까락 째

진 오까다비', '얼음 든 열가락'이라는 표현으로 독자는 충분히 궁핍한 신체身體를 연상할 수 있다. 오까다비는 엄지와 검지 발가락 사이가 분리된 일본의 실내버선인데, 그것이 째져서 어머니는 꿰메고, 기다리는 동안 얼어 버린 발가락을 연탄(구공탄) 위에 녹일 때, "가렵고"라는 표현은 생생하게 전달된다. '피난 갈 방이 내게는 없었다'는 표현은 단칸방살이를 해야 했던 재일동포의 단면을 잘 드러내고 있다. 무겁고 어두운 분위기지만, "빨아 볼 궁금 사탕도 재미나 죽을 그림책도 없어 하루 해가 천 년만 같았다"는 구절은 천진난만한 낙천성을 느끼게 한다. 형태로 보면 백석의 「모닥불」과 비슷하면서도, 내용으로 보면 백석이 후기 시에서 노래했던 것과 비슷한 궁핍함을 표현하고 있다. 이처럼 강순의 시는 서정시에 서사지향성이 강하게 담겨 있다.

2.

이 시집을 내놓고 강순은 당시 총련 내부에서 시작한 좌경적 비판사업에 반발하여 4년간 일했던 조선신보사를 1967년에 퇴직한다. 1967년에서 1972년 사이에 총련 조직 안에서 좌경 바람이 불어 조국에 대한 충성을 다한다는 미명 아래 지나친 비판사업이 진행되었던 것이다. 이에 "운동이란 난데없는 구속이냐!"(「강바람」)며 야인의 길을 택했던 그는 일어 시집 『날나리なるなり』(1964), 이후 1965년부터 1980년까지

의 시를 모아 시집 『강바람』(梨花書房, 1984)을 출판하고, 이어 일어 시집 『斷章』(1986)을 냈다. 그의 삶을 김학렬은 인상 깊게 평가했다.

> 강순 시인은 공화국에 대해서 총련에 대해서 비판했지만 반공화국, 반총련의 어떤 행동에도 가담하지 않았으며 그리도 가고픈 고향에도 끝끝내 가지를 않고 그대로 투사답게 살려 했던 면에서 그 시인으로서의 진면목과 시의 진가에 대해서 깊이 재인식해야 한다고 생각한다. 확실히 그 민족 사랑과 통일 심원의 격정으로, 그 구수한 시어, 진실하고 정서에 넘치는 극적인 생활 표상과 생활철학으로 강순 시문학은 재일민족문학사에 찬연한 빛을 뿌리는 귀중한 보배라 할 수 있다.
>
> — 김학렬, 『재일민족시인 강순』(미발표출판물), 2007, 174쪽

조직을 떠난 선배이지만 존경하는 선생이기도 한 강순 시인에게 후배 시인이 드리는 최대의 찬사가 아닐 수 없다. 강순 시인은 말기에 한국의 민주화 운동을 지지하며 김지하, 신동엽, 신경림, 조태일 등의 시집을 번역해 냈다.

강순 시인의 말로는 무척 외롭고 궁핍했다고 가족은 전해줬다. 부인과 선술집 같은 작은 야키니쿠야(불고기집)를 영업했지만, 관절염 등 온갖 병을 앓았던 부인과 함께 살았기에 강순 시인이 요리하는 적도 많았고, 그러다 보니 거의 문을 닫고 지냈다고 한다. 이 소문으로 강순 시인이 우리로 말하면 '포장마차'를 한다고 나는 들었는데, 이번에 시인의 여동생을 만나 확인해 보니 그렇지 않았다. 시인은 그 공간에서 책을 쌓아놓고, 온종일 한국책을 일본어로 번역했다고 한다. 시뿐만 아니라,

강순 시인의 묘지 앞에서. 묘지석에는 그의 시 「날라리」가 새겨져 있다.

미술 특히 조각을 좋아해서 수많은 작품 사진집에 빠지곤 했다고 한다.

나중에 강순 시인의 삶과 작품에 대한 찬사를 여기저기서 더 읽을 수 있었다. 몇몇 일본 시인들, 재일조선인 소설 양석일 등 몇몇 사람들이 강순 시인에 대한 회상을 책에 남기고 있다.

여기에 시인 강순의 이름을 시에 담은 시인 이시카와 이쓰코石川逸子 (1933~)의 시 한 구절을 남기려 한다. 도쿄에서 태어난 이시카와 이쓰코 시인은 오차노미즈대학을 졸업하고 중학교 교사로 있으면서 시를 발표했다. 'H씨상'을 수상했던 그녀는 일관되게 일본의 전쟁책임을 추궁하는 작품을 썼다. 종군위안부의 실태조사와 생존자 구원 등에 실천을 하여, 그것을 주제로 고발하는 시를 많이 발표했다. 르포『종군위안부가 된 소녀從軍慰安婦にされた少女』(岩波書店, 1993)가 유명하다. 우리말로 번역된 시집에는『흔들리는 무궁화』(김광림 역, 예사모, 2000)가 있다. 이 시집은 종군 위안부로 끌려간 조선의 처녀들, 그리고 징용으로 끌려간

남편을 아직도 기다리는 한국인 노파의 슬픔 등이 생생하게 수록돼 있다. 종군 위안부를 통해 한국을 인식하면서 강순 시인의 외롭지만 빛나는 영혼과 만났을 것이다.

사람은 땅으로
언젠가 돌아갈 운명이면서도
나라를 빼앗긴 까닭에
젊을 때 고향을 방황하다 나와
다시 돌아갈 수 없는 채
그 고향을 빼앗은 이국의 한 구석에서
뼈가 되어 버린
당신을 생각하면
감개무량하다
……
얼마 안 되는 만남인데도
당신이 남기고 간 것의 풍부함에
지금, 놀라고 있습니다
강순 씨
— 이시카와 이쓰코

천황소년에서 디아스포라까지, 기억의 힘

김시종 산문집, 『조선과 일본에 살다』

고통스런 기억은 마치 침습성 병원체처럼 오랜 트라우마로 인생에 상처를 드리운다. 그 상처가 치료되면 은은한 햇빛이 드리워진 그늘로 바뀐다. 그늘은 어둠과 다르다. 그늘은 은은한 햇빛이 드리워진 공간이다. 너무도 고통스럽고 서러운 기억은 과거의 고통을 그대로 복제하고 그늘이나 명랑明朗으로 바뀌지 않는다. 김시종의 어린 시절을 읽으면서 그늘이나 명랑을 읽을 수 없었다. 과거에 대한 그의 회억回憶은 무표정했다.

김시종

책의 원제 "朝鮮と日本に生きる"를 '조선과 일본에서 살다'라고 번역하기 쉽다. 그런데 역자는 '~に'를 '~에'로 번역하고 있다. '~에서'라고 했다면 조선과 일본 '에서' 안착하여 살아가는 존재를 상상할 수 있지만, '~에'라고 했기에 아직도 어딘가에로 이동하는 난민難民 디아스

포라의 이야기라는 사실을 제목에서부터 알 수 있다. 지금부터 읽을 이 야기는 어느 난민의 역사에 대한 기억이다.

일본어 / 조선어

"나는 열일곱에 이른바 '해방'을 만났습니다"(17쪽)으로 기억은 시작 한다. 막상 해방의 공간으로 들어갔으나 그는 조선어 노래가 아닌 일본 어 노래밖에 모르는 정체불명의 조선인이었다. 1929년에 부산에서 태 어난 김시종이 아흔을 앞두고 강연하듯이 풀어낸 자서전 『조선과 일본 에 살다』(돌베개, 2016)는 이렇게 시작한다.

　산천도 뒤흔들 만큼 마을마다 "만세! 만세!"로 들끓던 그때, 마치 집 잃은 강아지처럼 항구의 제방에 우두커니 서서 〈우미유카바〉나 〈고지마 다카노 리〉 노래 등을 흥얼거렸습니다. 아는 게 그것밖에 없는 나였습니다.(19쪽)

소학교 6학년이던 김시종은 "41년 12월 '일미개전'(대동아전쟁)의 대 전승에 무심결에 만세를 외칠 만큼" 황국소년이었다. 이 책을 처음부터 끝까지 꿰뚫고 있는 문제 중 하나는 언어 문제다. 이 자서전은 일본어 를 잘 해야 출세한다고 생각했던 세대의 '황국소년' 이야기다. 일본어 와 조선어의 이중언어 사이에서 게다가 부산에서 태어나 제주도로 온 그는 일본어 이전에 "육지새끼!"라는 차별어를 조선어로 듣고 자라야 했다.

천황궁을 향해 경배하는 동방요배東方遙拜 등을 성실하게 행하는 김시종은 학교가 장려하는 군사학교에 진학하겠다고 담임에게 용감하게 신청한다. 그 사실을 안 아버지는 "그렇게 부모를 버리고 싶으냐"고 낮게 중얼거리시고는 방에 틀어박혔다. 파시즘이 지배하는 곳에는 어디나 우상을 따르는 제국의 소년들이 있다. 독일에 히틀러키드가 있다면, 식민지에는 '황국소년'이 있다. 1960년대와 1970년대를 지냈던 나는 박정희키드였다. 천황소년 이야기를 읽으며, 박정희키드의 설움이 묘하게 중첩되었다. 파시즘 시대의 언어는 국민을 통제하는 도구다.

> 쇼와13년(1938년)까지, 주 1회뿐이지만 조선어 수업이 있었습니다. 분명히 1학년 때는 주 2회였다고 기억하는데, 2학년 때 이후로 조선어 교과서부터 사라져갔습니다. 조선어 자체의 사용이 금지된 건 2년 후인 1940년이지만 조선어를 공공장소에서 사용하는 것은 그 전부터 조선총독부 시책을 위반하는 일이었습니다. (22쪽)

1938년이면 시인 윤동주가 연희전문을 입학했던 때였다. 윤동주는 1학년 때 최현배 교수에게 조선어 수업을 들었다가 2학년 때는 조선어 수업이 사라져 듣지 못한다. 1939년에 초등학교에 입학한 고은 시인은 "나의 첫언어는 일본어였다"라고 말한다. 1938년부터 일본어를 국어國語로 받아들이지 않으면 국민이 아닌 대상으로서 '비국민非國民'이 되었다. 육지 출신인 김시종은 아버지는 조선어만 쓰고 일도 안 하기에 그야말로 '비국민'으로 취급받아야 했다.

김시종은 역사 속에서 살아가는 인간의 갈등을 '국어 강요'로 기억하고 있다. 언어로 인해 겪었던 개인적 체험을 그는 생생하게 남겼다.

주초에 '벌권'이라 불리는 카드가 학생마다 열 장씩 배부됩니다. 그리고 급우끼리 눈을 번득이며 '국어'(일본어 – 인용자)를 사용하지 않는 학생을 적발합니다.(26쪽)

뺨 때리기가 등장했습니다. (…중략…) 학생끼리 서로를 때릴 때는 특히 살벌했습니다. 뺨이 부서져라 맞는 만큼의 아픔을 상대에게 돌려줍니다. 이쯤 되면 징벌도 제재도 아니고 급우끼리 눈을 부라리는 보복이라고밖에 할 수 없습니다.

그리하여 그리도 대단하던 '조선어'도 입을 다물어갔습니다.(28쪽)

조선어를 쓰면 '벌권'이라는 카드를 받아야 했던 이야기, 나아가 조선어를 쓰면, 뺨을 맞아야 했던 것은 작가에게 잊을 수 없는 트라우마로 기억에 새겨져 있었기에, 이만치 생생하게 기록했을 것이다.

관립광주사범학교 심상과尋常科에 들어간 김시종은 톨스토이의 『부활』을 애독했고, 기타하라 하쿠슈北原白秋(1885~1942) 등 일본 시인들의 영향을 받아 시 습작도 많이 했다. 조선인이 조선문학을 일본어로 읽는 장면은 이채롭다 못해 비극적이다. 그러면서도 이육사 시에 대한 그의 회상은 감동적이다.

이후 느닷없이 다가온 해방으로 그는 조선어를 새로 익혀야 하는 상황에 부닥친다.

　　나는 분명히 역사적으로는 '8·15'를 분수령으로 과거의 일본으로부터 벗어났을 터입니다. 틀림없이 '8·15'는 식민지를 강요한 일본과 결별한 날이었습니다. 그런데 일본어만은 이후 부득이한 일본 생활과도 겹쳐서인지, 과거의 나를 고스란히 감싸고 있습니다. 벌써 반세기 넘게 지났는데 '해방'이나 '8·15'에 여전히 얽매이는 것은 스스로도 과한 집착이라는 생각이 듭니다. 그렇지만 태초에 말씀이 있었던 것처럼, 자신의 의식을 짜올리기 시작한 말이 종주국의 '일본어'인 이상, 식민지의 멍에를 풀었다는 '8·15'는 당연히 나를 지배하던 말과의 격투를 새롭게 부과한 날이기도 했습니다. 어찌 그날이 흐릿해질 수 있을까요. (81쪽)

　일본어로 시를 쓰려고 했던 그에게 해방이란, 소년기를 뒤틀어가며 익힌 일본어의 정감과 운율을 스스로가 끊어내는 일이었다. '조선어/일본어'와의 갈등은 '지배/피지배'의 차별이었으며, 지배당하고 있다는 노예의 굴욕을 그 세대와 '자이니치在日'들은 한평생 겪어야 했다. 조선인인 그의 모국어는 조선어가 아니었다. 그의 '무의식 속의 모국어'는 침략 언어 '일본어'였다. 김시종의 이 언어적 특질에 대해 일본의 평론가 호소미 가즈유키는 "잔잔하고 아름다운 '일본어'임과 동시에 어딘지 삐걱대는 문체라는 생각이 든다. 장중하면서도 마치 부러진 못으로 긁는 듯한" 거북스런 문체라고 하면서 "만일 '포에지'라는 개념이 단순히 시적詩的 무드라는 개념을 넘어 지금도 시인 개개인의 언어의 기명성記名性의 표상으로 통용된다면 이 어딘지 삐걱대는 문체를 통해 이면으로 방사放射되고 있는 것을 일본어에 의한 일본어에 대한 '보복報復의 포에지'라 부를 수도 있을 것이다."(호소미 가즈유키, 「세계문학의 가능성」, 『실천문학』, 1998년 겨울호, 304~305쪽)라고 명명했다. 김시종이 누차 말하는 '일본어에 대한 보복'은 갑자기 나온 수사가 아니라, 그의 전 삶을 통해 구성된 논리다. 제국의 언어인 일본어를 부정적 매체로 삼아 태어난 그의 시는 역설적이게도 '반일본적 서정성'을 창조했다는 높은 상찬을 받는다.

폭력의 기억, 틈새의 시

사실 나는 김시종 시인은 단순 피해자로 알고 있었다. 이 책을 읽어보니 김시종은 목숨을 건 활동가였으며, 가장 비극적인 순간을 목도한 증인이었다. 이 책은 제주 4·3사건에 상당 부분 할애돼 있다. 열여섯 살이던 1945년 12월 그는 제주도 인민위원회에 들어간다. 처음엔 허드렛일을, 나중엔 전단지 격문을 썼다. 1947년 남조선노동당의 말단 당원으로 투신한다.

반년간은 예비당원으로 활동했습니다. 당초부터 나는 연락원(레포) 요원으로 선발되어 예비기간 중에는 그 훈련과 보조원(내 임무를 돕는 심퍼사이저) 공작에 열심이었습니다. 임무의 내용은 뒤에서 설명하겠지만, 어려운 정세하에서 전위조직의 일원이 될 수 있다는 게 기뻤습니다. 소리 지르고 싶을 정도의 감격이었습니다. 이로써 나는 다시 태어난다고 진심으로 믿었습니다. 나라를 빼앗겼을 때나 '해방'되어 돌아올 때나 무엇 하나 관계하지 못한 자신이 이제는 확신을 갖고 조국의 운명에 닿을 수 있다는, 자신의 청춘이 가까스로 열려온다는 생각에 가슴이 벅찼습니다.(137~138쪽) (강조는 인용자)

남로당의 당원으로 벅차오르는 가슴을 안고 활동했던 젊은이의 모습이다. 자칫 평생의 주홍글씨가 될 수 있는 이런 기억을 그대로 써놓았기에 이 책은 더욱 생생하게 다가온다. 그보다 더욱 긴장하게 하는 문제는, 4·3은 남로당이 적극적으로 주도했다는 김시종의 시각이다. 4·3은 '빨갱이들'이 일으켰다는 보수 우익의 주장을 뒷받침 하는 이야기로 자칫 오해할 수 있다. 그러나 주목해야 할 것은 그 피해는 민간인이었다는 사실을 이 책에서 확인할 수 있다.

유엔의 남한단독선거 결정으로 5·10선거 등록업무개시가 내려진 48년 3월30일 오후, 연락책이던 그는 궐기준비를 통지받는다. 아직 찬 기운이 남아 있는 3월 말에 그는 제주농업학교에서 '4·3의 날'에 뿌려질 '삐라' 필사 작업을 했다.

시민 동포여, 경애하는 부모형제여! 4·3의 오늘, 당신의 아들딸이 무기를 들고 일어났다.

매국적 단독선거, 단독정부에 결사반대하며.

그리고 4월 3일 새벽 1시 수많은 오름에 봉화가 피어올랐다. 이후 박진감 있는 스토리로 책을 손에서 뗄 수 없다. 48년 4·3에 대해 이미 알고 있는 역사적 사실이 있기에 정보를 나열하는 부분은 그저 역사책을 읽는 기분이다만, 소름끼치는 문장은 그가 직접 눈으로 보고 경험했던 끔찍했던 학살 사건에 대한 증언이다.

나는 이 장면을 경찰서 정문 근처에서 빠트리지 않고 보았습니다. 정녕 피가 역류할 만큼 분노가 치밀었습니다. 총격당한 사람들 거의 대부분이 광장 주위에서 구경하고 있다가 등 뒤로 총격당했습니다. 소학생 소년부터 젖먹이를 안고 있는 부인마저 있었습니다. 얼마 안 가 그 젖먹이는 여섯 명의 희생자에는 포함되지 않는 희생자가 되고 말았습니다.(160쪽)

미군정과 경찰, 서북청년단의 무자비한 진압과 사살, 이에 대한 무장대(남로당 제주인민유격대)의 보복과 충돌에 대한 묘사는 영상을 보는 듯하다. 공식석상에서 "제주도 주민의 90%가 좌익"이라며 제주도는 제압해야 할 '빨갱이 섬'이라는 말은 본토에서 당연하게 공언되었다. "제주도 폭동사건을 진압하기 위해서라면 제주도민 30만을 희생시켜도 상관없다"고 박진경 연대장은 취임사에서 밝히기도 했다. 김익렬과 김달삼의 평화교섭이 무산되고 도민을 향한 잔인한 초토화 작전이 시작된다.

48년 5월 그가 직접 참여했던 우체국 화염병 투척 사건에 대한 생생한 기억은 충격적이다. 화염병을 던지기로 했던 '에이치'는 바로 옆에 사촌이 있는 걸 알고는 머뭇거린다. 화염병은 불발했고, 에이치는 당겨

야만 열리는 문을 한사코 밀다가 총에 맞는다.

쫓아온 경관이 지근거리에서 카빈총을 연사해 후두부가 날아간 H는 그 문
에 매달린 채 절명했습니다. 마치 으깨진 두부처럼 깨어진 유리에 뇌수가 선
을 그으며 늘어졌습니다.(215~216쪽)

현장에서 필사적으로 탈출한 김시종은 이 사건을 계기로 밀항을 결
심한다.

"이것은 마지막, 마지막 부탁이다. 설령 죽더라도, 내 눈이 닿는 곳에
서는 죽지 마라. 어머니도 같은 생각이다."

배에 탈 때 들었던 이 말이 아버지의 마지막 말이었다. 격랑에 휩쓸
리며 일종의 '보트 피플' 되어 일본에 도착한 그의 모습은 천애의 고아
였으며 난민 자체였다.

나 홀로 물가의 모래땅에 무릎을 껴안고 멍하니 배를 뒤돌아보고 있었습니
다. 배는 아무 일도 없었다는 듯이 완만하게 방향을 바꿔 퐁퐁퐁 가버렸습니
다. 순식간에 흐느낌으로 얼굴이 눈물범벅이 되었습니다. 나는 틀림없이 낯
선 이국에 홀로 남겨진, 천애고독의 젊은이였습니다.(227쪽)

1949년 6월 나이 든 부모만 남겨두고 학살의 광풍을 피해 20세의
김시종은 일본 해변에 도착한다. 이후 김시종은 살아본 적이 없는 좁은
'틈새はざま'에서 살아간다. '틈새'라는 용어는 그의 현존재를 상징하는
정치사회학적이며 시적인 메타포다. 상상도 못 했던 '재일조선인'으로

서의 삶은 '틈새'에 살아가야 하는 고단한 삶이었다(에세이집 『'在日'のはざまで』, 平凡社, 1986).

> 애당초 눌러앉은 곳이 틈새였다
> 깎아지른 벼랑과 나락을 가르는 금
> 똑같은 지층이 똑같이 음폭 패어 마주 치켜 서서
> 단층을 드러내고도 땅금이 깊어진다
> 그걸 국경이라고도 장벽이라고도 하고
> 보이지 않는 탓에 평온한 벽이라고도 한다
> 거기엔 우선 잘 아는 말(언어)이 통하지 않아
> 촉각 그 심상찮은 낌새만이 눈과 귀가 된다
> ― 김시종, 유숙자 역, 「여기보다 멀리」, 『경계의 시』, 소화, 2008, 163쪽

　재일조선인으로서 그는 '일본 국민／비非국민'의 틈새, '대한민국과 조선민주주의인민공화국'의 틈새에서 살아온 인생이었다. 그의 시는 식민주의와 분단체제와 국가주의가 강요하는 폭력에 대항하는 '틈새의 시'였다.

"~습니다"의 연대

밀항 후 오사카의 재일 집단거주지 이카이노猪飼野로에 자리를 잡은
그는 불안과 가난 속에서 차츰 자리를 잡고 활발한 사회, 문학 활동을
이어간다.

> 조선민주주의인민공화국의 직접적 지도 아래로 들어갔다는 조선총련의 조
> 직적 권위는 범접할 수 없을 정도로 높아졌습니다. '민족적 주체성'이 부랴부
> 랴 강조되고, 신격화되는 김일성 주석의 '유일사상체계' 기초 다지기로 '주체
> 성 확립'이 행동원리처럼 판을 쳤습니다. (…중략…) 나는 그것을 '의식의 정
> 형화'라고 포착했습니다.(267쪽)

알려져 있듯이 김시종은 1950년대 박헌영사형사건을 겪으면서 김
일성주의에 실망하고 거리를 두고, 이후 조총련에서 린치를 당할 정도
로 총련과 대척을 이룬다. 김시종이 후배 소설가 양석일 등과 함께 이
후 조총련에 반대한다는 사실은 잘 알려져 있다.

'재일 문인'으로 살면서 마이니치출판문화상, 오구마히데오상, 다카
미준상 등 일본의 굵직한 문학상을 받았다. 그리고 이 책으로 2015년 탁
월한 산문작품에 수여되는 제42회 오사라기지로大佛次郎상을 수상했다.

한 편의 영화를 본 기분이랄까. 한 인간의 반평생을 그린 이 책은 사
실 일본에 오기까지가 기록되어 있다. 4·3의 이야기가 핵심이랄 수
있겠다. 읽고 난 뒤 하루가 지났는데도 아직 책 내용이 가슴에 떠나지

않아 멍멍한 기분이다.

"제주도에서 이카이노까지済州島から猪飼野へ'라는 책의 부제처럼 이 책은 일본에 당도하기까지가 적혀있다. 이후 '자이니치在日로 사는 것'을 시로 표현해 온 그가 일본에서 어떻게 살았는지는 다음 책에서 기대해야 할 것 같다.

이 책은 단순히 한 인간의 모험기로 읽히지 않는다. 자서전이라 했지만, 그 시대의 지배언어에 의해 통제받았던 '황국소년', 이데올로기의 폭력에 대항해야 했던 '제주도 피해자' 그리고 파도 위에서 목숨을 걸어야 했던 난민難民의 초상이 담겨 있다. 이른바 한 시대의 주변인周邊人 혹은 '마이너리티'의 기록이다. 이 책의 화자인 '나'는 그래서 '우리'로 읽힌다.

저자가 "~습니다"체로 서술하고 있다는 점도 중요하다. "~습니다"로 쓰면 청자를 바로 앞에 모시고 얘기하는 기분이기에 더욱 객관적인 마음이 생기기도 한다. 책을 술술 읽을 수 있도록 독자를 배려하는 문체일 수도 있다. 그런데 더욱 본질적인 욕망은 '전하고 싶다'는 절실한 표현이 "~습니다"체로 쓰게 한다. '전傳해야 할 나'는 나 혼자가 아니고, 그 시대에 상처 입은 마이너리티의 전형典型이기 때문이다. 김시종은 단순히 자기 이야기만을 쓰고 있지 않다. 당시 '상황'과 '사람들' 그리고 그 속에서 '나'를 부단히 연결시키고 있다. 자기 내면의 이야기를 쓴 부분은 그리 많지 않다. 일본어에 대한 고뇌 등 내면을 쓰더라도 늘 '상황'과 '사람들'의 이야기가 끊임없이 연결되어 있다. '나'를 통해 애도哀悼해야 할 과거, 상처 입은 정신사, 트라우마의 '인생사(one's life story)'라는 더 넓은 지평으로 독자를 인도하고 있다. 에드워드 사이드의 자서전『먼 곳의 기억Out of Place』(한국어판『에드워드 사이드 자서전』)처럼, 이 책에서 '나'는 당시 '상황'과 함께 '전해져야 할 우리'다. 그래서 이 책은 단순한 자서전이 아니라, 타서전他敍傳이다.

이 책을 제대로 읽는 독자라면 단순한 독서에서 끝나지 않고, 이런 비극을 어떻게 극복해야 하는지 충격적이고 무거운 숙제를 스스로 품는다. 이 기억들은 과거의 설움과 상처를 연대連帶하게 한다.

고통을 넘어선 구도자의 사랑

김시종 시집, 『경계의 시』

일본에서 주목받고 있는 재일조선인 시인은 단연 김시종金時鐘(1929~)이다. 백석, 정지용, 윤동주 등의 시선집 『재역再譯 조선시집』(岩波書店, 2007)을 번역해낸 그는, 김소운이 지나치게 의역하여 번역했던 조선시의 알짬을 다시 살려냈다. 무엇보다도 김시종을 존경하는 일본인 문화예술인이 그의 시낭송회 '시인 김시종을 모시고, 음악과 시와 춤'(2008.7.25~26)을 준비한 것도 눈에 띈다. 그는 2007년 현재 코리아 국제학원 건립 준비위원장을 하면서 케이블 텔레비 등 여러 매체에 등장한다. 시인 김시종은 여든 살의 나이가 믿기지 않는 활동을 하고 있는 재일조선인 시인이다.

이카이노 다리

아버지는 손에 이끌려 건넜다
여덟 살 때.
나무 향 풋풋한 다리
강물 위에는 무수한 별이 떨어져 있었다.
전등불 환히 눈부신 끝자락 일본이었다.

스물둘에 징용당한
아버지는 이카이노 다리를 지나 끌려갔다.
나는 갓 태어난 젖먹이로
밤낮을 뒤바꾸어 셋방살이 엄마를 골탕 먹였다.
소개(疏開) 난리도 오사카 변두리 이곳까진 오지 않고
저 멀리 도시는 하늘을 태우며 불타올랐다.
나는 지금 손자의 손을 잡고 이 다리를 건넌다.
이카이노 다리에서 늙어 대를 이어도
아직도 이 개골창 그 흐름을 알 수 없다.
어디 오수가 이곳에 썩어
어느 출구에서 거품 물고 있는지
가 닿는 바다를 알지 못한다.

오직 이카이노를 빠져나가는 것이 꿈이었던
두 딸도 이젠 엄마다.

나도 바로 예서 마중 나올 배를 기다려 늙었다.

그래도 머잖아 운하를 거슬러 하얀 배는 다가오리.

사랑해 오사카

모두가 사랑하는 오사카, 변두리의 끝 이카이노

— 김시종, 「이카이노 다리」 전문[1]

공간과 시간, 그리고 다리

「이카이노 다리」에는 두 가지 큰 배경이 있다. 첫째는 공간적인 배경
이고, 둘째는 시간적인 흐름이다.

첫째, 공간적인 배경을 이루는 것은 제주도와 이카이노라는 장소다.
먼저 위 시에서 '이카이노猪飼野'라는 단어가 주는 힘은 너무 크다. 오
사카의 '이카이노'라는 지명에는 재일조선인의 서사적 상처가 새겨져

---

1 "父は手を引かれて渡った / 八つのときに。 / 木の香り新しい橋で / 川面にはこぼれた星までお
ちていた。 / まぶしいばかりのたまとの電灯の日本だった。 // 二十二のとき徴用にあい / 父は
猪飼野橋をあとにひかれたいった。 / 私は生まれたばかりの乳呑み児で / 昼と夜をとり違えて
間借りの母を困らせた。 / 疎開騒ぎも大阪のはずれのここまではこず / 遠くで街なかが空を焦
がして燃えていた。 // 私はいまは孫の手を引いてこの橋を渡る。 / 猪飼野橋で老いて代を継な
いでも / 今もってのとぶ川のその先を知らない。 / どこの汚水がここで澱んで / どこの出口で
あぶいているのか / 行き着く先の海を知らない。 // 猪飼野をただ抜け出ることが夢だった / 娘
二人も今では母だ。 / 私とてこのここで迎えの船を持って老いたのだ。 / それでも今に運河を
逆さに白い船はやってくる。 / 好きやねん大阪 / 皆して好きな大阪のはずれの果ての猪飼野
だ。"「猪飼野橋」,『化石の夏』, 1998; 유숙자 역,『경계의 시』, 소화, 2007, 168~169쪽.

있다. 이카이노는 1920년대 무렵부터 일본에 온 조선인 노동자들이 살던 지역이었다. 이곳에 온 조선인들은 관서사회의 빈민층을 형성했다. 10대 후반까지 제주도에서 살다가 이카이노에 왔던 김시종은 가난과 폭력과 고함이 떠나지 않던 이 지역을 "나무향 풋풋한 다리"라며 신선하게 환기시킨다.

5행에서 "전등불 환히 눈부신 끝자락 일본"이라는 표현을 보면, 이카이노가 환한 것인지, 일본이 환한 것인지 분명치 않지만, 이카이노에 사람들이 활기있게 살아가는 모습을 떠올리게 한다. 이 지역을 작품으로 담은 김시종 시집 『이카이노 시집』(1978)도 그리 어둡지만은 않다. 이 시집에서 김시종은 이카이노를 "없어도 있는 동네 / 그대로 고스란히 / 사라져 버린 동네 / 전차는 애써 먼발치서 달리고 / 화장터만 잽싸게 / 눌러앉은 동네 / 누구나 다 알지만 / 지도엔 없고 / 지도에 없으니까 / 사라져도 상관없"는 「보이지 않는 동네」라고 표현했다.

이 시에는 제주도라는 단어가 나오지 않는다. 다만 "소개疏開 난리도 오사카 변두리 이곳까진 오지 않고"라는 표현만 나온다. 1929년에 원산에서 태어나 철저한 '황국 소년'으로 자란 그는 제주도에서 성장한 후 제주 4·3사건으로 상징되는 짐승스런 시간을 피해 1949년에 일본으로 왔다. 자기동일성自己同一性을 속성으로 하는 시 장르이기에 그의 개인사적 고백은 울림을 준다.

이카이노구는 1973년 2월에 행정구역이 바뀌면서 이쿠노구生野区가 되었고, 지금도 조선인 시장으로 유명한 쓰르하시鶴橋가 이쿠노구 안에 있다. 사실 나는 1998년부터 조선인 시장에 쓰러져가는 목조건물을 빌려 두레학당 등 활동을 한 적이 있다. 그런데 이쿠노쿠에 사는 노인들은 제주도 사투리에 이상한 오사카 사투리를 섞어 말하기에 도통 알아들을 수가 없었다. 이렇게 빈곤이 범벅된 지역 이카이노에 제주도의 비극이 겹쳐져 있고, 그것이 이 시의 공간을 이룬다.

둘째는 시간적인 흐름으로 이 시에는 가족 4대의 풍경이 그려져 있다. 2연에 이르러 시는 과거로 돌아간다. 2연의 서사는 현재를 피하고자 추억을 택한 도피가 아니다. 현재와 미래를 명확히 인식하기 위해서, 화해하기 위해서 또렷히 기억하는 과거다. 그렇다고 그는 섣불리 현실을 말하지 않는다. 현실은 아직 "오수가 썩"어 그는 "가 닿는 바다를 알지 못한다".

가족 4대의 이야기, 시인의 아버지, 시인, 시인의 딸, 그리고 딸의 자손에 이르기까지. 그런데 이카이노 다리로 상징되는 역사는 이제 더 이상 이들에게 비극이 아니라, 삶의 뿌리를 일구었던 배경이었음을 시인은 고백해낸다. 그래서 시인은 "나도 바로 예서 마중 나올 배를 기다려 늙었다"고 한다. 그러면서도 "머잖아 운하를 거슬러 하얀배는 다가오리"라는 희망을 노래한다.

셋째, 이 시 전체를 꿰고 있는 상징물은 '다리'다. 1연에서 다리는 어린 시절 이국의 땅이 신나기만 했기에 "나무 향 풋풋"하게 느껴졌던 다리다. 그런데 2연의 다리는 비극의 다리다. 아버지는 이 다리를 통해 끌려 갔다. 그런 다리가 이제는 미래로 열려 있다. 시인이 손자의 손을 잡고 건너는 다리도 이카이노 다리다. 그리고 이 다리는 미래로 열려 있으며 화해하기 위한 다리다.

일본문학, 재일조선인문학

일본에서 시를 쓰는 한국인(혹은 조선인)은 세 가지로 나눌 수 있다. 첫째는 재일조선인으로 일본어로 시를 쓰는 재일조선인 일본어 시인이다. 둘째는 조선어로만 쓰는 문예동 소속의 시인들이다. 셋째는 국적을 한국으로 갖고 있는 재일한국인 한국어 시인들이다.

재일조선인 일본어 시문학 : (허남기-초기), 김시종, 종추월, 양석일 등.
재일조선인 조선어 시문학 : (허남기-후기), 강순, 김학렬, 문예동 시인들.
재일한국인 한국어 시문학 : 김윤, 김리박, 이승순 등

김시종은 첫째 항목을 대표할 뿐만 아니라, 이제는 재일조선인 전 시단을 대표하는 하는 시인이다. 그런데 이러한 존재가 되기까지 간단치 않은 과정이 있었다.

1949년 9월 일본공산당에 입당하면서 그는 조선재일총연합회(이하 조총련)에서도 활약한다. 그러다가 김일성주의에 반기를 들고 조총련 계열의 문학예술동맹에서 뛰쳐 나온다. 1950년대 재일조선인의 대부분은 조총련을 택했고, 시인들도 대부분 조총련의 문예동을 택했다. 문예동을 통해 자유롭게 발표할 매체를 출판할 수도 있었다. 그러나 1956년 재일조선중앙예술단과 조선대학이 창립되고, 1959년 북송사업이 시작되면서, 이른바 김일성 신격화라 하는 수령형상문학이 일반화되기 시작했다. 이에 대항하여 1957년 김시종은 잡지 『진달래』에 조총련 조

직을 비판하는 해학적인 시 「오사카 총련」을 발표한다.

급한 일이 있으면
뛰어가 주십시오
소련에는
전화가 없습니다.

바쁘시다면
소리쳐 주십시오.
소련에는
접수가 없습니다.

싸고 싶으시다면
다른 곳에 가주십시오
소련에는
변소가 없습니다.

소련은
여러분의 단체입니다.
거신 전화료가
정지될 정도로 쌓였습니다.

— 김시종, 「오사카 총련」에서

소련의 국제주의와 김일성의 교조주의를 해학적으로 풍자하는 강력한 비판시를 발표하고 김시종은 양석일과 함께 조총련을 탈퇴했다. 그리고 일본어로 시를 발표하기 시작했다. 당연히 문예동 회원들에게 적지 않은 비판을 들어야 했다. 저자가 올해 초에 『치마저고리─재일조선인 〈종소리〉 시선집』(화남, 2008)을 낸 적이 있는데, 이 시집에 실린 시인들은 재일조선인으로 '조선어'로 시를 쓸 때, 김시종은 비판을 받아가면서도, 일본어로 시를 발표하기 시작한다. 그렇다고 그는 누구처럼 일본인이 되려고 노력하거나 하지 않았다. 그가 일본어로 작품을 발표한다고 해서 일본 사람이 되려던 것은 아니다. 오히려 그는 끊임없이 조국의 문제를 시에 담았다.

일본어 시인으로 그의 이름은 일본 현대문학사 한 모퉁이에 남을 것이다. 그의 일본어는 서툰 것이 아니라 창조적이다. 흔히들 1940년에 『국민문학』에 일본어 소설이나 시를 발표했던 염상섭, 이태준, 이광수 등의 일본어는 어색하다고 한다. 그나마 일본어 표현이 능숙했던 김사량의 소설도 한국어 구조를 갖고 있다. 이중언어를 잘못 쓰면 어쩌면 두 가지 언어를 모두 망치는 결과를 빚기도 한다. 여간 힘든 일이 아니다.

김시종의 경우는 성공적이다. 그의 시언어는 일본어 리듬과 조어와 문법을 파괴하지만, 그 결과 신선한 마술적 흡인력을 발휘한다. 이것은 일본말에 가끔 한국적 표현을 섞어 낯설게 하는 시인 종추월宗秋月의 시도와는 또 다르다. 김시종이 파괴한 새로운 일본어 표현구조는 구태의연한 상투성에 대한 전복顚覆이며 생산적 노력이다. 그것은 다만 언어의 전복에만 그치지 않는다. 그것은 일본의 국어國語라는 국가주의 산물의 언어구조에 대한 반항이며, 동시에 비국민非國民으로서의 창조적 생산이다. 그래서 평론가 다카노 도시미高野斗志美透는 "일본어의 폐쇄적인 체계의 주박에서 풀려나는 기회를" 김시종의 언어가 주었다고 상찬했다.

유숙자 선생이 번역한 김시종 시선집 『경계의 시』(소화, 2007)이 출판된 것은 참으로 기쁜 일이다. 이 시집은 김시종 선생이 일본어에 역모逆謀했던 파괴적 둔탁함까지 번역하지는 못했다. 아마 누가 번역하더라도 그것은 불가능할 것이다. 그러나 김 시인의 삶과 시의 세계를 전체적으로 조망할 수 있는 반가운 시선집이다.

우리에게 반가움을 주는 그의 시는 일본어로 쓰였다는 점에서 일본문학이며, 동시에 조선인의 민족적 아이덴티티를 잊지 않고 있다는 점에서 한국문학이다. 그러나 그에게 '일본문학 / 재일조선인문학 / 한국문학'이라는 구별은 존재하지 않는다. 그저 '문학'이 있을 뿐이다. 이 문학으로, 바다가 섬과 섬을 잇듯이, 그의 문학이 차지하는 영혼의 공간은 바다를 건너 한국과 일본을 연결시킨다.

인식론적 전회, 사랑하는 변두리의 끝

끊임없이 자기의 고향에서 밀려 내쳐진 존재는 얼마나 고달팠을까. 김시종은 제주도민으로 땅에서 쫓겨났으며, 1950년대는 당시 주류였던 조총련에서 쫓겨났으며, 이후 줄곧 일본어의 경계에서 방황해야 했던 방랑인이며 구도자다. 제주도와 이카이노와 이데올로기의 싸움에서, 그는 이제 사랑과 화해로 삶이라는 시의 마지막 두 행을 써내린다.

사랑해 오사카
모두가 사랑하는 오사카, 변두리의 끝 이카이노

두 줄만 떼어놓고 읽으면 값싼 대중가사 같지만, 김시종이란 존재가 걸어온 무거운 삶을 생각해 보면 금방 통속성의 더께가 떨어지고 만다. 그 더께 안에 딱딱하게 굳은 상처가 저 친밀한 표현 안에 숨어 있다. 이 가벼운 표현에는 고통을 이긴 자의 휘파람이 담겨 있다. 이카이노에서 자란 김시종의 후배들도 고통과 사랑을 가로지르는 작품을 발표하고 있다. 자전적 소설 『피와 뼈』를 냈던 양석일梁石日(1936~), 작은 스나크 (선술집)를 경영하는 시인 종추월(1944~), 『이카이노 이야기』라는 첫 창작집을 냈던 원수일元秀一(1950~), 고서점을 경영하는 소설가 김창생 金蒼生(1951~), 급기야 2000년 상반기에는 이카이노 출신인 현월玄月 (1959~)이 아쿠타가와 문학상을 받아, 이카이노의 이름은 하나의 문학 적 성지聖地로 격상되었다.

"오직 빠져나가는 것이 꿈이었던" 장소를 오히려 "모두가 사랑하는 변두리의 끝 이카이노"라고 마무리 하는 인식론적 전회轉回는 잔잔한 감동을 준다. 처절하기만 했던 이국땅의 삶을 긍정과 화해로 그려낸 시 「이카이노 다리」를 나는 재일조선인의 삶을 품어 안은 명작으로 좋아 한다. 진정한 희망은 고통을 이겨낸 자가 느끼는 축복이기 때문이다. 이 시가 주는 넉넉한 태도가 이제 이 섬을 빠져나가지 못하고 살아온 모든 재일조선인에게 꿈을 주기 때문이다.

'아시아적 신체'의 소설화

양석일 후기 소설 『어둠의 아이들』, 『다시 오는 봄』의 경우

자이니치 2세 양석일

45세의 늦깎이로 문단에 나온 그는 1936년에 태어났으니 2019년 현재 83세다. 70대 중반의 작가라면 역사물을 적당히 풀어내거나 예전에 내던 책을 관리하며 노후를 지내는 경우가 많으나, 그는 아직도 매달 서너 군데 잡지에 연재하고 있다. 자이니치 소설가 양석일의 본명은 여권에 써있듯 양정웅梁正雄이다. '대한민국' 여권을 갖고 있으나 우리말을 하지 못한다.

양석일

80대의 작가가 체험한 파란만장한 세계를 짧게 서술하기는 정말 어렵다. 제주도에서 일본으로 간 아버지의 아들로, 1936년 8월 13일 오

소지인의 서명
Signature of bearer 梁正雄

대한민국 REPUBLIC OF KOREA

여권 PASSPORT　종류 Type 발행국 Issuing Country　여권번호 Passport No.
PR　KOR

성/ Surname
YANG
이름/ Given names
JUNG UNG
국적/ Nationality
REPUBLIC OF KOREA
생년월일/ Date of birth
20 AUG 1936
성별/ Sex
M
발급일/ Date of issue
15 OCT 2008
기간만료일/ Date of expiry
15 OCT 2018

주민등록번호/ Personal No.
1000000

발행관청/ Authority
MINISTRY OF FOREIGN AFFAIRS AND TRADE
한글성명
양정웅

양석일 선생의 여권. 이 여권은 2010년 4월 방한했을 때 저자가 얻은 자료다.
국적은 '대한민국(REPUBLIC OF KOREA)'이라고 명확히 써있다. ©김응교

사카 이카이노猪飼野에서 태어났다.

2010년 현재 시집 1권, 소설집 20권, 자전기록 3권, 평론대담집 9권 등 33권이 넘는 저작집을 낸 그의 문학을 간단히 말하기는 쉽지 않다. 양석일 문학의 전개를 저자는 세 시기로 나누어 생각하곤 한다.

첫째, 초기 단계는 시인이 되고자 습작했던 시기다. 그는 시집『몽마의 저편夢魔の彼方へ』을 1980년에 냈지만, 이 시집에 실린 시편은 대부분 습작시기였던 1950년대에 쓴 작품이다.

오사카부립 고즈高津고등학교를 다니던 양석일은 병원에서 우연히 시인 김시종金時鐘을 만나, 1954년경 18살부터 시를 쓰기 시작했다. 이 무렵 조선인 해방운동을 위해, 김시종 등과 동인지『진달래』를 간행하기도 했으나, 조총련의 교조주의에 반대하여 문학에서 일시 떠난다. 25세 때

스스로 '돈 빌리는 귀신'이라며 주변 돈을 끌어모아 미술인쇄업을 시작했으나, 5년 만에 억대의 빚을 지고 실패하여 센다이仙台 등을 전전하며 방랑한다. 이때 시골 책방에서 헨리 밀러의 소설 『남회귀선』을 읽다가 '벼락 치는 충격'을 받고 소설가가 되기로 결심한다. "처음 두 페이지만 읽었는데, 벼락 내려치듯 문학이 뭔가를 깨달았죠"라고 그는 회고한다.

둘째, 중기 단계는 자전적 소설 창작기다. 이후 10년 동안 도쿄에서 택시운전사로 일한다. 살아가기 위해 선택할 수밖에 없는 일거리였다. 1980년 45세 때, 시집 『몽마의 저편으로』를 내고 시인이라는 이름을 스스로 얻은 그는 다음해, 신주쿠 선술집에서 양석일의 택시 운전사 체험을 재미있게 들은 출판사 편집자가 양석일에게 집필을 권유한다. 이후 운전하면서 운전대에서 틈틈이 기록한 『광조곡狂躁曲』이 출판된다. 이 소설을 원작으로 최양일崔洋一 감독이 만든 영화 〈달은 어디서 뜨는 가月はどっちに出ている〉(1993)는 제44회 베를린영화제 NETPAC상, 일본 아카데미상, 마이니치영화콩쿨 등 모두 53개의 영화상을 휩쓴다.

1990년 『밤을 걸고』를 내면서 그는 일본문단의 주목을 받는다. 패전 직후 폐허가 된 일제의 병기창 터에서 철고물을 수집해 살아가는 '아파치'의 이야기를 담은 이 소설에 등장하는 장유진, 신대유, 김의부 등은 이름만 바꾸었지 모두 실제 인물들이다. 이 작품으로 작가가 1994년 제113회 나오키상直木賞 후보작이 되고, 제16회 세이큐문학상青丘文學賞을 받는다.

이후 양석일이라는 이름 석자를 일본문단에 명확히 새겨놓은 작품은 장편소설 『피와 뼈血と骨』(1998)다. 이 소설로 제199회 나오키상直木賞 후보, 1998년 제11회 야마모토 슈고로山本周五郎상 등을 수상했다. 양석일의 실재 아버지가 모델이 된 괴물 같은 주인공 김준평(영화에서는 기타노 다케시 역)은 아내를 강간하듯 겁탈하고, 화가 나면 아무나 칼을 쑤시고, 더 화가 나면 자기 배를 칼로 가르는 괴물이다. 늙어 걷지 못하는 아버지 김준평은 만경봉호를 타고 북한에 가서 외롭게 죽는다. 아버지 김준평이야말로, 1930년대 이후 국가가 사람을 전쟁터로 보내고, 신체를 훼손시키는 폭력적인 사회에서 폭력으로밖에 살아갈 수 없는 비극적인 존재를 상징한다. 이른바 '국가적 폭력의 육체화'된 표상이 주인공 김준평이다. 당시 군국주의의 폭력이 개인에게 육체화된 전형典型이라 할 수 있겠다. 제11회 야마모토 슈고로山本周五郎상을 수상하는 이 소설 역시 최양일 감독이 영화로 만들어 2004년에 상영된다.

이 시기에 그가 쓴 단편 「제사」, 「운하」 등에서는 졸부가 된 금융폭력단의 사내, 권위만 강요하는 자이니치 1세, 고리대금업하는 자이니치들이 자주 등장한다. 이에 대해 동포들의 고단한 삶을 싸구려로 포장해서 팔아먹는다는 조총련 산하 문예동의 비판[1]을 받기도 한다. 그러나 양석일 오히려 민족이나 정치, 사상에 얽매인 자이니치문학 1세들(가령, 김석범, 이회성 등)의 작품에는 자이니치들의 삶이 제대로 반영되어 있지 않다[2]며 비판하고 더욱 적극적으로 자이니치의 삶을 작품 소재로 삼았다. 물론 자이니치의 삶만 드러내는 것이 아니라, 동시에 조선인을 멸시하는 일본사회를 날카롭게 비판하는 작품을 많이 발표했다.

---

1 저자는 조총련 산하 문예동에 소속된 시인들의 시선집인 『치마저고리─재일조선인 〈종소리〉 시선집』(화남, 2008)의 책임 편집을 맡아 문예동 시인들을 만나곤 했다. 그때, 양석일에 대한 이야기가 나오면 "동포를 팔아먹는 작가"라고 비판하는 소리를 저자는 가끔 듣곤 했다.
2 梁石日, 『アジア的身体』, 青峰社, 1990, 244쪽.

영화로 제작된 양석일 장편소설 〈어둠의 아이들〉 포스터

이 시기의 많은 작품들이 영화로 제작된다. 그의 소설은 영화 〈달은 어디에 떠있나〉(1993), 〈밤을 걸고〉(2002), 〈피와 뼈〉(2004), 〈어둠의 아이들〉(2008)로 상영된다.(그의 작품은 아니지만 1998년에는 박철수 감독의 영화 〈가족시네마家族シネマ〉(원작 유미리)에서는 아버지 하야시 소지 역을 맡아 양석일이 직접 출연하기도 했다.)

셋째 단계는 자전적 세계를 넘어, 또한 일본을 넘어 외부의 세계에 주목하는 2000년대 이후의 소설들이다. 『죽음은 불꽃처럼』(2001)을 시작으로, 2002년에는 무려 세 편의 장편 『밖과 안』, 『끝없는 시작』, 『어둠의 아이들』을 출간하는 등 그는 매년 두세 편의 단행본을 낼 정도로 열정적으로 장편소설을 발표했다.

스스로 영화배우로도 출연한 적이 있는 그는 영화에 대해서도 높은 식견을 갖고 있다. 2008년 12월 NHK교육 텔레비전 〈앎을 즐기는 인생의 걸음걸이知るを楽しむ 人生の歩き方〉에 '양석일 특집'이 4회 연속 방영되는 등 그는 최고의 예우를 받고 있다.

물론 이렇게 단계를 나눈 것은 자의적일 수 있다. 가령 후기인 2012년 현재 양석일은 자신의 어머니를 소재로 한 소설을 연재하고 있다. 저자가 세 단계로 나눈 핵심적인 주제인 시인지망기·자전적 소설창작기·타자 문제 탐사기라고 의미는 그 시기에 가장 중요한 주제였다는 것이지, 연대를 정해서 그가 위 주제에 맞추어 작품을 발표했다는 뜻은 아니다.

주목해야 할 것은 중기 이후 양석일 문학에 흐르는 일관된 '아시아적 신체'라는 담론이다. 그의 평론집 『아시아적 신체アジア的身体』(青峰社, 1990. 한국어판 김응교 역, 새, 출간 예정)는 그의 사상을 요약한 중요로운 저작이다. 양석일의 '아시아적 신체'에 대한 생각은 일본을 넘어 아시아로 확장된다. 태국을 무대로 인신매매, 어린이 매춘, 불법장기이식을 그려낸 장편소설 『어둠의 아이들闇の子供たち』(2002. 한국어판 김응교 역, 문학동네, 2010)이 '아시아적 신체'의 지평이 확장된 결과물이다.

이 글은 첫째 그의 작품을 '아시아적 신체'의 의미를 논하고, 둘째 후기 소설들 중에 두 개의 작품 『어둠의 아이들』과 『다시 오는 봄』를 분석하려 한다.

아시아적 신체 - 평론집 『아시아적 신체』

2008년 10월 양석일 선생과 저자는 부산작가회의 초청으로 부산신문사에서 열리는 '디아스포라 민족문학 학술대회'에 참여하기 위해 나리타 공항에서 비행기에 탔다. 그때 선생께서 사인해주신 책이 그의 평론집 『아시아적 신체』였다.

이 책에는 마야코프스키, 마오쩌둥, 프란츠 파농, 로자 룩셈부르크, 강순, 김시종 시인에 관한 평론적 에세이들이 모아져 있다. 이름은 나오지 않고 선생이 읽지는 않았지만, 최근 회자되고 있는 사상가인 알랭 바디우, 슬라보예 지젝, 조르조 아감벤, 스피박, 가라타니 고진 등의 생각이 이 책에도 담겨 있다. 가장 최근의 신선한 사상이 20여 년 전 출판된 책에 담겨 있다는 우연한 발견은 기이한 일이었다. 그의 다채로운

사상은 '아시아적 신체'라는 용광로에서 녹는다.

이 책은 처음부터 끝까지 '아시아적 신체'라는 일관성으로 기획된 책이다. 마치 예언자처럼 작가는 앞에 닥칠 일 혹은 지금 해야 할 일을 제시하고 있다. 때로는 미래를 빨아들이는 안테나, 때로는 국제관계를 내려보는 레이더, 때로는 망원경 때로는 현미경으로 현재와 과거를 작가는 샅샅이 조망하고 있다.

첫째, 『아시아적 신체』에서 양석일은 메를로 퐁티와 나카가미 겐지의 시각을 비판한다. 겉으로 차이라는 다문화를 강조하면서, 사실은 '차별'을 강요하는 사회에 우리는 살고 있다. 모든 차별은 신체에 대한 표현에서 시작한다. 백인과 흑인이 그렇고, 황인종이란 말도 그렇다. 오른손을 '바른 손'이라 하거나, 살구색을 '살색'이라고 하는 것도 모두 신체와 연결된 차별이다. 돼지족발처럼 생긴 지카다비를 신은 일본인에게 우리가 '쪽발이'라고 하는 것도 신체에 대한 차별이다. 어쩔 수 없이 일본에서 태어난 재일조선인들에게 '반쪽발이'라고 왕따하는 것도 신체적 차별이다.

"일본인의 몸에서는 오줌 냄새가 난다", "조선인의 피는 더럽다", "지나인(중국인) 몸은 더럽다" 등과 같은 표현은 신체를 이용한 차별적 표현들이다. 그것이 어느 결정적인 순간이 되면 국가적 폭력으로 발전한다는 것을 이 책은 지적하고 있다. 거대한 권력의 폭력은 모든 사회에 스며들어 폭력을 행사하고, 그 폭력은 질서라는 이름으로 합리화 된다. 1923년 9월 1일, 조선인 학살은 바로 이러한 신체적 차별의 일상화를 통해 이루어진 학살이었다. 1940년대 아시아는 거대한 폭력으로 질서가 잡혀 왔다. 특히 태평양전쟁은 일본, 그 중심의 '천황 폐하'를 위하여, 신체를 훼손해야 했다. 남자들은 옥쇄를 감행하며 자신들의 신체를 훼손하고, 여자들은 자기 성기를 훼손하는 것이 천황을 위한 봉사라고 세뇌되었다. 모든 차별은 니그로, 쪽발이 같은 언어처럼 신체를 차별하며 발생한다.

모든 차별은 신체를 은유하여 발생한다. 돼지족발처럼 생긴 지카다비를 신은 일본인에게 우리가 '쪽발이'라고 하는 것도 신체에 대한 차별이다. 어쩔 수 없이 일본에서 태어난 재일조선인들을 '반¥ 쪽발이'라고 '왕따'하는 것도 신체적 차별이다. "일본인의 몸에서는 오줌 냄새가 난다", "조선인의 피는 더럽다", "지나인(중국인)의 몸은 더럽다"는 표현은 모두 신체를 이용한 차별이다. 이러한 차별은 결정적인 순간에, 국가적 폭력으로 발전한다. 거대한 권력의 폭력은 모든 사회에 스며들어 폭력을 행사하고, 그 폭력은 질서라는 이름으로 합리화된다. 바로 이러한 시각에서 출발하는 것이 양석일의 소설이다. 이러한 차별을 양석일은 '아시아적 신체'라고 표현한다. 특히 아시아는 일본의 군국주의로 인해, 남자는 전쟁에서 신체가 훼손되고 여자는 위안부로 신체가 훼손되었다.

1943년 여름, 태어나 1년된 아이를 품은 어머니가 조선 경상북도 대구를 걷고 있을 때, 트럭 한 대가 와서 '근로보고회'라고 하는 징용을 징발하는 몇 명의 일본인 남자와 경찰이 그녀에게서 아이를 빼앗아 길가에 버리고, 그녀는 납치되듯 트럭에 실려 3일 후 만주에 끌려갔던 것이다. 그리고 그날 밤, 갑자기 일본 병사 수십 명을 위안하는 대상이 되어, 하룻밤 만에 그녀의 인격은 발기발기 해체돼버렸다. 그날 밤부터, 그녀는 하루 50여 명의 일본 병사를 상대했던 것이다.

짐승 이하의 짐승, 게다가 성기만 드러낸 가축으로서 길러져, 일본군과 함께 중국 대륙을 전전했다. 마치 시체가 발로 밟히듯, 그녀의 육체는 밟혔던 것이다.[3]

양석일이 만들어낸 '아시아적 신체'라는 화두는 그의 소설 『광조곡』(1981), 『어둠을 걸고』(1981), 영화로도 만들어진 『피와 뼈』(1998), 『어둠의 아이들』(2002)에 관통하는 일관된 생각이다.

가장 최근작인 『뉴욕지하공화국』(2007)의 첫장면도 경찰이 단순히 흑인이라는 이유로 젊은 흑인을 저격하는 장면이 나온다. 총에 맞은 흑인은 다른 흑인들에게 이런 말을 들어야 했다.

"옛날 도망가는 노예를 추적하여, 몰아넣어 잡았던 습성이, 지금도 백인놈들에게는 남아 있는 것야. 이 놈아 너는 그걸 잊었어. 다시는 백인 앞에서 도망치지 마."[4]

이 장면은 양석일의 아시아적 신체가 세계적인 문제로 확대되고 있는 것을 보여준다. 이렇게 '아시아적 신체'란 소설가 양석일의 소설을 분석하는 가장 근본적인 사상이라고 할 수 있겠다.

둘째, 정치사회를 읽는 양석일의 시각은 놀랍기만 하다. 그는 '규범역학'이라는 용어를 들어 사회적 상황을 분석하곤 한다. '규범역학'이

---

3 梁石日, 『アジア的身体』, 青峰社, 1990, 284쪽. 번역 김응교.
4 梁石日, 『ニュウーヨーク地下共和國』, 講談社, 2007, 16쪽.

라는 용어를 쓴다. 이 말은 루이 알튀세르Louis Althusser가 말한 '이데올로기적 국가기구'(검찰, 군경 등)나 '이데올로기적 국가장치'(신문, 학교, 종교, 텔레비전 등)와 비슷한 개념이다.

이데올로기적 국가기구와 장치로 형성된 헤게모니적 규범과 규칙을 통해 국가는 개인을 규율화하고 개인성을 억압한다고 알튀세르는 주장했다. 요컨대 국가가 독점하는 합법적 폭력, 자본주의적 초과착취, 상징적 동일성의 구성에서 나타나는 상징적 폭력 등은 구조적 폭력의 대표적인 세 가지 형태이다. 가령 신자본주의 사회에서 비정규직을 해고하는 규범적이고 구조적인 폭력들은 구조의 재생산에 필수적인 폭력이라는 점에서 이른바 '규범역학'을 변화시키지 않고 오히려 강화시키는 것이다. 이러한 시각에서 양석일은 한국과 일본의 정세를 전망한다.

전두환을 재판에 회부해야 한다는 「자유에의 의지」는 당시 국내에서는 '군부타도'라는 말도 꺼내지 못하던 80년도 초기에 발표된 글이다. 양석일의 지적이 있은 뒤, 14년이 흐른 1996년 12월 전두환, 노태우가 법정에 서게 되어 성립된다.

「쌍두의 독수리」에서 작가는 김대중, 김영삼이 바뀐다고 한국의 정치적 체질이 바뀌지는 않는다고 지적한다. 본질적인 문제는 자본주의에 있다는 지적인데, 레이거노믹스와 신자본주의가 시작하는 1980년대 초반에 이러한 지적을 했다는 것은 놀라운 일이다. 1980년대가 20여 년 지나고 진보진영이 보수진영에 정권을 빼앗긴 뒤에야, 김대중, 김영삼 곧 '얼굴'을 바꾸는 것이 중요한 것이 아니라, 사회구조를 바꾸는 것이 중요했었다는 반성을 이제야 깨닫고 있는데 말이다.

물론 이런 발언이 가능했던 것은 작가가 살고 있는 곳이 지정학적으로 떨어져 있는 일본이었기에 가능했을 것이다. 비슷한 예로, 1950년대 초기에 전쟁이 끝나고 모든 것이 무너진 시대에, 현해탄 건너에서 허남기는 서사시 『화승총의 노래』로 남북에서 못 쓰는 대작을 남기기도 했다. 한반도에서 떨어진 지역에서 살고 있다는 지정학적 위치는 경계인의 시각을 갖게 한다. 대상과 '사이'를 둘 수 있다는 경계인의 위치는 '차이'에서 발생하는 새로운 시각을 구상하게 하는 것이다.

「상하이의 긴 밤」에서 양석일은 마오의 탁월한 이론을 상찬하면서도 문화대혁명의 실수를 차갑게 비판한다. 그러면서 "권력의 규범역학에 예외는 없다"(141쪽)고 말한다 마오에 대한 양석일의 비평은 "실패에도 불구하고 프롤레타리아 문화대혁명은 핵심을 겨냥하고 있었다. 단순히 국가권력의 전복만이 아니라, 새로운 경제적 조직과 일상생활의 재조직 말이다. 그것의 실패는 정확히 새로운 일상생활의 형식을 창조하는 것의 실패였다"[5]라고 하는 견해와 비슷하다.

둘째, 문학사를 보는 그의 시각에서 우리는 새로운 반성을 본다. 자이니치문학사, 강순, 「김시종론」은 자이니치문학사를 서술할 때 빼놓을 수 없는 평론이다. 우리는 양석일이 본래 소설을 쓰기 전에, 오사카 부립 고즈高津고등학교를 다닐 때, 병원에서 시인 김시종金時鐘을 만나 18살부터 시를 쓰기 시작했다는 것을 기억해야 할 것이다. 이 무렵 양석일은 김시종이 만드는 시전문지 『진달래』(1953~1958), 『카리옹』(몸이 희고 갈기가 검은 제주도말, 1959~1963)에 시를 많이 발표한다. 그러다가 조총련의 교조주의에 반대하고 실망하여 문학에서 일시 떠난다. 그리

---

5 슬라보예 지젝, 『잃어버린 대의를 옹호하며』, 그린비, 2009, 310쪽.

고 방랑하다가, 이후 10년 동안 도쿄에서 택시운전사로 일한다. 그가 자신의 꿈에 도전한 것은 그의 나이 45세 때, 1980년 시집 『몽마의 저편으로夢魔の彼方へ』를 내고 작가라는 이름을 가지게 된다. 시인으로 데뷔한 것이다. 소설가 양석일이 본래 시집을 내고 시인으로 출발했다는 사실을 아는 사람은 무척 드물다. 이 시집에 실린 시들은 일본시들과 전혀 다르다. 또한 1950년대 한국시와도 분명히 다른 양석일만의 비극적 현실주의와 강력한 리듬을 갖고 있다. 아울러 전설적인 인물로 문학사에 기록되어 있는 나카가미 겐지의 문학적 허구를 지적하는 대목도 흥미롭다.

쓰노다 후사코角田房子의 『민비암살』을 양석일은 "그때의 시대적 모순은 지금도 한반도에서 반복되고 있는 이러한 시기에 『민비암살』을 일본인이 썼다는 점은 큰 의의가 있다"(132쪽)고 상찬한다. 양석일 선생의 언급은 그것대로 의미가 깊다. 다만 이 책은 심각한 문제를 갖고 있는데 좋은 면만 소개되면 안 될 것 같다는 저자는 양석일 선생에게 문제를 토로했다. 그러자 선생은 충분히 공감한다 했다. 그래서 저자가 못다한 말을 쓰는 마음으로 여기에 부기한다. 더욱이 『민비암살』이 출판된 뒤, 명성황후 살해사건에 대한 드라마, 뮤지컬, 영화 등의 문화콘텐츠가 모두 이 『민비암살』을 기초로 해서 만들어지고 있기에 조금 길지만 여기에 몇 가지 문제[6]를 쓴다.

쓰노다 후사코는 이 책의 결론에서 무쓰 외상이 동향 후배로 시해사건에 가담했던 오카모토 류노스케岡本柳之助가 보낸 편지를 읽고 비로소

---

6 김응교, 「명성황후와 문화콘텐츠」, 『한국문화연구』 18, 이화여대 한국문화연구원, 2010.

명성황후 시해사건을 알았다며 소설 끝부분에 이렇게 쓴다.

그러나 아무리 상상의 날개를 펼쳐 보아도, 무쓰 무네미쓰가, 또 이토 히로
부미가 민비 암살을 계획했다고는 생각하지 않는다. 또 일본 정부도 민비 암
살사건과 직접적인 관계가 없다는 나의 결론은 변하지 않는다.[7]

이러한 시각은 작가 쓰노다의 역사에 대한 큰 오독誤讀이다. 이 소설
은 현재 시점을 오가며 작가가 실제 등장인물로 등장하기 때문에, 독자
들은 이 소설이 지어낸 픽션fiction이 아니라, 사실fact로 받아들일 우려
가 있다. 이 소설에서 역사적 사실을 강조하는 위와 같은 대목은 대단
히 중요하다 아니할 수 없다. 그것이 틀린 사실이라면 곧바로 역사에
대한 왜곡歪曲이 되고 만다.

당시 일본에서 명성황후가 제일 부담스러웠던 점은, 청일전쟁 이후
3국 간섭을 기회로 그녀가 '인아거일책引俄拒日策'을 선택했던 점이었다.
그렇게도 기세 등등했던 일본이 러시아의 일갈一喝에 굴복하여 피 흘리
며 빼앗은 요동반도를 속절없이 청에 되돌려주는 꼴을 본 왕비는 이노
우에 가오루井上馨의 한국보호정책에 정면으로 도전했던 것이다.[8] 최문
형 교수는 '명성황후 시해'에 일본 정부가 직접 지시했다고 주장한다.

첫째, 실증적인 자료를 통해 증명하고 있다. 최 교수는 일본 정부가
이 사건에 개입했다는 것을 외무성 관료들의 편지와 이동 그리고 회의
내용을 철저히 분석하여 증명하고 있다. 실증적인 연구 분석을 통해,

7 角田房子, 『閔妃暗殺』, 新潮社, 1988, 353쪽.
8 최문형, 『한국을 둘러싼 제국주의 열강의 각축』, 지식산업사, 2001, 160쪽.

야마가타 아리토모山縣有朋(1838~1922) 육군 대장이 1895년 7월 8일 무쓰 무네미쓰陸奧宗光(1844~1897) 외상에게 보낸 편지는 사건의 정부개입을 여실히 드러내고 있다고 지적한다. 최 교수는 '민비' 문제에 대한 일본의 정책 결정은 7월 5일부터 7월 19일 전후에 이루어졌을 것으로 추정[9]한다.

둘째, 이노우에 공사가 1895년 6월에 귀국했을 때, 조선 정책을 당시 수상 이토 히로부미와 상세히 상담한 후에 선물할 보물과 거액의 공수표 약속을 가지고 돌아갔고, 7월 말에 다시 일본에 들어갈 때는, 공사직을 사임했다. 다시 일본 국내 정치에 들어갈 의사를 이토 수상과 상담 합의를 보고, 자기 동향인 퇴역군인 미우라를 자기 후임자로 추천했다. 그후에, 그는 다시 조선에 들어와, 거의 20일 동안 미우라와 같이 일본 공사관에서 지냈는데, 이렇게 볼 때 이노우에가 미우라의 활동에 관여했다고 보지 않을 수 없는 것이다. 그런데 '민비'는 미우라가 부임한 지 불과 37일 후에 시해되었다. 미우라가 이노우에와 함께 지낸 17일을 빼면 공사 직무를 독자적으로 수행한 지 불과 20일 만에 왕비를 살해한 것이 된다. 실로 미우라의 체한 기간은 한반도를 둘러싼 러일대립이라는 국제정세를 파악하기는커녕 한국의 내부 사정조차 제대로 파악하기 어려운 지극히 짧은 기간이었다. 시해를 위한 세부 계획이 이노우에가 한국 땅을 떠난 직후부터 가시화되었다는 점으로 미루어 미우라는 이노우에의 정책을 수행한 종범 내지는 책임자 정도에 불과했고, 주모자는 이노우에였다고 볼 수밖에 없는 것이다. 그리고 이노우에의 뒤에는

---

9 최문형, 『명성황후 시해의 진실을 밝힌다』, 지식산업사, 2001.

당시 일본의 실제 권력자인 수상 이토 히로부미가 있었던 것이다.

셋째, 더욱이 일본 정부는 왕비 시해 바로 전날인 10월 7일에야 요동 반환 보상금을 3,000만 냥으로 삭감한다는 히트르보의 9월 11일 자의 제의를 수락했다. 이는 일본이 3국의 합의로 결정한 제의를 고의로 1개월 동안이나 미루다가 거사 직전에 수락함으로써 먼저 열강과의 갈등요인을 제거한 것이라고 판단되는 것이다. 일본 정부가 3국의 제안을 바로 이날을 택해 수락한 사실로 보아, 그들은 3국과의 관계를 처음부터 '민비' 시해 준비와 보조를 맞추려 했다고 볼 수밖에 없는 것이다. 10월 7일에 보상금액에 동의하자마자, 다음날 8일 새벽을 '민비'를 시해한 것은 결코 우연한 일일 수 없다.

따라서 안중근이 여순 감옥에서 처형당하기 전에 이등박문에 대한 15죄목을 논하면서 그 첫째가 "명성황후를 시해했다"고 쓴 것은 이러한 인식과 연관된다. 그런데 『민비암살』에서 "아무리 자유로운 상상력의 날개를 펼쳐도 일본 정부와 이 사건 사이에는 직접적인 관계가 없다"고 주장했던 것은 당시 일본 군국주의와 현재의 일본 정부에 면죄부를 주는 서술이다.

『아시아적 신체』의 문체는 양석일의 일반적인 소설과는 전혀 다르다. 그의 소설은 예리한 일본도가 아니라, 날 무딘 부엌칼로 뭉텅 썰어내는 듯 거칠다. 다만 아주 가끔 몽상적 표현을 만나곤 한다. 그런데 『아시아적 신체』는 전혀 다른 문체를 보여준다. 섬세하기까지 한 이 책의 문체는 유물변증법을 제대로 탐독했던 디아스포라 청년의 첨예한 논리성을 보여준다. 중학생 때부터 요시카와 에이지吉川英治(1892~1962), 야마테기이치로山手樹一郎(1899~1978), 니와 후미오丹羽文雄(1904~2005)와 도스

토예프스키, 헨리 밀러 등 연간 200여 권의 책을 읽고 늘 노트에 기록하며 살아왔다[10]는 그의 내공을 느낄 수 있는 저작이다. 엄청난 독서력은 야간고등학교를 나온 한 청년을 사상가로 만들어 놓았다. 『아시아적 신체』을 읽다보면 작가가 글 쓰는 것만이 아니라, 글을 이루는 사상을 갖추는 것이 얼마나 중요한 것인지 새삼 깨닫는다.

36만 원의 '아시아적 신체' ―장편소설 『어둠의 아이들』

매일 신문기사에는 성폭력범을 추적하는 기사가 실리고, 반성하지 않는 성폭력범의 얼굴은 버젓이 신문에 등장한다.

더러운 폭력, 태국을 무대로 아동매춘, 인신매매, 장기 판매를 그려 낸 장편소설 이 양석일의 『어둠의 아이들』(2002)이다. 이 작품은 사카모토 준지 감독에 의해 영화화되어 2008년에 공개되었고, 우리나라에서는 2010년 3월 25일에 이 불편한 진실이 상영되었다. 소설 『어둠의 아이들』(한국어판 김응교 역, 문학동네, 2010)도 '아시아적 신체'의 가장 비참한 내용을 담고 있다. 이 소설에서 아동성매매를 당하고, 산 채로 장기이식을 당해야 하는 아이들이야말로. 아시아적 신체의 표상이다.

아름다운 관광의 나라 태국, 그 이면은 마약, 매춘, 에이즈, 빈곤 등

---

10 梁石日, 『魂の流れゆく果て』, 光文社文庫, 2001, 28~29쪽.

양석일 장편소설 | 김응교 옮김

미야자키 아오이,
츠마부키 사토시, 에구치 요스케 주연
〈KT〉의 사카모토 준지 감독 전격 영화화!

문학동네

'어둠'으로 가득 차 있기도 하다. 가난한 아이들은 마피아에 팔려 방콕에서 매춘을 강요받고, 장기이식수술의 대상이 된다.

너무도 가난해서 아이를 파는 산골마을 가족 이야기에서 소설은 시작한다. 1만 2천 파츠, 이 소설에서 8살짜리 셍라의 가격은 우리돈으로 대략 36만 원이다. 40만 원이면 한국에서 가계가 신통치 않은 애견 한 마리를 살 수 있을 돈이다. 강아지 한 마리 가격에 팔려간 셍라가 매춘과 장기이식의 대상이 되어가는 과정을 이 소설을 상세하게 다루고 있다. 36만 원에 팔려온 아이들도 있고, 거리에서 돌연 유괴되는 아이도 있다. 지하실에 갇혀 있는 아이들은 때로 불려 나와 어른을 위한 욕망의 도구로 쓰인다. 아이들이 어른의 성적 도구가 되는 과정과 성 묘사 장면이 충격적이다.

예전에 〈몬도카네〉(1962)라는 영화가 있었다. '개 같은 세상'을 의미하는 이탈리아어 몬도 카네Mondo Cane는 말 그대로 문명사회와 미개 지역을 가리지 않고 엽기적인 풍습을 담아낸 다큐멘터리였다. 양석일의 『어둠의 아이들』에는 〈몬도카네〉 이상의 충격적인 장면이 많다. 첫 장부터 등장하는 아동인신매매 장면부터 충격을 감출 수 없다. 정상적인 독자라면 역겨움 없이 2장을 읽을 수 없을 것이다.

아동성애자Pedophilia란, 그리스어 'paidophilia'에서 유래된 것으로 'pais(child)'와 'philia(love, friendship)'가 합쳐진 말이다. 아동성도착증 환자는, 어른이 어른과의 성관계에서는 만족감을 느끼지 못하고 스스로 열등하여, 어른보다는 어린이와의 관계에서 훨씬 더 안정감을 가진다. 이러한 증상의 원인에 대해 정신분석학자 프로이트는 소아기호증 환자를 이성애 적응에 실패한 사람으로 보았다. 『어둠의 아이들』에 등장하는 프랑스인 쟝의 성장기를 보면 그 대표적인 경우라 할 수 있겠다.

이들의 행태가 얼마나 잔혹한가를 양석일은 구토와 역겨움을 동반하는 묘사로 풀어낸다. 거부감을 넘어 구토하게 만드는 2장은 잔혹한 현실주의다. 마치 솔제니친이 정치범으로 투옥되어 10년 동안 수용소에서 광부, 벽돌공, 주물공으로 육체를 혹사 당하며, 『수용소군도』(1972)에서 묘사했던 기아와 폭력과 중노동과 성적 혼란, 그 끔찍한 리얼리즘과 유사하다. 솔제니친의 소설이 수용소 죄수들의 은어와 고통을 통해 전체주의를 고발하고 있다면, 양석일의 소설은 성폭력 당하는 아이들을 통해 자본주의의 제한없는 산업성을 고발하고 있다. 『수용소군도』에는 살아남을 수 있는 생존의 법칙이라도 있지만, 『어둠의 아이들』에는 어떠한 길도 없다. 에이즈로 죽느냐, 장기를 이식하고 죽느냐하는 두 가지 길 이외에 어린 아이들이 살아갈 길은 까마득하기만 하다.

2장을 외설猥褻이 아니라, '진실眞實의 시각'으로 읽어야 한다. 2장의 끔찍하고 믿기지 않는 장면은 지금 현실에서 펼쳐지고 있다. 단지 우리 눈에 잘 안 들어오고, 읽었다 해도 내 일이 아니니까 하고 잊어버리는 이러한 사건은 신문 하단부에 자주 등장한다.

> 타이 정부 산하 인신매매 추방위원회는 특별복권 발행을 통해 인신매매 희생자 1차 기금 1억 바트(30억 원)를 모금키로 했다. (…중략…) 타이 정부는 현재 인신매매 방지를 위한 특별법 제정을 추진 중인데 이 특별법에는 인신매매범들의 재산을 압류할 수 있는 권한을 부여하는 내용 등이 포함될 예정이다.[11]

(도쿄 = 연합뉴스) 유엔아동기금(UNICEF)의 한 고위관리는 20일 아동 성매매를 '역사에서 가장 큰 노예매매'라고 규정하고 이를 일소하기 위해 아시아 정부와 시민단체들이 협조할 것을 요청했다. (…중략…) **그는 특히 아시아와 태평양 지역에서만 지난 30년 동안 3천만 명의 아동 및 여성들이 밀매 희생자가 됐다고 주장했다.**[12] (강조는 인용자)

2004년 쓰나미 피해를 입은 동남아시아 일대에서도 아동인신매매가 기승을 부렸던 것처럼, 아동은 인신매매의 먹잇감으로 전락하고 있다. 아동의 신체는 성매매뿐만 아니라, 장기이식을 위해서도 사용되고 있다. 한 사람의 몸은 200여 명에게 새 삶을 제공할 수 있다고 한다. 심장, 눈, 간, 콩팥, 힘줄, 인대, 내장…… 가령, 간 하나만 해도 부위에 따라 20여 부위에 나누어 이식수술할 수 있다고 한다. 이런 세상에 장기를 사고 파는 것은 의학에서 큰 시장을 형성하고 있으며, 해부된 아이들은 쓰레기로 버려진다.

> 에이즈에 걸린 아이들은 쓰레기 처리장에 버려진다고 합니다. 숙소에서 한 발자국도 나갈 수 없는 저에게는 그 사실을 조사할 방법이 없습니다. 아무쪼록 쓰레기 처리장을 조사해서, 저희들을 도와주세요. 부탁합니다.
> —『어둠의 아이들』, 4장 「편지」(이후 한국어 번역본 쪽수만 표기한다.)

아이들은 그야말로 "산 채로 장기를 적출당해 기계 부품처럼 팔려"(311

---

11 「7개 기금·8개 특별회계 폐지」, 『연합뉴스』, 2005.5.26.
12 「아동 성매매, 역사상 최대 노예매매」, 『연합뉴스』, 2003.2.20.

쪽)고 있다. 양석일이 끊임없이 주목하고 있는 훼손된 신체, 곧 '아시아적 신체'는 조르조 아감벤Giogio Agamben이 썼던 '벌거벗은 생명'인 호모 사케르Homo Sacre[13]와 유사하다. 이들은 전 지국적 자본주의에서 체계적으로 양산된 '산 죽음living dead'이다. 슬럼 거주자와 다를 바 없는 조선인 부락지처럼, 아동성매매과 장기적출로 이용당하는 아이들은 국가 권력이 한데 모아 통제하기를 포기한 인간들 곧 아시아적 신체다.

이 소설에서 나는 세계 속의 어둠의 세계를 묘사했습니다. 세계에는 빛과 어둠의 세계가 있습니다만, 어둠에 사는 사람은 빛의 세계가 대단히 잘 보입니다. 그러나, 빛의 세계에 사는 사람에게는 어둠의 세계가 보이지 않을 뿐만 아니라, 보려고 하지도 않습니다. 빛의 세계 사람들이 보지 못하는 존재는, 여성, 아이들 같은 약자들입니다.[14]

소설 『어둠의 아이들』에서 '아시아적 신체'에 저항하는 전개는 3장부터 시작된다. 이때부터 방콕 사회복지센터의 NGO활동가들이 등장한다. 2장의 외설적인 리얼리티는 3장부터 NGO활동가들의 실천적인 리얼리티로 바뀐다. 이들은 어떻게 하든 아이들을 사창가에서 살려내려 한다. 아이들을 위해 봉사하려고 방콕 사회복지센터에 도착한 일본인 오토와 게이코音羽惠子는 소장에게 최근 사라진 슬럼가 소녀의 이야기를 듣는다. 이후 그 소녀의 부친이 소녀를 사창가에 팔아치운 사실도

---

13 조르조 아감벤, 박진우 역, 『호모 사케르』, 새물결, 2008.
14 양석일 인터뷰, 「아이들의 권리를 지키기 위해, 지금 우리가 할 수 있는 것」, 『요미우리 신문』, 2009.3.1.

알게 된다. 사창가에서 소녀를 구해내려던 활동가들은 마피아의 총에 죽기도 한다.

게다가 그 아이들의 장기가 일본인 아이의 장기로 이식되는 과정도 확인한다. 그래서 일본신문사 방콕 지국의 난부 히로유키南部浩行 기자에게 연락하고, 이후 태국의 장기 밀매가 얼마나 국제적인 조직을 구성하고 있는가에 대해 알게 된다.

> 오야마 미쓰오 같은 중개인, 도쿄의 B폭력집단과 규슈의 E폭력집단과의 관계, E폭력집단과 중국 북건성의 마피아, 베트남, 라오스, 타이, 캄보디아, 필리핀, 인도네시아, 인도 등 어둠의 루트, 그 커넥션은 아시아 전체도 확산되어 전세계적으로 어린아이들이 팔려나가고 있다. 동시에 그 루트는 마약 루트와도 겹쳐, 정치가, 재계, 군, 마피아, 관료, 대형병원에까지 미쳐, 최근 일년간만 해도 이천 명 이상의 희생자가 났으며, K씨의 자녀가 타이에서 사천만 엔에 심장이식수술을 받기 위해 타이 어린이가 산 제물이 될 것이라는 것까지 기술되어 있었다.(317쪽)

소설은 방콕의 한 골목에서 일어나는 유아성매매 문제를 넘어 국제적인 장기이식 문제로 확대된다. 이러한 내용은 양석일이 상상해서 쓴 내용이 아니다. 작가는 '해방동맹'이라는 NGO단체에서 자료를 얻어 이 소설을 쓰기 시작했다. 만약 조금만 관심을 갖고 '태국', '아동', '성매매'라는 단어를 인터넷 검색창에 입력하여 검색한다면, 이 소설이 어느 정도에 사실에 근거하고 있는지 쉽게 접할 수 있을 것이다.

(방콕 = 연합뉴스) 삽파싯 쿰프라판 '아동인권보호센터' 소장은 인신매매 범들이 다른 나라에서 이주해온 여성들로부터 태아를 조직적으로 사들이고 있다며 이를 뒷받침할 증거도 있다고 주장했다. 삽파싯 소장은 "미얀마인 임신부를 말레이시아에 보내 아이를 낳게 한 다음 아이는 인신매매범이 데려가고 엄마는 미얀마로 되돌려보내지는 식"으로 태아 '입도선매'가 이뤄진다고 말했다. 그는 이런 경우 타이가 미얀마와 말레이시아 사이의 '완충지대' 역할을 하게 되고 결과적으로 주요 인신매매 경로가 된다고 지적했다. 그는 인신매매업의 성격이 '매매범-희생자'에서 '사업 동반자' 관계로 변모했다며 "이 때문에 '희생자'의 협조를 구하기 어렵게 된다"고 말했다. (⋯중략⋯) 특히 인신매매범들이 월급보다 큰 돈을 정부 관리들에게 건네 줘 인신매매 사례를 묵인케 한다는 주장도 있다고 지적했다. [15]

이 소설을 저자가 번역하는 동안에 아이티 지진이 났었다. 아이티 지진이 났을 때 구호단과 함께 아이티로 들어 왔던 이들은 역설적으로 국제적인 아동성매매단이었다. 강진으로 졸지에 부모를 잃은 수만 명의 아이티 아이들이 무법천지인 혼란 속에서, 병원에서 치료받던 아이티 아이들이 가족 몰래 사라진 사건이 15건 정도 보고됐다고 밝혔다(「고아들 인신매매 위험에 노출」, 〈YTN동영상〉, 2010.1.24). 아동인신매매는 소설 속의 이야기가 아니라, 우리가 모르는 사이에, 오늘도 아이티나 어디선가 아동성매매가 국제적으로 행해지고 있다.

이러한 비극적 상황을 주인공 게이코는 피하지 않는다. 급기야 장기

---

15 「아동 노예로 사서 종교의식 뒤 토막살해」, 『연합뉴스』, 2004.9.6.

이식을 하려고 방콕으로 향하려는 일본인 집까지 찾아간다. 그 일본인은 "부모로서 자신의 아이가 죽지 않고 조금이라도 건강하게 장수해주었으면 한다"며 장기이식을 강행하겠다고 한다. 난부 기자와 게이코의 도움을 얻어 이 과정을 그대로 보도하기로 한다. 아울러 태국의 활동가들은 아동성매춘을 반대하는 대규모 평화시위를 계획한다. 그러나 평화시위는 프락치들에 의해 폭동으로 변하고, 경찰과 마피아의 총격이 남발하여 많은 사람이 시위에서 살해당한다. 난부 기자는 태국까지 장기이식하러 온 일본인 가족의 이동을 모두 사진에 담으나 소녀를 살려내지는 못한다. 난부 기자는 폭력과 살인이 남발하는 방콕을 떠나자고 게이코에게 권한다. 그때,

> 일본엔 제가 있을 곳이 없어요. 제가 있을 곳은 여기예요. 이곳뿐이에요. 저는 소장님과 숀프, 소오파가 돌아올 때까지 여기서 기다리겠어요. (…중략…) 설령 그녀들이 죽었다 해도, 그녀들의 혼을 찾을 겁니다. 아이들과 함께.(395~396쪽)

방콕에 남아 아이들을 보살피겠다고 하는 게이코의 이 다짐을 쓰기 위해 양석일은 긴 소설을 썼을 것이다. 게이코의 이 대답은 이제껏 우리가 치부해 온 '사랑'이란 한낱 이기적인 소유욕이 아닌지 묻게 한다. 게이코의 결심은 희생과 체념의 사랑이다. 이 말은 평범한 독백일 수도 있다. 소설은 이 대답으로 끝나버린다. 그런데 이 문장을 읽고 읽으면 우리는 치열한 자성自省과 독특한 마력魔力에 빠져든다. 자성이라 하면, 도저히 게이코의 결단을 따를 수 없는 우리의 한계에 대한 반성이다.

또한 마력이라 하면, 이 한마디가 끼친 영향력이다. 작가가 들은 보고에 따르면, 게이코의 말에 감동받아 일본 아동구호단체의 활동가로 자원하는 지원자들이 늘었다고 한다.

돌아온 '순화'와 국가폭력 ─소설 『다시 오는 봄』

1992년 1월 8일에 몇몇 할머니들이 매주 수요일 일본대사관 앞에 모였다. 알아주는 사람 없이, 해결해주는 사람 없이 그렇게 모인 게 벌써 천 회째를 맞았다. 2011년 12월 14일, 일본 대사관 앞에서 행해온 정기수요집회가 천 회째를 맞았다. 손 시린 겨울날 팔십이 훨 넘은 할머니들 몇 분이 앉아 계신다. 일본대사관 앞에 학생들, 일반인들, 일본인들, 국적을 알 수 없는 외국인들, 기자들 등 발 디딜 틈 없이 참가했다. 판소리 공연 후, 위안부 할머니들에 대한 영상이 스크린에 흘렀다. 김순옥 할머니, 박옥순 할머니, 김복동 할머니 등 살아 계신 분들과 이미 먼 여행 떠나신 분들의 얼굴이 화면에 스쳐 지나갔다.

2011년 현재 이제 살아계신 위안부 할머니는 국내 쉰일곱 분, 해외 여섯 분으로 예순세 분뿐이다. 우리 마음의 영상에 흘러가는 할머니들 얼굴에, 소설 『다시 오는 봄』의 주인공 순화와 그 많은 소녀들의 얼굴이 겹친다. 천 번째 수요집회 자리에서 본 기록 영상에 등장하는 할머니들 얼굴, 그 뒤편으로 이 소설의 주인공 순화의 그림자가 드리워져 가슴이 아리고 착잡했다. 저 그림자는 대체 누구 때문인가. 그리고 누가 저 그림자를 지워줄 것인가.

2009년 6월 12일, 유난히 무덥던 여름날 도쿄 미나미아사가야에 있는 양석일 선생님 댁에 갔었다. 댁 2층에는 베르나르도 뷔페, 헨리 밀러 등의 원본 그림이 걸려 있다. 한때 그림상이었기에 그는 그림에 대해서도 전문가적 시각을 갖고 있었다. 명화가 걸려 있는 2층 거실에서 이런저런 이야기를 나누다가 요즘 쓰시는 책에 대해 물었는데, 그때 선생님은 "오래전부터 위안부 할머니에 대해 꼭 쓰려 했고, 지금 쓰고 있다"고 했다. 그 자리에서 나는 번역하겠다고 했다. 양 선생님은 이 소설을 일본인에게 위안부들이 얼마나 끔찍한 폭행을 당했는지 알리고 싶다 하셨다.

선생은 약속대로 책을 보내주었다. 받자마자 읽기 시작했는데, 역시 충격적이었다. 양석일이 상정한 이 책의 독자는 일본인이다. 즉 이 소설은 '위안부를 소재로 해서 일본어로 쓰인 최초의 소설'이다. 언제나 사회적 문제를 고발하는 소설을 써온 재일조선인 작가 양석일은 이번에도 역시, 일본인 독자를 대상으로 일본인들은 미처 생각해본 적 없는 충격적인 역사를 고발하는 소설을 썼다. 작가는 위안부들의 이야기를 단지 상상해서 쓴 게 아니다. 다양한 위안부 인터뷰와 자서전 및 르포와 심포지엄 기록 등 수많은 책과 사료를 기초로 삼아 이야기의 뼈대를 만들고 살을 입혔다. 따라서 이 소설은 어찌 보면 '상상의 재구성'이 아니라 '현실의 재구성'이라는 면모가 더욱 강하다. 그래서 독자들은 더욱 치를 떨며 읽게 된다. 심지어 더는 책장을 넘기지 못하고 망연자실

하게 만든다. 그런데 일본어 텍스트를 우리말로 번역하니 어찌된 일인지 그 표현 강도가 몇 배나 증폭되는 느낌이었다. 번역은 점점 더 조심스러워질 수밖에 없었다.

『다시 오는 봄』은 그 갈피마다 '역사적 분노'를 담고 있다. 끔찍하고 기형적인 폭력에 관한 묘사가 이어지지만, 작가 양석일은 바로 그런 치욕적 역사의 현장으로 독자들을 불러들인다. 이른바 '종군(군대를 따라 함께 이동하는)' 위안부들에게 가해진 성폭력은 일본 군인이 조직적으로 개입된 '국가 폭력'이었다는 점을 양석일은 무엇보다 우선적으로 고발하고 있다.

양석일의 이전 소설 『피와 뼈』나 『어둠의 아이들』에서 알 수 있듯이, 실제로 존재하는 참혹한 현장을 있는 그대로 드러내지 않고 "당했다"는 식으로 에둘러 표현하는 방식은 그 고통을 제대로 전하는 적절한 방법이 아니라고 작가는 생각한다. 보통 미디어는 "방 밖에서" 폭력을 상상하게 만드는 데 그친다. 하지만 그런 방법으로는 실제로 "방 안에 갇힌" 자가 어떤 폭력을 당했는지 제대로 알 수 없다. 교실이나 도서관처럼 평범한 '빛의 세계'에서 살았던 사람으론 상상할 수 없는, 어떤 "방 안", 어떤 "어둠의 세계"가 엄연히 존재하는데도 말이다. 양석일은 바로 그 "어둠의 세계"를 증언한다. 양석일은 이 소설에서 그 "어둠의 세계"를 만드는 진원이 제국주의 혹은 국가폭력이라고 말하는 것이다.

빛의 세계에 있는 사람들은 어둠을 볼 수 없다. 어둠의 세계를 볼 수 없기 때문에 어둠의 세계가 존재하지 않는다고 그들은 생각한다. 그렇지만 어둠의 세계는 볼 수 없는 것이지 존재하지 않는 것은 아니다. 작가의 역할은 어둠의 세계를 빛의 세계에 알리는 것이다.

이 말은 양석일 선생이 방한했을 때, 저자가 가장 많이 통역했던 그의 말이다. 이 말은 그의 평론집 『어둠의 상상력闇の想像力』(1995)의 주제이기도 하다. 물론 이러한 담론은 너무 극적이며 도식적이라는 대비라는 비판을 받을 수도 있다. 가령 어둠과 빛이 섞이는 '사이'의 세계도 있기 때문이다. 이러한 지적에 아랑곳 하지 않고 작가는 어둠의 세계로 깊이 다가간다. 위안부 문제를 드러낸 소설 『다시 오는 봄』이야말로 '어둠의 세계'를 있는 그대로 폭로한 증언소설이다.

어둠의 세계를 천황제라는 화려한 거대담론으로 포장하는 일본의 '국가폭력', 그 성역을 드러내는 이 소설이 출판되자마자 일본의 우익 단체는 가장 예민하게 반응했다. 이 소설이 연재될 때 작가 양석일 선생은 테러 위협을 받았다고 한다. 일본 우익의 인터넷 사이트에서 "양석일을 암살하라"는 글귀가 자주 올랐던 것이다. 반대로 조총련은 "재일조선인의 가난과 상처를 팔아 책을 파는 작가"라고 비난했다.

이러한 책이 우리말로 번역되었을 때 어떤 반응을 갖게 될까 무척 고심했다. 작가 양석일로 하여금 이 소설을 쓸 수밖에 없게 한 그 분노와 참담한 슬픔이 한국의 독자들에게도 전해지리라 믿는다.

이 소설은 네 단계로 서사가 전개된다.

첫째 장면(1~2장)은 1922년 12월 10일에 태어난 주인공 순화가 자라난 평안남도 강서군 이야기로 시작한다. 소작인 김기수의 외동딸 순화는 여덟살의 어린아이다. 몇년 전 아내와 사별했던 김기수는 새 아내

순효를 얻어 아들을 얻는다. 열일곱 살의 순화는 읍내에서 일자리를 얻어 일한다. 그 무렵 순사에게 일본군을 따라 중국으로 가면 공장에서 일하면서 돈을 많이 벌 수 있다는 얘기를 듣는다. 권유에 따라 트럭과 화물열차로 옮겨 타고 똥오줌 냄새에 범벅이 된 채, 짐승 대접을 받으며 갈 때, 뭔가 속았다는 것을 깨닫는다.

둘째 장면(3~6장)은 작가는 이 소설에서 가장 읽기 힘겨운 대목으로 독자를 데려간다. 열일곱 살의 순화와 조선인 위안부들은 매일 수십 명에게 강간당하고 임신하기까지 한다. 하루에 60명 가까이 강요받기도 한다. 자살한 위안부의 시체는 '천황의 허락 없이 죽었다'하여 유린 당하며 이런 말도 듣는다.

　　우리는 난징에서 맘대로 겁탈하고 죽일 수 있었다. 그에 비하면 이렇게 일본 병사들을 대하며 살아있는 너희는 축복받은 것이다.

마침내 순화도 자살을 시도하지만 실패한다. 어느날 순화는 누가 아빠인지도 모르는 아이를 임신한다. 배가 점점 불러 왔지만 매일 매춘을 강요당한다. 배가 터질 듯 부른 날, 순화는 일본 병사와 행위를 하다가 참을 수 없는 고통을 느끼고 곧 아이를 낳고 만다. 그러나 아이는 낳자마자 버려진다. 이후 고통 중에 지내지만 일본인 장교와 사랑에 빠진다. 사실 그 장교에게 순화는 단순한 성도구에 불과했다. 얼마 후 아버지를 알 수 없는 아이를 다시 임신한다. 태어나자마자 아이는 또 버려진다. 순화는 고통을 당하고, 중국인에게 마약을 받아 먹기도 한다.

셋째 장면(7~13장)은 중국에 있던 위안부들이 일본군의 동남아시아

전선으로 배치되는 이야기다. 사랑하던 오카베 대위는 순화가 임신했다 하자 일시에 변한다. "조선 창년 주제에"라며 몇 번이고 발로 찬다. 순화는 두 번째 출산을 앞두고 "왜 일본군 장교를 사랑했던 걸까. 사랑하는 것은 사랑받는 것이라고 착각했던 치졸함이 후회스러워 견딜 수 없었다"(212쪽)며 후회한다. 1942년 5월 중순 난징의 위안부들은 미얀마로 향하는 배에 타기 위해 상하이로 이동한다(8장).

조선인 위안부들은 대부분 배로 미얀마 랑군에 갔고 남은 칠십여 명은 보르네오섬, 자바섬, 뉴기니섬 등 인도네시아 각지에 할당되었다. 물론 조선인 위안부들은 인도네시아 섬들이 어디에 있는 어떤 곳인지 알 리 없었다. 그저 일본군의 분배 순서에 따를 뿐이었다. 인도네시아 섬들 중 가장 오지에 조선인 위안부들이 분배된 것이다.(237쪽)

동남아 전투지역에 위안부들이 부족해 충원되기 위해 이동되는 것이다. 이동되는 과정에서 여러번 윤간당한다. 낮에 수십 명에게 당하지만, 밤에 강간당하는 것은 밑도 끝도 없이 절망시킨다. 위안부들은 자살도 할 수 없었다. "두 명이 자살했는데 시신을 돼지먹이로 줬다는 말을 듣고는 무서워서 자살도 못" 하는 상황이었다.

도망갈 길은 없다. 다시 절망 속에서 살아가는 길뿐이었다. 절망을 살다 보면 시각과 청각의 분열이 시작되어 유체이탈과도 같은 상태가 된다. 높은 건물에서 뛰어내리는 육체에서 빠져나온 혼이 낙하하는 육체를 내려다보는 감각과 닮았다. 육체와 혼이 분리융합체인 '나'라는 존재는 저승과 이승을 항상

왕복하고 있는 것처럼 생각된다.(347쪽)

완전히 몸이 정신과 분리되어 있지만 결국은 떼어낼 수 없는 비극적 상태를 보여주고 있다. 양석일은 '몸 / 영혼'의 이분법적인 서양식 사고를 거부한다. 몸이 훼손된 이들은 영혼도 훼손된다. 그야말로 이들의 삶은 살아있지만 희생이 되어야 하는 '호모 사케르Homo sacer'였다. 살아있지만 죽어있는 이들living-dead이 제물이 되어야 하는 제단은 '천황의 제단'이었다. "내일부터 바빠질 거다. 천황폐하를 위해 섬성성의를 다해라."(251쪽) 이러한 언급은 위안부 제도가 국가이데올로기에 의해 합리화되고, 작동되었다는 것을 증언한다. 그것이 그의 평론집 『아시아적 신체』(1999)의 주제이기도 하다. 천황이데올로기에 의해 미얀마 등 동남아시아에 배치된 위안부 이야기는 허구가 아니다. 철저히 사료에 의해 작성된 이야기이며, 천황이데올로기에 대한 비판이다.

일본군의 병사 수가 점점 줄어가는 것을 느끼며, 전선에 이상이 있다는 것을 알게 된다. 순화는 최전선으로 끌려다닌다. 성병에 걸린 위안부는 "죽을 생각은 없어. 일본 병사에게 성병을 옮길 거야"(315쪽)라고 마음 먹기도 한다.

일상적인 성행위 속에 아편을 먹지 않으면 견딜 수 없는 나날들, 그리고 오늘이 몇년 몇월 며칠인지 알 수 없는 상황이 된다. 열일곱 살 때 G마을에서 난징으로 납치되어 상하이, 싱가포르, 랑군, 통, 만달레이, 메이쇼, 라시오, 바모, 미트키나를 경유해 라멍에 왔지만, 자신이 지금 몇 살인지 정확히 판단할 수 없었다.

소설의 결말 부분을 이루는 넷째 장면(14~16장)은 마침내 태평양전

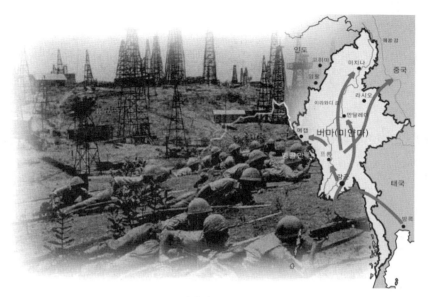

1944년경 버마 전선 지도

쟁에서 패배하는 일본군과 그 과정에서 위안부들이 미군 포로가 되는 이야기다. 전투에서 계속 미군에 밀리면서 일본은 패망에 이른다. 이 이야기는 1944년 5월 미군과 중국 원정군이 십만의 대군으로 반격을 시작하여 일본군의 보급로를 차단하며 제압하였던 역사적 사실을 배경으로 하고 있다. 결국 1944년 9월 7일 라멍에서, 일주일 뒤엔 텅충에서 일본군의 마지막 수비대가 전멸당한다. 순화는 일본병사와 함께 포로가 되어 미군 포로수용소에 1년간 갇혀 지내다가 스물세 살에 돌아온다. 제목이 암시하듯, 열일곱에 고향을 떠난 순화는 스물셋에 돌아온다. 햇수로 팔 년 동안 세상과 격리된 "어둠의 세계"에서 짐승처럼 살다가 꿈에 그리던 고향으로 돌아오게 되는 것이다.

　이 소설의 '순화'는 한 개인이 아니다. '순화'는 우리가 지키지 못한 피해받은 집단적 신체다. 돌아온 '순화'는 어떻게 되었을까. 일본은 증

'아시아적 신체'의 소설화　283

인을 없애려고 위안부를 많이 죽였다고 한다. 또한 돌아온 '순화'들은 가족에게 버림받기도 했다. 남편을 만난 사람은 남편에게 버림받고, 나아가 해방된 대한민국 정부로부터도 버림받았다.

그러나 위안부 '순화'이야기는 과거의 역사가 아닌 현재의 문제다. 또한 우리만의 문제가 아닌 세계적인 문제다. 지금도 르완다, 과테말라, 미국, 오키나와, 베트남, 부룬다, 코소보, 방글라데시, 치파스, 알제리아, 머마, 아프가니스탄, 소말리아, 시에라 레온 등 국가와 군대에 의한 성폭력은 지금도 행해지고 있다. 『다시 오는 봄』은 이러한 세계사적 어둠의 역사, 국가적 폭력의 희생자들 폭로하는 작품이다. 반인륜적인 과거의 역사를 청산하지 않으면 미래에도 이 비극은 반복될 수 있다. 할머니들이 살아 계실 때 반드시 이 문제를 해결해야 할 것이다. 이 소설이 그 비극을 널리 알려 미래를 바꾸는 데 일조하기를 기대한다.

확장되는 '아시아적 신체'

— 자이니치문학과 세계문학 속의 양석일

'아시아적 신체'라는 양석일의 생각을 토대로 하여, 그의 장편소설 『어둠의 아이들』과 『다시 오는 봄』이 창작되었음을 우리는 확인해 보았다. 그렇다면 양석일은 자이니치문학과 일본문학에서 어떠한 위치에 자리하고 있을까.

자이니치在日 한국인의 일본어문학은 김달수, 김석범, 이회성, 김학영, 이양지 등에 이어져 이제는 일본문학계의 영역에서 일정한 자리를 구축하기 시작했다.

제1기는 한반도나 그 주변에서 태어나 이주해온 작가들이다. 김사량, 김달수, 김석범, 이회성은 민족문제를 주요 소재로 삼고 있다. 제2기는 일본에서 태어난 한국인으로 양석일이 대표적이다. 이들은 '자기정체성'의 문제를 주제로 삼고 있다. 제3기는 한국어를 전혀 모르는 이민 3세대 이후의 작가들이다.

가와무라 미나토는 "재일조선인문학이라는 정의 그 자체가 민족성을 전제로 하고 있"다며, "그렇지 않고서는 그것은 이미 '재일조선인문학'이라고 칭할 만한 의미를 가지지 않는다. 나는 일찍이 '재일조선인문학'이 끝났다"[16]고 말했다. 그의 지적은 자이니치문학 1세대가 생각하는 '혈연적 민족성'에 한해 볼 때만 해당된다.

양석일 소설은 1세대의 문제의식에서 3세대까지를 모두 포괄하고 있다. 자이니치문학 1세대의 관념적인 민족성을 넘어 현실적인 자이니치의 진짜 삶의 문제를 다루고 있다. 그래서 양석일 문학은 "이념화할 만한 요소들을 삭제함으로써 이념의 틀 속에서 다룰 수 없었던 자이니치의 실체를 잘 그려내고 있다".[17] 또한 "일본사회의 뒷모습을 항상 밑바닥에서 올려다보며 데코레이션으로 장식한 현대 일본의 헛것을 한 꺼풀씩 벗겨내듯이 묘사하고 있다"[18]는 평을 받기도 했다. 그의 작

---

16 川村湊, 「분단에서 이산(離散)으로 - '재일조선인문학'의 행로」, 전북대학교 재일동포연구소 편, 『재일동포문학과 디아스포라』 2, 제이앤씨, 2008, 15쪽.

17 磯貝治良, 「新しい世代の在日朝鮮人文学」, 『季刊三千里』 50, 1987 여름호, 114쪽.

18 林浩治, 『在日朝鮮人日本語文学論』, 新幹社, 1991, 180쪽.

품에는 식민지적 분노나, 조국통일 같은 이념보다는 자이니치들의 구체적인 삶이 그려져 있다. 그것은 '아시아적 신체'라는 담론으로 인해 가능해졌을 것이라고 저자는 생각한다. 나아가 그의 소설은 전혀 새로운 지평을 확대해 간다. 『단층해류』와 속편 『이방인의 밤』(2004)은 일본 사회에서 살아가기 위해 발버둥치는 필리핀 여성 마리아와 일본인으로 귀화한 한국인 기무라의 이야기, 동남아시아의 아동성학대 문제를 주제로 한 『어둠의 아이들』, 미국을 중심으로 한 신자본주의를 비판하는 『뉴욕 지하공화국』, 태평양전쟁 시기에 군인위안부의 삶을 다룬 『다시 오는 봄』으로, 양석일 소설은 전혀 다른 지평으로 확대되어 가고 있다.

일본문학에서 볼 때 양석일은 어떻게 평가받고 있을까.

양석일은 2008년 12월 NHK 특집으로 4회에 걸쳐 '양석일 특집'이 방영되었을 정도로 주목받는 대중적으로 주목받는 작가다. 그의 작품에 대해 여러 평론가가 극찬했는데, 그중에 평론가 다카하시 도시로高橋敏夫(와세다대학 교수)가 하루키와 비교한 글은 주목된다.

양석일의 소설을 '세계문학'이라고 한다면, 무라카미 하루키의 소설들을 '세계문학'이라 할 수 없다는 건 매우 자명하다. 일견 '세계문학'으로 오인하기 쉬운 무라카미 하루키의 '보편성'은 고도자본주의가 양산해낸 도시문화의 '보편성'이며, 이는 극히 한정적인 의미의 '보편성'에 지나지 않는다. 다시 말하자면 차별이나 빈곤 문제 등을 노정한 근대가 해소(解消)되는 걸 지향한다는 '큰 이야기'가 무효화된 포스트모던한 도시문화의 '보편성'일 뿐이다. (…중략…) 차별과 분단과 분쟁을 현대세계의 '보편성'으로 파악하고, 그것을 넘어갈 수 있는 새로운 주체의 발견이야말로, 현대사상에도 주목할 만한 것이며 또한 세계문학에서도 주목할 만한 것임에 틀림없다. 나는 양석일의 지향점에 현대사상과 문학이 지닌 가혹하고도 풍부한 가능성의 일단을 발견하였다.[19]

양석일은 이에 그치지 않고, 백인 경관이 흑인 청년에게 발포하는 장면에서 시작하여, 그 복수를 위해 귀환병과 홈리스 등에 의해 조직된 체제파괴조직『뉴욕지하공화국』을 발표했고, 군인위안부에 대한 장편소설『다시 오는 봄』을 발표했다.

양석일이 소설을 일본어로 썼기에 일본문학이라 하지만, 그의 소설은 일본문학이 갖고 있는 틀을 벗어나 있다. 전통적인 사소설을 통해, '일본적인 진기珍奇'로 서양인의 동양 취미를 끌어내려 했던 일본적인 시도는 양석일의 소설에서 보려야 볼 수 없다. 이 지점에서 우리는 하루키와 양석일을 양극의 차이로 인식될 수도 있겠다. 그런데 그 차이를 다름이라는 의미보다 '폭width'으로 인식한다면, 무라카미 하루키와 양석일의 '사이間'에는 보다 다양하고 셀 수 없는 작품들이 놓일 수 있다. 그 '사이'에 문학의 물음에 대한 다양한 답이 있을 것이다.[20]

그 사이에서, 양석일의『어둠의 아이들』,『다시 오는 봄』은 '아시아적 신체'라는 담론에서 성폭력이라는 국제적 문제를 방대하고도 핍진한 역사적 증언을 담아, 이제까지 자이니치문학사의 테두리와 일본어문학의 경계를 확장시켰다.

---

19 高橋敏夫, 곽형덕 역, 「'세계문학'으로서의 아시아문학」, 계간『ASIA』, 아시아, 2007.가을, 13~15쪽.
20 김응교, 「하루키 시뮬라크르, 일회용 호모 사케르—2010년 무라카미 하루키·양석일·고바야시 다키지」, 계간『자음과 모음』, 2009.겨울, 1098~1125쪽.

양석일이 우리에게 주는 교훈은 무엇일까. 첫째는 강렬한 메시지다. 양석일은 인간가치의 문제를 윤리적 차원에서 접근한다. 그 중심에는 '아시아적 신체'와 '어둠의 상상력'이라는 사상이 자리하고 있다. 둘째로 세밀하고 정확한 인물 형상화 방법이다. 철저한 사실주의적 기법을 사용하는 리얼리즘 계보를 잇는 작가다. 양석일의 소설은 미문美文에 빠져 있지 않고 거칠다. 셋째로 그는 '어둠의 세계'로 향하면서 파격적인 소재를 택한다. 그로 인해 양석일 후기의 소설은 문체보다도 이야기에 주목하게 된다. 그러나 그의 작품에 거침없이 나오는 그 파격적인 소재들이 성묘사와 어우러질 때 자칫 도를 넘는 묘사로 인해 강한 거부감을 일으키곤 한다.

강렬한 메시지, 세밀하고 정확한 형상화, 파격적인 소재를 담은 양석일 소설은 거침없이 흐르는 강물처럼, 어둠의 골목 구석구석으로 독자를 안내하며 반성적 고찰과 다짐을 이끌어낸다. (물론 그 이상의 안티세력도 있지만.) 막힘없이 표현하는 그의 서사적 개성에서 독자는 역사를 대하는 자성自省의 묵상 시간을 가지게 된다. 폭력이 폭력을 낳는 이 참혹한 시대를 "떠나 피하지 않겠다"는 게이코의 다짐(『어둠의 아이들』)과 조우하는 것이다.

3부

자이니치문학의 새로운 시도

일본 속의 마이너리티,
재일조선시

더러운 피

"……아빠는 한국이나 중국 사람들은 피가 더럽다고 했어."[1]

이 말은 몇년 전 일본에서 베스트셀러였던 소설 『GO』에 나오는 구절이다. 작가 가네시로 가즈키金城一紀는 1968년 일본에서 태어난 한국인이다. 자전적인 요소가 다분히 있는 이 소설에서, 주인공은 사랑하는 일본인 사쿠라이櫻井와 처음 몸으로 정을 통하려는 순간, 자신의 국적이 한국이라고 말한다. 그러자 사쿠라이는 깜짝 놀라며, "피가 더럽다고 했어"라고 말한다. 이 한마디에 일본 속의 어떤 이들이 소외 된 '마이너리티Minority'인가 하는 사실이 극명하게 드러난다. 거꾸로 말하면 일본

---

1 金城一紀, 『GO』, 講談社, 2000, 179쪽.

인 피는 "깨끗하다"는 말이다. 이 말은 천황제를 버팀목으로 삼은, 일본 특유의 순혈국가주의純血國家主義에 기초한 표현이다. 더욱 중요한 것은 '～고 했어(～っていってた)'라는 부분이다. 이러한 차별어가 일본인 사이에서 '은밀하게' 횡행橫行하고 있다는 말이다. 남들이 말하는 정보는 "아빠"라는 가부장적 담론談論에 실려 권위를 갖게 되고, 결국 그 권위에 의해 이들의 관계는 끊어지고 만다.

'피가 더럽다'라는 냉대 속에 살고 있는 마이너리티의 작품을 새롭게 보자는 기획은 반가운 일이다. 그런데 '한국인'이란 표상어 안에 또 구획이 나누어져 있다. 재일在日'한국인'으로 불리기를 거부하고, 재일'조선인' 혹은 재일'공화국인'으로 불리기를 원하는 사람들이 있는 것이다.

이진희 · 강재언은 해방 후 한국을 지지하는 사람을 '재일한국인', 북한을 지지하는 사람을 '재일조선인'이라 하면서, 모든 재일동포를 "재일한국 · 조선인"[2]으로 쓰기도 했다. 여기서 '재일조선인'으로 불리기를 원하는 사람들은 이른바 조총련에 속해 있고(물론 조총련을 지지하지 않고 하나의 조국을 기다린다는 의미에서 '재일조선인'이라는 이름을 고집하는 이들도 있다), 북한 곧 조선민주주의 인민공화국을 따르기로 한 사람들이다.

일본에서 태어났기에 한국 국적을 갖고 있더라도 일본어로 시를 발표하는 시인[3]이 많다. 그런데 특이한 것은 한글로 시를 발표하고 있는 작가 대부분이 '재일한국인'이 아니라, 조총련을 지지하는 '재일조선인'이라는 점이다. 조총련이 주축이 되어 온 민족교육의 핵심은 "모국

---

2 李進熙 · 姜在彦, 『日朝交流史』, 有斐閣選書, 1995, 234쪽.
3 재일코리언 시인이 발표한 일본어시의 역사에 대해서는 佐川亞紀, 「詩史的考察の試み─在日コリアンの詩」, 『詩と思想』, 土曜美術社, 2004.7.

어인 조선어를 잘 배우는 것, 독립국가 공민으로서의 민족적 자각과 궁지를 갖는 것, 자신의 조국과 조국의 사람들을 사랑하고, 일본을 비롯한 세계인들과 사이좋게 지내는 것"[4]이다. 자식들에게 체계적인 모국어 교육을 행했던 조총련 출신들이 우리말로 작품을 발표하는 주체가된 것은 당연한 결과라고 할 수 있겠다.

이들 문학에 대해 남쪽에서 관심을 갖기 시작한 것은 거의 최근의 일이다. 주목받는 글은 심원섭의 「재일동포의 문학예술의 현황과 창작방향」(『세계 속의 한국문학』, 새미, 2002, 484~505쪽)이다. 조총련 소속 작가들의 소설을 분석하고 있는 이 글은 이 분야에 대한 총괄적인 글로 주목된다. 이 글에서 심원섭은 조총련 소속 작가들의 작품을 '재일 한국어문학'으로 통칭하고 있다. 그런데 이 용어 규정은 자칫 재일한국인이쓴 작품과 혼동을 일으키기 쉽다. 조총련 소속의 작가들은 스스로를 '재일조선인'이라 하고, 한글을 '조선어'로 규정하고 있기 때문이다. 어떤 특정 양식의 속성을 특징적으로 용어화하는 것은 무척 중요하다. 저자는 이에 대해 '재일조선인문학'으로 쓰려고 한다. 이들 스스로 북한시를 '조선시'로 부르고 있으니, 북한의 정책과 문예이론을 따르고 있는 이들 문학을 '재일조선시'라고 하는 것이 타당하다고 본다. 재일조선인이 한글로 발표한 시집을 모두 검토한다는 것은 그 방대한 양을 보더라도 쉬운 일이 아니다.

---

4 「조총련 제7회 전체대회 테제」(1964년 5월). 오자와 유사쿠, 이충호 역, 『재일조선인 교육의 역사』, 혜안, 1999, 378쪽 재인용.

동굴 속에서

'더러운 피'로 지적되어 온 재일조선인은 '차별의 동굴' 속에 갇혀 왔다고 표현할 수도 있겠다. 조국과 단절되어 일본인에게 온갖 차별을 받으면서, 동시에 잘 사는 한국과 비교되어 '교주教主를 추종하는 이교도異教徒'로 힐난詰難받는 이중의 동굴 속에 그들은 갇혀 있다. 게다가 재일조선인이 한글로 시를 쓸 때, 그들은 이중언어二重言語 사용에서 오는 피곤함 속에 자신을 밀어 넣어야 한다. 일상생활에서 쓰고 있는 일본어가 아니고, 교과서로 배운 조선어로 쓰는 행위는, 답답함을 느낄 수밖에 없는 빈곤의 동굴로 자신을 밀어 넣는 고역이다. 또한 독자가 극히 적은 데서 오는 외로움의 동굴 속에 갇혀 있다. 물론 동시에 한글로 시를 쓸 수 있다는 것은 자기정체성을 향해 가는 수련 과정이기도 하다.

차별과, 빈곤과, 외로움의 동굴 안에서 50년 이상 한글로, 그것도 시를 발표해온 방대한 재일조선인 시문학사가 있다는 것은 실로 놀라운 일이 아닐 수 없다. 적지 않은 분량을 보아도 쉽게 평가하기 어려운 '재일조선인 시문학사'를 손지원은 세 단계로 나누어 설명한다.[5] 첫 단계는 공화국 창건 이후 총련이 결성되기 이전까지의 시기(1948.9~1955.4), 두 번째 단계는 총련 결성 이후 "주체사상을 확고히 세워 일대 개화기를 열어 놓은 시기"(1955.5~1973), 세 번째 단계는 "높은 사상예술성을 가진 작품을 활발하게 창작한 1970년대 중엽 이후부터 1990년까지"(위의

---

5 손지원, 「조국을 노래한 재일조선시문학 연구(1)」, 『겨레문학』, 재일본조선문학예술가동맹 문학부, 2000.5.25, 70쪽.

글, 74쪽)로 보고 있다. 당연히 이 전체적인 흐름을 관통하는 사상은 북한의 주체문예론이다. 재일조선인 시인들이 속해 있는 '재일본조선문학예술가동맹'(1959.6.7 창립, 이후 '문예동')은 위의 조총련에 속해 있는 산하단체 중에 하나다. 재일조선인문학예술가 동맹은 1959년 6월 7일 "주체의 기치 밑에 하나로 굳게" 뭉쳤다고 한다. 당연히 이들의 입장은 북한의 주체문학에 뿌리를 내릴 수밖에 없다. '문예동'의 목표를 보자.

> 재일본조선문학예술인들로 조직된 사회단체·동포들 속에서 문학예술활동을 벌리는 한편 일본을 비롯한 세계 인민들에게 우리나라 주체문학예술을 소개 선전하고 있다.[6]

이들의 작품은 언어 관습이나 시 형태에서 북한문학, 이른바 '주체미학'과 거의 유사하다. 그래서 "세계 인민들에게 우리나라 주체문학예술을 소개선전"하는 것을 목표로 하고 있다. 결국 수령형상문학은 필수적인 것이다. 차별을 받다보니 응집력이 생겨 외부를 배제하고 오로지 수령님과 주체라는 '우리'로 결속되어 있는 양태가 이들의 작품세계이다. 따라서, 첫째, 재일조선시는 이른바 '수령형상문학'이 모든 시집과 시 전문 잡지의 서두에 자리하고 있는 것이 공통점이다. '재일조선인'은 자기정체성을 뚜렷하게 북한에 두고 있으며, 또한 북한의 핵심은 수령관에 있기 때문에 당연한 결과라 할 수 있다.

재일조선인 시문학사의 초창기에 주체사상의 작풍作風을 가장 모범

---

6 재일본조선인총련합회 산하단체 소개(http://www.chongryon.com/korea/dantai/dantai.htm).

적으로 보였던 시인은 허남기許南麒(1918~1988)이다. 1918년 경상도에서 태어난 그는 1939년에 도일渡日하여 조선학교 교장을 한다. 일본어로도 시집을 발표해온 그는 일본문학사에 중요하게 기록된 1952년 사회파시社會派詩 『렛또列島』 창간호 편집위원을 했다. 그의 평이한 비유, 기묘한 정확성, 민족적 긍지, 풍자적 표현은 일본 시단에서도 기억되고 있다.[7] 그는 수령형상문학의 모범이라 하는 조기천의 「백두산」을 일본어로 번역하기도 했다. 그래서 일본 프롤레타리아 문학의 중요한 시인이며, 1923년 관동재진재關東大震災의 조선인학살[8]을 증언한 장시 「15엔 50전十五円五十錢」을 발표했던 쓰보이 시게지壺井繁治(1898~1975)는 허남기의 시를 높이 평가하고 있다.

쓰보이 시게지는 일본 근대시를 비판하면서 허남기와 조기천 서사시의 장점을 소개하는 평론을 발표했다. 프랑스에서 심볼리즘의 완성으로 정점에 도달한 유럽의 근대시는 "사회와 개인을 분열시킨 자아自我의 고독한 모노로그獨白"이며, 시인은 "자아의 밀실"[9]에 이르게 되었다고 비평한다. 그런데 이 "자아의 밀실"이 일본 문단에 주류를 형성하고 있다고 비판한다. 그 예로 신체시의 시인 간바라 아리아케蒲原有明의 시를 예로 든다.

수입된 유럽의 근대시와 맞물린 일본 특유의 사적私的 세계에 갇혀 있는 "자아의 밀실"로부터 서사敍事의 세계로 나와야 한다고 쓰보이 시게지는 생각했다. 그러면서 유럽의 근대시 정신을 단절시키고 '서사시 정신'의 모범을 보인 예로 허남기의 장시 「화승총 이야기火繩銃のうた」(1952)와

---

7 佐川亞紀, 「詩史的考察の試み : 在日コリアンの詩」, 15쪽.
8 김응교, 「1923년 9월1일, 도쿄-도쿄와 한국인 작가(1)」, 『민족문학사연구』 19, 민족문학사학회, 2001.
9 壺井繁治, 「二つの朝鮮敍事詩について」, 『詩と政治の對話』, 新興書房, 1967, 74쪽.

조기천의 서사시 「백두산」을 소개한다. 이제 허남기의 시 한 편을 보자.

> 니이가다 항구에서
>
> **수령님이 보내주신 귀국선**
>
> 마중하고 배웅함이 백번이 넘건만
>
> 우리 선수
>
> 이처럼 많이
>
> 이 항구에서 맞이함은
>
> 이 일본땅에서 맞이함은
>
> 오늘이 처음이라
>
> 선수들과 같이 추는 옹헤야 춤자리가
>
> 그냥 와락 포옹으로 변하였고
>
> —허남기, 「내 정녕 몰랐노라」(1964), 『돌에 깃든 이야기』(강조는 인용자)

1964년 10월에 있었던 제18회 도쿄올림픽에 북한 선수들도 참여한다. 북한 대표단의 신금단 선수가 서울에서 찾아간 아버지와 단 10분간 눈물의 상봉을 했던 사건으로 기억되는 올림픽이었다. 당시 니가타新潟항에 북한 선수들이 일본에 들어오는 장면을 묘사하고 있다. 시인은 시 곳곳에 수령님을 찬미한다. 귀국선 또한 "수령님이 보내주신" 것이다. 그런데 재일조선인의 입장에서 보면 일본에 '조선 선수'가 왔다는 것은 크나큰 사건이었다. 실은 올림픽 위원회에서 '조선민주주의인민공화국'이라는 호칭 대신 '북한North Korea'이라는 호칭을 쓰자 '공화국 선수단'은 철수해 버린 사건이 있었다. 이것을 허남기 등 재일조선인 시인은 주체성 있는 판단으로 형상화한다. 마치 한국전쟁을 그 실제적인 결과와 상관없이 '도덕적인 승리'로 보고 있듯이, 이러한 판단을 도덕과 정의의 승리로 기록한다.

허남기의 시 곳곳에 "우리는 이역만리 / 남의 땅에 살면서도 / 어둔 이국땅 / 두터운 구름 뚫고 / **수령께서 보내주시는** / 조국의 따뜻한 해발 받아 / 공화국 공민된 보람 / 한없이 느끼며 / 오늘도 노래하노라"(「총련 결성 11주년을 맞이하면서」에서. 강조는 인용자)라며 그들의 정체성을 공화국, 나아가 '수령관'에 두고 있다. "우리 인민에게 있어서 조국은 수령님이시며 수령님은 곧 조국입니다"[10]라는 언급에서 알 수 있듯이, 이들이 '수령님'을 언급하는 것은 조국에 대한 언급인 것이다. 이들의 시에는 공화국의 원조에 대한 끊임없는 감사가 넘쳐흐른다. 공화국으로부터 출판 지원·장학금 지원을 받고, 만수대 예술단의 격려를 받을 뿐만 아니라, '민족교육 투쟁', '지문 철폐' 등의 큰 역사적 사건이 있을 때마다 지원을 받았던 감동적인 체험이 있었기 때문일 것이다. 그러나 이러한 체험을 하지 못한 한국이나 일본인 독자들은 '수령님 찬양'을 대할 때 여간 거북한 것이 아니다. 서정시의 특징인 '자기동일성' 혹은 '공감'이라는 순간적 만남이 전혀 성립되지 않기 때문이다.

둘째, 남쪽을 향해서는 남한의 변혁운동과 통일은 재일조선시의 중요한 소재이다. 4·19학생혁명, 5월 광주민주화항쟁으로 이어지는 민주화투쟁은 중요한 소재가 되어 왔다. 따라서 이승만·박정희·전두환으로 이어지는 지배층은 '매판노'가 된다. 특히 1980년대 이전 시에서

---

10 손지원, 「조국을 노래한 재일조선시문학 연구(2)」, 『겨레문학』 2, 재일본조선문학예술 가동맹 문학부, 2000.가을, 25쪽.

박정희에 대한 비판은 일본인 장교 출신이라는 사실, 한일회담, 베트남 파병에 대한 미국추종주의 등으로, 1960년대 재일조선시의 주요한 비판 소재였다.

하늘과 땅을 분간 못한

박정희 구 일본 장교가 〈정사〉하는

〈한국〉으로 간다

제1장

일본제국의 침략의 두목

명치황제의 〈군인칙어〉란 게 적혀 있고

제2장 이하엔

가지각색의 포학행위를 다 라렬한

제국주의침략의 빠이블

〈대일본제국보병조전〉이

지금

동족상잔을 꾀하고 있는

만고역적 박정희의 초청을 받아

파도 사나운 현해탄을

다시 건너간다

— 허남기, 「보병조전(步兵操典)」, 『돌에 깃든 이야기』

1964년에 쓰인 시인데, 구舊 일본군이었던 박정희가 일본군 동료를 초청하여 한일회담을 하려 한다는 역사적 사실을 비판하는 시다. 박정희에 대한 이들의 비판은 1960년대와 1970년대의 모든 시집에서 전면적으로 나타난다. 특히 허남기는 남한의 모든 문제를 '박정희'로 대표되는 정치체제에 모아 비판한다. 이러한 논리는 통일운동의 시각과 연관되어 다루어지고 있다. 그런데 비판적이기만 했던 남한에 대한 시각은 조금씩 변하기 시작한다. 결정적으로는, 2000년대에 들어 남한을 보는 시각이 달라진다. 그 계기가 되는 사건은 2000년 남북정상회담과 2002년 월드컵 4강 신화다.

> 세계가 지켜 보는 경기장
> 상대는 〈무적함대〉 에스빠냐
> 남조선선수들이 노리는 꼴문 향해
> 우리의 피, 하나되여 끓었다
> 선수들, 120분 연장전까지 끌어
> 승부차기에 돌입,
> 우리의 끓는 피도 한데 모아
> 꼴-인! 4강의 꼴문을 넘었다
>
> —오향숙, 「꼴-인!」(2002.6), 『매화꽃』

이 시는 한국의 승리를 전체 한반도의 승리로 보고 시인이 함께 기뻐하는 작품이다. 오향숙의 시집에는 이 외에도 2000년 6월 13일에 김일성 주석과 김대중 대통령이 만나 '북남최고위급 회담'이 이루어지는 것을 기뻐하기도 한다. 그래서 시인은 "하나로 되어야 할 하나의 민족 / 꼴-인! / 통일의 꼴문이 눈앞에 있다"며 화해 무드로 넘어가는 한반도

정세를 기뻐한다. 사실 2000년의 남북정상회담은 재일조선인들에게 하나의 빛을 보여준 큰 사건이었다. 이에 대해서 거의 모든 재일조선인 시인이 기쁨의 시를 형상화하고 있다.

셋째, 일본에서 살아가면서 차별 속에서 재일조선인의 권익에 대한 작품이 많다. 공화국 공민권에 긍지를 갖고 민주주의적 권리를 행세하려는 이들과, 또 다른 중심주의를 향해 배타적 원리를 주장하는 일본의 국가주의는 충돌할 수밖에 없다. 교육에 대한 문제는 재일조선인이 일본에서 살아갈 때 가장 예민하게 부딪치는 문제가 아닐 수 없다.

> 열어야 한다
> 수험자격의 문을
> 문을 열어야 한다
> 55년 전, 애국의 1세들이
> 피로써 지킨 민족교육의 칼바람 맞받아 지켜낸
> 우리 학교의 문턱을 다지기 위해
>
> ―손지원, 「열어야 한다」(2003.4), 『어머니 생각』

"일본국립대학 입시자격차별의 소식을 듣고"라는 부제를 보아 알듯이, 이 시는 차별받는 민족교육을 주제로 하고 있다. 1947년경부터 재일조선인이 벌여온 조선학교설립운동은 실로 눈물나는 하나의 투쟁 과정이었다. 해방이 되고도 귀국하지 않고 일본 재류를 각오한 당시(1946년) 52만 5천 명의 재일조선인은 민족교육에 대해 심각하게 고민하고 조선민족학교 설립을 서두른다. 이미 1946년 9월, 525개 초급학교, 4개 중학교, 12개 청소년학교가 창설되어 조선어 교육을 시작했다. 그러나 1948년 일본 정부가 고베神戸와 오사카 등지의 조선인학교를 폐쇄시킨 '한신 교육사건' 등 끊임없는 탄압을 겪는다. 1955년 재일조선인총연합회(조총련)가 결성되면서 민족교육의 발전기에 들어간다.[11] 그러나 지금도 민족학교를 졸업하고 대학 입시자격을 얻지 못하여, 졸업생은 모두 '로우닌浪人'이라는 재수再修 생활을 해야 하는 것이다. 이 시를 쓴 손지원 시인은 1951년에 태어난 현재 조선대학교 교무부 부부장으로 있다. 그러기에 누구보다도 민족교육의 문제점을 잘 알고 있는 시인이라 할 수 있다. 시의 결말부에서 시인은 "친선의 나무도 심어 왔건만", "조일평양선언은 누리에 빛나는데"라며 대화의 실마리를 기대하고 있다.

일상 문화 속에서 만나는 아픔을 그리며 "섬나라 일본은 / 왜 이리도 〈자유〉가 많은가"라고 시작되는 그의 시는 재미있다.

> 눈봉사가 온종일
> 〈국영(國營)〉, 〈민영(民營)〉, 〈위성(衛星)〉
> 그 어느 방송프로를 유심히 보건말건 그건 자유
> 귀머거리가 제야의 종소리 울릴 때까지
> 〈로크〉, 〈뉴뮤직〉, 〈엥까〉
> 그 무슨 방송프로를 귀담아 듣건말건 그건 자유
> (…중략…)

---

11 오자와 유사쿠, 이충호 역, 『재일조선인 교육의 역사』, 혜안, 1999, 184~463쪽을 참조 바란다. 조선대학교 한 교수에 의하면(2003.11 인터뷰), 일본 정부가 허가를 하지 않자, 도쿄의 조선대학의 경우는 1968년경 공장을 짓는다고 거짓 신고하고 땅을 구입, 건물을 지은 뒤, 수업을 시작했다고 한다. 조선대학은 1968년 4월 각종학교로 인가를 받는다.

아, 그러나

사실을 보도해야 할 일본의 방송국이여

주권국가의 국호는 바로 부르도록 해라!

방송원의 코와 입술이 비틀어졌어도

〈기따죠셍〉(북조선―인용자)이란 국호를 가진 나라는

세상에 없다!

―손지원, 「보도의 〈자유〉」(2003.4), 『어머니 생각』

풍자적인 가벼움으로 시작되는 이 시는 일본 방송이 자유로우면서도, 실은 공화국을 국가로 인정하지 않고, '북조선'이라고 부르는 것에 항의하고 있다. 그런데 실은 단순히 용어 문제를 지적하는 것이 아니라, 시인은 공화국을 '왜곡'하여 보도하는 일본 방송에 항의하고 있다. 바로 방송이라는 것이 일본 사회에서 북한과 '재일조선인'에 대한 기괴한 이미지를 만들어내고 있음을 시인은 지적하고 있는 것이다.

교육이나 방송 문제 외에도 정치적인 담론을 노래하는 경우도 있다. 시인 김학렬에게 일본의 군국주의화는 걱정스러운 일이 아닐 수 없다.

①

허, 참,

조심들 해야지

닛뽄도가 환장해서

핵무기로 뻔쩍일지 모르니까 말일세

―김학렬, 「기가 차네」, 『종소리』(2000.창간)

②

이 해 야수꾸니 추녀에 이는 바람소리는

제 2의 진주만을 터치자는 것인가

—김학렬, 「바람소리」, 『종소리』(2001.7)

　과거의 '닛뽄도日本刀'가 핵무기로 변할 수 있는 우려를 비판하는 시①
은 일본의 군비재무장을 날카롭게 비판하고 있다. ②는 일본 우익의 중
심지인 야스쿠니 신사[12]를 고이즈미 총리가 계속 방문하겠다는 2001년
8월에 발표된 시다. 후쿠자와 유키치福澤諭吉 이래 일본의 국가주의를 부
르짖으며, 동시에 세계주의를 부르짖을 때 늘 배제의 원칙을 주장했다.
이에 맞서는 재일조선인의 시도 역시 저항의 원칙을 제시한다. 그러다
보니 '우리'로 모일 수밖에 없고, 그 우리의 중심에는 다시 소위 '민족의
태양'이라는 영도자의 숭앙에 이르게 되는 순환 과정을 보이는 것이 현
재 재일조선시가 갖고 있는 도덕화의 순환고리이다.

　자연에 대해 순수서정시를 많이 발표하는 김학렬은 정치적 문제에
대해서는 이렇게 신랄한 풍자시를 발표하곤 한다. '문예동'의 부위원장
을 역임했던 김학렬 시인은 평론 「최근 조선 시문학의 한 경향」(『시인세
계』, 문학세계사, 2004 여름)을 한국 잡지에 발표하고, 한국을 두 번 다녀오
는 등 적극적인 교류를 행하고 있다.

12　김응교, 「야스꾸니 신사와 사카모토 료오마」, 『창작과비평』, 2004.봄.

마이너리티의 현실

앞서 썼듯이 '재일조선인문학'은 마이너리티小數者 중에 마이너리티다. 이들이 한글로 쓰는 시는 일본 내에서 그 위치를 확대해 간다는 것은 무척 힘이 든다. 독자의 영역은 너무도 좁지만, 그래도 몇 가지 제언하고자 한다.

무엇보다도 일본 사회에서 겪고 있는 마이너리티로서의 상처와 기쁨을 더욱 작품화해달라고 나는 요구한다. 마이너리티로서의 치열한 역사 속에서 그들이 선택할 수밖에 없던 돌파구는 수령형상문학이었다는 것은 당시 현실적인 선택이었을지도 모른다. 당연히 거대한 국가주의 서사에 흡수되어 있는 주체문예이론을 선택할 수밖에 없었다는 것도 당시 현실적이었을 수도 있다. 그러나 이것을 공감하지 못하는 이들에게 감동적 울림은 불가능하다. 너무도 빈번하게 남발되는 '위대한 수령님', '주체의 새 시대' 등의 표현은, 단어의 남발로 인해 공소空疎하게 느껴질 뿐이다.

진정 사모한다면 좀더 신선한 표현을 써야 할 터인데, 실은 그만치 사모하지 않기 때문이 아닐까. 마치 정해진 표기表記가 가득할 뿐이다. 마치 천황을 찬양하는 일본 시인의 시를 보는 것과 같은 착잡한 공허함을 느낀다. 수령형상문학뿐만 아니라, '숭엄', '장엄', '주체의 내 조국' 등 비슷비슷한 표현이 남발되는 북한기행시 역시 감동을 자아내지는 못한다. 재일조선인 문학인은 아래와 같은 언급을 정말 보고 싶지 않겠지만, 그래도 보아야 한다고 생각한다.

농담이 아니라, 만약 김일성이 어떤 종교의 교주처럼 물위를 걷는다면, 나는 그 당치도 않은 허풍에 매혹되어, 김일성에게 충성을 맹세했을지도 모른다. 그러나 내가 들어야 했던 수많은 김일성의 전설은 빈약하기 짝이 없었다. 전혀 매혹적이지 않았다. 설레이지도 않았다. 그래서 나는 소학교 3학년 어느 날, 이 점을 깨달았다.

'**우리들의 이야기가 훨씬 굉장하다**'는 것을.[13] (강조는 인용자)

"어린 시절부터 김일성이 얼마나 위대한 인물인지 질리도록 교육받았다"며, 민족학교를 하나의 '교단教團'으로 보는 『GO』의 주인공은 마침내 "김일성의 전설은 빈약하기 짝이 없다"라며 강한 거부감을 표시한다.

절실하지 않은 생각을 주입시킬 때 이러한 반응은 당연할 수도 있다. 여기서 중요한 것은 이 주인공이 김일성의 전설보다 "우리들의 이야기가 훨씬 굉장하다"는 것을 깨닫는 순간이다. 저자는 재일조선인이 느끼는 "우리들의 이야기"를 읽고 싶다. '조국'이니 '수령님께 감사'라는 등의 추상성 혹은 공허한 나르시시즘을 반복하기보다는, 철저하게 '마이너리티의 현실'을 읽고 싶다. 이러한 의미에서 저자는 앞서 인용한 손지원의 시 「보도의 〈자유〉」에서 조금의 기대를 가져 본다. 마이너리티의 현실을 밀도 깊게 직시할 때, 재일조선인문학의 의미를 갖지 않을까. 그것은 남한, 공화국, 일본인 시인도 쓸 수 없는, 다만 '동굴 속'에 있는 재일조선인만이 끌어올릴 수 있는 노래일 것이다.

---

13 金城一紀, 『GO』, 講談社, 2000, 55~56쪽.

끝으로 남한의 연구자들에게도 이들 문학에 대한 이해와 교류가 필요하다고 본다. 재일조선인의 문학은 우리 문학사로 볼 때 귀중한 기록물이다. 특수한 마이너리티의 상황을 보여주고 있는 재일조선인문학은 우리 문학의 독특한 한 양식으로 남을 것이다. 재일조선인 작가들 역시 남쪽 독자들과 더욱 교류하기를 기대해본다. 마이너리티의 절망은 문학을 가장 향기롭고 아름답게 꽃피울 씨앗이다.

1980년 이후,
자이니치 디아스포라 시인

종추월, 최화국, 김학렬을 중심으로

경계인, 방외인, 주체인

조국을 떠나 사는 예술가는 다양한 모습을 보인다. 일본에 거하는 코리언을 일컬어 재일조선인 혹은 재일한국인 혹은 재일조선·한국인 혹은 재일코리언, 자이니치 등 여러 방법으로 불러 왔다.

1950년대에 시를 발표하다가 소설가가 된 재일소설가 양석일은 여러 글에서 김시종, 강순 등의 자이니치 디아스포라 시인들의 삶을 보고[1]한다. 조총련의 문예동에 소속되어 있는 김학렬과 손지원의 연구는 재일조선인 '조선어 시문학'의 시기 구분[2]와 자료 정리 등 기본적인 연

---

* 이 글은 2008년 10월 25일 부산작가회의 주최 '재일 디아스포라 심포지엄'에서 발표했던 발표문의 한 부분이다. 이 모임을 마련해주신 구모룡 교수님(해양대)과 하상일 교수님(동의대)께 감사드립니다.

1 梁石日, 「言葉のある場所」, 『金時鐘の詩, もう一つの日本語』, 大阪 : もず工房, 2000, 17~20쪽.

구 결과를 보고하고 있다. 한국에서 등단하여 도일한 후 한글로 시를 발표했던 시인 김윤은 민단계 시인인 김파우, 김희명, 김경식, 김윤, 황명동 등의 활동[3]을 보고하고 있다.

　일본에 거주하는 일본인이나 자이니치 연구자들의 자료집과 연구도 주목된다. 가장 주목받는 업적으로 제30회 지구상地球賞을 받은 시선집 『재일코리안 시선집在日コリアン詩選集』(土曜美術出版販売, 2005)이 주목된다. 이 책을 펴낸 사가와 아키佐川亜紀는 주요한의 일본어시부터 현재에 이르기까지 시기에 따라 주요 시인들의 중요 시를 소개했다. 또한 재일한국인 54명의 작가, 600여 편의 작품을 18권에 수록한 『재일문학전집』(勉誠出版, 2006)은 시인으로 허남기, 강순, 김시종의 시를 소개했다. 문학 연구가는 아니지만 끊임없이 문학 연구 모임을 이끌어온 윤건차 교수(가나가와대학)의 저서 『사상 체험의 교착思想体験の交錯』[4]도 중요롭다. 이 책은 1945년 이후 한국·일본·재일한국인의 사회사상사를 분석하고 있다. 주목되는 것은 사회사상사를 서술하면서 50여 편의 시가 인용되어 있는데, 그중에 중요한 자이니치 디아스포라 시인의 시가 많이 소개되어 있다. 그 시가 탄생하는 역사사상적 배경을 상세히 소개하고 있어, 자이니치 디아스포라 시인의 시를 이해하는 데 도움이 되는 독특

2　이에 관해서는 좌담회 「문예동 결성 40주년을 즈음하여」(『문학예술』109, 1999.6.29)에 실린 김학렬의 발언; 손지원, 「재일조선시문학연구」(1〜3)(『겨레문학』2000.여름〜가을호); 김학렬, 「시지 『종소리』가 나오기까지─재일조선시문학이 지향하는 것」(김응교 편, 『치마저고리』, 화남, 2008)을 참조 바란다.

3　김윤, 「민족분단과 이념의 갈등─재일본 동포문단」, 『한국문학』 204, 한국문학사, 1991.7, 114〜115쪽.

4　尹健次, 『思想体験の交錯』(東京 : 岩波書店, 2008). 이 책은 『교착된 사상의 현대사』(창비, 2009)로 번역되었다.

한 참고서다.

최근 심원섭,[5] 하상일,[6] 이경수[7] 등 한국 연구자들에 의해 문예동의 조선어시에 대한 연구 발표가 이루어지고 있다. 이제 자이니치 디아스포라 시인 연구는, 먼저 실증적이 자료 확보와 분석이 필요하며, 이를 기반으로 보다 개별적이고, 내면적인 세세하게 작가 혹은 작품 연구가 진행되어야 할 때다. 이러한 필요성에 따라, 이 글은 1980년대 재일 디아스포라 시인의 내면성을 세 가지로 분류하여, 가장 대표적인 시인을 중심으로 분석해 보려 한다.

자이니치 디아스포라 코리언을 여권에 찍혀 있는 국적 사항에 따라 한국인, 조선인으로 나누기도 한다. 이러한 외피적 표기에 앞서, 자이니치 디아스포라 코리안의 내면적內面的 동기를 고구考究해보자면, 좀더 세분하여 보아야 한다. 그것은 '발화자發話者의 위치'가 차지하는 의미와 '발화자가 겨냥하는 표적'에 따라서 그 위치가 달라질 수 있다. 발화자의 내면적인 위치와 표적에 따라서 볼 때, 우리는 자이니치 디아스포라 시인을 경계인, 방외인, 혁명가로 나누어 볼 수 있겠다. 물론 이러한 내적 성격은 서로 완전히 분리되는 것이 아니라, 겹치는 부분이 있기도 하다.

첫째, 자이니치 디아스포라 시인은 경계인境界人의 성격을 지닌다. 발

---

5 심원섭, 「재일 조선인 시문학에 나타난 자기 정체성의 제양상」, 한국문학회, 『한국문학논총』 31, 2002.10; 「재일 조선어문학 연구 현황과 금후의 연구 방향」, 한국문학연구학회, 『현대문학의 연구』 29, 2006.7.31.
6 하상일, 「해방 직후 재일 조선인 시문학 연구—허남기의 시를 중심으로」, 우리말글학회, 『우리말글』, 37, 2006.8.
7 이경수, 「1990년 이후 재일동포 한국어 시문학의 변모」, 고려대 민족문화연구원, 『민족문화연구』 42, 2005.6.30.

화자로서 이들의 위치는 어느 곳에도 속해 있지 않은 '걸쳐져 있는 존재'다. 한국어를 모르는 소설가 양석일의 작품은 일본어로 쓰였으나 일본문학이기를 거부하고, 한국어를 모르면서도 한국인의 민족의식에서 벗어날 수 없는 제2세대 경계인의 어정쩡한 삶을 보여주고 있다.

> 재일(在日)이란, 일본 / 조선 / 동아시아의 '원죄(原罪)'를 계속 내리쬐며, 민족·국가에 관계하면서도 그것과 거리를 두는 존재이면서 동시에, 스스로 '살아가는 방법'에 의해서만이 그 존재 가치를 보일 수 있다.[8]

윤건차 교수의 진술은 경계인境界人의 특성을 가장 확실하게 보여준다. 제2세대는 잘 보여준다. 이들은 일본과 한국과 재일 디아스포라 사이에서, 둘 이상의 이질적인 사회나 집단에 동시에 속하여, 양쪽의 영향을 함께 받으면서도, 어느 쪽에도 완전하게 속하지 못하는 사람이다. 일본에서 경계인으로 산다는 것은 한국과 일본과 재일조선인과 북한의 '사이' 그 경계선에 서있는 상태를 의미한다. 재일지식인 윤건차와 서경식, 2005년 러시아의 톨스토이 문학상 수상후보자인 고려인 소설가 아나톨리 킴은 모두 국경과 민족에서 밀려나 주변에서 발언하는 경계인이다. 자이니치 소설가 양석일, 김학영, 이양지, 시인 김시종, 종추월은 경계인으로서 정체성의 문제를 중요시한다. 이들은 경계인만이 갖고 있는 독특한 비판적 시각과 외로움을 창작의 잉걸불로 삼고 있다.

둘째, 방외인方外人의 모습이다. 방외인이란 『장자』 사상에 나타나듯

---

8   尹健次, 『思想体驗の交錯』, 東京 : 岩波書店, 2008, 469쪽.

틀에 매이지 않은 '초월의 지성'을 말한다. 방외인이란 '시대를 거부한 자유인'으로 설명할 수 있겠다. 장자와 공자의 사상적 차이는 밖에 있는가 안에 있는가의 차이다. 노장이 추구하는 세계가 방외方外인 데 반해, 공자의 이상이 끝까지 방내方內에 머문다는 차이뿐이다. 방외인이라는 발화자는 체제 밖에 있으며, 지배체제 안에서 주어진 위치나 부당한 사회 현실에 굴종하거나 체념하지 아니하고, 밖으로 나아가 저항적인 자세를 보이지만 그 표적을 대하는 방법은 비판적이며 냉소적이다. 밖에 위치해 있는 방외인 발화자들은 이념적 이단을 택하는 자유인이다. 우리 중세문학에서는 중세기적 권위에 순종하기를 거부하고, 인간의 양심·자아를 지키려고 몸부림쳤던 어무적이나 김시습 같은 인물이 방외인으로 불리고 있다. 조선시대의 밑바닥 생활을 시로 썼던 어무적이나. 세조의 왕위 찬탈과 혐오스러운 역사 공간을 과감히 벗어던졌던 김시습도 방외인의 삶을 잘 보여준다. 자이니치 디아스포라 시인들은 누구나 방외적인 면을 갖고 있다. 그중에서도 한국에서 태어나 시인이 되고, 일본에 거주하면서 가장 활발한 활동을 하며 일본 시단에 이름을 남긴 최화국은 방외인의 성격을 가장 잘 보여준다 하겠다.

셋째, 조국을 그리워 하며 극한의 민족주의로 나아가는 민족주체혁명가의 모습이다. 일본에 머물면서 시를 발표한 동포들은 해방 전 식민지 시대부터 있어 왔지만, 해방 후 1950년대 초반기까지 대부분 조총련의 문예동에 속해 있었다. 문예동에서 탈퇴한 김시종, 양석일과는 달리, 허남기에 이은 정화흠, 정화수, 김학렬 등은 철저하게 북한의 이념을 민족주체이념으로 따르며 이른바 '우리식'(=주체사상) 혁명가의 삶을 평생 유지해 오고 있다. 이들은 경계인이나 방외인이 되기를 철저히 거부하면서, 일본사회에의 동화 역시 거부하고, 철저하게 한글로 창작 활동을 해왔다. 발화자로서 이들의 위치는 명확히 조선민주주의 인민 공화국에 속해 있으며, 사상적으로 철저하게 주체사상과 주체문예이론을 따르고 있다. 이들의 표적은 당연히 미제국주의와 일본 군국주의가 주적이며, 1980년대는 남한 군부정치 체제였다. 발화자로서 이들의 창작방법론도 명확하다. 김학렬은 재일조선문학의 잣대를 세 가지로 설명했다. 첫째, 일본어가 아닌 우리말로 창작해야 하는 '자기회복' 문학. 둘째, 일본에의 귀화와 동화를 반대하며 민족긍지를 뒤높이는 '자기표현'의 문학. 셋째, 통일민족을 그리는 '통일지향'의 문학이라고 정의[9]했다. 2000년대에 시전문잡지 『종소리』[10]를 2008년 겨울까지 총권 32권을 펴내며, 그 혁명성을 유지하고 전승해 가고 있다.

자이니치 디아스포라 시인의 모든 시는 일본이라는 외부세계와 길항 拮抗해온 시인이 경계와 방외와 혁명이라는 방식으로 빗어낸 내적 결정체이다. 저자는 이 논문에서 내적인 특성에 따라 가장 대표적인 시인을 소개하려 한다. 경계인 시인으로 종추월, 방외인 시인으로 최화국, 혁명적 시인으로 김학렬을 제시하여 그들의 문제작을 소개하려 한다. 그리고 세 시인을 분석할 때, 그들 시에서 가장 주목되는 특징을 드러내는 방식으로 서술하려 한다. 이렇게 볼 때, 종추월에게는 언어의 문제, 최화국에게는 자유로운 발상의 문제, 김학렬에게는 정치적 입장이 부각될 것이다.

---

9 김학렬, 「우리문학의 과제」, 『문학예술』 98, 1990.겨울, 6쪽.
10 김응교 편, 『치마저고리—재일 조선인 시선집』, 화남, 2008; 김응교, 「재일조선인 조선어 시전문지 『종소리』 연구」, 『현대문학의 연구』 34, 한국문학연구학회, 2008.2.29.

이 글은 2008년 10월 25일 부산작가회의 주최로 '재일 디아스포라 문학 심포지엄'에서 발표한 발표문을 토대로 발표했던 저자의 「재일디아스포란 시인 계보, 1945~1979」(『인문과학연구』, 영남대인문과학연구소. 2008.12.30)에 이은 1980년대 이후 자이니치 디아스포라 시인에 대한 연구다. 이 논문에서 인용되는 모든 일본어시는 저자의 번역이다.

1980년대 이후, 재일 디아스포라 시인

1) 이카이노 시인, 종추월

종추월 시인

1980년대에서 1990년대에 걸쳐서 재일한국인문학 세계에 다양하고 의미가 큰 변화의 시대가 펼쳐졌다. 첫번째는 정치적인 관계다. 1980년 5월 대한민국에서 일어난 군사 쿠테타는 재일 한국인 사회에 큰 영향을 미치지 못했었다. 1981년 중요한 계간지 『삼천리』의 편집위원인 김달수, 강재언, 이진희가 1주일간 고향에 성묘하러 갈 목적으로 일본에서 한국으로 출국했는데, 이것은 재일지식인 사회에서 전두환 정부를 용인하는 것이라는 비판과 논쟁[11]을 불러 일으켰다.

11　梁石日,「韓国へ行く」,『闇の想像力』, 大阪 : 解放出版社, 1995, 137쪽.

종추월 시집 『사랑해』(1987)

『종추월 전집』(2016)

이러한 정치적 판단과는 멀리 떨어져, 오직 한국와 일본, 더 근본적으로는 제주도 사투리와 오사카 사투리 사이의 경계境界에서 오사카 지역 재일조선인 여자의 삶을 그려낸 시인이 있었다. 사가현佐賀縣에서 태어난 재일 2세 작가 종추월宗秋月(1949~)은 오사카 이카이노猪飼野를 중심으로 한 독특한 시를 발표한다. 열여섯 살에 오사카로 온 그녀는 옛 이카이노 지역이 포함된 이쿠노 구에 살면서, 양복봉제, 세일즈, 포장마차, 샌달 수공 등 다양한 일을 전전하면서 작은 스낵을 경영했던 것으로 알려져 있다.

원래 시인으로 출발한 종추월은 『종추월 시집宗秋月詩集』(編集工房ノア, 1971), 『이카이노・여자・사랑・노래─종추월 시집猪飼野・女・愛・うた─宗秋月詩集』(プレーンセンター, 1984) 등을 냈다. 그리고 에세이집으로 『이카이노 타령猪飼野 タリョン』(思想の科學社, 1986), 『사랑해サランヘ·愛してます』(影書房, 1987)를 냈고, 잡지『民濤』에 두 개의 단편을 발표했다. 종추월이 첫시집을 낸 때는 1971년인데, 1980년대 작가로 소개하는 이유는 그녀가 주목을 받은 것은 1980년대에 여러 권의 책과 글을 발표하면서부터이다. 그녀의 시는 어머니의 신세타령, 아버지의 잔소리 등으로 표현되어, 일본 시단에 작은 충격을 주었다.

①
에헤이요~
에히헤이요
내가 일본에 왔을 때는
돌투성이 자갈밭이었다
무너뜨린 산의 흙을
뼈가 짓눌리도록 손수레에 실어
나르고 나르고 또 날라
내가 만든
내 밭이다
에헤이요~
그건 열아홉 때였다.

―종추월, 「술멍석」[12]에서

---

12 "エヘイヨ～ / エイヘイエ / 僕が日本に来た頃は / 石ころだらけの河原だったさ / 切り崩した山土を / モッコで運び骨にめりこむ土運び / 運び運び運び込み / 僕が作った / 僕の田さ / エヘイヨー / あれは十九の歳だったぁさ"

②

어머니는 누룩을 빚어 술을 만들었다

아버지는 술독을 끌어안고 술을 마셨다

밥그릇에 밥을 담지 못하더라도

밥알이 떠 있는 탁주를 밥그릇으로 퍼 마셨다

여자인 어머니는

인간임을 남자에게 먼저 양보해야 하고

하루도 빠짐없이 이어지는 그날이

아무 탈없기를 몸과 마음을 졸이고 빌며

항아리에 손을 집어 넣고 술을 퍼 건넨다

남자가 그저 남자일 수 있게 하는 일은

술 밖에 없는 것을, 겨우 제정신을 지탱하는

인간 아닌 삶을 사는 여자이기에

이해하고 납득하여 만드는 밀주였다.

— 종추월, 「막걸리, 도부로쿠, 탁주」[13]에서

이카이노에서 자란 종추월은 고통과 사랑을 가로지르는 작품을 발표하고 있다. 그녀의 시는 자신의 성장과정과 생활을 소재로 삼고 있다.

①은 한국의 민요 리듬을 일본시에 채용하고 있다. 일본어 민요에는

---

13 "母は糀(こうじ)を作り酒を造った。 / 父は壷を抱き酒を飲んだ。 / 飯茶碗に飯を盛なくても / 飯粒が浮いたにごり酒を茶碗に汲んだ / 女であり母である人は / 人間であることを男にまずゆずらねば / 一日たりとも たちのゆかぬ その日の / つつか無きを祈るように身をもみながら / 壷の中に手を入れて酒を汲んだ。 / 男が ただ 男であるための扶助は / 酒しかないことをようよう保つ正気の / 人間にあらぬ暮らしの女だからこそ / 心得え がってん承知の密造酒だった。"

존재하지 않는 후렴구 "에헤이요~エヘイヨ~ / 에이헤이에エイヘイエ"를 시의 첫행과 적당한 곳에 삽입하여 마치 한국의 민요 분위기를 만들어 내고 있다. 또한 그녀가 구사하는 민요는 모두 육체적인 율동을 자극하는 표현이다. 이것은 제주도 민요에서 흔히 들을 수 있는 방식이다. 게다가 종추월이 쓰는 일본어는 표준어가 아니라 오사카 사투리다. 결국 위 시는 오사카 사투리와 제주도 방언이 만들어낸 변방의 노래가 되었다. 이렇게 종추월의 작품에 보이는 시어詩語는 전혀 중심이 아닌, 변방의 말투를 독자적으로 조합하여 창조하고 있다. 평론가 가와무라 미나토川村湊는 이렇게 제주도방언과 오사카방언이 섞인 '이카이노어'를 플로리다 반도나 서인도 제도 등지에서 볼 수 있는 불어와 현지어가 섞여 만들어진 혼합언어 '크레올creole어'의 예를 들어 설명하는데,[14] 종추월이야말로 오사카 사투리에 제주도 민요 리듬을 섞어 쓰는 독특한 '이카이노어'를 자유롭게 쓰고 있다.

②는 조선의 막걸리를 밀조하여 술에 취해 살아가는 재일조선인 여성의 빈궁한 삶을 탄탄하게 그려내고 있다. "어머니는 누룩을 빚어 술을 만들었다", 술에 취한 남자의 폭력이 있어도, "여자인 어머니는 / (⋯중략⋯) / 남자가 그저 남자일 수 있게 하는 일은 / 술 밖에 없는 것을, 겨우 제정신을 지탱하는 / 인간 아닌 삶을 사는 여자이기에"라는 진술은 처절하기까지 하다. 남자의 노예처럼 살아가면서도 생명력을 가진 여성의 리얼리티는 종추월 문학의 특징이다.

1970년대 이후 박경미, 김창생, 가야마 스에코香山末子(김말자), 이정

---

14 川村湊, 『生まれたそこがふるさと―在日朝鮮人文学論』, 平凡社, 1999, 224쪽.

자, 원정미, 성미자 등 주목받는 재일 디아스포라 여성 시인들이 있었으나, 종추월만치 여성의 자아를 향해 농밀하게 표현한 시인은 없었다. 종추월의 시에서 강인한 생명력을 가진 여성성은 중요하게 부각된다. 재일한국인문학 연구자 유숙자는 종추월의 에세이에 나타난 여성성의 문제[15]에 주목하고 있다.

「이카이노 태평 안경猪飼野のんき眼鏡」(1987.11)은 「은하의 길」, 「아이고-의 운율」, 「태평 안경」 등에 나타난 글에서, 우리는 한국도 일본도 아닌 경계선에서 죽지 못해 위태롭게 살아가는 여성을 만난다. 실업자나 다름없는 남편의 폭력과 술주정에 괴롭힘을 당하며 여성으로 성과 자유를 구속받는 처지에 놓인 주인공 순자順子의 현실이 묘사되는 가운데, 가난의 중압에서 벗어나려 발버둥치는 젊은 재일 2세대들의 모습을 분석한다. 종추월은 일본에서 외국인으로 차별받는 것보다는 온갖 콤플렉스에서 아내를 폭력으로 지배하는 남성의 폭력에 주목하고 있다. 그리고 유숙자는 종추월의 두 번째 단편소설인 「불꽃華火」(1990.3)도 분석한다. 이 소설 역시 일본인과 결혼했지만 역시 알콜중독자인 남편에게 지배받는 여자를 그리고 있다며, 카르마karma(업)의 관점에서 여성의 삶에 주목하여 종추월을 분석 소개했다.

정리하면 종추월에게서 중요한 것은 첫째는 탄압 받는 재일조선인 여성의 생명력이다. 그녀는 시와 산문을 통해 여성의 삶을 재현하고 있다. 재일이라는 수라修羅세계에서 가난하지만 강인하게 살아가는 재일

---

15 유숙자, 「오사카(大阪) 이카이노(猪飼野)의 여류시인 종추월(宗秋月)」, 한국문학회, 『한국문학논총』 34, 2003.8.

여성의 생명력, 약자의 리얼리티는 종추월 문학의 핵심이다. 그 생명력
은 다만 여성에서 그치는 것이 아니라, 시대적 비판의식으로도 이어진
다. 1987년에 발간된 『사랑해』에서 종추월은 5·18광주민주화운동에
서 광주 시민을 학살한 군사독재정권, 그리고 일본의 천황제 등을 날카
롭고 엄격하게 비판한다.

둘째, 이러한 여성들은 모두 이카이노라는 지역을 배경으로 살아간
다. 종추월이 그려낸 이카이노는 자전적 소설 『피와 뼈』를 냈던 양석일
梁石日(1936~)의 소설에서 집중적으로 표현되고 있다. 양석일의 소설
『피와 뼈』의 배경이 되는 집터에는 현재 소설의 배경이라는 것을 알리
는 현판이 붙어 있다. 또한 전쟁 때 폭격으로 공장이 내려 앉은 오사카
공장터에서 쇠덩이를 갖고 와서 팔아서 먹는 이른바 '아파치족'의
1958년도 이야기가 담긴 자전적 장편소설 『밤을 걸고夜を賭けて』(1997)
의 배경도 바로 이 이카이노 지역이다. 또한 『이카이노 이야기』라는 첫
창작집을 냈던 원수일元秀一(1950~), 고서점을 경영하는 소설가 김창생
金蒼生(1951~), 급기야 2000년 상반기에는 이카이노 출신인 현월玄月
(1959~)이 아쿠타가와 문학상을 받아, 이카이노의 이름은 하나의 문학
적 성지聖地로 격상되었다.

셋째, 일본어에는 없는 리듬, 농담, 일상언어가 섞여 독특한 분위기
를 자아내고 있는 종추월의 독특한 언어다. 종추월의 언어가 '인텔리문
학'의 언어가 아닌 그녀 자신의 일상언어이며, 그것은 일본어에 존재하
지 않는 비유와 은유, 리듬, 반대로 조선어에는 없는 '재일在日의 노래'
가 만들어졌다는 김훈아의 평가[16]는 전적으로 타당하다. 종추월의 독
자적이고 샤먼shaman적인 언어표현은 앞서 김시종이 했던 것과 같이

'비틀어진 제국의 언어'로 압제적 제국의 언어에 대항했던 시어詩語였던 것이다.

2) 방외인의 시학, 최화국

1987년의 노태우 6·29민주화 선언으로 한국 사회가 민주화로 크게 발전했고, 1988년에는 서울 올림픽이 열렸던 이 시기에 가장 주목되는 작가는 디아스포라 유랑인 시인 최화국崔華國(1915~1996)이다. 1915년 경상북도에서 태어난 그는 기자생활을 하고, 또 다방을 경영하기도 했다. 이후 일본에서 살다가, 미국에서 세상과 결별한 영원한 유랑인이었다. 1978년 시집 『윤회輪廻의 강江』을 우리말로 서울에서 출판하고, 1980년 일어 첫시집 『당나귀의 콧노래驢馬の鼻唄』를 냈다. 이 시집 첫 시를 보자.

최화국 시인

> 마흔이 되면 시를 쓰겠오
> 마흔은 너무나도 아득한 세계라서
> 나와는 평생 관계 없어
>
> 그렇다면 시를 안 써도 된다

---

16 김훈아, 「종추월(宗秋月)의 시와 '재일조선인어'」, 한국일본근대문학회, 『일본근대문학』, 2005.10, 244쪽.

라는 계산을
나는 은밀하게 한 것일까

그 마흔을 넘어
다시 20년 나는
그대가 그렇게도 싫어했던 이 나라에서
의미 적은 연륜을 쌓고 있는 거다

가을 호수처럼 깊고 맑은 눈동자의 그대
그대 때문에
비참한 조국까지 빛나는 것으로 보였다
반가운 사람이여

노를 젓는 내 가슴에 뺨을 부빈 그대
사실 시 따위는 아무래도 좋았던가
마흔이 되면 시를 쓴다고 하는 거짓말도
반가운 사람이여

완만한 낙동강에
눈부시게 가을햇살 내려 쪼이고
구름은 유유히 강도 유유히
지금도 낙동강은 흐르고 있을까
그로부터 40년

최화국 시집 『당나귀의 콧노래』(1980)

시는 아직 쓰지도 못한 채

그대가 그렇게도 싫어했던 나라에 있다.

— 최화국, 「낙동강」 전문[17]

낙동강은 시인이 태어난 고향을 흐르는 강이다. 고향에 흐르는 낙동강
을 빌려 시인은 고향에 대한 향수와 시에 대한 그의 열정을 말한다. "마흔
을 넘어 / 다시 20년"을 시인은 연인이 싫어하는 섬나라에서 살면서, 시
인은 그대를 그리는 그리움으로 시를 쓴다. 그리움과 열정은 "구름은 유
유히 강도 유유히 / 지금도 낙동강과 함께" 흐르고 있는 것이다. "구름은
유유히 강도 유유히"라는 한 구절이 이 시에 유연성을 주며
흥분하지 않는 침착한 태도를 보여준다. 마흔을 넘어 시집을
낸 시인은 낙동강처럼 왕성하게 활동했다. 그리고 두 번째
시집 『고양이 이야기猫談義』(1984)을 이어 냈는데, 이 시집은
고향에 대한 향수와 정념이 주조를 이루었던 초기 시와 달리
코스모폴리턴한 방향으로 전환되어 가는 모습을 보여준다.
그리고 이 시집으로 1985년 최화국 시인은, 외국인으로 처
음 일본 시단의 권위 있는 신인상인 H씨상H氏賞 대상을 수상
한다. 이 시집부터 그의 시는 낸 일본과 한국을 뛰어넘어 세

최화국 일본어 시집
『고양이 이야기』(1984)

---

17 "四十になったら詩を書くよ / 四十はあまりにも遙かな世界で / 私とは一生関係がない / そした
ら 詩が書けないでも済む / という計算を / 私は密かにしたのだろうか // その四十を通り越し
て / さらに二十年私は / 君が毛嫌いしたこの国で / 意味の少ない年輪を重ねているのだ // 秋の
湖ほどに深く澄んだ瞳の汝（なれ）/ 汝（な）がために / みじめな祖国までがかがやいて見えた /
うれしきひとよ // オールを漕ぐ私の腕に 頬ずりすた汝（なれ）/ 実は 詩なんかどうでもよかっ
たか / 四十になったら詩を書くという 嘘も / うれしきひとよ // 緩やかな洛東江は流れていよ
うか / あれから 十四年 / 詩はまだ書けないまま / 汝（な）が毛嫌いした国にいる"

계로 향하고 있다.

필라델피아 공원에서

멍 하니 벤치에 앉아

고향 하늘 방향으로 흘러가는

흰구름을 지켜보고 있노라니

아주 사람이 좋아 보이는 뚱뚱보

백인 순경이 가까이 와서 악수를 청하며

헬로, 유— 차이니즈 한다

노오, 했다

오오 미안해요 그려면

유— 자파니즈 하기에

노옷! 하고 나도 모르게 화를 냈더니

다음은 물어보나마나 별 볼일 없다는 시늉으로

어깨를 한번 추스르고는

빙그레 웃으며 돌아서는 것이 아닌가

야아, 이 자식 봐라 우스갯소리가 아니야

이 백돼지 같은 녀석아, 남에게 말을 걸어놓고

그냥 가버려, 이 못난 자식아

뭐? 차이니즈 자파니즈만이

황인종인 줄 아느냐, 아세아는 말이야

가장 아세아다웁게 말이야

짓밟혀도 짓밟혀도 시들지 않고
슬퍼도 슬퍼도 울지도 않고
죽여도 죽여도 죽지도 않고
귀신도 탄복을 한다는

까오리 빵즈(高麗房子)란
종족이 있는 걸 너는 모르지?
이 백돼지 녀석아
아앗 급할 때만 발생하는 나의 실어증
급성 언어장애증의 병발(倂發)
구름도 가고 순경도 가고
남은 건 나와 나의 그림자와

— 최화국, 「까오리 빵즈(高麗房子)」 전문

백인 순경과 다만 외로움을 달래고 싶었을 뿐. 문득 생의 유랑을 호소하는 디아스포라의 대표시다. 이 시에는 거대한 반미주의는 없다. 약자의 심약한 풍자가 오히려 명랑하기만 하다. 최화국의 시는 이렇게 가벼운 마음, 고정관념에 갇혀있지 않은 상상력이 독자에게 자유를 준다. 또한 "까오리 빵즈高麗房子란 / 종족이 있는 걸 너는 모르지? / 이 백돼지 녀석아" 같은 비어卑語는 통쾌함까지 느끼게 한다. '까오리 빵즈'란 말은 중국인이 한국인을 멸시할 때 쓰던 차별어인데, 이 시에서는 오히려 시인의 의지가 돋아나는 언어로 바뀐다. 언어의 역전과 함께 강대국이 약소국을 멸시하던 법칙도 역전되어 버린다. 구절 구절 일상용어를 그대로 쓰면서 시는 독자에게 거침없이 말을 건다. 일상언어를 마구 섞어 쓰는 듯 하지만, 그 문장은 유연悠然하며 정확하여, 그의 작품은 늘 품격을 지니고 있다. 마지막 행 "구름도 가고 순경도 가고 / 남은 건 나와 나의 그림자와"라는 구절은 위트가 있으면서도 여운이 남는다. 이렇게 한국에서 태어나 일본에서 살았고, 미국에서 작고한 한 디아스포라 유랑인의 곡절한 마음 앞에, 한국 문단은 1997년 제7회 편운문학상의 특별상 대상을 올려 경의를 표했다.

최화국 시를 종합하자면, 스스로의 고향을 버리지 않고 지키며 살려고 했기에 내면에 크나큰 상흔을 지닌 채, 평생 방랑과 은둔을 반복하였던 '방외인의 시학'이라 할 수 있겠다. 그는 조국을 우습게 여기는 세상을 흘겨보면서, 휘파람 불었던 방외적 국제인이었다. 평생 중앙문단을 거부하며 부산 문단을 택하여 부산문학동인회에서 출판하는 『문예수첩』에만 주로 작품을 발표했던, 출세지향적인 중앙 문단 권력에 등을 돌렸던 배타적인 방외적 자유인이었다. 유랑은 그에게 존재의 방식이자 문학의 한 길이었으며 세상과 만나는 통로였다. 그는 유랑을 통해 일탈의 시를 썼던 디아스포라 시인이었다.

3) 전환기의 혁명시인, 김학렬

1990년대는 김일성 주석의 서거와 더불어 소련 등 사회주의 국가들

이 붕괴하고 북쪽과 조총련은 내적으로 이른바 「고난의 행군」시대를 맞이한다. 외적으로는 남쪽 정부에 대해 불만을 가지고 있던 재일조선인 사회가 1990년 이후부터 조금씩 우호적인 태도를 보여주기 시작하는 이 무렵 유미리는 『가족 시네마家族シネマ』로 1996년 아쿠타가와상을, 현월도 『그늘의 집蔭の棲みか』으로 1999년 아쿠타가와상을 수상했다. 연배는 다르지만 『택시 드라이버의 일지タクシードライバー日誌』(1984)로 주목받은 양석일은 『피와 뼈血と骨』(1996) 등으로 장대한 가족사를 발표한다. 그리고 1996년에는 H씨상을 수상했던 최화국 시인이 미국에서 사망했고, 1998년 남쪽에서 민주화를 위해 투쟁해온 김대중의 문민정권이 세워지면서 소설가 이회성은 한국 국적[18]을 취득한다.

조선어로만 작품을 발표해온 문예동 시인들도 1959년부터 40년간 순한글 편집으로 출판된 문예동 기관지 『문학예술』은 1999년 6월 통권 109호로 폐간한다. 이어 2000년부터 문예지 『겨레문학』을 발행한다. 『겨레문학』은 정론지적 성격을 탈피해 순문예지적 성격을 대폭 강화하고 젊은 작가에게 많은 지면을 할애하고 있다. 이 시기 주요시집으로는, 허남기 『조국에 바치여』(1992), 홍순련 『비단주머니통장』(1992), 강명숙 『수국화』(1992), 김정수 『꿈같은 소원』(1993), 김리박 『견직비가』(1996), 장윤식 『고대실크로드를 간다』(1996) 등이 있다.

이 시기에 빼놓을 수 없는 조선어 시인은 교토에서 태어난 김학렬 시인(1935~)이다. 그는 일본에서 태어났지만, 그의 상상력의 뿌리는 본적

---

18 조총련을 거부하면서도 조선국적을 유지했던 소설가 김석범은 이회성의 한국 국적 취득을 비판한다. 金石範, 「いま、「在日」にとって「国籍」とは何か――李恢成君への手紙」, 月刊 『世界』, 岩波書店, 1998.10.

김학렬 시인

지인 경상남도 함안에 닿아 있다. 그가 낸 시집『삼지연』(일
본 : 조선대학교, 1979),『아, 조국은』(평양 : 문예출판사, 1990)은
시집 앞부분에 수령을 찬양하고 주체사상을 높이고, 남한
의 독재정권을 통렬하게 비판하고, 미국과 일본의 제국주
의 속성을 치열하게 공격하고 있다. 첫시집『삼지연』은 조
국(북한) 김일성대학으로 유학가서 썼던 조국방문시초가 주
요한 내용이고,『아, 조국은』은 한국에서 일어난 5·18광
주민주화운동에 대한 시가 대부분이다.

회세의 살인마
저 놈의 썩은 뼈마디 하나 안 남도록
돌도 바위도 발갛게 태워 버리자

파란 눈의 미국양놈이
허둥지둥 질겁하여 도망을 가도록
우리의 뜨거운 의지로
저 시커먼 하늘도 바지직 태워버리자

—「고난의 행군」(1980)에서

『아, 조국은』의 가장 마지막에 실린 이 시는 발신자의 표적이 명확히
제시되어 있다, 그것은 남한 군부독재이고, 그 독재세력을 지원하는
'파란 눈의 미국양놈'이다. 대중적인 쉬운 표현을 선호하는 주체문예미
학을 따랐기에, 우리의 시각에서 보면 응축미가 적고 느슨하다는 느낌

을 지울 수 없다. 다만 시인이 민족적 아픔을 갖고 광주항쟁을 집중적으로 시로 남겼다는 것을 확인할 수 있다.

그의 시적 변화와 일관성은 시동인지 『종소리』를 통해서 볼 수 있다. 이 동인지는 2000년 1월부터 매년 4번 출판되어, 8년 동안 32회나 발행되었다. 이 모임의 중요한 이론가인 김학렬이 규정한 세 가지 잣대, 즉 민족어 문학, 자기표현의 문학, 통일지향의 문학을 철저히 관철하는 시동인이다. 이 시집에 실린 김학렬의 시는 예전처럼 일본과 미국의 제국주의성을 비판하는 것은 변함이 없다. 그러나 수령형상문학은 이 시동인지에서는 볼 수 없고, 통일을 그리며 민족동일성을 노래하는 시들이 많다.

바쁜 솜씨로 담가도
풋고추에 딱 맞는 열무김치
저녁 밥상 위에서
어서 들라 인사를 하니
컬컬한 탁배기도 청하고 싶네

쩝쩝 입맛을 다시니
내 눈앞에
그리운 고향산천이 와락 달려온다
달려온다

— 김학렬, 「열무김치」 전문

치열한 투사이기도 한 그 앞에 열무김치가 놓일 때 "내 눈앞에 / 그리운 고향산천이 와락 달려온다 / 달려온다"는 표현처럼, 그의 마음은 고향으로 '와락' 달려간다. 혀의 느끼는 맛이란 곧 벗어날 수 없는 민족성이기도 하다. 바로 '열무김치'를 그리워하는 고향의식이 그의 치열한 비판과 풍자의 출발점이다. 이 동인지 시선집은 한국에서 『치마저고리－재일조선인 〈종소리〉 시인회 대표시선집』(화남, 2008)이라는 이름으로 출판되었는데, 김학렬의 시는 이 시동인들의 지향성과 함께하고 있다.

김학렬 시인은 작품뿐만 아니라, 통일문학을 향한 그의 열정을 기록하지 않을 수 없다. 김일성대학에서 프롤레타리아 문학 연구로 박사학위를 받은 그는 문예동 시인 가운데 가장 체계적인 이론가이기도 하다. 학자로서 그는 문예동의 중심에 있으면서도 늘 외부와의 교류를 시도해왔다. 1990년대 말부터 있어 왔던 한국문인 혹은 학자와 재일조선인 문예동과 교류는 모두 김학렬 시인의 노력으로 이루어진 것이다. 2004년 12월 11일에 와세다대학에서 열린 학술대회 '재일조선인 조선어문학의 현황과 과제', 2006년에 역시 와세다대학에서 열린 한국·재일조선인·일본인 시인 공동시낭송회 '2006년 도쿄평화문학축전' 그리고 숭실대와 서울대에서 열린 재일조선인문학 학술대회는 모두 그의 노력으로 맺어져 왔다.

게다가 2008년에는 평생 모은 도서를 서울대학교에 기증하기도 했다. 그의 문학적 결실과 행동은 재일조선인문학을 통일문학의 씨앗으로 심고 있다. 1960년대에 등단한 김학렬 시인은 삶과 함께 미래로 향하고 있다.

4) 다양한 디아스포라 시인—가야마 스에코, 박경미 등

1980년대는 최화국 시인과 더불어 가야마 스에코香山末子(한국명 김말자, 1922~1996), 박경미(1956~) 등의 시인은 재일 디아스포라 문단을 새로운 차원으로 넓혀 놓았다.

경상도에서 태어나 1941년에 일본으로 간 본명이 '김말자'라는 가야마 스에코는 1945년 문둥병으로 쿠사쓰 요양소에 입원하여, 49세부터 일본어로 시를 쓰기 시작했다. 한센병으로 맹인이었던 가야마 스에코의 「고추가 보이는 풍경」은 고향에 대한 절실한 그리움이 담겨있다.

> 내 고향에는 초가지붕뿐
> 가을이 되면 초가지붕엔
> 샛빨간 고추가 말려진다
> 어느 집 지붕도
> 가을 하늘아래 고추가 빛나
> 눈 부실 지경이다
>
> 일본의 지붕에는
> 샛빨간 매실이
> 바구니에 담겨 일광에 말려지고 있다
> 나는 열이 날 때마다
> 샛빨간 매실을 입에 댄다

한국의 저 샛빨간 경치는

지금 어떻게 되어 있을까?

눈에 떠올랐단 사라지지 않는 열이 나던 날

—「고추가 보이는 풍경」 전문,[19] 『쿠사쓰 아리랑』(1984)

이 시는 초가지붕이라는 단어가 적절하게 반복되어 울림을 주면서, 샛빨간 색체 이미지로 시를 강렬하게 회화화繪畵畵하고 있다. 또한 고추와 매실의 대비를 하면서, 그것이 다시 열熱로 신체화 되는 독특한 연결 고리를 보여주고 있다. 짧은 명편을 많이 발표했던 그녀는 일본어 이름을 사용하며 시를 발표했지만, 완전한 일본인이 될 수 없었다.

내 나라 한국에는 좋은 추억이 가득

내가 자란 시골의 풍경이 펼쳐져 있다

좋아하고 좋아해

사랑하고 사랑해도

추억의 나라 한국

잠깐 잊고

일본인과 함께 되어

---

19 "私の古里はわら屋根ばかり / 秋になると わら屋根に / 真赤な唐辛子が干される / どの家の屋根も / 秋空のもとに唐辛子か映えて / 眼に痛い程だった // 日本の屋根には真っ赤な梅干が / かごに詰まって土用干しされている / 私は発熱のたびに / あの赤い梅干を口にする // 韓国のあの真っ赤な景色は / 今どうなっているだろうか？ / 眼に浮かんで消えない熱のある日"「唐辛子のある風景」 전문.

웃고 화내며 지내다가도

때때로 한국인으로 돌아온다

물 위의 기름처럼

둥그랗게 굳어져 있다

―「기름처럼」 전문[20]

일본인 이름으로 살아가면서도 일본인으로 동화될 수 없었던 경계인의 삶을 이 시는 보여준다. "물 위의 기름처럼 / 둥그랗게 굳어져 있다"라는 두 줄의 표현으로 이방에서 극도로 긴장해서 살아가는 경계인의 삶이 딱딱하게 굳어져 표상된다. 이후 그녀는 시집 『쿠사쓰 아리랑』, 『뻐꾸기 우는 지옥곡』, 『푸른 안경』, 『행주치마의 노래』 등을 발표하여 일본 시단에서도 빼놓을 수 없는 중요 시인이 되었다.

이외에 박경미 시인의 첫시집 『스프すうぷ』(1980)는 일본 문단의 경탄을 자아냈다. 1956년에 태어난 박경미는 첫시집 『스프』를 내고 시와 에세이, 번역 등 활발히 활동하고 있다. 1980년부터 가야금과 무용, 보자기 등을 배우면서, 영어로도 다수 시를 발표했다. 2007년 제노바 국제시제国際詩祭, 마케도니아 시 낭송회 등에 초청되었다. 그녀의 시에는 한 나라의 경계 안에서만 바라보는 국민국가 패러다임을 넘어서는 '트랜스 내셔널리즘'이 엿보인다. 그녀의 시에는 일본, 서구, 한국이라는 나라의 경계에 아무런 의미가 없다.

---

20 "私の国 韓国にはいい思い出がいっぱい / 私の育った田舎の風景が広がっている / 好きで 好きで / 愛して愛しつづけても / 思い出の国 韓国 // 一瞬 忘れて / 日本人と一緒になって / 笑って怒ってすましていて / ときどき韓国人に戻る / 水の上の油のように / 丸く固まっている"「油のように」 전문.

재일동포 2세로서 차별에 눈뜨면서 한국명을 도로 찾은 내용을 적고 있는 시집『나의 이름은』을 낸 최일혜, 오임준吳林俊(1926~1973)의 「바다와 얼굴」 등이 1980년대 재일 디아스포라 시문학에서 빼놓을 수 없는 시인들이다.

해방 후 한국에서 태어나 교육받고 도일한 시인도 있다. 고려대 영문과를 졸업하고 1971년에 도일하여 시를 쓰기 시작한 강정중姜晶中은 이후 다케히사 마사오竹久昌夫라는 일본명으로『시학詩學』,『현대시수첩』 등에 시를 투고하여 신인으로 인정 받았다. 주요시집은『바느질하는 이』,『달의 발』이 있다. 또한 한국에서 태어나 서울대 음대를 졸업한 이승순 시인은 일본에서 시집『風船に閉ざされた肖像画』(2003) 등을 냈고, 자작곡의 피아노 연주와 함께 시낭송회를 여는 등 활발한 활동을 하고 있다.

디아스포라의 보편성

이 글은 1980년대 이후 자이니치 디아스포라 시인을 일별하는 보고서다.

첫째, 경계적 시인 종추월은 오사카 이카이노猪飼野를 중심으로 탄압받는 재일조선인 여성의 삶을 재현하고 있다. 또한 일본어에는 없는 리듬, 농담, 일상언어가 섞여 독특한 분위기를 자아내는 자신의 일상언어를 통해, '비틀어진 제국의 언어'로 압제적 제국의 언어에 대항했다.

둘째, 방외적 시인 최화국은 1915년 경상북도에서 태어나 기자생활을 하고, 또 다방을 경영하기도 했다. 이후 일본에서 살다가, 미국에서 세상과 결별한 영원한 유랑인이었다. 1985년 최화국 시인은, 외국인으로 처음 일본 시단의 권위 있는 신인상인 H씨상H氏賞 대상을 수상한다. 그는 조국을 우습게 여기는 세상을 흘겨보면서, 휘파람 불었던 방외적 국제인이었다. 중앙문단을 거부하며 부산 문단을 택하여 부산문학동인회에서 출판하는 『문예수첩』에만 주로 작품을 발표했던, 출세지향적인 중앙 문단 권력에 등을 돌렸던 배타적인 방외적 자유인이었다. 유랑은 그에게 존재의 방식이자 문학의 한 길이었으며 세상과 만나는 통로였다. 그는 유랑을 통해 일탈의 시를 썼던 디아스포라 시인이었다.

셋째, 주체문예론에 따라 조선어로만 작품을 발표해온 문예동 시인들 중에 김학렬 시인이 단연 주목된다. 그는 시동인지 『종소리』의 주역이며 이론가다. 작품뿐만 아니라, 통일문학을 향한 그의 열정을 기록하지 않을 수 없다. 그는 문예동의 중심에 있으면서도 늘 외부와의 교류를 시도해왔다. 1990년대 말부터 있어 왔던 한국문인 혹은 학자와 재일조선인 문예동과 교류는 모두 김학렬 시인의 노력으로 이루어진 것이다. 1960년대에 등단한 김학렬 시인은 삶과 함께 미래로 향하고 있다.

넷째, 가야마 스에코, 박경미, 재일동포 2세로서 차별에 눈뜨면서 한국명을 도로 찾은 내용을 적고 있는 시집 『나의 이름은』을 낸 최일혜, 오임준의 「바다와 얼굴」 등이 1980년대 재일 디아스포라 시문학에서 빼놓을 수 없는 시인들이다.

사실 세 가지 특성은 서로 혼합되어 있기도 하다. 종추월은 경계에 놓여 있지만 민족적 리듬을 일본어로 살려 놓았고, 한국의 군부독재를 향해 엄격한 비판을 쓰기도 했다. 최화국은 방외인의 자유를 갖고 있으면서도 경계인적인 특성을 갖고 있다. 김학렬은 철저하게 주체적이지만 때로는 방외적인 자유를 그리워하기도 한다. 또한 저자는 세 시인를 분석하면서 그들 작품에서 '가장 주목되는 점'을 드러내고자 했다. 가령, 종추월은 시어와 리듬에 주목했고, 최화국은 자유로운 비판적 발상에 주목했으며, 김학렬은 정치적 내용에 주목하여 분석했다.

이 외에도 1980년대 자이니치 디아스포라 시인 중에는 주목할 만한 시인들이 많지만, 이 지면에서 모든 시인의 작품을 세세하게 분석 소개할 수는 없었다. 그에 대한 연구는 다음 과제로 남긴다.

자이니치 디아스포라 시인들, 경계인 혹은 방외인 혹은 혁명가들에게 기대를 갖는 이유는 국경을 넘어선 많은 지식인들이 생산적인 삶과 저서를 남겼기 때문이다.

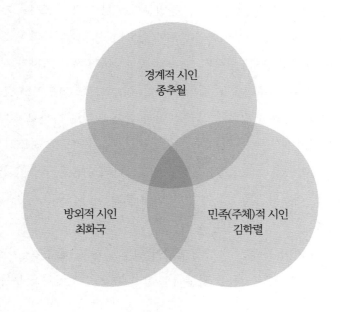

폴란드에서 태어나, 여성차별 시대에 독일 사회민주당을 이끈 여성 혁명가 로자 룩셈부르크Róża Luksemburg(1870~1919)는 경계인이며 혁명가였다. 미국으로 망명했던 알렉산드르 솔제니친Aleksandr Isayevich Solzhenitsyn(1918~2008)은 소련 체제를 비판했지만, 자본주의를 결코 곱게 보지도 않았던 영원한 경계인이었다. '오리엔탈리즘'을 통해 문화와 권력의 관계를 냉엄하게 파헤친 팔레스타인 출신 미국의 문화비평가 에드워드 사이드Edward Wadie Said(1935~2003)는 '저항의 인문학자'로 부시 정권을 비판했던 경계인이었다. 장자, 김시습, 어무적, 허균 또한 방외인이면서 혁명가였다.

꼭 국제적인 경험이 없더라도 이들의 기록에 공감을 하게 되는 것은 그 삶에 보편성이 있기 때문이다. 경계성, 방외성, 혁명성이란 좁게 말하면 조국을 벗어나 국가와 국가 사이에 존재하는 인물이지만, 크게 말하면 그 외롭고, 자유롭게 진보적인 마음은 어디서 살든 인간 누구나 경험하는 외로운 감정이기 때문이다. 바로 이러한 시각에서 디아스포라 작가들이 겪는 외로움이나 자유 그리고 혁명성은 현재를 살아가는 독자들에게 보편적 공감을 주는 것이다. 이러한 재일 디아스포라 시인의 작품에 나타나는 세 가지 특성은 우리문학의 폭을 넓히고 깊게 할 것이다.

주변인 곁으로, 자이니치 서경식

경계인의 눈으로 보는 음악과 미술과 시

디아스포라 경계인

지독히 암울한 시대에도 지치지 않고 작은 불을 켜드는 존재가 있다. 외롭게 그 일을 지속하는 존재는 있음 자체가 희망이다. 희망들은 권력자나 재벌이 세상의 주인이 아니라, 사람 한 명 한 명이 세상의 중심이라는 평범한 사실을 글로 쓰고 말한다. 그도 그런 희망이다. 한 사람의 존재는 그가 보고 있는 시각으로 증명된다. 다행히도 역

서경식

사에는 소외된 약자들, 주변인周邊人, The Marginal을 주목하는 지식인들이 있어 왔다.

칼 맑스Karl Marx는 경제적으로 핍박받는 계층을 프롤레타리아라고

했고, 조르조 아감벤Giorgio Agamben은 호모사케르를 "살해는 가능하되 희생물로 바칠 수 없는 생명"(조르조 아감벤, 박진우 역, 『호모사케르』, 새물결, 2008, 45쪽)이라 했고, 가야트리 스피박Gayatri Chakravorty Spivak은 스스로의 상처를 말로 표현할 수 없는 사람들을 서벌턴Subaltern이라 했다. 이 외에도 많은 학자들이 주체로 살지 못 하고 소외된 주변인 문제를 연구했다.

다만 이러한 용어들은 연구자 자신의 기준이라는 한계가 있다. 맑스는 경제적 시각, 아감벤은 정치적 시각, 스피박은 포스트 콜로리얼리즘의 시각을 보여준다. 가령 장애인이나 정신병자 혹은 디아스포라 혹은 경계인境界人은 세 가지 용어 중 어떤 용어로 규정해야 할지 쉽지 않다. 주변인이란, 경제적이거나 정치적이거나 신체적이거나 지역적이거나 정신적인 모든 문제를 포괄하여, 한 공동체에 적응하지 못하여 공동체의 중심에 있지 않고 테두리에 있어 소속감이 아니라 소외되어 살아가는 인물들을 말한다. 가령, 맑스가 경제적인 시각에서 주변인을 말했다면, 아감벤은 정치적인 시각에서 주변인을 말하고 있다. 스피박은 포스트 콜로리얼리즘과 패미니즘의 입장에서 주변인을 말한다.

1996년경 그를 처음 보았다. 도쿄에서 열린 몇 군데 학회에서 그의 발표를 들었다.

서경식 교수는 1951년 일본 교토에서 재일조선인 2세로 태어났다. 현재 도쿄게이자이대학東京経済大学 교수로 있다. 두 개의 고국을 가진 그는 어린 시절부터 깊은 혼란과 아픔을 겪으며 성장했다. 민족적 자긍심이 강했던 부모님 덕분에 그 역시 자긍심과 정체성을 잃지 않을 수 있었다.

디아스포라의 원래 개념은 희랍어로 "흩어진 씨"라는 의미를 갖고 있다. 한자로 '境界人'이라고 쓴다. 경계인이라는 한자에서 경(境) 자를 보면 땅(土)에 서서(立) 소리(音)를 듣는 사람(人)이라는 의미가 들어있다. 나누어진 땅에 서서 소리를 듣는 상황이 땅(田)이 갈라진(介) 사이에서 듣는 것이다. 서경식은 한국과 일본, 남한과 북한, 여자와 남자 사이에서 양쪽의 상황을 듣는 디아스포라 경계인이다. 경계인으로 서경식은 일본에서는 '조센징'이라는 차별어를 들어왔고, 한국에 오면 '반쪽발이'라는 차별어를 들어 왔다.

차별어를 들어온 디아스포라 경계인이야말로 인류의 아픔을 대변하고, 때로는 대화의 물길을 트고, 창조적인 활동으로 대안을 제시해온 사실은 많은 작가, 학자, 예술가들이 삶으로 증명하고 있다. 경계인이야말로 인류의 자산인 것이다.

이중언어를 사용할 수 있는 경계인은 은행의 '번호표' 같은 존재들이기도 하다. 번호표가 없다면 얼마나 혼란스러울까. 경계인은 양쪽의 입장을 알려주기도 한다. 제3자의 입장에서 양쪽의 불편을 이해시키고 해결시켜 줄 수 있는 귀중한 존재들이다. 유대인 디아스포라들이 욕도 많이 먹지만, 귀한 일을 하는 존재들도 많은 이유가 은행 '번호표' 같은 역할을 하기 때문이다. 디아스포라 경계인들은 얽힌 문제를 풀기 위한 순서를 제공하는 번호표의 역할을 한다.

디아스포라 작곡가들

그가 한국 사회에 알려진 것은 1992년 『나의 서양미술 순례』를 통해 서였다. 한참 뒤에 나온 『나의 서양음악순례』(2011)까지 읽고 나는 그의 문장이 드리운 그늘에 앉아 쉬곤 했다. 귀한 존재 곁으로 선뜻 다가 가지 못하는 성격 탓에 한동안 나는 선생 곁을 에돌기만 했다. 그의 책을 학생들에게 권하고 싶어 2012년에는 인문학 수업 교재를 『나의 서양음악순례』로 했다. 마침 음악대학 수업이었기에, 한 학기 15주 동안 이 책 한 권만을 완독했다. 성악과, 작곡과, 피아노과 학생 등이 자신이 맡은 부분에 인용된 음악을 연주하거나, 유튜브 영상으로 음악을 듣고 대화했다.

그의 섬세한 문장에는 다소 우울한 결이 있다. 무엇보다도 소년기, 청년기, 장년기를 거쳐가는 질박한 삶의 기록이 그의 책을 관념이 아닌 속삭임으로 받아들이게 한다. 가령 이런 문장은 우리를 유년기로 안내 한다.

어릴 적 나는 클래식 음악을 즐기는 사람들에게 반감을 갖고 있었다. 그것은 중산 계급이라는 표지(標識)고 교양 있는 가정의 표지였다. 바꿔 말하면 그것은 '일 본인'이라는 표지고 재일조선인인 내게 클래식 음악이란 손에 넣을 수 없는 사치스러운 장난감 같은 것이었다. 바이올린 케이스를 들고 걸어가는 유복해 보이는 여자아이를 보면 돌이라도 던져버릴까 하는 생각이 들 정도였다. 그러 나 그와 동시에 그 케이스 속의 아름다운 악기를 잠시라도 만져보고 싶다, 무

슨 소리가 날지 내 손으로 켜보고 싶다. (⋯중략⋯) 애타는 동경을 주체할 수
없었다. 마치 신분이 다른 연인 때문에 고통스러워하는 오페라의 주인공처럼.
—서경식, 「어릴 적」, 『나의 서양음악순례』, 창비, 43~44쪽. 강조는 인용자.

(이후 글 제목과 쪽수만 명기함)

　　　　　"나는 클래식 음악을 즐기는 사람들에게 반감
을 갖고 있었다"는 문장 하나로 재일조선인에게
클래식 음악이 얼마나 멀리 있었는지 느낄 수 있
다. 흉내낼 수 없는 깊이는 그가 재일조선인이라
는 경계성境界性을 피하지 않고 정면으로 승부하
는 지점에서 발생한다. 그는 "신분이 다른 연인
때문에 고통스러워하는 오페라의 주인공처럼"
바이올린에 다가선다. 부닥치며 체험했던 순간
을 그는 역사에 대한 성찰로 끌어올린다.

　서경식의 글쓰기로 "사치스러운 장난감" 같은 서양음악은 중산층 이
상의 고급장식이 아닌, 한 존재가 부닥쳐 끌어올린 통찰로 펼쳐진다.

　어릴 적 "애타는 동경"은 이후 유럽 곳곳의 미술관을 순례하고 오스
트리아의 잘츠부르크 페스티벌을 찾아가는 삶으로 이어진다. 어릴 적
이야기에서 출발하는 이 책에는 2010년 잘츠부르크 페스티벌 이야기,
말러, 슈베르트, 윤이상에 이르는, 그의 서양음악 순례가 담겨있다.

　이 책에서 주목해 소개하는 몇몇 작곡가가 있다.

　첫 번째 인물은, 죽음과 분열의 메시지를 작곡하는 구스타프 말러
Gustav Mahler(1860~1911)다. 아래 문장은 말러의 삶에 드리는 서경식 선

생의 송가다.

> 말러는 분열된 존재다 — 그 분열은 개인적인 것이라기보다는 근대라는 시
> 대 그 자체의 분열상을 충실히 재현한 것이다. 그러나 굳이 얘기할 필요도 없
> 지만, 이런 분열은 온 몸으로 껴안고 시대를 재현하는 것도 특별한 재능 없이
> 는 불가능한 일이다. 그런 의미에서 그는 역시 천재라 불러 마땅한 존재다.
>
> ──「말러의 무덤」, 245쪽

서경식은 같은 디아스포라였던 말러의 삶에서 동질성을 느꼈을 법하
다. "나는 삼중의 의미에서 고향이 없다. 오스트리아인 사이에서 보헤
미안인이어서, 독일인 사이에서는 오스트리아인이어서, 지상의 모든
사람들 사이에서는 유대인이어서"라고 했던 말러의 고백은 서경식 버
전으로도 가능한 어구다.

두 번째 인물은, 남북 분단과 광주민중항쟁이 낳은 디아스포라 작곡
가 윤이상尹伊桑, 독문명 Isang Yun(1917~1995) 선생이다. 젊은 서경식 선생
가족사에 얽힌 윤이상 선생과의 관계를 읽는 것은 역사를 더욱 가깝게
느끼게 한다. 이 책에 실린 윤이상론에 빠져 나는 한동안 윤이상에 관
계된 CD와 서적을 구해 읽고, 서툰 「윤이상론」을 쓰기도 했다.

세 번째 인물은 나그네의 쓸쓸함을 음악으로 그려낸 슈베르트Schubert,
Franz Peter(1797~1828)였다. 널리 알려져 있는 연작 가곡 〈겨울 나그네〉
에 대한 그의 사회학적 설명은 이 곡을 전혀 새롭게 듣게 한다.

슈베르트가 살았던 시대는 시민계급이 발흥했던 시대지만, 신흥시민들이

외쳤던 '자유, 평등, 우애'의 구호 뒤에는 무자비한 경쟁 원리가 도사리고 있었다. 〈겨울 나그네〉는 그 시대의 낙오자들에게 무섭기조차 했던 고독을 노래한다. 그것은 지금의 출구 없는 양극화사회에서 낙오자라는 낙인이 찍힌 젊은이들의 절망감과 닮았다.

—「죽음으로 가는 여행 2」, 310쪽

〈겨울 나그네〉는 24개의 가곡으로 이루어진 연가곡으로 슈베르트가 말년에 작곡한 명곡이다. 이 곡을 쓰면서 다가올 죽음을 예감한 듯 가난에 시달리며 슈베르트는 고독한 삶을 살고 있었다. 〈겨울 나그네〉를 완성한 이듬해, 가난과 병속에서 슈베르트는 세상을 떠났다. 연주를 꾸며내려 하지 않고 편하게 음악으로 풀어낸 슈베르트의 〈겨울 나그네〉를 들으면, 꾸밈없이 풀어내는 서경식의 문장과 겹친다.

그 외에 모차르트, 베토벤 등 많은 음악인을 소개하는 이 책은 처음부터 끝까지 유튜브에서 음악을 찾아들으며 읽었다. 책에 인용된 음악을 유튜브에서 찾아 모두 들을 수 있어 행복한 시간을 지냈다. 일상의 체험과 느낌만이 아니라, 디아스포라, 난민, 국가, 소외 등의 개념을 다양한 장르로 자신만의 사유를 담백하게 풀어낸 풍성한 책이다. 음악을 들으며 읽는 순간은 행복한 체험의 시간이었다.

디아스포라 화가과 조선 미술

2012년 6월 7일, 그와 대화할 기회가 생겼다. 오랫동안 서경식 교수의 에세이를 분석하고 중요한 글을 써온 평론가 권성우 선생 덕택으로 함께 자리할 수 있었다. 서 교수가 도서출판 반비에서 『나의 조선미술 순례』라는 새로운 책을 기획하는데, 이중섭 묘지를 가보고 싶다 하여 내가 안내하기로 했다.

1992년 그는 『나의 서양미술 순례』를 출판했다. 에필로그를 보면, 재일교포 2세로 일본에서 성장했는데, 두 형이 군사독재 시대에 교포 유학생 간첩단 사건에 연루되어 20년간 감옥에서 갖은 고문을 당했다는 가족사가 나온다. 다행히 석방이 되었는데, 그 사이에 암으로 어머니 아버지가 모두 아들의 석방을 보지 못하고 돌아가셨다. 와중에 누이와 함께 유럽 여행을 가서 미술 작품을 보면서, 위로를 얻었다고 한다.

미술비평이라 하면 미술 사조나 학술적 분석을 인용할 줄 알았는데, 그의 비평은 자신의 체험과 그림이 부딪치는 순간의 감정을 서술하고 있었다. 그 순간의 파장은 현대사의 어둠을 꿰뚫고 신선한 미술 비평의 지경을 넓혀 놓았다.

어둠을 모르면 빛이 나올 수 없는 법입니다.
어둠에서 빛으로 이행해가는 단계가 그 사람 내면에 없다면
색채는 나타나지 않습니다.

서경식 선생님의 『고뇌의 원근법』에 인용된 야노 시즈아키의 말이다. 빛의 화가 렘브란트 그림을 일컬어 했던 말인데, 나는 이 말을 인간의 삶에 대해 유비시키곤 했다. 어둠을 모르면 빛이 나올 수 없는 법이다. 어둠의 삶에서 빛의 표현으로 이행해가는 단계가 그 사람 내면에 없다면 색채는 나타나지 않는다. 서경식의 비평에서 나는 그의 어두웠던 삶이 흐릿풋이 밝아져가는 동틀녘 닮은 기운을 느끼는 것이다.

만나고 싶은 분을 기다리는 첫대면은 무척 설레는 순간이다.

"처음 뵈어 반갑습니다. 저 처음 보는 사람들은 강호동인 줄 알 거예요."

얼어있던 나는 '강호동'이라는 단어에 스스로 녹아버렸다.

한때 어둠을 서툴게 체험했던 나는 더 깊은 어둠을 체험하고 그늘의 서늘함을 드러내는 존재 앞에서 허튼 말을 하지 않으려고 긴장했다.

점심을 들며 먼저 내가 『나의 서양미술 순례』를 재밌게 읽었다고 말씀드렸다.

"예, 감옥에 있는 형님들 덕분에 미술관에 많이 갔었죠. 내 마음을 달랠 길이 없어 미술관에 가기도 했지만, 감옥에 있는 형님들께 조금이라고 쉬라고 그림 엽서를 사서 보내곤 했어요. 화가들 그림이 그려진 엽서를 보내다 보니 저절로 그림 공부를 하게 된 거죠."

교포의 말투를 나는 반갑게 듣고 있었다. 13년 동안 일본에서 살면서 일본에서 태어난 교포들의 특이한 말투는 자꾸 들으면 뭔가 친밀한 기운이 마음을 훈훈하게 한다.

식사가 끝나고 그는 낮은 목소리로 말했다.

"지금까지 서양미술과 재일조선인에 대한 글을 주로 썼는데, 이제는 두 가지 문제를 더 깊이 쓰고 싶어서요. 하는 서양미술이 아닌 한국미술 작품에 대한 글을 쓰고 싶었어요. 다른 하나는 한국 시인에 관한 책을 내고 싶어요. 김 선생님 책을 읽고 대화하고 싶었어요."

그는 내가 쓴 일본어판 『한국 현대시의 매혹韓國現代詩の魅惑』(2005)을 읽고 오셨다.

"딱히 이중섭 선생님 무덤을 찾으시는 이유가 있는지요?"

엉뚱한 내 질문에 그는 한치의 머뭇거림 없이 답했다.

"관심 갖는 작가나 작곡가나 화가에 대해 글을 쓰려 할 때, 그 사람의 무덤에 가보고 싶어요. 좋아하는 인물의 무덤은 되도록 찾아가는 편이에요. 무덤 앞에 서면 그의 삶 전체를 마주하는 특이한 체험과 상상력이 일어나곤 해요."

방금 내가 쓴 이 대화는 정확한 그의 말투는 아니지만, 이런 내용으로 분명히 말했다. 그날 서경식, 권성우 선생과 함께 망우리 공동묘지 숲에 숨어있는 화가 이중섭 선생님 묘를 찾아갔다. 식민지의 어둠에서 황소의 황색빛을 드러냈고, 한국전쟁의 어둠에서 벌거벗은 가족 그림을 은박지에 그려냈던 이중섭 선생의 묘지 앞에서 한참을 서성였다.

저물녘 조금 선선한 바람이 불어올 때 묘지 앞에 서 있는 선생의 모습은 전혀 강호동처럼 보이지 않았다. 배낭을 매고 있는 그는 구도자 Seeker로 보였다. '배낭'을 매고 다니는 디아스포라이며, 경계인이며, 구도자였다.

소설이나, 논문, 시와 달리 에세이는 특유의 몫이 있다. 시적인 마음을 소설처럼 편하게 서술하는 것이 에세이의 매혹이다. 에세이는 시와 소설과 논문의 장점을 다 갖고 있다. 소설 읽듯이 편하게, 논문 읽듯이 여러 정보를 취하고, 시를 체험하듯이 저자의 마음을 체험하는 것이다.

여기에 서경식의 글쓰기는 책상에서 쓰기 전에 현장에 '발로 찾아가서 확인하고 쓰는 글쓰기'이다. 이른바 "자기고백을 발로 쓴다"는 장점이 더해져 그 성실한 성찰에 감동이 일어난다.

> 그(서경식-인용자)에 의하면 좋은 에세이는 늘 '나'에 대해 의심하며 나쁜 에세이는 '나'에 대한 어떤 의심도 없는 그런 편안한 글이다. 서경식의 에세이를 읽으면서, 그가 다루는 주제 못지않게 그 주제에 대해 반응하는 서경식이라는 주체의 섬세한 감성과 깊은 고뇌에 공감할 수 있었거니와, 이 점은 그가 에세이의 장점과 매력을 극대화한 글쓰기를 실천하고 있음을 의미한다.
> ─권성우, 「그에게 문학은 무엇인가?」, 『비평의 고독』, 소명출판, 2016, 370쪽

2014년 『나의 조선미술 순례』(반비)는 이렇게 탄생되었다. 곡진한 마음과 순례자의 발길로 쓴 책이다. 오랫동안 묵힌 글들이다. 가령 이 책에 실린 화가 신경호 선생에 대한 글은 7년 전 한겨레신문 칼럼에 썼던 내용을 수정·확대시킨 글이고, 마지막 부분에 홍성담 인터뷰는 2천 년대 일본의 전설적인 계간지 『전야』에 실린 인터뷰이기도 하다. 글을 고치고 다듬고 고쳐서 단행본으로 만드는 장인匠人이다.

내가 기획위원으로 있는 KBS 〈TV 책을 보다〉에서 이 책을 다루기로 했고, 2015년 1월 26일에 방송했다. 이 책에서는 특히 '여성성'에 대해 주목하고 있다. 생물학적인 '여성'이 아니라 심리학적인 '여성성'에 대해 주목하고 있다. 이런 구절이 자신 안에 있는 주변화된 여성성을 드러낸다.

저도 대학교에서 가르치고 있는데, 박사도 아니고, 일본인도 아니고, 그렇게 주변화된 사람이에요. 가부장제 아래의 남성이라는 것 빼고는 모든 게 주변적인 사람이에요.

— 서경식, 『나의 조선미술 순례』, 반비, 2014, 153쪽

그는 남성 안에 있는 여성성을 조선후기 풍속화가인 혜원 신윤복申潤福(1758~?)을 들어 설명한다. 신윤복은 남자다. 그런데 굳이 그를 여자로 설정했던 소설가와의 인터뷰를 통해 도발적인 상상까지 한 저자의 시각은 무엇일까. 서경식은 에드가 드가Edgar Degas(1834~1917)가 여성들을 그린 그림과 신윤복의 미인도를 비교했는데, 드가가 보여줬던 엿보기의 시선이 신윤복에게는 없었다는 당당함을 얘기하고 싶었던 것은 아닐까. 소설 속 미인도를 보고 김홍도가 한 말 "그림 그리는 화인을 앞에 두고 마치 옆에 아무도 없는 것처럼 거침이 없는 몸짓이구나". 이 말이 인상적이었다. 이 당당함이 바로 억압에서 벗어난 근대성의 상징이라는 것이 서경식의 해석이다.

서경식은 신윤복이 가진 자유로움에 마음을 빼앗겼다고 하면서, "나에게는 조선사회가 봉건적 신분제도와 유교 이데올로기에 고착된 사회라는 선입견이 있다. 하지만 신윤복의 그림을 보면서 그런 선입관이 흔들리게 된다. 이 역시 내 얕은 지식일 뿐, 당시 사람들은 실제로는 오히려 신윤복과 같은 자유로움을 누리고 있지 않았을까"라고 썼다.

시대의 변화 속에서 가져야 했던 고민이 그림 속에 고스란히 담아있다는 점에서 그는 월북화가 이쾌대李快大(1913~1965)에게도 주목한다. 월북화가라는 꼬리표 때문에 언급이 꺼려졌던 화가 이쾌대는 현재 해

이쾌대, 〈푸른 옷을 입은 자화상〉

금되어 연구도 활발히 이루어지고 전시회도 열리고 있다. 미술사적으로는 모더니즘과 리얼리즘 사이에서 고민해야 했고, 시대적으로는 근대와 전근대, 식민지 지배와 피지배, 분단과 대립들의 모순적 대립들이 그림 속에 잘 드러나 있다. 그야말로 서경식과 같은 경계인이었다.

이쾌대는 같은 시대의 작가인 이중섭과는 또 다른 매력이 있는 화가다. 〈푸른 옷을 입은 자화상〉은 경계인으로서의 고민이 잘 담겨 있다.

배경은 그의 고향인 경상도 어딘가 같고, 한복을 입은 여인들은 물동이를 이고 걸어가고 있다. 한복을 입은 화가는 당시 근대의 상징인 모던 보이들이 쓰던 패션 아이템인 중절모를 쓰고 있다. 거기에 그가 쓰는 도구는 서양의 붓과 물감 동시에 강인해 보이는 표정을 보면 당시의 패배적이고 나약한 지식인의 모습을 한 지식인들과는 사뭇 다른 의지가 돋보인다.

서경식은 자기 분열적인 자화상을 화가 스스로 직시하고 있는 점이야 말로 오히려 이 작품에 대한 호감을 불러일으킨다고 썼다. 이쾌대의 〈군상〉을 들라크루아의 〈민중을 이끄는 자유의 여신〉과 비교하는 대목은 인상 깊었다.

서경식은 '이쾌대'라는 큰 숙제를 내놓으며 분단으로 잊혀진 주변인을 다시 생각하게 한다. 이쾌대를 남북한이라는 '갇힌 공간'에서만 분석한 것이 아니라, 그의 그림을 일본과 서양 혁명사의 시각에서 분석한 '열린 비교 문화적 비평'이 돋보였다. 서경식이 쓴 에세이들의 오랜 독자인 평론가 권성우는 이렇게 그의 예술관을 평했다.

> 서경식에게 진정한 예술(미술)은 어떤 경지를 의미하는 것일까. 그는 "예술적 역량이란 원래 무엇인가. 그것은 기교를 말하는 것이 아니다. 진실을 직시하고 그것을 독창적인 수법으로 그려내는 인간적인 역량이다"라고 본다. 그렇다. 서경식에게 진정한 예술은 현실의 어둠과 고통을 직시하는 힘이며, 그것을 창조적인 방식으로 형상화하는 재능이다.
>
> ─ 권성우, 「고뇌와 지성─서경식의 사유와 내면에 대해」, 앞의 책, 389쪽

짧은 인용문이지만 서경식이 예술을 대하는 태도의 핵심을 압축하고 있다. 식당에서 그에게 들었던 문학에 대한 대화는 이후 『시의 힘』이라는 제목으로 출판되었다.

글쓰기와 디아스포라 문학

2015년에 서경식 선생은 『시의 힘』(현암사)를 냈다. 2015년 7월 10일에 정동 프란체스코 센터에서 저자와의 대담이 있었는데, 진행자로 나선 저자가 이렇게 오프닝을 열었다.

"칠레의 한 탄광에서 광부들이 69여 일 동안 어둠을 이겨냈던 이야기 아마 기억하고 계실 겁니다. 그들은 지하에서 파블로 네루다의 시를 낭송하며 어둠 속에서 공포를 이겨냈다고 합니다. 그들의 친구가 파블로 네루다였다면, 우리에게도 주변인, 이방인, 핍박 받은 사람들의 친구로 살아온 분이 있습니다. 바로 이 자리에 계신 서경식 선생님입니다."

유난히 해가 뜨거웠던 그날, 서경식 교수는 하루 종일 얼음으로 열을 식히면서 다녔다고 말하며 얼음 주머니를 들어 보였다. 독자들을 이렇게 가까이 만날 수 있어서 행복하다는 첫인사와 함께 대화하기 시작했다. 그는 먼저 이번 책 『시의 힘』을 쓰게 된 배경에 대해 설명했다.

"지금까지 크게 나눠서 두 가지 분야의 글을 써왔습니다. 하나는 미술을 중심으로 한, 문화적인 것이었고 두 번째는 사회적인 것이었습니다. 원래 저는 시나 소설처럼 조금 더 문학적인 것을 쓰고 싶었던 사람이었습니다. 그런데 그렇게 하지 못했던 이유는 일단 제 자신이 힘이 없어서였고, 두 번째는 누구를 대상으로, 어떤 언어로, 무엇을 이야기해야 하는지에 대한 고민 때문이었고, 세 번째로는 정치적인 문제가 항상 저에게 과제로 밀려오기 때문이었습니다. 그런데 나이가 육십 대로 접어 들면서, 지금까지의 제 인생을 돌이켜보다가 이런 책을 남기고 싶다는 생각이 들었습니다."

『시의 힘』은 그가 시에 대해 쓴 책이다. 앞서 썼던 몇 년 전 식사 자리에서 그는 시에 대해 책을 내고 싶다는 말을 들었었다. 그는 왜 시에 관한 책을 기획했을까 그 이유는 이러하다.

> 요컨대 나는 저소득층 피차별자의 세계로부터 중산층 주류들의 세계로 옮아갔고(비유하자면 식민지에서 종주국으로, 조선에서 일본으로 옮아갔고), 양자 사이의 경계에 서서 주위 사람들에게 '타자' 인식을 촉구하려는 동기로 글을 쓰기 시작했던 것이다. 그것은 물론 동시에, 이 두 세계 사이에서 온몸이 찢기는 자신을 객관적으로 파악하는 행위를 통한 자기 인식의 시도이기도 했다.
>
> ―서경식, 『시의 힘』, 현암사, 2015, 24~25쪽

글을 쓴다는 행위는 자신을 파악하고 자기 인식을 시도하는 것이라는 생각이다. 글을 쓴다는 행위, 특히 문학을 어떻게 생각하는지 물었을 때 그는 이렇게 답했다.

"인간에게 하나는 논리적인 언어로 설명하려는 행위인 로고스적인 것이 있고, 또 한 가지는 분노나 슬픔같이 자신의 감정을 언어로 표현하려는 뮈토스적인 행위가 있습니다. 로고스 중심주의에서는 주로 지식인이나 상위 계급이 언어를 해석하는 권리를 가지고 있어요. 저는 일본에 살고 있는데, 일본에서 언어를 해석하는 권리는 일본인이 가지고 있어요. 로고스적으로 아무리 말하더라도 해석은 권력을 갖고 있는 이들이 하니까 불만이 생기는 거예요. 위안부 문제의 경우도 일본에서 지

식이나 권력을 갖고 있는 사람들이 해석한 것이죠. 그러한 사고에 대해 저항하려면 시와 같은 행위가 필요해요. 우리가 평소에는 상상하지 않았던 것들에 대해 시는 상상력을 활성화하고, 공감을 합니다. 우리는 마음 속에 있는 무언가를 표현해야 살 수 있어요. 그래서 저도 문학 쪽으로 갔었죠. 이런 경로로 문학을 하게 된, 세계적으로 소수자인 사람들이 많지 않습니까. 그래서 그들이 경계인인 것이죠. 배운 사람과 못 배운 사람 사이의 경계입니다."

서경식 선생을 경계인이라고 칭할 때, 사람들은 그 경계를 한-일 간의 경계라고 생각한다. 그런데 선생은 로고스의 주도권을 가지고 있는 배운 사람과 뮈트스적 글쓰기를 하는 못 배운 사람 간의 경계라고 표현한다. 한국와 일본 사이에서만 경계인이 아니라, 로고스적 글쓰기(배운 자들의 글쓰기)와 뮈토스적 글쓰기(못 배운 자들의 글쓰기) 사이의 경계인이라는 말이다. 재미있는 자기평가다.

선택한 아이덴티티

이어서 '선택한 아이덴티티'라는 용어에 대해 듣고 싶었다.

『시의 힘』에는 팔레스타인 출신이면서, 아버지는 미국 국적을 갖고 있었던 에드워드 사이드Edward Said에 대한 이야기가 나온다. 디아스포라, 오리엔탈리즘, 포스트 콜로니얼리즘을 논할 때 빠뜨릴 수 없는 존재가 에드워드 사이드다.

"먼저 시대적 배경을 말씀 드리자면, 90년대에 '포스트 콜로니얼Postcolonial'이라고 해서 에드워드 사이드가 사람들에게 많이 소개되면서 당시 재일조선인들에게 있어서 조국 지향인지, 재일 지향인지 묻는 양자택일론이 등장했어요. 이제는 더 이상 조국이나 민족에 구애 받지 않고 보편적인 아이덴티티로 살아도 된다는 얘기와 함께, 내셔널리즘은 환상의 산물이기 때문에 해방

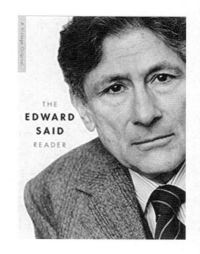

되어야 한다는 얘기가 나왔어요. 역사적으로 우리가 식민지 시기를 거쳤고, 여전히 식민지적 사고가 남아 계속 차별 받고 있으면서도 이제 우리는 보편인이고, 해방돼도 된다는 얘기가 제가 볼 때는 너무나 권위주의적이고, 억압해온 사람들이 자신을 정당화하는 것 같이 느껴졌어요. 그래서 이 두 가지 중에서 선택을 하는 것이 과연 올바른 일인지에 대한 고민을 90년대에 하기 시작했죠. 그때 에드워드 사이드를 만났어요. 포스트 콜로니얼 시대에서 '복합적 아이덴티티'의 대표적 사례라고 할 수 있는 그는 미국 국민이라는 아이덴티티를 선택해서 충분히 여유롭게 살 수 있었지만, 1967년 제3차 중동전쟁과 그로 인한 이스라엘의 팔레스타인 지역 불법 점령 등 중동에서 벌어지는 상황을 보면서 자신은 어떻게 살아야 하는가 고민했어요. '강제된 아이덴티티'가 아니라 자신이 아이덴티티를 선택하는 것이죠. 우리 재일조선인도 스스로 진지하게 고찰하면서 아이덴티티를 선택해야 합니다. 그것을 '선택한 아이덴티티'라고 할 수 있겠죠. 외부에서 이제 너희는 해방되었다라는 식

으로 강제 받는 것이 아니고요. 말하자면 '선택한 아이덴티티'라는 개념은 90년대 일본에서 있었던 포스트 콜로니얼에 대한 저 나름대로의 문제제기이자 항의였습니다."

시의 힘과 주변인

책 제목이기도 한 '시의 힘'이 무엇인지 책에 확실하게 써있다.

생각하면 이것이 시의 힘이다. 말하자면 승산 유무를 넘어선 곳에서 사람이 사람에게 무언가를 전하고, 사람을 움직이는 힘이다. 그러한 시는 차곡차곡 겹쳐 쌓인 패배의 역사 속에서 태어나서 끊임없이 패자에게 힘을 준다. 승산 유무로 따지자면 소수자는 언제나 패한다. (…중략…) 하지만 그것과는 별개의 원리로서 인간은 이러해야 한다거나, 이럴 수가 있다거나, 이렇게 되고 싶다고 말하는 것이며, 그것이 사람을 움직인다. 그것이 시의 작용이다.(110~111쪽)

패자에게서 태어나 패자에게 끊임없이 힘을 주는 것, 그것이 바로 시의 힘이라고 그는 생각한다. 패자에게 끊임없이 힘과 희망을 주는 예로 선생은 루쉰魯迅, Lu Hsun(1881~1936)을 들고 있다.

"중학교 1학년 때인가, 교과서에서 루쉰의 「고향」이라는 단편을 봤어요. 당시, 그 글이 사람들에게 희망을 가져야 한다라는 미래지향적인 맥락으로 해석했어요. 그런데 저는 그렇게 해석하면 안 된다고 생각했어요. 루쉰이 자신의 글에서 '걸어가면 길이 된다'고 말한 것은 이를테면, 운동선수가 열심히 연습하면 이길 수 있을 것이라는 뜻이 아니라, 가장 절망적인 상황에서도 걷지 않을 수 없으며 그렇게 걷다 보면 길이 생길지도 모른다는 뜻이라고 느꼈어요. 그런데 그 후에 일본의 소설가인 나카노 시게하루가 그런

루쉰

저의 생각과 잘 맞닿아있는 논평을 썼어요. 루쉰의 말은 앞으로 나아가자고 하는 희망적 메시지가 아니라, 절망의 가장 밑바닥에서 다시 일어설 수 있는 힘을 뜻하는 것이며 그것이 우리가 배워야 하는 것이라고요. 가장 어두운 암흑 속에서 다시 일어나는 희망, 바로 그것이 루쉰이 말하는 희망이에요. 시와 같은 문학의 시간적 척도는 개개인의 인생보다 길어요. 80여 년 전 루쉰의 이야기가 지금의 나에게 격려를 주는 것처럼 말입니다. 지금 이 시대는 아주 짧은 척도로 단편화돼 성과, 결과를 내라는 압력 때문에 긴 척도로 인간의 희망 등에 대해 성찰하는 것이 어려워지고 있죠. 그렇기 때문에 우리가 이와 같은 작품과 만나면 더 넓은 시야로 많은 것들을 볼 수 있게 되는 것입니다. 그것이 희망이라면 희망이라고 말할 수 있겠죠."

시인, 침묵해선 안 되는 사람

『시의 힘』 3장에는 여러 시인들이 등장한다. 마지막에 '시인이란 침묵해선 안 되는 사람'이라고 표현한다. 그가 좋아하는 시인들은 주로 침묵하지 않는, 사람들 곁으로 가는 시인들이다. '시인이 해야 할 일'은 무엇일까.

"이전까지 일본어로 번역된 조선 민족시가 거의 없는 상태였는데, 70년대 들어오면서 김지하 시인의 「오족」이나, 신동엽 시인의 「금강」 등 몇몇 시들이 일본에 있는 우리에게도 번역되어 소개되기 시작했어요. 그동안 조선의 시를 떠올리면 너무나 서정적인 시라는 생각이 머리에 박혀있었는데 그게 아니란 것을 알았어요. 그리고 언젠가는 번역되지 않은 시를 원문 그대로 읽을 수 있으면 좋겠다고, 언젠가는 우리말로 시를 쓰고 싶다고 생각하기 시작했죠. 단순히 침묵하지 않는다는 말만으로는 조금 부족한데요. 시인이 계몽주의적으로 정치적인 자각을 해야 한다는 뜻이 아니라, 시인은 참을 수 없는 사람들이라고 생각해요. 침묵하라고 해도 침묵하지 않는, 참지 못하는 사람들인 것이죠. 시집이 팔리든 안 팔리든, 피해를 받든 안 받든 그런 문제를 떠나서 그 말을 하지 않을 수 없는 사람들입니다. 침묵을 먼저 느끼는 사람들이고, 다른 사람들이 외면하는 것을 보지 않을 수 없는 사람들, 그 목소리를 듣지 않을 수 없는 사람들, 그리고 그것을 표현하지 않을 수 없는 사람들인 것이죠."

시인은 그런 사람이다. 소외되고, 고통 받는 이들의 눈물과 아우성을 대신 말해주는 사람. 그래야만 하는 이들이 바로 시인이고, 그것이 시가 가지고 있는 힘인 것이다. 이어서 『시의 힘』을 우리말로 번역한 서은혜 교수가 나와, 이번 책의 일본어판과 한국어판이 갖고 있는 차이와 번역하면서 느낀 생각 등에 대해 이야기를 나눴다. 먼저 그는 『시의 힘』 한국어판에 붙은 부제가 달라진 이유에 대해 설명했다. 한국어판의 부제는 '절망의 시대, 시는 어떻게 인간을 구원하는가'이다.

번역하면서 중요한 글 세 편이 한국어판에 들어갔다. 후쿠시마 원전사고를 겪으면서 시인 사이토 미쓰구의 시를 소개한 「의문형의 희망」이라는 글과, 「패트리어티즘을 다시 생각한다」라는 글, 그리고 여류시인 이시가키 린의 시가 담긴 「픽션화된 생명」이다. 이렇게 세 편의 글이 들어감과 동시에 세월호 참사, 메르스 등을 겪으면서 과연 문학이, 시라는 것이 어떤 역할을 할 수 있을까를 제시하고자 했다.

그의 말대로 시가 인간이 인간으로 살아남고자 하는 저항의 몸부림이라면, 오늘날 이 시대를 살아가는 우리에게 과연 시라는 것은 무엇인지 한번쯤 생각할 수 있는 기회를 만들고 싶었기 때문에 '절망의 시대, 시는 어떻게 인간을 구원하는가'라는 부제가 한국어판에 붙게 되었다고 한다.

동심원의 패러독스

책에 '동심원의 패러독스'에 대한 이야기가 나온다.

> 위험한 지역에 그대로 머무르는 사람들은 스스로 위로받기 위해 '만들어진 위로의 진실'에 매달리려는 경향이 있다. 현장에서 거리가 떨어진 이들은 상상력을 발휘할 수 없고, 거리가 가까운 이들은 '고통스러운 진실'에서 눈을 돌린다. 나는 이런 현상을 '동심원의 패러독스'라고 부른 적이 있다. (『시의 힘』, 230쪽)

사람들은 대부분 피해의 중심부에서 거리가 멀어질수록 피해의 진실에 대한 상상력을 발휘할 수 없고, 거리가 가까운 이들은 고통스러운 진실에서 눈을 돌리게 된다는 현상을 가리킨다는 표현이다. 이에 대한 이야기를 더 듣고 싶었다.

"후쿠시마 원전 사고가 터지고 난 뒤, 한 두세 달 이후에 글 하나 쓰라는 청탁이 왔어요. 당시 제가 일본에서 벌어지고 있는 상황을 많이 생각하고 '동심원의 패러독스'라는 표현이 생각났습니다. 사람들이 눈앞에서 이런 일이 벌어지고 있는데도 왜 이렇게 무시하고 사고를 정지하고, 모두 왜 새빨간 거짓말에 빠지는 건지 말입니다. 후쿠시마가 도쿄에서 불과 200여 킬로밖에 안 떨어져 있어요. 그런데 도쿄 사람들은 후쿠시마와 아무 상관없다고 생각하는 겁니다. 그건 상상의 산물이지 상관없을 리가 없지요. 남의 일이라며 외면할 수 있는 그런 마음 말입니다. 그걸 넘어설 수 없으면 도저히 우리는 이길 수 가 없다고 생각했어요. 후쿠시마 원전 사고는 지금 '완전히 관리completely under control'되어 있다고 했지 요. 이건 거짓말이예요. 거짓말인지 모르는 게 아니 예요. 일본 사람들이 대다수 거짓말인지 알고 있어 요. 거짓말인 줄 알면서도 그런 정부를 지지하는 겁 니다. 그런 지지는 국가주의이기도 하고, 일본주의 이기도 하고, 사고 정지이기도 하지요. 그런 문제를 '동심원의 패러독스'라고 쓴 거지요. 그런데 생각하 면 할수록 그것이 일본에만 있는 것이 아니죠.

제가 늘 프리모 레비Primo Levi(1919~1987) 얘기를 하는데, 아우슈비 츠에서 살아남은 분이죠. 프리모 레비는 "왜 너희들 유대인들은 그 비 극 전에 도망치지 않았냐? 왜 망명하지 않았느냐?"는 질문을 항상 받았 대요. 그때 프리모 레비는 "그 전"이 언제냐고 반대로 물었지요. 진앙지 에 있는 유대인들의 상황을 모르는 것이죠. 다수자의 둔감함에 지치고 자살하는 것이죠. 우리가 지금도 그런 상상에 친해지고 있는 상황 아닌 지요. 이런 문제에 대해 로고스적인 반론도 중요하지만, 동시에 아픔, 분노, 슬픔, 그런 정서를 일으키고, 다시 생각하게 하고 공감을 일으키 는 우리쪽의 힘이 필요하다고 생각했어요. 그것이 '시의 힘'이 아닌가 하는 것이 제 생각입니다."

후쿠시마 원전사고가 터지고 나서 번역자인 서은혜 교수는 서경식 선생님께 규슈나 오키나와 정도로 피하시는 게 어떻겠냐고 2011년 3 월 11일에 이메일을 보냈다고 한다. 그런데 선생은 도쿄를 떠나기는커

넝 오히려 11월에 후쿠시마로 갔다고 한다. 방금 동심원의 패러독스에 대해 이야기를 했지만 선생처럼 멀리 떨어져 있는 '진원지로 찾아가는 사람'도 있다.

"저는 글을 쓰는 사람이고, 증언자이니까 꼭 직접 가서 보고 싶은 욕심이 있었어요. 보고 나서 나의 말로 증언하고 싶다고 생각했기 때문에 그렇게 한 것입니다. 사람들은 자신이 있는 장소가 가장 안전하다고 믿고 싶어해요. 그런데 과연 정말로 안전할까라고 묻고 싶습니다."

선생의 말씀을 들으니 가슴이 뜨거웠다. 아픔이 있는 진원지에서 도망가는 원심력 있는 사회가 아니라, 그곳으로 찾아가는 구심력 많은 사회가 건전한 사회가 아닐까.

"(웃으시면서) 한국에 오라고 하는 고마운 사람도 계신데, 그것도 동심원의 패러독스인데 한국이 그렇게 안전할까요? (객석 모두 웃음) 한국에도 원전이 많이 있고, 휴전선도 있고, 언제 전쟁이 터질 수도 있다는 것을 항상 얘기하고 사는 사회지요. 더 큰 위험이 있을 수 있는데 그것도 동심원의 패러독스지요. 그리고 저는 특히 글 쓰는 사람이니까 증언證言하고 싶다는 마음이 있습니다. 보고 나서 증언하고 싶다는 마음이 제게는 있지요. 그래서 거기에 갔지요. 근데 사람들은 자신이 있는 장소가 가장 안전하다고 믿는 경향이 있지요. 그게 과연 그럴까요? 문제일 수 있지요."

객석에서 웃음소리가 터졌다. 진행자는 자기 의견을 최대한 억제해야 하는데, 이 날 처음 내가 하고 싶은 이야기를 마지막 부분이기에 클로징처럼 간단히 이렇게 말했다.

"선생님, 저는 구심력求心力과 원심력遠心力을 생각해 봤어요. 아픔이 있는 진앙지에 찾아가는 '구심력의 사회'가 건전한 사회가 아닌가 생각했어요. 그런 순간이 파리 콤뮨이고, 3·1독립운동 때 평양기생들이 치마를 찢어 태극기를 만들던 순간이고요, 광주민주화항쟁 때 몸을 팔던 여인들이 헌혈하고 시체를 치워주었던 순간 말입니다. 아픔의 진앙지로 찾아가는 순간들 말입니다. 저는 그것을 '곁으로'라는 표현을 썼어요. 원심력을 따라 진앙지에서 도망가는 사회가 되면 안 된다는 생각을 했어요. '곁으로의 구심력'이 강한 사회가 건전한 사회가 아닌가 생각했습니다. 아침에 이 문장을 읽으면서 눈시울이 뜨거워졌습니다."

'곁으로'의 구심력

비극이 벌어지면 그 상처 곁으로 모이려 하지 않고, 상처 안에 있는 사람은 너무 고통스러우니까 환상을 꿈꾸고, 다른 이들은 모두 회피하며 도망간다. 이때 서경식은 작가는 증언해야 하고, 독자나 아픔의 진앙지를 상상해야 한다고 권한다.

2차 세계 대전 때 나치시대 때 프랑크푸르트 학파의 다른 친구들처럼 미국으로 가지 않고 유럽에 머물었던 발터 벤야민은 다른 프랑크푸르트 학자들처럼 미국으로 가지 않고 마지막으로 『역사철학테제』를 남겼다. 그때 이 책에 그가 남겼던 그림 파울 클레의 그림 〈신천사angelus novus〉를 나는 아픔의 진앙지에서 날 수도 떠날 수도 없는 천사로 보았다. 진보라는 역사의 폭풍에 떠밀려가면서도 과거의 폐허를 바라보던 천사 말이다.

역시 나치시대 때 본회퍼는 미국으로 도피할 기회가 있는데도 독일을 떠나지 않고 히틀러 암살 기획에 참여했다가 사형 당했다. 나는 본회퍼가 남긴 『나를 따르라Nachfolge』라는 책을 '곁으로의 구심력'으로 읽었다.

> 증언자(표현자)는 '표상의 한계'를 넘어서는 증언(표상)에 도전해야만 하고, 독자는 스스로 '상상력의 한계'를 넘어서는 상상력을 발휘하려고 애써야만 한다. 더 없이 어려운 일이지만, 참극의 재발을 막기 위해 이 시대가 우리에게 요구하는 바다. (『시의 힘』, 230쪽)

피해의 중심에는 가보지도 않고 고작 몇 가지 자료로 가본 척, 전체를 아는 양 판단하는 자세를 나는 스스로 경계하고 경멸한다. 진짜 아픔을 아는 증언자는 쉽게 글을 쓰지 못한다. 또한 학자들의 글은 곁으로가 아니라, 곁으로가 되기 쉽다. 내 글이 겉 껍데기만 훑는 글이기에 늘 괴롭다.

울 수도 웃을 수도 없는, 우리는 그런 눈빛을 가진 '곁으로'의 천사들. 거짓과 전염병 속에서 떠나지 않고 아픔의 진앙지에 함께 하는 '곁으로의 구심력'에 참여하는 사람들이 늘어야 할 것이다.

어떤 책은 표지만 보고 읽지 않는 책이 있고, 어떤 책은 한 번 읽고 나서 또 보고 싶지는 않은 책도 있다. 이 책은 이번 대담을 위해 어쩔 수 없이 빨리 읽어야 했지만, 아마 원래대로 읽었다면 두 달 정도 걸렸을 것 같다. 눈물이 나고 억장이 무너져서 빨리 읽지 못하는 책. 그런

책, 그런 사람을 만나면 행복해지는 것 같다.

　마지막으로 이날 북 콘서트에 참석한 독자들이 사전에 그에게 질문한 것들 중 몇 가지를 추려 답하는 시간이 이어졌다. 선정된 질문들은 다음과 같았다.

　아우슈비츠에도 신이 존재했을까요?

　최근 한국에서 벌어진 사건들 중 관심 있게 본 것이 있다면?

　독재정권에 두 형을 잃은 아픔이 있으신데, 죽음과 같은 그러한 고통스러운 상황을 어떻게 견디는지?

　세 가지 질문은 결국 우리가 아픔, 실패, 좌절 등을 어떻게 마주해야 하는가라는 하나의 맥락으로 정리할 수 있을 것이다.

　"마지막에 가장 무거운 이야기를 하게 되는 것 같네요. 세 질문들은 결국 아우슈비츠에 신이 있냐는 질문과 관련되어 있죠. 죽음은 우리가 지성만으로는 완전히 해결하지 못했던 문제입니다. 모든 사회과학자들도 죽음에 대해서는 어떻게 다뤄야 할지 알지 못합니다. 우리는 죽음에 대해 이해할 수 없을 것입니다. 저는 신이라는 존재가 없다고 하더라도 우리의 힘, 우리의 지성으로 이겨내야 한다고 믿고 있어요. 그리고 그렇게 믿으려면 죽음에 대해서 신에게 맡기지 않고 우리가 스스로 알아야 해요. 그래야 삶에 대해서도 알 수 있습니다. 죽음에 대해 슬퍼하고 우는 것이 아니라 죽음이 무엇인지에 대해 탐구하는 것이죠. 죽은 사람들이 어떤 상황에서, 어떤 마음으로, 어떻게 죽었는지 가능한 한 제가 상상해보려고 해요. 죽은 자의 목소리에 귀를 기울이는 거예요. 죽은 자와 대화하는 것이 제 자신의 존재, 인간이라는 것을 인간답게 이해하려는 노력이라고 생각합니다."

서경식 선생의 저서에는 극도의 비극적인 상황에 대한 세밀한 분석과 냉엄한 권고가 적혀 있다. 그 상황들이 우리가 체험하고 있는 동시대의 문제이기에 더욱 절실하게 느껴질 것이다. 윤동주는 "모든 죽어가는 것을 사랑해야지"(「서시」)라고 썼다. 그의 삶은 이 한 줄에 헌신되었다. 서경식의 삶은 주변인의 예술을 통해 어떻게 해야 인간이 행복을 누릴 수 있는지 보여준다. 모든 정치가, 모든 예술가, 모든 종교인이 주변인과 경계인들에 대한 관심에서 시작한다면, 그 순간 혁명은 시작될 것이다. 그런 의미로 본다면, 서경식은 단순한 작가가 아니라, 구도자이면서 혁명가다.

명쾌한 성장소설,
가네시로 가즈키『GO』

일본 소설 중에 성장소설 시리즈를 베스트셀러 반열에 올려 놓은 소설가가 있다.

『레볼루션 No.3』, 『GO』, 『플라이, 대디, 플라이』, 『SPEED』로 이어지는 이 소설들은 가네시로 가즈키金城一紀가 쓴 시리즈다. 1998년 『레볼루션 No.3』로 '소설현대신인상'을, 첫 장편소설 『GO』로 123회 '나오키문학상'을 수상한 그의 소설은 어떤 매력이 있기에 주요 대학 도서관 대출 순위 10위 안에 들어 있을까.

가네시로 가즈키

그의 소설에는 몇 가지 공통점이 있다. 주인공이 성장하는 과정에서 정체성의 혼란을 경험하고, 그런 문제들을 피하지 않고 통쾌하게 부딪친다는 것이다. 그리고 이런 현대판 영웅을 묘사하는 문체는 스피디하고, 유머러스하고, 단순명쾌하다.

특히 『GO』는 인간의 정체성과 민족주의에 대해 진지하다. 하지만 너무도 흥쾌하고 가볍게 서술한다. 재일교포인 주인공은 줄곧 일본 사회와 긴장을 겪으며 살아간다. 그간 재일 한국(조선)인문학에는 어두운 그늘이 깔려 있었다. 그런데 이 소설은 그 어두운 그림자를 감각적인 문체로 통쾌하게 터뜨려 툭, 웃게 만든다. 주인공은 자신의 성장 과정에서 만나게 되는 숱한 어려움들을 주변 탓으로 돌리지 않는다. 그는 정면으로 문제와 맞부닥치고, 계속 자신과 싸운다. 용감한 소년의 성장 이야기다.

'재일조선인 소년의 성장'이라는 다소 무거운 주제를 가볍고 속도감 있는 문체로 흥미롭게 다룬 『GO』는 일본과 한국에서 공히 베스트셀러 반열에 올랐다.

투쟁하는 '좀비스'의 성장통

일본 군수공장에 징용당해 온 부친을 따라 일본으로 건너온 스기하라의 아버지는 마르크스주의자였다. 소설 서두에 있는 아버지에 대한 묘사는 간단명료하다.

당시 아버지는 쉰네 살이었고, 조선 국적을 갖고 있는 소위 '재일조선인'이

었으며 마르크스를 신봉하는 공산주의자였다.(9쪽)

주인공 스기하라는 조총련의 민족학교를 다니면서 일본인, 조선인, 한국인, 그 어느 집단에도 속하지 못해 정체성을 갈등하는 '경계인境界人'이다. 일본에서 살아가지만 "언젠가는 이 나라를 떠날 외부인으로 취급"(233쪽) 받는 존재다. 그는 조선인으로 살아가며 수없이 들은 김일성 영웅담이 시시하고 썰렁하게만 느껴진다. 낭만적이고 달콤하게 한 소녀를 사랑하는 행위도 과장하거나 미화시키지도 않는다. 있는 그대로 드러내기에, 재일조선인 3세로서 피할 수 없는 차별의 벽에 부닥친다.

"아빠가…… 어렸을 때부터 줄곧 아빠가, 한국이나 중국 남자하고 사귀면 절대로 안 된다고 그랬었어."
"……아빠가 한국이나 중국 사람들은 피가 더럽다고 했어."(180쪽)

스기하라가 사랑하는 소녀에게서 들은 "조선인은 피가 더럽다"는 말 한마디는 일본 사회의 그늘을 슬그머니 드러낸다. 하지만 스기하라는 프로 복서였던 아버지로부터 배운 투지로 자신을 '이지메'하는 일본 불량배와 맞서 싸웠다. "강한 펀치는 강한 풋워크에서 나오는 거야. 토대가 엉성한 집은 금방 무너진다. 그러니까 뛰어라."(62쪽) 이 말은 스기하라의 경전經傳이었다.

이러한 패기는 작가의 첫 작품집 『레볼루션 No.3』에 이미 담겨 있다. 이 소설의 주인공 스즈키는 한평생 평범한 샐러리맨으로 살아온, 거의 바보였다. 겁탈 당한 딸 앞에 자포자기하던 그는, 어느 날 부엌칼을 들고 뛰쳐나가 딸을 강간한 고등학생이 다닌다는 학교로 쳐들어간다. 거기서 주인공들인 '더 좀비스'를 만난다. 재일교포 박순신을 필두로, 다섯 명의 '더 좀비스'는 비실비실한 아저씨를 '전사'로 훈련시킨다. 중년의 샐러리맨 스즈키와 16살 여고생 오카모토는 '싸움꾼'이 된다. 회사까지 휴직하고 한 달 보름간의 특훈을 받은 스즈키는 마침내 딸의 원수를 갚는다. 여기서 '좀비스'는 '죽여도 죽지 않는 존재'라는 뜻이다.

어찌 보면 지나치게 통속적인 이 작가의 소설은 평범한 소시민이 '투쟁하는 자유인'이 되어 가는 과정을 보여 준다. 패기를 가진 현대판 영웅, 고 죽여도 죽지 않는 '좀비스'들은 마침내 승리한다. 『GO』에서도 결국 주인공은 소녀로부터 "이제 스기하라가 어떤 나라 사람이든 상관 안 해"(238쪽)라는 말과 함께 사랑을 얻는다.

한국의 아이들은 공부에 짓눌려 자기가 가야 할 길에 대해 진정으로 고민할 짬이 없다. 그런데 이 소설의 주인공 스기하라는 자신을 억압하는 사회에 굴복하지 않고, 유쾌하게 이겨 나간다. 그리고 끊임없이 속삭인다. ―가자(GO)!

재일조선인과 민족학교

작가는 진지한 주제인 정체성의 문제를 역사적으로 언급하기도 한다. 소설을 읽다 보면 재일조선인의 형성 과정을 너무도 자연스럽게 알게 된다.

> 소련과 미국의 알력으로 북조선과 한국, 두 나라로 갈라지고 말았다. 일본에 있어도 상관은 없었지만 어느 쪽이든 선택해야 할 처지에 놓인 아버지는 북조선을 선택하기로 했다. 이유는 북조선이 가난한 사람들에게 친절한(할) 마르크스주의를 내세우고 있다는 것과, 일본에 있는 '조선인(한국인)'에게 한국 정부보다 더 신경을 써 주기 때문이었다. 그런 사연으로 아버지는 조선 국적을 지닌 소위 '재일조선인'이 되었다.(11~12쪽)

특히 민족학교에 대한 묘사가 눈길을 끈다. 이미 여러 영화에서 민족학교가 묘사된 바 있으나, 이 소설에서 민족학교는 폭력이 난무하는 야만적인 종교 단체다.

> 선생이 교내에서 일본 말을 사용한 학생 한 명을 희생양으로 삼아 자아비판을 하게 한 후, 그 학생에게 교내에서 일본 말을 사용한 다른 학생의 이름을 불게 한다. 입을 꾹 다물고 있으면 주먹이 들어오고, 끝없는 자아비판에 시달려야 하고, 끝내는 이름을 불 때까지 총괄이 계속되므로 다들 미련 없이 친구의 이름을 분다. 하지만 그런 친구를 원망하는 학생은 아무도 없었다. 우리는

어서 빨리 총괄에서 해방되어 다같이 놀러 가기 위해서 서로의 이름을 불었으니까.(59쪽)

선생은 내게 교탁 앞에 똑바로 앉아 '자아비판'을 하라고 윽박질렀다. 비판할 일이 없어서 아무 말 않고 있었더니 또 따귀가 날아들었다. 귓속에서 징, 하는 금속성이 울렸다. 언젠가 들은 적이 있는 소리였다. 고막이 터진 것이었다.(74쪽)

이 대목에 대해 나는 민족학교 출신의 와세다대학교 학생들에게 여러번 말을 들었다. 민족학교 선생님들에게서도 여러 번 분노하는 이야기를 들었다. '민족학교는 절대로 매를 들지 않는다', '민족학교에서 그런 선생님을 만난 적이 없는데, 소설이 과장되었다'는 말이었다. 사실이 어떤지는 모른다. 다만 민족학교를 부정적으로만 묘사한 작가의 시각을 온전히 인정하기는 곤란할 것 같다.

민족학교나 조총련에서 국적 전환자에 대해 "반역자"라고 여기는 것은 이미 널리 알려진 이야기다. 국적을 '아파트 임대 계약서'로 생각하고, "노 소이 코레아노, 니 소이 하포네스, 조 소이 데사라이가도(나는 한국 사람도 일본 사람도 아닌 떠다니는 일개 부초다)"라고 말하는 작가의 말은 일단 거부감이 든다. 하지만 다시 그 내면을 들여다보면 역설적으로 민족이란 무엇인지 깊이 성찰하게 된다.

만화나 영화 대사를 닮은 짧은 문체

이 소설에서 작가의 문체는 경쾌하고 명확하다. 모든 문장은 스피디하고, 소설 전편을 타고 유쾌한 속도감이 빠르게 지나간다.

> 수세미 선배는 머리카락이 하도 빳빳해서 바람을 쌩쌩 가르며 뛰어도 그 짧은 머리카락은 꿈쩍도 하지 않았다. 싸움박질을 하다가 상대방을 머리로 박았더니 상대방의 피부에 조그만 구멍이 뚫렸다는 소문도 있었다. 선배의 머리카락은 수세미처럼 빳빳했다.(68쪽)

한 단락만 보더라도 작가가 얼마나 영상예술에서 많은 영향을 받았는지 알 수 있다. '수세미 선배'라는 별명 자체가 강력한 이미지로 독자에게 던져진다. 또한 그 머리가 빳빳해서 뛰어도 머리카락이 꿈쩍 않고 상대방 피부에 조그만 구멍을 뚫는다는 것은, 한 장의 만화 같기도 하고 영상으로 만들기에도 좋다. 이러한 문체는 곧 영화 대본과도 연결된다.

가네시로 가즈키의 문체는 모두 영화, 드라마로 만들기 쉽게 쓰여 있다. 소설 자체가 대본화하기 쉽다는 말이다. 책을 잡으면 마치 한 편의 영화를 보는 기분이다. 실제로 그의 책 다섯 권 중 네 권이 영화와 드라마로 만들어졌다. 가네시로 가즈키가 유명해진 것은 그의 소설을 원작으로 삼은 영화들 때문이기도 하다.

그 외에도 이 소설은 현대 자본주의적 이미지로 가득차 있다. 작가는 재밌는 아이템을 신문기사, TV 뉴스, 팝송, 영화의 한 구절, 선전 문구

속에서 발견하면 그대로 소설 문체에 살려 놓는다. 게다가 현학적인 생물학적 지식이나 도서관적인 용어들로 가득 차, 가볍게 읽으면서도 전문적인 문제들을 생각하게 한다. 신선한 이미지로 표현된, 정체성을 찾아 고민하는 소년의 성장통은 한국과 일본의 젊은이들을 매료시켰다.

한편 영화 〈GO〉(2001)와 함께 2000년대에 발표되었던 재일조선인 영화들도 좋은 볼거리들이다. 1968년 교토를 배경으로 한 청춘영화 〈박치기!〉(2004)에는 〈GO〉처럼 통쾌한 '주먹 영웅'들이 등장한다. 진지하고 서사적인 최양일 감독의 〈피와 뼈〉(2004)는 제주도에서 오사카로 건너간 청년 김준평을 통해 재일조선인 역사의 그늘을 들춰낸다. 가족의 휴먼 다큐멘터리 〈디어 평양〉(2006)은 재일조선인 2세인 딸이 총련의 핵심 멤버였던 아버지의 삶 10년 동안을 담은 것이다.

마이너리티의 통쾌한 전복

소년의 통쾌한 성장 이야기, 우울한 그늘을 벗어던진 자이니치 조선인문학, (비록 편견이 있는 것 같기는 하나) 과감히 문제를 지적한 민족학교에 대한 묘사 등, 몇 가지 특징만 보더라도 『GO』는 여러 가치를 담고 있는 소설이다. 이 소설에는 재일 한국인의 한恨이 있으나, 그것은 슬픔이 아니라 새로운 힘으로 역동逆動하는 밑불이 되고 있다.

자이니치 조선인의 문학사를 대개 3단계로 나눈다. 크게 나눠서 재일조선인 문학사의 1세대인 김사량, 김석범, 김시종, 이희성 등에게는 민족 문제가 중요했다. 2세대인 김학영, 양석일, 이양지 역시 정체성의 문제를 중요하게 여긴다. 3세대인 유미리와 가네시로 가즈키는 전혀 다른 세계를 보여 준다. 더욱이 가네시로는 유미리처럼 내면적이거나 침잠하지도 않는다. 그의 소설은 신나고 유쾌하면서도, 그 주제는 결코 가볍지 않다. 이 작가가 다음에는 대체 어떤 작품을 보여줄지 기대가 된다.

맛·길·글·얼

재일조선인 조선어 시동인지 『종소리』

존재의 집, 조선어

재일조선인문학[1]은 구한말 이수정, 유길준에서 시작하여, 해방 전 1920년대 일본 프롤레타리아 문학잡지에 작품을 발표했던 정연규, 한식, 김희명, 시인 김용제 그리고 1930년대부터 장혁주, 김사량, 이은직으로부터 해방 후 김달수, 이양지, 유미리에 이르기까지 의미 있는 문학사를 이루고 있다.[2] 재일조선인문학의 범주에 대해 이한창은 "재일조선인문학은 조선인이 일본어로 조선적인 것이나 조선인의 생활을 그

---

1 조총련 문예동에 소속된 작가들은 '자이니치(在日)'라는 표현보다 '재일'이라는 표현을 쓰기에, 이 글에서는 '재일조선인문학'으로 표기한다.
2 이 중에 장혁주는 전후 재일조선인문학과 다른 일본어문학을 발표했고, 김사량은 전후 북한 문단에서 작품 활동을 했기에, 이들의 전 작품을 재일조선인문학으로 평가하기는 어렵다. 布袋敏博, 「해방 후 재일한국인 문학의 형성과 전개」, 『인문논총』 47, 서울대 인문학연구소, 2002.8.

린 것에 한한다"[3]고 하면서, 우리말로 발표된 조총련계 작가의 작품과 일본인 이름으로 발표된 작품은 제외하고 있다. 여기서 조총련(재일본조선인총연합회) 소속 작가들이란 재일본조선문학예술가동맹(이하 '문예동')에 속해 있고 우리말로 작품을 쓰는 작가들을 말한다. 일본에서는 '일본어'로 쓴 재일조선인 작품만을 재일조선인 작품으로 삼는 경우가 일반적이다. 그래서 재일조선인문학을 '재일조선인 일본어문학'[4]이라고 하기도 한다.

한글로 작품을 쓰는 조총련계 작가 작품이 연구자들에게 외면받는 이유는 두 가지로 요약할 수 있겠다. 첫째, 정치적 이데올로기를 받아들일 수 없기 때문이다. 특히 1958년 조총련이 북쪽의 직접 지시를 받으면서, 문예동은 김일성 수령형상문학을 작품 전면에 내세우게 된다. 이에 대한 내부에서 시인 김시종 등의 반발이 일어나고, 남쪽 연구자들도 이들의 창작을 우상화된 '문건文件'으로 보고 '작품'으로 인정하지 않게 되었다. 가와무라 미나토川村湊는 "조총련계의 문화예술동맹은, 기본적으로 '국어(조선어)'로 창작활동을 하고 있기에, 그들의 문화활동은 조선민주주의 인민공화국의 해외공민으로서 재일조선인 문화운동의 일환이고, 명백히 '조선문학' 영역 안에 있다"[5]고 정의했다. 이는 일본어로 쓰인 재일조선인문학과 뚜렷이 구별하는 표현이기도 하다.

둘째, 문예동의 한글 작품을 문학적인 성과로 인정하기 힘들기 때문일 것이다. 타문화권의 다양한 문학적 표현에 비해, 1980년대 이후 조

---

3   이한창, 「민족문학으로서의 재일동포문학연구」, 『일본어문학』 3, 한국일본어문학회, 1997.6, 244쪽.
4   林浩治, 『在日朝鮮人日本語文學論』, 東京 : 新幹社, 2007.
5   川村湊, 「在日朝鮮人文學とは何か」, 『靑丘』 19, 東京 : 靑丘文化史, 1994.봄, 29쪽.

총련계의 작가들이 한글로 발표하는 작품의 문학적 표현은 너무도 소박하다. 그래서 이들은 "작품활동은 활발하지 않으며 작품 수준도 사상성을 앞세우고 그리 높지 않은 편이다"[6]라는 차가운 냉대를 받고도 있다. 조총련 안에서만 이어져 온 연구는 최근 심원섭 교수의 실증적인 연구에 이어 남쪽 학자에 의해 발표[7]되었다. 재일조선인문학에 대한 최근의 연구 동향은 앞서 언급한 문제점이 해결되었기 때문일 것이다. 아울러 서울 중심의 문학관에 대한 반성과 아울러 국제화 시대에 외국에 거주하고 있는 동포에 대한 관심이 높아지면서, 문예동 시인들의 한글시 역시 관심의 대상이 되고 있다.

곧 김대중 정권과 노무현 정권의 햇빛정책으로 북쪽과 화해 무드가 지속되면서 연구 지평이 그만치 넓어졌기 때문이다. 또한 2000년대 들어 문예동 시를 읽는 거부감이 다소 사라졌다고 볼 수 있겠다. 저자는 수령형상문학이 재일조선인문학의 중심이 된 데에 대해서, 그것은 다른 문화권의 독자들에게 공감대를 일으킬 만한 보편성이 없기 때문에, 그것을 넘어서지 않는 한 문예동이 발표하는 한글 시는 남쪽이나 다른 지역 사람들에게 감동은커녕 거부감을 줄 수밖에 없다[8]고 쓴 적이 있다.

6　이한창, 앞의 글, 250쪽.
7　심원섭, 「재일 조선인 시문학에 나타난 자기 정체성의 제양상」(『한국문학논총』 31, 한국문학회, 2002.10); 김응교, 「일본 속의 마이너리티」(『시작』, 2004.겨울); 이한창, 「재일 동포조직이 동포문학에 끼친 영향—좌익 동포조직과 동포작가와의 갈등을 중심으로」(『일본어문학』 8, 한국일본어문학회, 2005); 한승옥 외, 「재일동포 한국어 문학」(『한중인문학연구』 14, 한중인문과학연구회, 2005.4); 이경수, 「1990년 이후 재일 동포 한국어 시문학의 변모」(『민족문화연구』 42, 고려대 민족문화연구원, 2005.6); 심원섭, 「재일 조선어문학 연구 현황과 금후의 연구 방향」(『현대문학의 연구』 29, 한국문학연구학회, 2006.7)이 있다.
8　김응교, 앞의 글, 92~93쪽.

시동인지 『종소리』에는 7년간 수령형상문학이 한 편도 안 실려 있다.

이 글은 2000년부터 동인활동을 하고 있는 계간 『종소리』에 실린 '재일조선인 조선어 시문학'에 대한 연구다.

논의에 앞서 용어 문제를 바로잡고자 한다. 저자는 조총련계 작가들은 재일한국인이 아니라 '재일조선인'이라는 것을 명확히 한 바[9] 있다. 대한민국 국적을 가진 자를 말하는 '재일한국인'이란 규정에는 무국적자, 일본 국적 취득자들이 포함되지 못하기 때문이다. 이후 '재일조선인'의 한글 작품을 '한국어 시문학'이라 하고 논의하는 글을 보았다. 숭실대에서 열렸던 심포지엄 이후 연구된 논문이 실린 「재일동포 한국어 문학」(『한중인문학연구』, 2005.4)에 실린 논문들이 모두 '재일동포 한국어 문학'이라고 쓰고 있다. 이 표현은 이후에도 몇몇 연구자들이 그대로[10] 쓰고 있다. 이러한 용어가 과연 조총련 문예동 작가들에게 적용될 수 있는가. 숭실대 연구단의 성실하고 꼼꼼한 서지작업과 연구분석에도 불구하고, 용어 선택에 관해서는 아쉬움이 남는다.

첫째, 조총련계 재일조선인은 '조선어'로 글을 쓴다. '한국어'는 대한민국 표준어이고, '조선어'는 조선민주주의인민공화국의 문화어를 말한다. 조총련계 민족학교에서 '조선어'를 교육 받은 학생들이 일본의 일반 대학에 입학하여 '한국어'를 배우려고 한국인 교사에게 '한국어 수업'을 들을 때, 한번 굳어진 조선어 표기와 발음은 2, 3년이 지나도 쉽게 고쳐지지 않는다. 긴 학문적인 논쟁도 있었다. 1970년대 말에

---

9 위의 글, 81쪽.
10 이경수, 앞의 글; 최종환, 「재일동포 한국어 시문학의 내적 논리와 민족문학적 성격」(『한중인문학연구』 17, 한중인문과학연구회, 2006)이 그 예다.

NHK에서 한글강좌를 하려 했으나, 강좌 이름을 '한국어'로 해야 할지, '조선어'로 해야 할지에 대해 긴 논쟁이 오고 갔다. 이 논쟁[11] 때문에 NHK교육방송의 한글강좌는 예상보다 10여 년이 늦어졌다. 현재 NHK 교육방송의 외국어강좌는 이태리어, 독일어, 중국어 등 나라 이름이 붙어 있지만, 한글강좌만은 이름이 "안녕하십니까 한글강좌"이다.

그만치 한국어와 조선어의 표기는 예민한 문제다. 조총련계 작가의 작품을 한국 독자에게 읽히려 할 때, 많은 품을 들여 교정해야 한다. 표기법이며 맞춤법이며 적지 않은 차이가 있다. 한국에서 2008년에 『치마저고리—재일조선인 〈종소리〉 시인회 대표시선집』(도서출판 화남)을 출판할 때 편집자들은 이 책에 실릴 시와 평론을 '한국어'로 교정보는 데 적지 않은 품을 들여야 했다. 특히 문예동 작가들은 대부분 일본 민족학교에서 조선어문학을 가르치는 교원들이다.

둘째, 조총련의 문예동 시인들이 일본어도 한국어도 아닌 '조선어'를 쓰는 데는 특정 이데올로기와 사회적 관계를 선택했다는 의미가 있다. 하이데거Heidegger의 '언어는 존재의 집'이라는 말을 빌리지 않더라도, 인간은 언어를 사용하여 그 존재가 드러난다. 작가가 생산한 모든 텍스트는 언어로 구성된다. 그 언어는 작품화되기 이전에, 이미 작가의 사회적 존재와 인간관계와 이데올로기를 품고 있는 존재의 집이다. 재일조선인이 선택한 언어에는 이미 사회주의 이데올로기가 선택되어 있다.

셋째, 총련계 활동가들은 '한국'이라는 단어를 사용하는 데에 거부감을 갖는다.[12] 북쪽 문화단체와 문예동과 공동행사를 해본 경험이 있다

---

11 大村益夫, 「NHK「ハングル講座」がはじまるまで」, 『早大語研30周年記念論文集』, 東京 : 早稲田
    大學語學教育研究所, 1933.3.31.

『치마저고리—재일조선인 〈종소리〉 시인회 대표시선집』
(책임편집 김응교, 화남출판, 2008)

---

12 숭실대 연구진의 책이 나왔을 때, 처음엔 '재일조선인 한국어문학'이라는 표현에 거부
감을 가졌다가 큰 마음으로 이해했다고 문예동의 김학렬 교수는 2007년 12월 14일 저
자의 연구실에서 말했다. 김 교수는 "남쪽 독자들을 위한 책이기 때문에, '재일조선인
한국어문학'이라 한 것을 이해한다. 다만 '재일조선인 모국어문학'이라고 했다면 더 좋
지 않았을까"라며 아쉬움을 표했다.

면, 이들이 '한반도' 혹은 '남북' 혹은 '남한, 북한'이라는 표현에 얼마나 거부감을 갖고 있는지 알 수 있다. 이러한 단어의 중심에는 대한민국 중심주의가 있기 때문이다. 이들은 '한반도' 대신 '조선반도', '남북' 대신 '우리', '남한 북한' 대신에 '공화국 남조선'이라는 표현을 쓰기 원한다. 우리의 글을 누군가 '조선어'라고 하면 거부감을 느끼는 것과 마찬가지다. 그래서 저자는 문예동 시인들의 글을 언급할 때는 우리글 혹은 조선어로 표현하고, 가령 남한 북한이라는 표현보다, 남쪽 북쪽이라는 표현을 쓸 것이다.

'한국어'라고 했을 때는 이미 남쪽 중심의 문예관으로 '흡수吸收'하여 비평하는 태도가 개입될 수 있다. 다르게 표현하여 '재일조선인 모국어 (혹은 한글, 우리말) 시문학'이라 하면 어느 정도 가치중립적일 수도 있겠다. 통일을 염두에 두고 '재일조선인 우리말 시문학'이라 한다면 문제가 없다. 따라서 2004년 12월 11일에 와세다대학에서 해외동포문학편찬사업 추진위원회와 재일본조선문학예술가동맹이 공동심포지엄을 했을 때, 제목을 '재일조선인 조선어문학의 현황과 과제'라고 했던 것, 문예동의 김학렬 시인이 이 모임에서 '재일조선인 조선어 시문학'이라고 표현[13]한 것도 정확하다. 따라서 재일조선·한국인 혹은 재일동포의 창작 행위를 구분한다면 다음과 같이 구분할 수 있을 것이다.

① 재일(자이니치)동포문학 : 모두 아우르는 표현

② 재일조선인 조선어 시문학 : 허남기(후기), 강순, 문예동 소속 시인들

---

13 김학렬, 「재일조선인 조선어 시문학 개요」, 『재일조선인 조선어문학의 현황과 그 과제』(발표문), 2004.12.11.

③ 재일조선인 일본어 시문학 : 허남기(초기), 김시종, 종추월, 양석일 등
④ 재일한국인 한국어 시문학 : 김윤, 김리박, 이승순 등

그래서 '재일조선인 조선어문학'이란, 첫째, '재일동포 문학'의 하위
개념이며, 둘째, 조총련 산하 문예동에 소속된 작가의 작품을 말한다.
한국에서 태어나 일본으로 건너간 허남기, 강순 시인이 해방 후 제1기
재일조선인 시인들이다. 재일한국인 한국어 시인들은 모두 한국에서
시집을 낸 시인들이다. 김윤의『멍든 계절』(현대문학사, 1968), 김리박의
『믿나라』(범우사, 2005), 이승순의『어깨에 힘을 풀어요』(민음사, 1993)
등이 있다. 이들은 당연히 '재일한국인 한국어 시문학'이라 해야 옳다.
물론 이 구분에서 한 항목에 들지 않는 인물이 있기도 하다. 시인 허남
기는 초창기에 일본어로 창작하다가 후기에는 조선어로 창작한다. 또
한 시인은 아니지만 수필가 윤학준은 한국 국적을 갖고 있으면서, 일본
어와 한국어로 동시에 문학 활동을 했다. 또한 소설가 김석범처럼 조총
련을 탈퇴했으면서도 조선 국적을 유지하고 일본어로 작품을 쓰는 이
도 있다.

현재 저자가 아는 한, 일본에는 '재일조선인 한국어 시문학'이라는
설정에 맞는 작가는 없다. '조선'인 국적을 유지하면서 '한국어'로 작품
을 발표하는 시인은 현재 일본에 없다. 조총련의 문예동 시인들의『종
소리』를 분석하는 이 글에서는 당연히 '재일조선인 조선어 시문학'이
라는 표현을 쓰기로 한다.

『종소리』의 학술적 가치

1) 『종소리』의 역사적 위치

『종소리』를 학술적 연구 대상을 논할 가치가 있는지를 우선 살펴볼 필요가 있다. 그것은 재일조선인 시문학사에서 『종소리』 동인들이 차지하는 위상을 검토해볼 때 이루어진다. 이를 위해, 재일조선인 조선어 시문학에 대해서 몇 단계[14]로 간단히 설명하고자 한다.

첫째, 초창기의 3인 시대(1945~1959년대)는 총련 결성을 기념하여 3인 시집 『조국에 드리는 노래』(1957)를 냈던 시인 허남기, 강순, 남시우가 활동했던 시대를 말한다.

1945년 10월 15일 재일조선인 전국 대표 약 5천 명이 모여 재일본조선인연맹을 결성했던 때는 이데올로기적 색채를 띠지 않은 범동포적 사회단체였다. 그러나 1948년 8월 15일 대한민국 정부가 수립되고, 9월 9일 조선인민민주주의 공화국이 수립되면서, 재일동포 사회는 급격히 양분된다. 1955년 5월 24일 조총련이 결성된 후, 당시 일본어로 작품을 발표하던 김달수, 이은직, 김석범, 허남기, 김시종과 강순, 남시우처럼 한글로 작품을 쓰던 재일조선인 대부분이 문예동에 결집했다. 민단계에는 김파우, 김희명, 김경식, 김윤, 황명동 등에 불과했고[15] 대부분

---

14 이에 관해서는 좌담회 「문예동 결성 40주년을 즈음하여」(『문학예술』 109, 1999.6)에 실린 김학렬의 발언; 손지원, 「재일조선시문학연구」(1~3), 『겨레문학』, 2000.여름~가을; 김학렬, 앞의 글을 참조하기 바란다.

15 김윤, 「민족분단과 이념의 갈등―재일본 동포문단」, 『한국문학』 204, 한국문학사,

의 재일조선인 작가들은 신일본문학회 등에서 벗어나 1959년 문예동에 모인다.[16] 일본문단에서 주목받던 시인 허남기(1918.6~1988.11)는 문예동 초대위원장이 되면서 일본말에서 조선어 창작으로 전환한다. 소설가 김달수(1919~1997.5)를 문예동 초대부위원장으로 하려고 그를 설득하는 데 총련 결성 후 4년간이나 걸렸다고 한다.[17] 소설가 김석범도 조선신보사에 있다가 문예동 기관지 『문학예술』 편집장이 된다.

재일조선인 대부분이 문예동에 가입했던 까닭은, 민족적인 내용을 자유롭게 발표할 매체가 있었기 때문이기도 하지만, "미국과의 괴뢰정부인 제국주의와 요시다吉田내각에 반대하고, 조선의 진정한 독립을 위해서"[18]이기도 했다. 1956년 재일조선중앙예술단과 조선대학이 창립되고, 1959년 북송사업이 시작된다. 이 무렵 1957년 김시종이 잡지 『진달래』에 조직을 비판하는 해학적인 시 「오사카 총련」을 발표하여 문제가 일어난다. 김시종은 김일성 교조주의를 강하게 비판하고, 양석일과 함께 탈퇴[19]한다.

둘째 시기는 형성기와 1세대 시인들의 시대(1960~1969)다. 문예동의 시는 북쪽 문예관과 동일한 모양새를 갖춘다. 1962년에 나온 문예동 시선집 『찬사』에는 그 진영이 대폭 확대되어 있다. 시인 정화수, 오

1991.7, 114~115쪽.

16 '문예동'의 결성 과정에 대한 과정과 추억은 김윤호, 「〈문학회〉로부터 〈문예동〉에로 넘어갈 무렵을 더듬으며」, 『문학예술』 109, 1999.6를 참조 바란다.

17 김학렬, 「시지 『종소리』가 나오기까지—재일조선시문학이 지향하는 것. 이 글은 2007년 7월 저자가 김학렬 시인에게 받은 미발표 원고이다.

18 梁石日, 「在日朝鮮人文學の現狀」, 『アジア的身體』, 靑峰社, 1990, 22쪽.

19 梁石日, 심포지엄 「言葉のある場所」, 『金時鐘の詩, もう一つの日本語』, 大阪: もず工房, 2000, 17~20쪽.

상홍, 김태경, 정백운, 안우식(탈퇴), 김학렬 등의 시와 소설가 김석범(탈퇴), 김달수(탈퇴), 이은직, 박원준, 조남두, 김병두의 글, 그리고 박원준의 희곡이 실려 있다. 여기에 이후 『종소리』 동인으로 활약하는 정화수, 김학렬을 볼 수 있다.

1960년대에 문단에 등장한 시인들을 재일조선인 '1세대 시인들'이라고 부른다. 1세대라고 붙이는 이유는 이들이 대부분 일본이 아니라, 제주도에서 이주해 온 재일동포 1세대이기도 하기 때문이다. 우리는 『종소리』 시인회 멤버 대다수가 1960년대 재일조선인 시문학에 나타나기 시작했다는 것을 볼 수 있다.

셋째 시기는 발전기와 2세대 시인들의 시대(1970~1989)다. 1970년 7·4공동성명이 나오고 통일운동이 급격히 발전된다. 1974년에는 재일조선예술단(후에 금강산가극단)이 처음 한국을 방문하여 재일작가들도 한국의 문예계와 교류한다. 조선고급학교, 조선대학교 졸업생들을 중심으로 재일문학 2세대 시인들이 등단하는데, 김정수(현재 문예동 위원장), 손지원, 허옥녀, 홍순련, 강명숙, 오향숙, 오홍심 등을 제2세대 시인이라 한다. 이들은 일본에서 태어난 재일동포 2세대이기도 하다.

특히 1970년대 말부터 개인시집 출판이 활성화되기 시작하였다. 이 시기에 『종소리』 동인들이 대거 시집을 출판한다. 김두권 『아침노을 타오른다』(1977), 김학렬 『삼지연』(1979), 정화수 『영원한 사랑 조국의 품이여』(1980), 정화흠 『감격의 이날』(1980), 『념원』(1985), 김윤호 『내 고향』(1987)이 있다.

조총련에게 맹비판을 받았던 재일조선인 '일본어 작가'들은 1975년부터 1988년까지 계간 『삼천리三千里』를 냈고, 1987년에는 계간 『민도

民濤』를 냈다. 두 잡지는 한국민주화를 지지하면서 '제3의 길'을 모색했던 잡지였다. 조총련의 비판에 대해 김달수는 '수단으로서의 언어'[20]를 말하면서 조선을 일본인에게 알리기 위해 일본어로 글을 쓴다고 했다.

넷째 시기는 전환기(1990년대)라 할 수 있겠다. 1990년대는 김일성 주석의 서거와 더불어 소련 등 사회주의 국가들이 붕괴하고 북쪽과 조총련은 내적으로 이른바 '고난의 행군' 시대를 맞이한다. 외적으로는 재일조선인 사회가 1990년 이후부터 남쪽 사회에 조금씩 우호적인 태도를 보이기 시작한다. 1998년 남쪽에서 민주화를 위해 투쟁해 온 김대중 문민정권이 세워지면서 소설가 이회성은 한국 국적[21]을 취득한다. 1959년부터 40년간 순한글 편집으로 출판된 문예동 기관지 『문학예술』은 1999년 6월 통권 109호로 폐간된다. 이어 2000년부터 문예지 『겨레문학』을 발행한다.

여기까지 읽으면 1세대 시인들이 주축이 된 『종소리』 동인들이 어떠한 위치에 있는지 한눈에 알 수 있다. 『종소리』 시인들은 1960년대에 등단하여 문예총의 중심 임원이며 조선대학 교수, 민족학교 교원, 각종 기관지와 신문의 편집장을 맡았던 이들이다. 이들이 현재 어떠한 시를 쓰고 있는가는 재일조선인 시문학의 과거와 현재와 미래를 동시에 조망할 수 있는 연구대상인 것이다.

---

20 金石範, 「民族虛無主義の所産について」, 『三千里』 20, 1979, 78~89쪽.
21 조총련을 거부하면서도 조선국적을 유지했던 소설가 김석범은 이회성의 한국 국적 취득을 비판한다. 金石範, 「いま、「在日」にとって「國籍」とは何か―李恢成君への手紙」, 月刊 『世界』, 岩波書店, 1998.10.

『종소리』 동인들

2001년 10월 30일 김두권 작사가용집『백두산의 쌍무지개』출판기념모임에서 찍은 사진이다. 동인지『종소리』의 주요 필진들이다. 오른쪽에 첫 번째 검은 양복 입은 시인 김학렬부터 시계방향으로 정화흠, 김두권, 정화수, 서일순, 오홍심, 홍순련, 김윤호, 오상홍, 홍윤표 시인이다. 2019년 현재 왼쪽에 여성 작가 세 분은 건강하고, 남성은 김윤호 시인만 생존해 있다.

『종소리』창간호는 2000년 1월에 나왔다. 정화흠, 정화수, 홍윤표, 오상호, 김두권, 김윤호, 김학렬, 7명으로 시작하였고, 이듬해 2001년 10월 8호부터 오홍심 시인이 참가했다. 현재『종소리』는 오홍심 시인이 주도하고 있으며 완전히 세대교체가 되었다.

2) 『종소리』의 출현과 전망

(1) 『종소리』의 출간 배경

1990년대 말에 7명의 시인, 곧 정화수, 홍윤표, 정화흠, 김두권, 김윤호, 오상홍, 김학렬이 중심이 되어 한 달에 한 번씩 창작연구모임을 가지기 시작했다. 동인들은 대개 한국에서 태어났으나 도일渡日하여, 1970년대부터 시를 발표하기 시작한 허남기와 강순 이후의 시인들이다. 시 동인들의 직업은 아주 다양하다. 민족학교 교원, 식당을 경영하는 시인, 조선대학 교수였던 시인도 있다.

김학렬 교수의 회고에 의하면 "모임에서 우리는 새 시대의 동세와 요구, 재일동포의 정신문화적 요구에 맞게 우리 시문학이 어떻게 되여야 할 것인가 하는 각도에서 대체 ① 재일조선시문학의 존재 이유와 방향성, ② 재일조선시의 서정과 주제령역의 심화확대문제, ③ 시 형상방법론, 운동조직론들을 토론했다"[22]고 한다. 또한 『종소리』를 만들어가는 회의에서 이러한 발언도 있었다.

우리가 흔히 쓰는 시, 재일동포들의 심정을 반영한 시에서는 주제 범위가 좁다는 틀이 있다고 봅니다. 재일동포뿐 아니라 북과 남의 우리 동포들도 감동할 수 있는 시, 번역해도 괜찮게 통하는, 즉 세계를 보고 쓰는 시를 쓸 필요가 있습니다. (…중략…) 지구 뒤켠 사람들도 긍정할 수 있는 그런 시를 우리는 써야 하지요. 자기네끼리만 알 수 있는 시는 진짜 시가 아닙니다. 재일

---

[22] 김학렬, 「시지 『종소리』가 나오기까지」(미발표 원고, 2007.8).

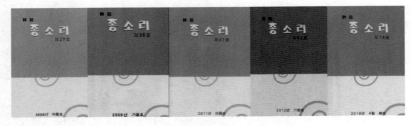

『종소리』 표지

    동포뿐만 아니라 민족이면 남도 북도 통하는, 인류도 통하는, 현재뿐만 아니라 미래에도 통하는, 즉 공동의 감동으로 심금을 울릴 수 있는 그런 주체적인 우리 시를 지향해야 한다고 생각합니다.[23]

    2000년부터『종소리』 동인의 대표 정화수 시인이 이러한 발언을 했다는 것은 중요한 의미를 갖는다.[24] 인용문에서 남쪽 동포나 세계인에게도 감동을 줄 수 있는 시가 되어야 하는데, 가장 큰 거부감을 주었던 것은 김일성과 김정일을 찬양하는 수령형상문학[25]이었다. 이후『종소리』에는 수령형상문학은 전혀 나타나지 않는다.

    수령형상문학이 실리지 않는다는 것은 1990년대까지의 시운동과 전혀 다른 전환적인 혁신을 의미한다. 그래서 2000년대 새 방향을 구현해 가기 위해 문예동 성원으로서 계간지『종소리』를 내기로 하고, 2000년 정월에 창간호를 발행하여 남북과 해외에도 보급하기 시작했

---

23 정화수,『우리 시 문학』 1, 9쪽.『우리 시 문학』은『종소리』 동인들의 모임 일지인데, 김학렬의 윗글에서 재인용한다.

24 2004년 12월 11일 와세다대학에서 심포지움이 끝나고, 정화수 시인 외에도 몇몇 시인이 저자에게 재일조선인 시문학이 "이젠 많이 바뀔 것이다"라고 말했다.

25 김응교,「'리찬' 시와 수령형상문학」,『이찬과 한국 근대문학』, 소명출판, 2007.

다. 2000년부터 발행된 종합문학지『겨레문학』과 함께 시 전문 계간동인지『종소리』는 이러한 흐름에서 출간되기 시작했다.

(2)『종소리』동인의 활동과 전망

『종소리』시인회의 활동을 몇 가지로 나누어 정리하고자 한다. 첫째는 출판운동이다. 2000년 창간호 이후 현재(2007년 12월) 33호에 이르기까지『종소리』는 계속 발간되어 왔다. 일본에서 그것도 조선어로 매년 4번씩 7년 동안 출판된 동인지를 주목하지 않을 수 없다.

『종소리』는 매년 계간지로 4차례 출간되었는데 표지 색을 바꾸어 연도를 쉽게 알 수 있게 되어 있다. 2000년 1호부터 4호까지는 연두색 표지다. 2001년 5호부터 8호까지는 하늘색 표지, 2002년 6호부터 12호까지는 보라색 표지, 2003년 13호에서 16호까지는 분홍색 표지, 2004년 17호에서 20호까지는 고동색 표지, 2005년 21호에서 24호까지는 주황색 표지, 2006년 25호에서 28호까지는 파랑색 표지, 2007년 29호에서 현대 33호까지는 진홍색 표지다.

「특집」을 기획하여, 당시 정치사회의 문제가 되는 이슈를 창작하여 발표하는 것이다. 중요한 특집을 정리하면 다음과 같다.

2호(2000년 봄)	북남최고위급 회담이 열린다는 소식을 듣고
3호(2000년 여름)	북남공동선언을 열렬히 지지한다
24호(2005년 가을)	6·15공동선언실천을 위한 민족작가대회에 참가하여
27호(2006년 여름)	6·15민족통일대축전에 참가하여

32호(2007년 가을)   북남수뇌자회담을 맞이하여

특집은 아니지만, 미국의 이라크 침공이 있었을 때 거의 모든 회원들이 이 전쟁을 비판하는 시를 발표하는 등 공유된 생각에서 시가 창작되고 있는 것을 볼 수 있다.

또한 2004년에는 20호 발간을 계기로『종소리시인집』(정화흠, 김두권, 오상홍, 홍윤표, 오홍심, 서일순, 김윤호, 김학렬, 정화수)을 냈으며『종소리』시인회의 이름으로 정화흠시집『민들레꽃』(2000), 김두권 시집『운주산』(2004)도 냈다. 또한 저자의 폭을 넓혀 재일한국시인 리승순, 김지영, 김웅교와 재중국시인 천재련의 시도 싣고 있다. 저자가『종소리』에 첫 시를 청탁받은 때는 2005년 여름호(제32호)부터였다. 23호부터 저자를 비롯하여 재일한국시인들은『종소리』의 이데올로기에 동의하는 것이 아니라, 교류 차원에서 시를 발표하고 있다.

둘째는 이 동인들의 실천적인 영향력이다. 남북통일을 위한 문학 모임에 적극적으로 나서고 있다.『종소리』시동인들은 도쿄에서 문인, 연구자들이 모이는 자리에는 적극적으로 참여했다. 가령, 2004년 12월 11일에 와세다대학에서 학술대회 '재일조선인 조선어문학의 현황과 과제'가 열렸다. 이 행사는 와세다대학 조선문화연구회, 해외동포문학 편찬사업 추진위원회, 재일본조선문학예술가동맹 공동주최로 열렸다. 후원은 한국문화예술진흥원이었던 이 행사는 주로 재일조선인 문학자들이 발표를 담당했다. 손지원(조선대 교수)의 '재일동포 국문문학운동에 대하여', 김학렬(전 조선대 교수)의 '재일조선인 조선어 시문학 개요', 김윤호(전 조선대 교수)의 '재일조선인 조선어 소설문학', 려운산(전 조선

연극단 단원)의 '재일조선인 연극활동'에 대한 발표가 있었다. 한국 측 참여자는 임헌영(중앙대 교수), 최동호(고려대 교수), 조남현(서울대 교수), 김종회(경희대 교수), 홍용희(경희대 교수)였고, 모두 토론자로서 참여했다. 이 발표자 중에 『종소리』 동인은 김윤호와 김학렬 시인 두 명이었으나, 『종소리』 회원들은 그날 회의장과 연회장까지 줄곧 자리를 지키며 의견을 내고 적극 참여했다. 이 행사 이후 한국 연구단 측에서 총 6권의 『재일조선인문학선집』[26]을 출판했다. 그러나 텍스트를 교열하면서 오히려 원문과 달라진 점, 몇 행이 생략된 경우, 작가 이름과 작품이 뒤바뀐 경우, 또 전문적인 해설이 없다는 점이 아쉽다.

2005년 7월 평양에서 열린 민족작가대회에 『종소리』 동인들도 참여했다. 이들은 남북과 해외의 작가들로 구성되는 '6·15민족문학인협회' 결성 등 역사적인 장소에 참여해 왔다. 이후 종래와 비할 수 없을 만치 남북의 문학인들과의 많은 교류와 접촉이 이루어졌다.

이듬해 2006년 12월 22일 와세다대학에서 한국, 재일조선인, 일본인 시인의 공동 시낭송회 '도쿄평화문학축전'이 열렸을 때도 『종소리』 동인들이 모두 참여했다. 주요 발표자는 다음과 같다.

기조 강연	임헌영(한국문학평화포럼 회장, 문학평론가)
평화메시지	오무라 마스오(大村益夫, 와세다대학 명예교수)
	김지하(시인)-시인 홍일선 대독

---

[26] 2008년 7월 말, 틀린 페이지에 포스트잇을 가득 붙여 놓은 이 선집을 김학렬 시인 자택의 서재 구석에서 저자는 보았다. 그는 "내줘서 고맙긴 하지만 자료적 가치가 없다"며 아쉬워했다.

	김학렬(시인, 문예동 고문)
	김용태(화가, 한국민족예술인총연합 이사장)
평화시 낭송	남쪽 시인(이명한, 양성우, 홍일선)
	재일조선인 시인(정화수, 오향숙) 재일한국인(윤건차, 김웅교)
	일본 시인(사가와 아키(佐川亞紀), 고누마 준이치(小沼純一))
평화메시지	이승철 시인(한국문학평화포럼), 오홍심 시인(『종소리』 회원)

　이 낭송회에서 『종소리』 시인회 중에 김학렬, 정화수, 오홍심이 낭송했고, 전 동인이 참여했다. 저자는 일본에서 행사 준비를 맡았는데, 『종소리』 동인들의 참여가 없었다면 행사 자체를 할 수 없었다.

　재일조선인의 출판운동과 문학운동의 현장을 볼 때, 현재 『종소리』 시동인들이 재일조선인 조선어문학운동에서 중요한 위치를 차지하고 있는 것이 확실하다. 『종소리』는 재일조선인 조선어문학의 정신을 가장 잘 보여주는 계간시집이다. 재일조선인 조선어 시문학 '1세대'로 중심이 되어 만들고 있는 계간 시전문지 『종소리』를 분석하는 것은 오늘 재일조선인 조선어문학의 변화를 보는 일이기도 하다.

『종소리』시 분석

1) 맛―풍속의 아이덴티티

『종소리』시인들은 그리움을 여러 풍속으로 회억回憶하면서 표현한다. "헌옷의 소매며 바지, 치맛자락을 / 맞대고 꿰매여 낸 / 조선보자기"(오홍심, 「보자기」)나 "칠보족두리 쓰고, 드라마 〈대장금〉의 주제곡에 맞춰"(오홍심, 「민족결혼」) 진행하는 민족결혼식을 기억하며 아이덴티티를 기억해낸다. 이들이 일본에서 민족 풍습을 지켜낸다는 것은 하나의 투쟁과도 같다.

>   청자, 백자인가 일본거리에
>   색깔도 연한 치마저고리들
>   비둘기처럼 나란히 속삭이며 다니네
>
>   서리같은 칼날들이 노리건만
>   의젓한 그 모습
>   조선의 딸들이 틀림 없구나
>
> ― 정화수,[27] 「치마저고리」, 『종소리』 2, 2000에서
>
> (이후 인용시의 모든 출전을 연도와 호수로만 표기한다)

---

[27] 시인 정화수(鄭華水)는 1935년 부산에서 태어나 1956년 도쿄조선고급학교 졸업, 1958년 조선대학교 노문과를 졸업했다. 1959년 도쿄조선학교 중급부 교원, 1961년 『조선신보사』 편집국 기자, 부국장. 1983년 문예동 중앙위원장, 고문을 역임했다. 시집 『영원한 사랑 조국의 품이여』(1980)가 있다.

치마저고리를 입고 다니는 민족학교 여학생들은 일본 불량배들에게 놀림 당하곤 한다. 하지만 이 시는 '서리같은 칼날'(외부 환경)에 조선의 딸들을 대조시킨다. 청자, 백자, 비둘기, 치마저고리라는 민족적이고 평화로운 이미지는 조선의 딸을 더욱 순결하게 표상시키면서, 외부 환경과의 대조를 더욱 부각시킨다.

이민문학에서 고향을 그릴 때 의고적擬古的이고 회고적인 상징을 필요로 한다. 이때 가장 많이 쓰이는 표현은 음식 이미지다. 사실, 어떤 사물이나 풍습에 앞서, 그리움은 미각味覺에서 시작된다. 시인 백석은 "나는 벌서 달디단 물구지우림 동굴네우림을 생각하고 / 아직 멀은 도토리묵 도토림 범벅까지도 그리워한다"(「가즈랑집」)며 음식을 나열하여 민족성을 나타냈는데,[28] 재일조선인 역시 음식을 통해 민족에 대한 그리움을 살려내고 있다. 맛에 대한 향수鄕愁는 이 『종소리』에서 가장 많이 등장하는 이미지다.

그래 이 어린 것들도
악수하듯 쌈을 싸고
입 맞추고 입 다시니

얼마나 바람직한 풍경인가
입맛도 대를 잇는 동포동네
우리 향기 마냥 풍기네

— 정화수, 「상추」(2003년, 18호) 강조는 인용자.

---

28 김응교, 「백석 시 「가즈랑집」에서 평안도와 샤머니즘」, 『현대문학의 연구』 27, 한국문학연구학회, 2005.11.

상추로 '쌈'을 싸먹는 방식은 일본에 없다. 쌈을 넣는 장냄새는 '우리 향기'다. 이것은 독자성을 잃게 만드는 다중문화Multi Cultural 사회에 대한 거부이다. 재일조선인은 쌈 맛을 통해 "입맛도 대를 잇는 동포"를 확인한다. 혼동된 상황에서 맛을 통해 민족적 주체성Ethnical Identity을 확인하는 것이다.

"오늘도 저녁상엔 풋고추라 / 그 맛은 조국의 맛 / 그 맛을 잃지 않고 / 내 삶의 한길에서 맵게 살아왔던가 / 이 작은 풋고추에도 / 내 한생을 비켜주는 / 아, 조선의 풋고추!"(정화흠, 「풋고추」, 2000년 창간호)라는 7행의 시행에서도 민족적인 정체성은, 어떤 공허한 이데올로기가 아니라 '혀끝의 체험'으로 확인된다. 저녁상에 풋고추를 있는 그대로 올려 놓는 민족은 조선인이다. 정화흠 시인의 탐구는 정체성 확인의 차원에서 끝나지 않는다. "그 맛을 잃지 않고 / 내 삶의 한길에서 / 맵게 살아왔던가"라고 고백한다. 정체성의 '확인'이 존재의 '반성'으로 이어진다. 반성적 고찰로 인해 이 시는 긴장감을 갖는다. 맛을 잃지 않고 한길을 맵게 살아갈 것을 다짐한다. 그리움과 향수는 패배적으로 끝나는 경우가 많지만, 「풋고추」에는 낙관적인 전망이 가득차 있다. 그 맛에 대한 향수는 체념이나 패배가 아닌 정체성에 대한 동경憧憬이며 반성이다. 이 지점에서 시인은 단순한 망명객이나 나그네가 아니라, 구도자求道者 혹은 혁명가가 된다.

『종소리』에서 독자는 애호박, 호박전, 통대구, 지지미, 녹두죽, 마늘, 안동소주, 쑥국, 상추쌈 등의 단어를 만날 것이다. 맛의 향수가 정체성의 뿌리이기 때문이다. "길쭉한 조선의 애동호박"(정화흠, 「호박찌개」)이라며 애호박 앞에서도 '조선'이라는 표기를 붙인다. 그리고 비빔밥도 대대손손 이어지는 민족의 맛으로 "1세의 그 맛이 3세, 4세로 / 맛과 맛이 비벼져 이어져 간다"(오홍심, 「비빔밥」). 이들에게 정체성은 뼈에 저며 유전遺傳되는 맛에 있다. 음식 중에 가장 많이 등장하는 음식은 단연 김치다.

> 지난날
> 나는 숨어서 김치를 먹고
> 입을 씻고 닦고
> 그들 속에 어울리려고 했다
>
> 웬일인가?
> 이제 와서는
> 나보다 먼저 찾는 것이 마늘
> 나보다 더 먹는 것이 김치
>
> (…중략…)
>
> 단군조선 그 옛알부터
> 우리 무쇠같은 몸을 지켜온
> 그 마늘을 나는 지금 까고 있다.
>
> ─ 김윤호,[29] 「마늘」(2000년 창간호)에서

---

[29] 시인 김윤호(金允浩)는 1933년 경남 합천 출생, 1955년 조선사범전문학교를 졸업. 1955년 이와쿠니조선초중급학교 교장, 총련 야마구치현 본부 교육문화부장, 총련 야

김치는 음양오행설에 기초한 오색오미五色五味의 가장 한국적인 음식
이다. 김치맛의 핵심은 청색(파, 신 맛), 적색(고추, 매운 맛), 백색(배추, 신
맛), 황색(생강, 마늘, 단 맛), 흑색(젓갈류, 짠 맛)이라는 다섯 가지 색깔과
맛에 있는데, 그중에 황색인 마늘 냄새는 일본인에게 가장 역겨운 냄새
였다. 더러운 마늘 냄새라는 "닝니쿠 쿠사이!にんにく臭い"라는 말은 조선
인을 비꼬는 차별어[30]였다. 그래서 시인은 일본인과 어울리기 위해 "입
을 씻고 닦"았다. 김윤호 시인은 김치와 마늘을 통해, 차별의 시대가 전
복顚覆되는 과정을 묘사하고 있다. 이제 일본인들은 나보다 먼저 마늘과
김치를 찾는다. 이국에서 김치 파는 남쪽 학생을 불쌍히(김두권, 「김치 파
는 처녀」) 봐야 했던 시대는 어느새 사라지고, '수모 받던 김치가 / 지금
은 대도시 한거리'(정화흠, 「김치가 왕」) 일류 백화점에서 판매된다. 급기
야 "요즘은 여기저기 / 김치가게도 많아라"(오상홍, 「김치」) 감탄한다. 세
태변화와 함께 이국에서 대를 이어 살아가는 조선인의 생활 기층基層에
김치가 있다.

맛의 기억에 못지 않게, 재일조선인 시문학에서 많이 나오는 꽃 이미
지도 중요하다. 일본에서 보기 힘든 '진달래'나 '개나리'는 재일조선인
시에 자주 등장하는 상징 중 하나다. 특히 진달래꽃의 붉은색은 혁명,
피, 뜨거움, 애국 등과 연결된 이미지로 민족적 기억을 회상回想시키고 있
다. 다만 『종소리』에서는 꽃을 대상으로 한 수작이 많이 보이지 않았다.

민족적인 풍속은 우리말 특유의 표현처럼 일본어로 써도 나타나기

마구치현 문화부장, 국제부장, 1978년 조선대학교 문학부 부장을 역임. 시집 『내고
향』(1988), 『物語 朝鮮詩歌史』(1987)가 있다.

30 金應教, 「色・食べ物・文化コンテツ」, 『ワセダアジアレビュー』, 日經BP, 2008.1.21.

마련이다. 일본문단에서 중요한 시인으로 평가받고 있으며, 일본어로 시를 발표하고 있는 재일조선인 종추월宗秋月(본명 宋秋月) 시인의 시집에 서도 이러한 맛과 한국인 특유의 비유나 은유는 개성적으로 나타난다. 다만 절실한 그리움을 체험하지 못한 사람들은 맛과 풍속의 매혹에 무 관심하거나, 단순한 유아적 단계로 오해하기도 한다. 이민문학에서 맛 에 대한 그리움은 단순히 회상적이고 부정적인 의미를 갖고 있지 않다. 맛의 기억이야말로 이민문학이 갖고 있는 그리움의 힘이다. 맛의 정체 성을 어떻게 작품으로 쓸 것인지는 『종소리』 동인들에게 큰 숙제일 것 이다.

2) 길−귀향길의 감상성

재일조선인의 삶은 고달픔의 연속이었다. 재일조선인 양석일의 장편 소설 『피와 뼈』(2003)는 괴물 같은 사내 '김준평'의 파란만장한 일대기 를 중심으로, 재일조선인의 어두운 그늘을 다루고 있다. 제주도에서 건 너와 오사카에 정착한 준평은 한 여인을 강제로 자기 것으로 만들고, 전쟁의 폐허 속에 주인 없는 가옥을 헐어 어묵공장을 만들고 조선인들 을 착취한다. 고리대금업을 하면서, 제때 지불하지 않는 일본인에게 자 신의 살집을 헤집어 보이며 협박한다. 괴물이 되어 버린 사내를 통해, 재일조선인의 일그러진 삶을 냉정하게 담아냈다. 이토록 괴로웠던 재 일조선인에게 편안한 삶은 없었다. 재일조선인의 삶은 눈물의 나날이 었다. 소설의 주인공이 마지막 삶을 북쪽으로 정하듯, 당시 북송北送이란 희망의 길이었다. 재일조선인 조선어 시문학의 효시라고 할 수 있는 허남기는 북으로 가는 '길'을 이렇게 썼다.

일본에서 조선 민주주의 인민 공화국에로의 길이 이제 열린다.
— 허남기, 「길」, 『어머니 조국』, 조선작가동맹출판사, 1960, 32면

1960년대 북쪽을 선택한 재일조선인은 '우리식 사회주의'를 선택하면 모든 것이 해결된다고 생각했었다. 그 선택이 정체성을 찾는 여행의 끝이라고 생각했다. 그러나 떠난 사람은 떠난 사람대로 어려움을 겪고 있다고 전해졌다. 떠나지 않고 일본에 남아 있는 사람들은 나그네의 삶을 체험하며 지낼 수밖에 없었다.

고향을 떠나 일본에 남은 나그네는 한 곳에 뿌리 내리기가 힘들다. "재일동포는 이사가 많고 / 열 번 했다는 이를 만난 적이 있다"며 김두권은 "이사, 다시는 싫어"(「이사」)라고 썼다. 고향길을 그리는 시들은 『종소리』에 실린 시들 중에 감상성이 두드러진다. 1938년 임화는 "현해탄 우리가 영구히 잊을 수 없는 바다"(「현해탄」)라고 했다. 재만조선인의 귀향길이 땅의 길이었다면, 재일조선인의 귀향길은 현해탄을 건너는 바닷길이었다. 그래서 『종소리』에는 배(船)가 자주 등장한다.

배가 없네
타고갈 배가 없네
저 남해바다에 떠 있는
보석함 같은 섬

제주도 내 고향

돌아갈 배가 없네

— 홍윤표,[31] 「배가 없네」(2000년 창간호)에서

이 시에서 "배가 없네"라는 구절은 4번 반복해서 나온다. 그리고 상
실의식을 표상하는 "없네"라는 단어는 "하늘길도 없네", "바다길도 없
네", "쪽배도 없네"로 주어만 변형되며 반복된다. 고향을 생각할 때 시
인은 상실의식에 가득차 슬퍼한다. 돌아가신 아버지를 생각하며 "꿈 속
에서나마 / 고향으로 가는 배 / 몇 번이나 타셨을까"(오홍심, 「유고」) 슬
퍼하기도 하지만, 살아 있어도 못 돌아가는 심정을 홍윤표는 노래하고
있다. 오사카에서 태어난 홍윤표는 1940년대 소년시절 한 번 제주도에
귀향한 적이 있다. 그러나 한국전쟁 이후 그가 조총련을 선택한 후에
돌아갈 수 없는 상황이 되었다. 그는 갈 수 없으나 "섬의 량민을 대량학
살했던 / 아메리카의 대통령도 / 식민지 주인행세 / 잊지 못하는 일본
수상도" 제트기를 타고 고속선을 타고 유람한다. 시인의 기억에는 제주
도 4·3학살사건과 식민지의 기억이 남아 있는 것이다. 시인이 돌아갈
수 없기에 시인의 배는 "갈라진 채 있는 조국땅 / 긋긴 금의 그 거친 바
닥에 / 내 배가 잡혀 있네"라고 고백한다.

제주도 4·3에 대한 충격은 『종소리』 시인들에게 자주 나타나는 집
단적 상처trauma다. 8명의 회원 중에 3명이 제주도 출신으로 이들 시에

---

31 시인 홍윤표(洪允杓)는 1932년 오사카(大阪)에서 태어났다. 본적은 제주도. 해방 전 일
시 귀향, 제주농업학교를 중퇴하고, 1951년 오사카부립 고즈(高津)고등학교를 졸업했
다. 1965년 총련 나카오사카(中大阪) 본부 전임, 1967년 조선신보사, 상공신문사 기자,
1971년 『문학예술』 편집책임자를 역임.

는 돌아가지 못하는 섬에 대한 회한이 넘쳐난다.

> 력사의 슬픔도 안았느냐
> 일제의 쇠사슬에 매여 울던 그 시절
> 부르던 〈서귀포 70리〉
> 4·3의 통곡소리 들으면서도
> 술잔 나누며 불렀노라
>
> —오상홍,[32] 「정방폭포 앞에서」(2002년 10호)에서

오상홍의 시에는 비극 앞에서도 술잔을 나누며 노래하는 비극적 낭만성이 있다. 그리고 그것은 우리 피에 흐르는 한을 느끼게 한다. 그 역시 쉽게 돌아갈 수 없는 뱃길이었다.

1990년이 들어 겨우 냉전 시대가 종식되고 재일조선인은 서울로 제주도로 갈 수 있었다. 이제 귀향길은 바닷길이 아니라 '하늘길'이 되었다. 꿈속에서도 그리던 고향을 찾아가는 경험을 통해 이들은 감상적인 이민문학을 남긴다.

> 기내에서
> 나는 나에게 언약했지
> 울지 말자고

---

32 시인 오상홍(吳常弘)은 1925년 제주도에서 출생. 1952년 주오(中央)대학 경제학부 졸업. 1952년 효고(兵庫)현 조선학교 교원, 오사카 조선고급학교 교원, 교장, 1961년 조선신보사 편집국 기자, 문예동 도쿄지부 위원장, 고문 역임. 시집 『산이여, 한나여』(1987)가 있다.

울어서는 절대 안된다고

고향을 버리고
혈육을 등지고
한평생 돌같이 살아온 내가
울어서야 체면이 서겠느냐고

태연하게
동생들을 대해야지
서로가 안고서 딩굴지라도
이를 사려물고라도 울음만은 참자고

그런데 내가 운다
동생을 부여안고
서로 볼을 비비며
황소 울음을 터뜨린다

쑤셔놓은 벌집처럼
북적대는 사람 속에서
미친듯이 내가 운다
7일간을 울기 위해
7년간을 땅속에서 자라온 매미처럼

　　　　　　　　—정화흠,[33] 「상봉의 울음—김포공항에서」(2001년 5호)에서

"고향을 버리고 / 혈육을 등지고" 살아온 시인의 울음을 친족에 대한 아름다운 덕德이라고 평가한다면 이 시는 너무 단순해진다. 정화흠은 『종소리』 시인들 중에 재미있게 시를 쓰는 시인인데, 이 시에서는 감상에 가득 차 있다. 시인은 감상성을 버리지 않고 오히려 극대화시킨다. 서사 시인 호메로스Homerus의 『오딧세이Odyseey』도 단순한 나그네의 방랑이 아니고 처절한 투쟁이었듯이, 정화흠 시인에게 상봉은 단순한 그리움이 아니었다. 이 시의 핵심은 2연에 "한평생 돌같이 살아온 내가"라는 구절이다. 고향에 돌아갈 수 없었던 "돌같이 살아온" 삶을 지나치면 너무 성의없는 해설이다. 이들에게는 돌처럼 침묵하며 혹은 다짐하며 살았어야 하는 설움의 시간이 있었던 것이다. 그것을 시인은 "7일간" 울기 위해 "7년간 땅속에서" 자랐다고 표현한다. 땅속에서 '지낸' 것이 아니라 '자라온'이라고 표현한 것도 감상성 속에서도 뭔가 포기하지 않는 시인의 낙관적 지향성을 엿보게 한다.

3) 글―민족어의 회복

『종소리』 동인의 이론가인 김학렬은 '재일조선인 조선어문학'의 특징을 세 가지로 규정한다. 첫째, 일제 식민지 시기 빼앗긴 민족어를 살려내는 '자기회복의 문학'이라고 한다. 둘째, 식민지노예의 과거를 거

---

33 시인 정화흠(鄭和欽)은 1923년 경북 영일 출생, 1937년 도일했다. 1950년 주오(中央) 대학 경제학부 졸업, 1960년 가나가와현 고급학교 교원, 1981년부터 조선대학교 교원, 『문학예술』 편집장, 현재 문예동 고문. 시집 『감격의 이날』(1980) 등을 냈다.

절하고, 일본의 군국화, 귀화, 동화정책에 반대하여 민족적 긍지를 지켜나가는 '자기 표현의 문학', 셋째, 통일민족의 내일을 준비하는 '통일 지향의 문학'이라고 한다.[34] 김학렬이 가장 중요하게 내세운 첫째 규정처럼 『종소리』는 자기회복의 민족어 문학을 철저히 관철하고 있다.

> 나에게 고향 사투리는
> 가래 섞인 아버지의 음성
> 어머니 무쳐주신 씀바귀 저녁상
> 버들피리 꺾어 불던
> 정겨운 동무들의 웃음소리
>
> ― 정화흠, 「사투리」(2001년 6호)에서

여기서 사투리란 우리가 말하는 단순한 지방어가 아니다. 이들이 말하는 사투리란 곧 민족정신이요, 살아있는 영혼의 표식標式이다. 이들은 한자를 최대한 배제하면서 순수한 조선어가 환기하는 이미지를 살리려고 애쓴다. "피는 민족을 이루는 필수적 요인이다. 그러나 조선말도 모르고 조선노래를 비롯한 조선 문화도 모르고서야 육체적으로는 어떻든 정식적으로는 진짜 조선 사람이라고 말할 수 없을 것이다"[35]라는 발언을 너무 경직된 견해라고 비판하기는 쉽지 않다.

1940년대 조선어를 금지시켰고, 해방 이후에도 우리말을 쓰면 차별

---

34 김학렬, 「우리문학의 과제」, 『문학예술』 98, 1990.겨울, 6쪽.
35 김학렬, 「우리말과 민족문화를 지키는 것은 곧 민족을 지키는 것」, 『문학예술』, 1987. 여름, 19쪽.

을 받아야 했던 일본에서, 우리말로 작품을 발표한다는 것은 쉬운 일이 아니었다. 조총련계 작가들은 사회적 손해를 감수하고 민족의 얼이 담긴 우리말을 택한다. 그래서 1959년 조총련의 산하조직으로 시작된 문예동의 기관지『문학예술』은 1999년 6월 통권 109호로 폐간되기까지 순한글 편집만을 고집한다. 문예동은 1999년 6월 종합문예지『문학예술』을 폐간하고, 2000년부터 문예지『겨레문학』을 발행한다.『겨레문학』은 정론지적 성격을 탈피해 순문예지적 성격을 대폭 강화하고 젊은 작가에게 많은 지면을 할애하고 있다.

안타깝게도 일본에서 태어나고 자란 제3세대 재일조선인의 한글 구사력은 심각한 수준이고, 작품을 써도 읽어줄 독자가 적고 발표할 지면도 거의 없는 것이 현실이다. 그러나 종소리 시인들은 낙심하지 않는다. 오히려 한글로 씀으로 남과 북의 동포들과 교류할 수 있고, 그만치 많은 독자와 교류할 수 있다고 믿는다. 이들의 우리말 창작 작품은 민족교육을 통해서만이 이루어질 수 있다.

불또젤, 기중기 소리 요란했고,
판자가 콘크리트로 변하고
단층이 세층으로 바뀌었으니
그때마다
꽹가리, 징소리, 장구소리
민족의 얼을 지키는
꽃동산으로 꾸려진 이 학교

―김윤호,「반세기」(2006년 28호)에서

민족교육은 재일조선인문학 속에 빈번히 등장하는 소재 중의 하나다. 이는 민족적 정체성과 역사적 사실을 반복해 가르치는 교훈적 의미도 있다. 민족교육을 쟁취하기 위한 재일조선인의 투쟁은 '반세기'라는 말로 상징할 수 있다. 1948년 한신阪神교육 투쟁 때의 유혈충돌부터 50여 년간 일본 안에서의 민족교육은 일본정부와 잦은 마찰을 빚어 왔다. 남쪽 정부는 당시 이들에게 지원을 하지 않았던 반면, 북쪽 정부는 전쟁 이후 민족학교를 지원하고, 재외공민의 자격을 주는 등 세심한 배려를 해주었다. 또한 일본과 연합군이 재일조선인 2세의 민족교육을 금지했을 때 재일조선인의 교육토쟁을 적극적으로 지원[36]하기도 했다.

가령, 가네시로 가즈키金城一紀 소설 『GO』는 재일조선인의 민족학교를 억압하는 학교로 묘사하는 데 반해 다큐멘터리 영화 〈우리 학교〉(김명준 감독, 2006)는 있는 그대로의 삶을 담백하게 영상에 담아낸 수작이다. 김 감독은 3년 5개월 동안 홋카이도 조선추중고급학교의 교원으로 학생들과 함께 살면서 당당히 조선인으로서 민족 정체성을 잃지 않고 살아온 조총련계 재일동포들의 현재를 감동적으로 담아냈다. 민족학교를 세우는 과정의 무용담은 재일조선인 소설과 시에서 반복되는 이야기다.

『종소리』 동인들은 대부분이 민족학교 교원들이었고, 현재도 교원인 시인이 있다. 이들이 시로 형상화한 민족학교는 고난을 이겨낸 감동적인 공동체다. 그것은 과거의 일이 아니다. 지금도 민족학교는 고난을 겪고 있다. 이시하라 신타로 지사는 에다가와枝川 조선인 학교에 대한

---

36 "이 당시의 고마움이 김일성 수령을 찬양하는 수령형상문학의 동기가 되었다"고 2006년 10월 김학렬 시인은 저자에게 말했다.

탄압을 벌였다. 도쿄 고토구江東區 에다가와는 전쟁 전 쓰레기 소각장이 었던 황무지였는데, 그곳에 재일조선인이 강제 이주 당했다. 도쿄도가 전혀 관리하지 않았던 이 황무지를 재일조선인은 자력으로 민족학교를 운영해왔던 것이다. 그런데 2003년 12월 도쿄도는 민족학교가 이 땅을 '불법점거'했다며 4억 엔의 토지대를 내거나 퇴거하라고 했다. 이 사건에 대해 도쿄대 다카하시 데쓰야高橋哲哉 교수는 이렇게 쓰고 있다.

세계의 상식에 따라 민족교육권을 보장하기는커녕, 역사적 경위나 책임도 무시하고, 이미 60명 이상의 아이들이 배우고 있는 학교를 망치려는 것이다. (…중략…) 에다가와 조선인학교 문제도, 학교를 지키려는 재일조선인과 한 국인에 협력하기 위해 일본인 변호사와 시민들이 열심히 활동했다. 도쿄지방 재판소에서 (2007년 3월─인용자) 8일 학교 쪽에게 실질승소라고 할 수 있 는 화해가 성립되어, 학교쪽이 1억 7천만 엔의 화해금을 지급하면 4천 평 이 상의 토지를 획득할 수 있게 된 것도 이런 연대의 성과라 할 수 있다. 학교쪽 에서는 이 화해에 대하여, '사법부에서 재일조선인의 역사를 존중하고', '민 족교육을 행해온 조선학교의 의의를 인정한 것'이며, '새로운 첫발을 디딘 매 우 의미가 깊은 것'이라고 언급하고, 기뻐하고 있다.[37]

비교컨대, 중국 연변 동포 사회도 일찍이 중국정부의 배려로 1952년 에 55개 소수 민족 중 최초로 조선족 자치구가 설정되어, 오늘날 연변 조선족 2, 3세들은 거의 우리말을 사용하고 있다. 다행히 재일조선인

---

37 高橋哲哉, 「强まる在日朝鮮人への攻擊」, 『狀況への發言』, 東京 : 靑土社, 2007, 234∼236쪽.

과 한국인 그리고 일본인들이 연대하여 고비를 넘겼던 것이다. 바로 이러한 연대를 『종소리』 동인들은 민족학교에 대한 시를 통해 표현하는 것이다. 민족교육이 전혀 인정받지 못해 왔던 일본에서 우리말을 교육하고 작품 활동을 해온 『종소리』 동인들에게 지난 세월은 고단한 '반세기'였다.

4) 얼―주체적 사실주의

재일조선인 시문학은 목적성을 갖고 있다. 맛과 길과 글을 통해 민족의 동질성을 회복하기 위해 이들은 외부의 차별과 대결해야 했다. 자발적이고 진취적인 이민이었던 '재미동포'나, 독립운동사와 궤를 같이 하며 형성되어 민족적 자부심이 강한 '중국 조선족'과도 비교된다. 한민족의 문화적 정체성을 잃지 않으면서도 구舊소련의 정부시책을 충실히 따름으로써 소속 국가와 원만한 관계를 유지했던 독립국가연합(CIS) 지역의 '고려인' 동포와도 대조된다. 재일조선인에게 일본 사회는 끊임없는 적대의 대상이었다. 그 적대감은 15세기 임진왜란 때까지 거슬러 올라간다.

> 세상에
> 듣도 보도 못한 괴상한 이름
> 문화도시 교또에 자리잡은
> 〈귀무덤〉

임진왜란 때

조선에 침략한 왜군

조선사람의 코와 귀를 베여

히데요시 앞으로 보냈다고

전과의 증거물로

임진 정유의 왜란

살해된 조선사람은 기십만

아우슈빗츠를 무색케 하는

잔학의 화신인가

— 김두권,[38] 「귀무덤」(2005년 22호)에서

임진왜란 때 조선인의 귀를 잘라 묻은 귀무덤 앞에 서 있는 시인의 심정이 날것으로 표출된 시다. 과거의 사건을 현대사의 아우슈비츠 사건과 대비시키고 있다. 이렇게 김두권의 시에는 역사적인 상상력이 많이 작용하고 있다. 고려에서 온 장승과 문화가 남아 있는 고마高麗고을에 대한 시(「고마고을」)도 과거의 역사를 시화한 작품이다. 김두권은 역사적 소재를 과거로 회상하지 않고, 꼭 현재의 문제와 연결시킨다.

반대로 현재의 시사적인 문제를 과거와 연결시키는 경우도 있다. 『종소리』 매호마다 시사적인 특집이 있다. 이들은 주제별로 시를 창작했

---

[38] 시인 김두권(金斗權)은 1925년 경북 영천 출생. 1950년 교토인문학원 중퇴. 1958년 교토 조선학교 교원, 문예동 교토지부 위원장, 총련 교토부 문화부장, 문예동 사무국장, 부위원장, 현재 고문. 시집 『아침 노을 타오르다』(1977), 『조국, 그 이름 부를 때마다』(1985) 등을 냈다.

다. 가령 제16호는 관동대진재를 중심으로 시를 창작하여 발표하고 있다. 제18호는 이라크 전쟁에 관한 특집시가 실려 있다. 이런 배경에서 일본과 미국에 대한 비판이 예리하다. "바다 저쪽에서는 / 세계무역센터 빌딩이 / 테러 맞아 무너지는 소리"가 나고 그 소리는 가을이 오는 소리와 겹쳐지고, 곧 겨울이 닥쳐 온다. "겨울은 오는데 / 쓰러지는 '달라'를 부여잡고 / '엔'이 운다"(정화흠, 「'엔'이 운다」, 2001년 8호)며 정화흠은 현대사에 얽혀 있는 미국과 일본의 관계를 냉소적으로 형상화한다. 가을 끝의 풀숲과 겨울숲을 묵상하면서, 5백만 실업자로 빈부격차가 양극화되어 가는 미국과 일본의 신자본주의를 노래하고 있는 것이다. 실로 신자유주의와 함께 일본에는 5백만 실업자와 함께 새로운 룸펜 직종이 빠르게 퍼지고 있는 시기, 이른바 겨울—일본—미국으로 이어지는 세계질서에 대한 비판이 "자기 운명을 운다"는 말에 집약되어 있다.

『종소리』 동인 중에 김학렬의 시는 정치의식이 가장 빛난다. 가장 정치적인 그의 시는 유쾌하기도 하고, 호탕하기도 하고, 풍자적이기도 하다. 그의 창끝이 향하지 않는 곳은 거의 없다.

반 등신 같은
코메디언까지가 나와서
건방을 떤다

남의 홈 홍두깨로 보이고
제 홈은 바늘로 보이는가
텔레비는 그저 욕쟁이판

입만 벌리면 욕지거리다

대진재 때

쇠갈고리로 사람 등어리를 찍어

무리죽음시킨 것들엔 한마디도 없고

연일 인권나발 불어댄다

(…중략…)

제기랄

밥맛도 떨어지게……

들던 숟가락도 던져 버리고

담배 찾기가 바쁘다.

— 김학렬,[39] 「텔레비」(2003년 14호)에서

북녘 공화국을 비판하는 일본 텔레비전을 시인은 조롱한다. 1923년 관동대진재 때 "쇠갈고리로" 6천여 명의 조선인 등어리를 찍었던 일본이 연일 인권나발을 불어댄다고 비꼰다. 인권을 말할 자격이 없다는 것이다. 그리고는 "제기랄, 밥맛도 떨어지게"라는 한마디로 시인은 냉소한다. 비단 단순한 냉소 같으나 이 냉소는 하나의 실천적인 동인動因으

---

39 시인 김학렬(金學烈)은 1935년 교토 출생. 본적은 경남 함안. 1963년 조선대학교 문학부 졸업. 문학부 교수, 문학박사. 1980년 도쿄외국어대학, 와세다대학 강사. 문예동 부위원장, 고문. 시집『삼지연』(1979) 등이 있고,「朝鮮幻像小説傑作選」(1990),「笑いの三千里,ユーモア文学傑作選」(1992), 박사논문『조선프롤레타리아 문학운동연구』(김일성종합대학출판사, 1996)를 냈다.

로 보아야 한다. 김학렬 시에는 꼭 역사를 비꼬고 움직이려는 역동적인 인간이 등장한다. 그것은 단순히 사회적 현상을 묘사하는 데 그치는 객관적 사실주의와 다르다. '숟가락을 던지'는 서정적 화자는 역사를 움직이고 싶어하는 인간이다. 여기에서 사회주의적 사실주의와 주체사실주의의 차이를 김학렬은 보여준다. 그의 시에 나타나는 서정적 화자에는 꼭 역사를 움직이려 하고, 한치의 패배주의를 보이지 않는다. 그의 시는 비판적 사실주의와 진보적 낭만주의가 변증법적으로 지양된, 북쪽 표현대로라면 '주체사실주의'[40]가 구현되어 있다. 사회적 사실주의가 주로 인간을 사회적 관계의 총체로 보고 재현再現하려는 것에 비해, 주체사실주의는 인간을 자주성, 창조성, 의식성을 가진 사회적 존재로 보고, 서정적 주인공이 역사를 변화시키려는 역동적 인물로 등장한다. 김학렬의 시에는 이러한 주체적 인물이 꼭 등장한다. 그의 시에 나타나고 있는 낭만성은 미래지향적이고, 비판에도 혁명성이 있다. 다만 이러한 인물형을 남쪽 독자가 읽을 때는 모두 비슷한 인물유형으로 읽혀 북한문학을 거부하는 원인이 되기도 한다.

『종소리』 동인의 궁극적인 정치이념은 통일을 향하고 있다.

　　무늬 다르고
　　색깔 다른
　　가지각색 자투리를
　　맞대고 꿰매여

---

40 『문예상식』, 평양 : 문학예술종합출판사, 1994, 701쪽.

류다른 조화를 자랑하는 보자기

갈라져 사는 겨레의 마음

맞대고 꿰매며

잇고 이어서

동강난 우리 강토

하나로 쌌으면

—오홍심,41 「보자기」(2004년 19호)에서

    조선보자기를 통해 통일을 그리는 소박한 마음을 드러내고 있다. 이 시에서 '미적 형식체'인 조선보자기를 '이데올로기의 구현체'로 탈바꿈시킨다. 재일조선인 시문학에서는 보자기처럼, 씨름, 보름달, 봉숭화꽃물, 색동옷, 윷놀이, 저고리, 무명치마, 고려청자, 청자, 아리랑 등 민족적인 기억을 융기隆起시키는 이미저리가 자주 등장한다. 이러한 이미지들은 앞서 말한 맛의 기억과 함께 '동질적 문화'를 기억시키는 표상들이다. 이 표상들은 문화와 함께 혈연적인 민족주의를 기억시킨다. 조총련계 시인들의 시에서는 특히 이 이미지들이 단지 풍물 묘사로 끝나거나 혈연과 문화를 기억시키는 데 끝나지 않고, 정치적 이데올로기를 강하게 드러낸다는 데에 특징이 있다. 그래서 보자기는 "동강난 우리 강토 / 하나로" 싸매는 통일의 이미지로 이용된다.

---

41 시인 오홍심(吳紅心)은 1941년 효고(兵庫)현 출생, 본적은 제주도, 1975년 조선대학교 통신학부 사대반을 졸업했다. 1964년 오사카 조선초급학교 교원, 도쿄 조선학교 교무주임을 역임, 현재 조선학교 강사로 있다. 시집은『꽃 피는 화원에서』(1996),『사랑의 요람』(1999)이 있다.

또 다른 중심, 변방문학

우리는 이 글에서 재일조선인 조선어 시문학의 역사를 살펴보았다. 그리고 계간『종소리』에 실린 시들이 북쪽 문학을 따르고 있지만, 심층深層에서는 같은 민족정서를 내장하고 있다는 것을 확인할 수 있었다. 결론적으로 이 글에서 얻은 내용은 다음과 같다.

첫째,『종소리』에 실린 시는 맛·길·글·얼의 민족적 상상력을 갖고 있다. 문화적 합병Cultural Syncretity의 시대는 민족적 개성의 몰역사적인 것으로 무시한다. 그러나 이러한 시대에도 공동체의 개성은 또렷이 살아 있다. 중국 연변의 '옌뺀문학'이나 아메리카의 '미주문학' 혹은 러시아의 '고려인문학' 역시 재일조선인 시의 맛, 글, 길, 얼의 상상력과 같은 면도 있고 다른 면도 있다.

둘째, 이질적인 문화와의 대립을 통해 재일조선인은 새로운 상상력으로 세계문학에 독특한 작품을 내놓을 수도 있다.『종소리』시동인들이 북쪽 문학과 다르게, 좀 더 보편성을 갖고자 하는 내부적인 반성이 있었다는 것은 매우 주목할 일이다. 지리적으로 볼 때도, 이들의 문학은 일본문학과 남북한문학의 바깥에 있는 듯이 보인다. 그래서 혹자는 '탈국가적 상상력'이라고 오인한다. 그러나 아직 그렇지 않다. 이들은 탈국가가 아니라, 반성적 고찰에도 불구하고 아직 조선민주주의인민공화국의 영향권에서 벗어나 있지 않다.

또한 조총련의 문예동이 제3세계의 민족어 회복운동과 1970년대에 북한의 유일지도체계에 발맞추어, 그것을 비판하고 탈퇴한 자를 '허무주의', '패배주의'로 단죄했던 일이 이제 부메랑이 되어 문예동을 냉소하고 있다. 재일조선인 조선어문학은 북쪽 표현대로 '우리식 문학'일 뿐, 일본문단과 학계와 출판계는 이들의 활동에 무관심하다. 한국에서 문예동 소속 작가에 관심을 갖는 것은 문학적 성과보다는 내용성이나 연대連帶에 관심을 갖고 있을 뿐이다. 내적으로, 재일동포 후손들이 급격히 일본인으로 귀화하는 사태가 일어나면서, 재일조선인 조선어 시문학을 이어갈 출중한 젊은 시인이 거의 나타나지 않고 있는 것도 문제다. 혁명적인 인식의 변화와 창작이 선행될 때, 재일조선인 조선어 심누학은 독특한 사회, 지리적 배경을 지닌 문학으로 기록될 것이다.

셋째, 이제 서울 중심의 문학관을 넘어 변방邊方의 문학도 주목할 때이다. 재일조선인 시문학을 한국문학의 일부로 받아들일 때, 우리 문학사는 더욱 풍성해질 것이다. 변방은 그 자체가 하나의 중심이기 때문이다.『종소리』에 실린 작품들은 온갖 어려움을 딛고 이국에서 일구어낸 민족적 자산이다. 저자는 이들이 좀 더 독창적인 작품을 보여주기를 바란다. 재일조선인 조선어문학은 남쪽도 북쪽도 아닌 독창적인 제3의 문학, 또 다른 중심으로 평가받을 수도 있다. 그것이 오히려 남쪽과 북쪽 문학의 간극을 메우며 통일문학사를 더욱 풍성하게 하는 데 기여할 수 있다. 이미 이들의 활동은 소규모이지만 한글의 우수성과 우리 문화를 일본에 알리는 작은 역할도 하고 있다.

이제까지 재일조선인 조선어문학을 연구해 온 연구자들과 숭실대 연구단의 업적은 귀중한 작업이다. 또한 2008년에 한국에서 출판될『종소리 시선집』등 재일조선인 조선어문학에 대한 연구와 출판은 중요한 의미가 있다. 서울 중심의 문학적 잣대로 이들의 작품을 홀대한다면,

문학의 다양성을 인정하지 않는 좁은 자세를 자초할 뿐이다. 이번 기회로 재일조선인문학을 비롯하여, 중국, 러시아, 미국, 유럽 등에서 활동하고 있는 작가들의 한글 문학을 새롭게 연구하는 관심도 필요하다고 생각한다.

시인 허남기 같은 재일조선인 조선어 창작 시인의 고전적인 작품이나, 현재 활동하는 시인들의 작품을 남쪽에서 출판하는 것도 필요하다. 이러한 과정을 통해 우리 한글 문학의 범주는 보다 넓게 확산될 것이다. 이산離散의 고통을 초래한 근원지에 거주해서, 우리글로 시를 발표하고 있는 경계인境界人들의 수수한 작품과 견고한 묵상은 우리에게 겸손한 성찰省察을 자극할 것이다.

일본인의 한국문학 연구, 40년*

외국문학으로서 한국문학

일본인이 한국문학을 읽는다는 것은 어떤 의미가 있을까. 한국문학은 꼭 읽어야 할 고전인가. 한국문학을 읽는다는 것은 마약처럼 한없이 빠져들어가는 매혹일까. 저주받듯 억지로 읽어야 할 문서일까. "한국문학 속에 남아 있는 일본 식민지 시대 영향"을 연구하겠다고 찾아온 학생에게, 사에구사 도시카쓰三枝寿勝 교수(1941~)는 「한국문학, 읽지 않아도 되는 까닭」이라는 오해가 될 만한 제목으로 아래와 같이 답한다.

---

* 이 글은 2008.11.8 숙명여대 주최 학술대회 '국제화시대의 한국어문학'에서 발표한 글이다. 이날 지적을 해주신 권성우 교수께 감사드린다. 원고를 검토해주신 와타나베 나오키 교수(무사시대학), 곽형덕 교수(명지대학교)에게 감사드린다.

과거 일본이 무엇을 했는가 반성한다는 것은, 일본 사람이 나쁘다고 생각하니까 말하는 거지? 그리고 그런 걸 한국문학을 통해서 안다는 것은, 자기들의 희생자한테 어떤 상처를 남겼는가를 알려 하는 것이고, 그 일을 통해 자기들이 현재 얼마나 그것을 반성하고 있는가를 알리는 일이 되지 않는가? 요컨대 그 작업을 통해서 구제받는 것은 일본 사람 쪽이라는 것이지. **살인범이 자기가 죽인 사체(死體)나 상처 입힌 피해자의 상태를 보고 싶어하는 것과 똑같은 심리가 아니냐 말이야.** (…중략…) 독립운동이나 사회운동과 관련된 조선 사람에 대한 관심. 그러니까 시인 중에도 윤동주나 이육사, 현대에 와선 김지하 같은 사람 외에는 별로 빛을 못 보거든. 그런 사람이라면 팬이 웬만큼은 있는 듯해. 하긴 요즘 한국에서도 윤동주는 가장 사랑받는 시인으로 특히 「서시」가 제일 인기 있다 하니 일리가 있기는 하지만 (…중략…) 그 일에 관심을 보이는 자기들은 일반 일본 사람들보다 수준이 높다고 생각했는지도 모르겠네.(번역과 강조는 인용자)**1**

사에구사 교수의 지적은 성실한 학생에 대한 모욕적인 냉소가 아니다. 임화가 '이식문학사'라고 했을 정도로 일본이 내면화되어 있는 한국 근대문학에서, 일본의 흔적을 찾으려는 시도는 너무도 당연할지 모른다. 사에구사 교수의 차가운 지적은 본질적인 문제 중 하나이다. '식민지적 죄의식colonial guilt'을 갖고 한국문학을 연구했다 하더라도 결국

---

1 三枝寿勝, 「韓国文学など読まなくてもいいわ―ゾンビどもの世界での対話」, 『総合文化研究』 2, 東京外国語大学総合文化研究所, 1999.3.25. 사에구사 도시카쓰 교수는 이 글을 한국어로 직접 썼는데(「한국문학, 읽지 않아도 되는 까닭」, 『사에구사 교수의 한국문학 연구』, 베틀북, 2000, 11~13쪽), 일본어 원문과 조금 다른 부분이 있어, 인용자가 일본어 원문을 다시 번역했다.

은 일본인을 구제하는 연구가 될 수 있다고 지적하는 그는 한국문학을 대하는 일본인의 마음을 단번에 해체解體한다. 흔히 과거 식민지에 대해 느끼는 속죄의식 때문에, 한국문학에 접근하는 일본인은 1970년대부터 비교적 최근에 이르기까지 한국인 작가라고 하면 『오적』의 작가인 김지하부터 시작했다[2]는 순수한 동기까지도 실은 죄의식에 대한 심리적 면죄부일 수 있다는 지적이다. 나아가 그러한 자세는 "살인범이 자기가 죽인 사체나 상처 입힌 피해자의 상태를 보고 싶어하는殺人犯が自分の殺した死体や傷つけた被害者の様子を見に行きたくなる" 심리가 아니냐고 묻는다.

사에구사 교수는, 첫째, 한국문학을 연구하는 태도에는 아직도 겉으로는 식민지적 죄의식을 갖고 있는 듯 하지만 오히려 식민지적 우월성을 갖고 있을 수 있다고 지적한다. 둘째, 식민지적 죄성에 대한 속죄의식贖罪意識을 갖고 한국문학을 대할 때, 반대로 다른 평범한 일본인들보다 윤리적으로 우위에 서고 싶다는 권력의식을 가질 수 있다고 지적한다. 따라서 한국문학에 대한 섣부른 공감이나 죄의식은 철저히 금지된다. 그렇다면 과연 어떤 자세로 일본인은 한국문학을 대해야 하는가. 사에구사 교수는 철저히 타자他者가 되는 길을 권한다.

나는 한국문학을 외국문학으로서 연구하라고 했지, 일본을 구제하기 위해서라고 말한 적은 한 번도 없어.

사에구사 교수는 한국문학을 외국문학으로 보라고 강권한다.

---

2 와타나베 나오키, 「넘어서야 할 경계는 우리 일상 속에」, 『문학과 사회』, 2003.가을, 1448쪽.

한국 근대문학은 물론 어떤 문학도 오로지 '문학'일 뿐이지, 살인자가 살해했거나 상처입힌 피해물이 아니라는 말이다. 이러한 선입관을 갖는 순간, 한국문학은 문학이 아닌 피해물이 될 뿐이라고 사에구사 교수는 지적한다.

사에구사 교수의 비판은 한국문학을 객관적으로 바라본다는 것이 얼마나 어려운 일인가를 역설적으로 보여준다. 도대체 외국문학으로서 어떻게 한국문학을 대할 수 있다는 말인가. 이렇게 어렵기 때문에, 사에구사는 한국문학에 대해 철저히 타자他者가 되어, 텍스트 원전을 실증적으로 대하고, 치밀하게 정면돌파하는 방법을 택한다. 사실 그것도 사실 쉬운 일이 아니다. 문학적 분석 능력이 뛰어난 이가 아니라면 '외국문학'(한국 근대문학)을 실증적이고 치밀하게 분석한다는 것은 애시당초 불가능하다. 어려움 속에서 일본인들은 외국문학인 한국 현대문학을 치밀하게 연구해왔다. 그 연구사를 일별해 보면 간단치 않다.

오무라 마스오大村益夫(1933~)는 해방 이후 1980년대까지 일본에서의 한국문학 연구에 대해 꼼꼼히 보고[3]했다. 이 글은 조선문학 관계 일본어 문헌 수와 도서를 있는 그대로 제시했으며, 이른바 초기 연구자들의 연구방향과 그 면모를 세세히 기록한 연구다.

김윤식은 해방 후 한국문학을 연구하는 초기 일본인 연구자를 가장 최초로 만난 한국인 연구자로서, 이에 대해서는 몇 가지 글[4]로 보고했다. 이 글은 1970년대 동인지 『조선문학』이 나올 무렵 초창기 일본인

---

3 大村益夫, 「日本における朝鮮現代文学の研究·紹介小史に」, 『靑丘學術論集』 2, 1992.3.10.

4 김윤식, 「현해탄을 사이에 둔 이광수 연구」(『풍경과 계시』, 동아출판사, 1995); 「일본의 어떤 한국 근대문학 연구자의 최종강의ㅡ오무라 마스오 교수의 잔잔한 목소리 듣기」 (『비도 눈도 내리지 않는 시나가와역』, 솔, 2005).

한국문학 연구자들의 풍경을 잘 재현한 에세이다.

심원섭은 가장 중요한 두 명의 일본인 연구자의 친일문학 연구[5]를 소개한다. 또한 대담 「오무라 마스오 교수를 찾아서」[6]도 중요한 보고서다. 이 글은 논문이 아닌 인터뷰이기에 오히려 오무라 마스오 교수의 '실증적'인 연구방법론이나 연구 이력은 물론 그의 인격적인 면도 드러난 인터뷰이다.

와타나베 나오키渡辺直紀[7]의 연구는 일본에서의 한국 현대문학 번역 상황을 가장 총체적으로 보고한 논문이다. 이 논문은 한국·조선문학 연구와 교육을 위해 일본어로 번역된 한국문학 관계 서적을, 먼저 문학사 번역서를 소개하고, 이어서 각 시대별로 ① 고전문학 번역서, ② 해방 전까지의 근대문학 번역서, ③ 해방 이후 현대문학 번역서까지 264권 도서를 분류하고 소개하고 있다. 이 외에 김응교의 보고서[8]는 와세다대학의 조선어 수업을 중심으로 도쿄에서 이루어지고 있는 한국학 교육과 '조선문화연구회'의 한국문학 연구 현황을 간략히 보고한 기록이다.

일별해 보면 알 수 있듯이, '일본에서의 한국문학 연구'라는 발표를 생각 없이 응락한 저자는 지금 난감하기 짝이 없다. 이러한 제목으로는 쓰는 한 편의 글이란 학술적인 글이 아니라, 성근 검토의 엉성한 에세이가 될

---

5 심원섭, 「일본 학계의 한국문학 해석」. 이 글은 「통일 한국문학의 진로와 세계화 방안 연구(II)」(『東方學志』 103, 연세대 국학연구원, 1993.3)에 실려 있다.
6 심원섭, 「오무라 마스오를 찾아서」, 『문학과 의식』, 2008.여름.
7 渡辺直紀, 「韓国·朝鮮文学研究·教育のための文献開題」, 『韓国語教育論講座』 4, くろしお出版, 2008.
8 김응교, 「도쿄에서의 한국문학 연구」, 월간 『문학사상』, 2002.4. 아울러 영문보고서, Kim Eung-gyo, "New Developments in Korean Studies at Waseda University", *The Korea Foundation News Letter* 10-1, 2001.1.

것이다. 일본에서의 한국문학 연구, 그 축적된 성과는 이미 녹록치 않다. 하나의 '독립된 연구사'를 쓸 수 있을 정도로 축적되었기 때문이다.

가령 한국 현대문학 번역사만 쓰더라도, 이제는 1970년대 번역사, 1980년대 번역사, 1990년대 번역사를 따로 한 편씩 논문으로 써야 할 만치 적지 않다. 아니, 번역시 몇 편을 비교 검토하는 것만으로도 한 편의 논문으로 부족하다. 또한 특정 연구자의 연구업적이 이제는 연구대상이며, 일본에서의 친일문학 연구, 혹은 재일 조선·한국인 디아스포라 문학의 연구사를 글 한 편으로 쓴다는 것은 성근 검토에 불과할 것이다. 특히 '일본인의 한국 근대문학 연구'에 대한 글은, 그 성격상 발표된 논문뿐만 아니라, 연구회로 이루어져 온 흐름을 직접 참여하여 체험하지 않고서는 쓰기 어렵다. 게다가 그 구성원들이 모두 살아 있기에 가치 판단은 더욱 힘들다. 따라서 이 글은 전체적인 윤곽을 보여주는 전체적 조망의 글이 될 수밖에 없는 한계를 처음부터 갖고 있다.

그럼에도 서툰 조망을 시도하려 한다. 첫째 연구자를 해방 후 초기 제1세대 연구자와 그 이후를 잇는 제2세대 연구자로 나누었다. 이후에 제1세대와 제2세대가 어떻게 연결되고 있는지 보고하려 한다. 둘째, 일본인의 한국문학 연구, 그 특성을 몇 가지로 나누어 설명하려 한다. 끝으로, 앞으로 일본에서 한국문학 연구가 어떻게 하면 활성화될 수 있을지 살펴보려 한다.

이 글은 일본에서 '일본인'에 의한 한국 '근대'문학 연구에 집중하려 한다. 아쉽게도 이 보고서는 전체적인 소개에 그치는 한계를 가질 것이다. 세세한 논의는 다음 글에서 논하려 한다.

연구사 40년의 행로

1) 해방 후, 재일조선인의 조선근대문학 연구

해방 전 한국 근대문학에 대해 일본에서 글을 발표한 이들은 엄밀히 말해 연구자라기보다는 번역가들이었다. 일본인이 조선문학에 관심을 기울이기 시작한 것은 조선인이 일본어로 작품을 발표하고, 태평양전쟁이 발발하기 직전인 1939년 무렵부터이다. 이 시기는 관심은 문학 자체가 아니라 전쟁 동원을 위한 선전문학이었고, 그 외의 문학활동이란 김사량과 같은 특출한 작가의 작품 외에는 대부분 번역이었다. 당시 '일본인 조선문학 연구가'라고 할 수 있는 인물은 없었다.

해방 후 1950년대 김달수, 이은직, 박춘일 등이 조선문학을 소개했으나 이들의 활동도 학술적인 연구는 아니었다. 물론 재일 교포 번역자, 연구자들의 노력도 빼놓을 수 없는 감동이다. 이기영, 한설야 등 월북 작가의 작품들의 번역도 그 시기에 이루어졌다. 조선문학 연구는 한동안 조총련을 통해서 나오는 이북 자료에 의존하는 시기가 상당히 오랫동안 있어 왔다. 다만 이 글은 '일본인'에 의한 한국 근대문학 연구를 검토하는 자리이지만, 재일조선인과 1955년 재일본조선인총연합회(조총련)가 조직되고 이 단체에 소속된 문인들의 조선문학 번역과 한글 교육 등은 오랫동안 일본인의 한국 근대문학 연구에 디딤돌이 되었다.

1945년에서 1955년까지 재일조선 문인들이 출판한 중요잡지는, 1945년 11월 27일에 창간된 『고려문예』, 1946년 3월 1일에 2호를 발

행한 『조선시朝鮮詩』, 1946년 4월부터 1950년 7월까지 33호에 걸쳐 간행된 일본어잡지 『민주조선』, 1947년 10월에 창간된 재일조선인에 의한 일본어 문예지 『조선문예朝鮮文藝』, 1948년 8월에 창간된 『우리문학』 등이 있었다. 그리고 한국전쟁 이후 1955년까지 출판된 잡지는, 1951년 3월 허남기 시인의 개인잡지 『맥麥』, 1951년 12월 오사카 조선인 문화협회의 기관지 『조선평론』, 1953년 2월 16일 오사카 조선시인집단 기관지 『진달래チンダレ』 등이 있다.

1955년 조총련이 결성된 후 1958년에 장두식이 발행한 『계림鷄林』, 제3호가 1961년 5월에 출판된 조총련 문예동 기관지 『문학예술』, 그리고 1963년 1월에 창간호가 나온 『한양漢陽』 등을 들 수 있다. 이 시기에 아직 일본인 연구가들의 글이 발표되지는 않고 있지만, 위의 잡지에 간혹 일본인 저자가 상당수 포함되었다는 점은 재일조선인 필진과 교류가 있었다는 것을 증명한다.

재일조선인들이 닦아놓은 디딤돌 위에서, '일본인'의 학술적 연구가 시작한 때는 1960년대라고 할 수 있다. '일본인'에 의한 개인적인 초기 번역작품으로 확인되는 것은 1962년 4월 오무라 마스오가 번역하여 발표했던 최서해의 『탈출기』[9]다. 그러나 연구 모임으로 말하자면 '조선문학연구회'가 조선문학강독회를 시작했던, 1967년이라고 판단된다.

이 글은 1967년부터 현재 2008년까지, '일본인의 한국 근대문학 40년 연구사'를 살펴보려 한다. 문학사적인 변화를 논술하는 것은 그리 쉽지 않다. 흔히 시대적 변화에 따르는 경우도 있다. 그런데 이 경우 가

---

9 大村益夫, 「脱出記(上)」(崔曙海), 『柿の会月報』 20, 1962.4.16.

장 큰 영향력을 남긴 오무라 마스오 교수와 사에구사 도시카쓰 교수의 활동기를 하나의 시대로 구획하지 않을 수 없다. 물론 두 연구자는 대학 퇴직 이후 더 영향력을 발휘하고 있기 때문에, 세대를 나누는 것은 무의미 할 수도 있다. 단지 이해를 돕기 위해 시대를 나누어 본다.

2) 제1세대, 『조선문학朝鮮文學』의 탄생(1970~2003)

(1) 조선문학연구회

제1세대 연구가라고 하면, 『조선문학朝鮮文學』이 창간되던 1970년부터, 사에구사 교수가 2002년, 오무라 마스오 교수가 2004년에 정년퇴임하는 이 무렵까지, 대략 30년간의 기간이다. 1세대 연구자들의 환경은 열악했다. 거의 독학해야 했고, 한국 유학 생활도 힘겨웠다. 당시 34살의 조교수였던 김윤식 교수는 동인지 『조선문학』를 만든 다섯 명을 명기한다. 그 다섯 명은 오무라 마스오, 다나카 아키라田中明, 이시카와 아키오石川節, 가지 노보루梶井陟(1927~1988), 조 쇼키치長璋吉(1941~1988) 였다. 대표 오무라 마스오는 만남의 동기를 이렇게 증언한다.

조선문학이 다섯 명의 동인을 굳게 뭉치게 했다고 앞에서 말했다. 그것의 이면에서 보자면, 조선문학을 사랑하고 조선문학을 필생의 사업으로 삼는다는 오직 하나의 목표로 우리가 뭉쳤다는 것을 의미한다. 우리 동인들의 개인적 사상·신조·정치적 입장·세계관·문학관은 너무나도 다르다. (…중략…) 이 회의 일정한 입장은 없다. 우리 회는 조선문학의 소개와 연구에 의

욕을 불태우고, 회비를 내고 연구회에 참가해야 하는 의무를 제외하고는 회원 개개인의 행동일체를 구속하지 않는다. 아니 그보다 이 회 자체는 회원 개개인의 협의체에 지나지 않는 것이다.[10]

이들은 사상적으로 서로 제한을 두지 않았다. '조선문학을 필생의 사업'으로 삼는다는 것이 하나의 목표였다는 표현은 이들이 단순한 애호가가 아니었다는 것을 말한다. 열려진 토론 분위기가 조선문학 연구를 향한 이들의 열정을 구체적으로 실현하게 도왔을 것이다. 당시 연구자로서 이 모임을 방문했던 김윤식은 아래와 같이 회상한다.

이 모임의 대표는 오무라였다. 그의 주장은 이러하였는데 이는 이 모임의 성격에 해당되는 것이기도 하였다. 이 모임엔 회칙이 없다는 것, 다만 일본인, 적어도 일본인을 주체로 한 모임이라는 것과 백두산 이남에서 현해탄에 이르는 지역에 살았던, 그리고 살고 있는 민족이 낳은 문학만을 대상으로 한다는 것, 나는 이 원칙이 마음에 들었는데, 그 속엔 3·8선이 없었기 때문이다. (…중략…) 그들의 동인지 『조선문학』 창간호가 나온 것은 1970년 12월이었다. '소개와 연구'라는 부제가 붙은 총 64쪽으로 된 이 잡지의 창간사엔 이렇게 적혀 있었다. "일본인으로서의 자기 자신과 조선을 문학연구를 통해 연결하고 그 성과를 일본과 조선의 친선과 연대를 원하는 사람들의 공유 재산으로 하기 위해 조선문학을 아마도 죽을 때까지 하나하나 배워갈 것이리라."(김윤식, 1995, 287쪽)

---

10 大村益夫, 「同人の辯 : 進軍ラッパは聞こえない」, 朝鮮文学の会, 『朝鮮文学─紹介と研究』 1, 1970.12.1.

사실 이 모임은 1967년에 만들어져 매월 한 번씩 문학사 공부와 여러 작품의 강독회를 해왔고, 그 과정을 거쳐 3년 뒤 창간호를 냈다. 그것은 단순한 애호가들의 동인지가 아니었다. 창간호는 의외의 반향을 일으켰다. 일본의 중요언론은 『조선문학』의 탄생을 관심있게 보도했다. "『마이니치신문每日新聞』은 1970년 12월 18일과 1971년 1월 25일, 『요미우리신문読売新聞』은 1971년 1월 8일, 『아사히朝日저널』은 1971년 1월 22일호, 『아사히신문朝日新聞』은 1971년 1월 8일"[11] 등 이 외에도 교토, 홋카이도, 고베 등의 지방신문에도 보도되었다. 이후 『조선문학』 동인은 총 121통의 독자 편지를 받았고, 책을 신청한 독자 중의 반 수 이상이 정기구독을 했었다.

월북 작가 해금 전에는 주요 작가의 경력 연구는커녕, 작품집 한 권 입수하기도 힘들던 때, '조선문학을 필생의 사업'으로 삼은 이들은 자료를 모으며 한국 현대문학의 윤곽을 세워나갔다. 여기에 경희대 대학원을 졸업하고, 1979년에 규슈대학교 조교수로, 1981년 도쿄외국어대학교에 부임한 사에구사 도시카쓰 교수가 합류하면서 모임의 비평적인 성격은 더욱 강화되었다.

동인지 『조선문학』은 1974년 제12호까지 나오기에 이르렀고, 그 성과는 『현대조선문학선現代朝鮮文學選』 1 · 2(創樹社, 1973~1974)을 통해 결실을 맺었다. 그리고 이들은 모두 "아마도 죽을 때가지 하나하나 배워 갈 것"이라는 다짐을 지켰다.

---

11 大村益夫, 「喜びと、とまどいと」, 朝鮮文学の会, 『朝鮮文学―紹介と研究』 2, 1971.3.10.

(2) 와세다대학 조선문화연구회 – 오무라 마스오

　　오무라 마스오 교수가 처음 사서 읽은 한국문학작품은
『한국단편문학선집』(백수사)이었다. 그때는 한일사전이 없
어서, 한영사전을 구해 읽었다고 한다. 1972년에 처음 한
국에 와서 동국대학교에서 잠시 공부했다. 이후 그는 1977
년 4월부터 와세다대학에서 조선어 수업이 정식 수업을 연
다. 물론 그전에 조선어 수업이 있었으나, 정식수업은 아니
었다. 조선어 수업이 정식 수업이 되면서, 그 수업을 돌었던
학생들이 한국학에 관심을 갖기 시작했다. 1985년, 중국
연변대학 연구원으로 머물러 있던 그는 윤동주 시인의 묘지를 현지 학자
와 함께 찾아냈다. 연변대학 시절이던 1985년 4월부터 1986년 4월까지
1년 동안 소설가 김학철 선생을 주 1회씩 만나 채록하기도 했다. 윤동주,
김용제, 김종한, 강경애 연구 그리고 지역적으로 중국 조선족 김학철 연
구와 제주도 문학에 이르기까지 그의 한국문학에 대한 깊이와 넓이는 간
단히 요약할 수가 없다. 현재 많은 한국 연구자들이 오무라 교수의 제자
들이다. 그에게 배운 사람들과 연구자들이 만나는 공간이 현재까지 이어
지고 있는 와세다대학 조선문화연구회이다.

　　오무라 마스오 교수님 추천으로, 저자는 1998년에 와세다대학 객원
조교수로 임용되면서 오무라 마스오 교수님 곁에서 배울 수 있었다. 한
때 '와세다대학 조선문화연구회'의 역사를 정리하고 싶어서, 오무라 교
수에게 물었는데 교수님께서 보여주신 것은 18년 동안 연구 회원들에
게 보냈던 엽서 다발이었다. 오무라 교수가 정식연구단체로 학교에 '와
세다대학 조선문화연구회'를 등록한 때는 1979년으로 학교 기록에 남

아 있다. 그때부터 1980년대는 덕성여대 김우종, 서울대 김윤식, 중앙대 임헌영, 고려대 김인환 교수 등이 이 모임이 초대되어 강연했던 것으로 기록되어 있다. 오무라 교수와 그 부인은 한국의 학자들이 올 때마다 한국문학과 관련있는 곳을 안내하고 발굴 자료를 전달했다.

특히 연변의 소설가 김학철 씨를 초대해 강연했던 것도 기록되어 있다. 오무라 교수는 김학철의 소설 「담배국」, 「이런 여자가 있다」, 「구두의 역사」를 번역했다. 이어 1985년에 연변의 김학철 선생을 찾아 처음 만난 이후, 1년간 연변대학교에 체류하면서 매주 한번씩 김학철 선생과 교류한다.[12] 이러한 흐름 속에서 1993년 5월에는 김학철 선생을 와세다대학에 초청하여 강연회를 열기에 이른 것이다.

윤동주의 묘지터를 발굴하고, 필사본을 연구했던 오무라 교수의 큰 인격과 문학적 깊이, 그리고 혁명가 김학철 선생의 일본 초청 등은 그가 이끌었던 와세다대학 조선문화연구회의 특징을 알 수 있는 대목이다.

(3) 도쿄외국어대학 조선문학연구회 – 사에구사 도시카쓰

도쿄외국어대학에서 '한국 현대문학연구'를 가르쳐 왔던 사에구사 도시카쓰 교수는 철저히 타자인 외국인 입장에서 한국문학을 연구했다. 사에구사 교수가 쓴 석사논문 「상황과 문학자의 자세」(경희대, 1977.2)는 일제 말 '암흑기 문학'이라고 지칭되던 시기를 재고찰한 것으로써, 일본인이 한국문학을 분석한 최초의 글이 아닌가 싶을 정도로 깊이가 있다. '암흑기'를 직시하지 않는 태도는 패배의식이며 비과학적

---

12 오무라 마스오, 「김학철 선생에 대한 생각」, 『조선의용군 최후의 분대장 김학철』, 연변인민출판사, 2005.5.

1993년 와세다대학에서 김학철과 오무라 마스오 교수

태도라고 밝힌 이 글은 치열한 사유로 무장된 섬세한 논문이었다. 이 글은 김현의 추천으로 평론 「굴복과 극복의 말」이라는 제목으로 계간 『문학과 지성』(1977.여름)에 실린다. 이어 발표한 그의 논문들, 가령 「『무정』에 있어서의 유형적 요소에 대하여」(『조선학보』, 1985.10), 「8·15해방 후에 있어서의 친일파의 문제」(『조선학보』, 1988.4), 「이광수와 불교」(『동방학지』, 1994.3) 등은 읽지 않으면 안 되는 고전古典이다. 그의 정확한 분석은 번역과 자료 정리에 집중해 있던 일본인의 한국문학 연구에 새로운 방향을 확장시켰다.

사에구사 도시카쓰 교수는 매주 금요일에 '조선문학연구회'라는 모임을 열었다. 원래 이 시간은 도쿄외국어대학 대학원 조선문학 수업인데, 외부에서 청강생이 모이면서, 자연스럽게 대외적인 모임이 되었다. 이미 자기 세계를 이룬 전문가를 초청했던 오무라의 연구회와는 달리,

대학원 수업 시간에 진행되었던 사에구사의 연구회는 대학원생들의 연구회 성격이 강했다.

1996년 2월에 도쿄외국어대학 특별연구생으로 유학갔을 때 저자는 이 모임에 처음 참여했다. 1996년에는 1930년대 문학 작품을 하나씩 읽고 발표자가 발표하면, 그것을 갖고 세세하게 토론하는 시간이었다. 특별한 발표자가 없을 때는 독서회를 했는데, 1930년대 작품부터 당시 1990년대 '이상 문학 수상작' 같은 최근 작품을 읽고 비평·토론하고는 했다. 이 모임에 참여했던 연구자는 김종한을 연구하는 후지이시 다카요藤石貴代, 재일조선인 손지원(일본 조선대학), 한국에서 온 신명직(현재 구마모토가쿠엔대학 교수), 정백수(현재 오비린대학 교수), 윤대석(명지대, 현재 서울대 교수), 최현식(경상대, 현재 인하대 교수), 고운기 시인(연세대, 현재 한양대 교수), 서재길(현재 국민대 교수) 등이다. 토론에 참여하며 그의 분석 방법을 배웠던 연구자들은 사에구사 교수가 정년 퇴임할 때『한국 근대문학과 일본』(소명출판, 2003)을 출판하여 경의를 표했다. 이 연구회는 사에구사 교수가 정년퇴임하고 중국으로 가는 2006년 4월 22일까지 이루어졌다.

3) 2세대, 다양한 연구와 공동연구(2004~현재)

제1세대 연구자들이 자료를 어렵게 확보하고 번역한 고투苦鬪로 인해, 다음 세대 연구자들은 번역을 넘어, 비평적 접근을 할 수 있게 됐다. 제2세대 연구자 사에구사 도시카쓰가 2002년 도쿄외대를 정년 퇴임하고, 그 후 오무라 마스오가 2004년 1월에 정년 퇴임을 한 것은 이러한 세대교체(제1세대에서 제2세대로의)를 잘 말해준다. 오무라 마스오 주재의 '와세다대학 조선문화연구회'는 호테이 도시히로布袋敏博(와세다대학)에게 이어졌다.

여기에 한국학 연구의 메카인 '조선학회'의 두 문학 담당 이사인 하타노 세쓰코波田野節子, 시라카와 유타카白川豊 교수는 '한국 현대문학 연구 1세대'를 대표하는 오무라 마스오, 사에구사 도시카쓰로부터 조선학회 문학 담당 이사직을 물려받았다. 이것 역시 연구자 세대 교체를 상징적으로 보여준다. 조선학회 학회지 『조선학보』에 실릴 한국 근현대문학은 두 사람이 심사하고 있는데, 사실 일본에서 배출되는 많은 논문은 앞서 말한 두 가지 연구 모임에 참여하는 이들에 의해 발표된다 할 수 있겠다.

(1) 조선문화연구회 – 호테이 도시히로

오무라 마스오 교수가 운영해온 '조선문화연구회'는 호테이 도시히로가 계속 이어 진행하고 있다. 1년에 적을 때는 4회, 많을 때는 6회까지 진행되어 온 이 연구 모임은 이미 연구업적을 인정받고 있는 연구자에게 그 연구를 발표하는 방법으로 진행된다. 따라서 한 연구자의 시각을 충분히 경청하기 위해 충분한 시간을 갖고 진행한다. 주로 토요일 오후 2시에 시작하여, 연구자의 발표를 2시간 정도 듣고, 2시간 정도 자유 토론을 한다. 나아가 저녁식사 자리에 가서 못 다한 이야기를 나눈다. 그러니 거의 6시간 가까운 장시간 동안 한 주제에 관해 이야기 나눈다. 연구회 운영 방법은 저자는 물론이고, 청중에게도 큰 공부가 된다. 주요 발표만 적으면 다음과 같다.

2003.07.18	김재용(원광대), 〈한국에서 본 북한문학〉
2003.12.19	서영채(한신대), 〈이광수 「무정」에 대하여〉
2004.01.15	오무라 마스오(와세다대) 은퇴강연, 〈조선근대문학과 일본〉
2007.07.14	권영민(서울대), 〈소월시의 언어적 해석과 그 문제〉
2007.10.20	김윤식(서울대), 〈조선의 아Q 코풀이 선생—이광수를 사이에 둔 김소운, 김사량〉
2007.11.24	최태원(서울대 박사과정), 〈번안이라는 행위와 그 주체〉
2008.01.26	김영민(연세대), 〈이광수의 새 자료, 「크리스마스의 밤」 연구〉

이 외에 김인환(고려대)의 염상섭에 관한 강연, 최원식(인하대)의 동아시아와 문화에 대한 강연, 최경희(시카고대학)의 한국 근대문학과 검열, 설성경(연세대)의 「춘향전 연구」에 관한 강연과 발표가 있어 왔다.

이 모임에 참여하고 있는 연구자는 따로 정해져 있지 않은 개방적인 모임이다. 거리가 멀거나 특별한 사정이 있는 몇몇 연구자를 빼놓고는, 가장 많은 한국 근대문학 전공자가 모이는 자리라 할 수 있겠다.

뛰어난 학자여서라기보다 와세다에 근무한다는 이유로 저자는 이 모임에서 4번 발표할 기회를 가졌다. '구비적 상상력과 해체적 상상력—1980년대의 한국 현대시'(2000), '이찬의 수령형상문학과 북한문학사'(2001), '이찬의 일본어시와 친일문학'(2002), '히라야마 야키치, 소년 신동엽의 기억'(2006)이었는데, 그때마다 장시간에 걸친 연구 모임이 얼마나 큰 도움이 되는가를 매번 체험해왔다.

아울러 이 모임을 주관하는 호테이 교수와 시라카와 교수가 한국문학 번역을 진행하고 있다. 호테이 교수 주도로 '한국 근대문학선집'이 출간되고 있다. 하타노 교수가 번역한 이광수『무정』을 필두로, 강경애 『인간문제』와『박태원 단편집』이 나왔다.

(2) 인문평론연구회 – 와타나베 나오키

고려대학 초빙교수로 있다가 2004년 무사시武藏대학에 임용된 와타나베 교수의 주재로 모임은 새로운 모임이 구성되었다. 임화 문학 연구로부터 한국의 근대문학, 영화, 대중문화 등 막힘없는 성찰을 보여주고 있는 와타나베 교수의 주재로 이 모임은 다양한 연구와 정기적인 모임이 가능해졌다. 이후 사에구사의 조선문학연구회에 참여했던 회원과 다른 연구자들이 새롭게 재구성되어, '인문평론연구회'라는 이름으로 정기적인 모임을 갖고 있다.

이 모임은 2006년경 '『인문평론』 강독 모임', 그리고 2007년부터 현재까지 '『국민문학』에 실린 조선인의 일본어 소설 읽기 모임'으로 이어지고 있다. 이 모임은 외견상 볼 때는 소수가 모여 책을 읽는 모임 같지만, 개인들이 나름대로 활발히 연구 발표를 하고 있다. 여기에 참여한 주요 연구자는 박태원 소설『천변풍경川辺の風景』을 번역한 마키세 아키코牧瀨曉子, 최경희(시카고대), 황호덕(성균관대), 이영재(도쿄대), 이주연(캐나다 요크대), 권나영, 차승기, 최진석, 김응교(이상 연세대) 등이다.

이 연구 모임이 학술대회로 나타난 것은 2008년 9월 25일에 캐나다 토론토의 요크대학에서 열린 국제학술대회 '일제 식민지 말기 조선의 문화지형도Behind the Lines : Culture in Late Colonial Korea'이다. 한국, 일본, 캐나다, 영국 학자가 참여한 이 학술대회는 식민지 말기 조선인이 발표한 일본어 작품을 중심으로, 소설, 시, 평론, 연극, 영화, 이미지 등 다각적인 시각에서 1940년대의 문화지형도를 분석한 심포지움이었다.

Ted Goosen(York대학)	일제 식민지 말 학술대회를 시작하며
황호덕(성균관대)	제국 일본의 번역과 정치 ㅡ식민지적 주권과 아큐 형상
김응교(와세다대)	일제 말 '국민시'의 탄생과 소멸
이재명(명지대)	식민지 조선의 국민연극 연구 ㅡ조선연극문화협회의 활동을 중심으로
이영재(도쿄대)	제국의 테크놀로지와 시스템으로서의 국가 ㅡ토키 시대의 영화 만들기
이주연(York대학)	식민지 말기의 여성 이미지와 제국
와타나베 나오키(무사시대학)	식민지 조선의 '만주' 담론과 정치적 무의식 ㅡ1940년대 전반 임화의 견해를 중심으로
Janet Pool(Toronto대학)	질의 : 일제 말기 문화지형도에 대한 몇 가지 생각

이 학술대회가 끝나고 발표문들을 모아 2010년 연세근대학술총서(『전쟁하는 신민, 식민지의 국민문화』, 소명출판)로 출판되었다. 아울러 이 심포지움에 참여하지 못했더라도, 연구 모임에 참여했던 연구자들이 필진으로 참여했다.

(3) 한일 국제 연구와 다양한 전개과정

한일 근현대문학 교류의 최초 연구자는 단연 김윤식이다. 김윤식은 자신의 저서 『이광수와 그의 시대』(1981) 등이 오무라 마스오 등 일본의 한국문학 연구자들의 도움으로 완성되었다고 회상했다(1995, 289쪽).

한국의 국력이 성장되면서 한국학은 국제적인 위상을 갖기 시작했다. 이후 권영민, 최원식, 김철, 김영민, 심원섭, 이경훈 등이 일본의 한국문학 연구자들과 유학 혹은 교류하면서 뛰어난 성과를 드러내고 있다. 극히 소수지만, 한국 대학에서 한국 근현대문학을 연구하고 돌아와 탁발한 업적을 내는 일본인 연구자들이 늘어나기 시작하면서, 이제 일본에서의 한국문학 연구는 더 이상 한국문학의 변두리가 아니라, 또하나의 중심으로 자리잡아가고 있다. 아울러 BK, HK 등을 통해 많은 박사과정 학생들이 일본에 와서 한국문학을 연구하고 있다. 그러면서 한국과 일본 혹은 재일조선인이나 서구의 학자들이 공동학술대회를 하는 일이 늘어가고 있다.

① 2004.11.12. 재일조선인 조선어문학 현황과 과제 학술세미나

1980년대에는 생각할 수도 없었던 일이지만 최근 재일조선인문학에 대한 관심이 높아지고 있다. 일본연구자도 협력하는 형태로 프로젝트가 짜여지고 연구가 진행되고 있다. 이 학술대회에는 한국에서 최동호(고려대), 조남현(서울대), 임헌영(중앙대), 김종회(경희대), 홍용희(경희대)가 참여했다. 김학렬(전 조선대학 교수)와 오무라 마스오 교수의 전적인 추진으로 이루어졌던 것이다. 사실 일본인 연구자들은 대부분은 조총련의 문예동[13] 작가들의 작품에 대해 논의하지 않고 있다. 그러나 이 모임은 한국 학계의 한 흐름을 보여주는 학술대회였다. 이 모임 이후 한국 숭실대와 서울대 등에서 재일조선인 조선어문학에 관한 학술대회가 연이어 열렸다.

② 2008.10.30~11.1. 식민지 시기 조선문학자의 일본체험에 관한 종합적 연구

이 연구 모임은 하타노 세쓰코 교수가 대표로, 일본학술진흥과학연구비로 진행되는『식민지 시기 조선문학자의 일본체험에 관한 종합적 연구植民地期朝鮮文学者の日本体験に関する総合的研究』로 일본과 한국인 학자들이 공동연구하고 있는 큰 프로젝트를 진행하고 있다. 이 연구에 참여하고 있는 주요인물은 오무라 마스오 교수를 비롯하여, 윤동주·김조규·이태준 연구가인 구마키 쓰토무熊木勉, 최정희·오정희 연구자인 야마다 요시코山田佳子, 식민지 말기 연구가인 와타나베 나오키渡辺直紀, 장혁주·김사량·이석훈·정인택 연구가인 시라카와 유타카白川豊, 전영택·개화기 정치소설 연구가인 세리카와 뎃세이芹川哲世 등이 참여하고 있고, 한국인 연구자로는 최원식, 김영민, 김철, 이경훈, 심원섭, 신은주 교수가 참여하고 있다. 이 모임은 참여자의 규모뿐만 아니라, 그 진행방식이 체계적이어서 곧 괄목할 만한 업적이 나오지 않을까 기대하게 된다. 2008년 11월에 열리는 세미나의 내용을 간단히 보면 다음과 같다.

---

13 조총련의 문예동 문학에 대해서는 김학렬, 「시지『종소리』가 나오기까지─재일조선시 문학이 지향하는 것」(김웅교 편,『치마저고리』, 화남, 2008); 김웅교, 「재일조선인 조선어 시전문지『종소리』연구」(『현대문학의 연구』34, 한국문학연구학회, 2008)를 참조 바란다.

2008년 10월 31일(금)(회장 : 早稲田奉仕園スコットホール)

　熊木勉, '李泰俊とベニンホフ' / 토론자 : 大村益夫

　山田佳子, '朴花城と日本女子大学周辺' / 토론자 : 徐正子

2008년 11월 1일(토)(会場 : 在日本韓国YMCA)

　波田野節子, '1900年~1910年代の東京留学生たち' / 토론자 : 白川豊

　토론 : 최원식 · 김철 · 이경훈 · 심원섭 · 渡辺直紀, '식민지 조선문학자
　　의 일본체험'

　이 외에도 다양한 모임들이 이루어지고 있다. 가령, 릿쿄대학에서 매년 열리는 '윤동주 추모 모임'도 있다. 그러나 이 행사는 학술적인 모임이라기보다는 추모 모임 성격이 강하다. 또한 윤동주 시인을 추모하는 대중적인 모임은 일본 여러 군데에서 진행되고 있다. 저자는 윤건차 교수님의 초청으로 가나가와神奈川대학에 가서 한국 현대시에 대해 강연한 적이 있다. 사회학자인 윤건차 교수는 본인이 시를 쓰고 본인의 저서에 한국현대시를 많이 인용하고, 또 한국문학을 공부하는 연구회도 이끌고 있다.

4) 고행의 성취, 40년

　지금까지 우리는 1970년대 이후 지금까지 40년간, 일본인의 한국 근대문학 연구사를 일별해 보았다. 1960대말 김윤식이 찾아갔던 '조선

문학연구회'의 처음은 다섯 명에 불과한 모임이었다. 그러나 40년의 연구사를 볼 때, 우리는 이들의 노력이 결실을 보는 과정을 보았다. 1970년, 오무라 마스오와 그 동인들이 희망했던 꿈은 실현되었던 것이다.

> 우리 회가 언제까지 지속될 수 있을지는 자신이 없다. 오히려, 너무 오랜 기간 동안 존속하지 않기를 우리는 바란다. 10년 정도만 간다면 된다. 그 사이에 회원도 늘고 그리고는 세포분열을 일으키다가, 우리 연구회 자체는 없어지게 되는 것이 아닐까. 그렇게 되길 빈다.[14]

1970년에 모였던 다섯 명의 바람은 지난한 역정歷程을 거쳐서 어느 정도 성과를 보았다. 그들의 바람대로 초창기 연구회는 없어졌고, 연구회의 열정은 '세포분열'을 일으켰다. 아래 '일본에서의 한국 현대문학 연구'에 대한 도표를 보면 다섯 명의 모임이 어떻게 세포 분열되었는지 볼 수 있다. 사실 모든 도표는 도표로 만드는 순간 현실과 멀어진다. 다만 이해를 쉽게 하기 위해 그린 것으로 참고하기 바란다.

1970년대 조선문학 연구회는 다섯 명의 동인 연구 모임이었기에 점선을 쓰지 않았으나, 다른 모임은 개방된 모임이기에 점선을 썼다. 몇 가지 설명을 붙인다.

첫째, 연구회들은 모임의 시간과 장소가 다르다는 구분이며, 연구 내용상으로는 그 구획이 명확하지는 않다. 따라서 모든 모임에 참여하는 연구자가 많다. 저자 역시 시간이 되는대로 모든 모임에 참여해 왔다.

---

14 大村益夫,「同人の辯—進軍ラッパは聞こえない」, 朝鮮文学の会,『朝鮮文学—紹介と研究』1, 1970.12.1.

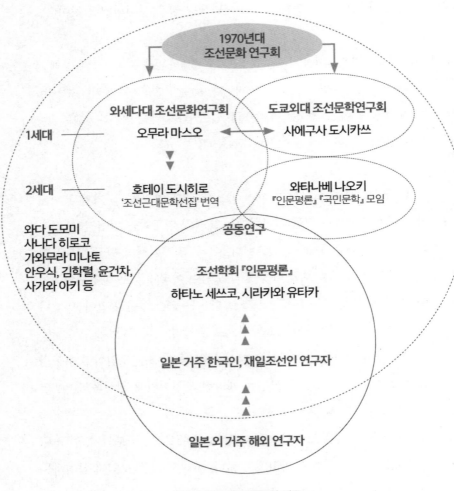

일본에서의 한국 현대문학 연구

둘째, 무엇보다도 모든 모임이 서로 '협력관계'다. 자료를 서로 공유하며 공동연구한다. 연구서 출판을 위해 함께 하는 경우가 많다. 가령, 1세대의 두 계보라 할 수 있는 오무라 마스오와 사에구사 도시카쓰의 연구 모임도 서로 극단적인 양변兩邊이 아니었다. 두 모임은 서로 길항拮抗하고 협력하며, 일본의 한국 근대문학 연구를 성장시켰다.

셋째, 모임에 참여하지 않지만 한국 근현대문학에 대해 끊임없이 관심을 갖고 있는 연구자들이 적지 않다. 그만치 1970년대 '조선문화연구회'가 꿈꾸던 '세포분열'이 이루어진 긍정적인 증거라 할 수 있겠다.

가령 김사량을 비롯한 재일조선인문학, 장혁주, 이상 등에 관해 글을 발표했고, 이문열, 조정래를 일본잡지에 소개했던 문학평론가 가와무라 미나토川村湊는 두 가지 계보에 참여하지 않고 독자적인 활동을 하고 있다. 또한 이태준, 김남천, 이광수에 대해 연구하는 와다 도모미和田ともみ(도야마대학) 교수도 중요한 역할을 하고 있다. 그리고 요코하마 지역을 중심으로 시나가와대학에서 한국문학 읽기 모임을 진행했고, 저서 『사상체험의 교착思想体験の交錯』(岩波書店, 2008. 한국판은 창비에서 『교착된 사상의 현대사』로 출판되었다)에서 한국 현대시로 일본·한국·재일의 사상사를 풀어낸 윤건차 교수(가나가와神奈川대학)도 두 모임에 참여하지는 않지만 독자적인 영향력을 보여주고 있다. 또한 인하대학에서 정지용 연구로 박사학위를 받은 사나다 히로코真田博子(필명 요시가와 나기吉川凪)가 낸 『조선 최초의 모더니스트 정지용朝鮮最初のモダニスト鄭芝溶』(土曜美術出版販賣, 2007. 한국판은 역락)은 일본인 연구자의 녹록치 않은 수준을 가늠할 수 있는 종요로운 역작이다.

꼭 읽어야 할 한국문학

한국 근현대문학을 연구하는 일본인 연구자는 매우 적다. 일본에서 한국문학을 토론하는 장소에 가면, 절반 이상은 비교문학이나 일본문학을 공부하러 유학 온 한국인들인 경우가 많다. 존재감이 느껴지는 일본인 연구자는 10명 안팎이고, 그나마 30대 이하는 드물어 명맥이 위태롭다. 100명의 이름뿐인 연구자는 없지만, 일본에는 10명 정도의 탁월한 일본인 연구자가 분명히 있다. 그 10명 정도의 탁발한 일본인 연구자들이 발표하는 논문은 한 편 한 편이 독보적이며 외면할 수 없는 수작이다. 지금까지 성근 검토로만 보아도, 일본인의 한국 근대문학 연구는 이미 한국문학 연구에 독자적이며 실증적인 연구로 충분히 공헌하고 있다. 그러면서도 몇 가지 바람을 적어본다.

첫째, 전문적인 한국'문학 연구'가 일본 대학의 한국어 교육과도 이어지기를 희망한다. 한국 근대문학에 대한 단계적 프로그램이 일본 대학의 교양교육을 위해 준비되어야 한다. 현재 일본에서 한국어 교육은 회화나 문법 중심으로 이루어지고 있다. 초급에서 기본적인 발음과 문법교육이 끝나면, 모두 회화 중심이다. 이제 일본인 연구자의 축적된 성과가 있는만치 한국문학 독본 교과서가 출판되어야 시기다.

둘째, 좀더 다양한 작품 분석이 있었으면 한다. 작품 분석이 지나치게 역사 사회적인 배경에서만 연구되고 있다는 점이 아쉽다. 가령 작품의 심리주의적 비평이나 형식주의적 비평에 대해서는 일본인 연구자들에 의해 잘 이루어지고 있지 않다. 심리적이거나 텍스트 자체에 대한 비평 분야에서는 사에구사 교수의 연구가 독보적이다. 사에구사 도시카쓰는 문학 작품을 문건조사가 아닌 텍스트 자체로 분석하려 했던 거의 유일한 일본인 연구자였다.

셋째, 일본인 연구자들이 더욱 늘었으면 한다. 최근에 한국에서도 일본인 연구자들의 성과를 긍정적으로 받아들이고 있다. 한국과 일본의 문학 연구자들이 보다 깊은 연구가 교류되고, 한국문학을 연구하는 일본인 대학원생에 대한 관심과 지원이 더 있어야 할 것이다. 그러나 보다 더 근본적인 원인이 있다.

저자는 이 논문 서두에 「한국문학, 읽지 않아도 되는 까닭」이라는 자못 오만스럽게 오해될 만한 글을 인용했다. 이것이 역설적인 정답이다. 읽지 않아도 되는 까닭을 나열하지만 실은 읽어야 하는 작품이다. 읽지 않아도 되는 한국문학이 아니라, 꼭 읽고 싶은 한국문학이 되어야 하지 않을까. 외국인이 진정 읽고 싶어하는 한국문학인지 우리는 따져봐야 할 것이다.

1997년, 도쿄대학원 비교문학실에 저자를 연구원으로 초청하고 자신의 연구실 한쪽에 책상을 놓아주신 분은 영문학자인 오오자와 요시히로大澤吉博[15] 교수였다. 그는 영국의 소설가이며 1907년 노벨문학상을 받았던 키플링Kipling, Rudyard(1865~1936) 연구가였다. 오오자와 교

---

[15] 도쿄대학원 종합연구과 교수인 비교문학자 오오자와 요시히로(大澤吉博, 1948年~2005)는 1972년 도쿄대학 영국학과 졸업, 대학원 비교문학・비교문화 전공, 1976년 박사 중퇴하고, 1978년 도쿄공업대학 조교수, 1990년 도쿄대 교양학부 조교수, 교수가 되었다. 방문교수로 한국외국어대학에서 지냈으며, 2002년 비교문학 비교문화 연구실 주임이 되었는데 2005년에 사망했다. 이후 유족의 뜻으로 '오오사와 요시히로 장학기금'이 설립・운영되고 있다. 저서 『내셔널리즘의 명암—소세키・키플링・타고르(ナショナリズムの明暗 漱石・キプリング・タゴール)』(東京大学出版会, 1982), 편저 『텍스트의 발견(テクストの発見)』(叢書比較文学比較文化 6, 中央公論社, 1994)이 있다.

수는 키플링이 인도에서 지내면서 썼던 제국주의적 작품들 곧 시집 『다섯 국가』, 『병영의 노래』, 소설 『정글 북』 등에 나타난 아시아관을 연구했었다. 그러던 그가 미시마 유키오三島由紀夫(1925~1970)의 『금각사』가 한국어, 중국어, 독일어 등으로 어떻게 번역되었는가를 연구하다가, 일본인 작가의 작품이 영어로 번역된 책들을 번역학의 시각에서 분석하기 시작했다. 그의 연구실은 일본인 작가의 영문번역서가 가득 채워졌다. 세계 곳곳에서 출판되는 일본인 작가의 영문번역서가 매달 한 박스씩 연구실에 도착했다. 영어로 번역된 책의 저자들은 아마츄어가 아닌 세계적 수준의 작가들이었다. 일테면 도스토에프스키 소설이 여러 번 번역되듯이, 미시마 유키오 작품만 해도 여러 나라에서 계속 번역되고 있었다. 작품뿐만 아니라, 영어로 발행되는 일본문학 연구서나 평론집도 그의 연구 대상이었다. 너무 많은 책을 정리하지 못하고 땀을 씻고 앉아 쉬던 오오자와 교수의 모습이 지금도 기억나곤 한다. 그때마다 한국문학 작품이 저렇게 많이 번역되어 있을지 궁금했다. 일본인 작품의 영문번역서를 연구하는 것이 하나의 전공이 될 수 있다는 사실도 신기했다. 수많은 일본문학 연구서를 보며 외국인들이 저만치 한국문학을 번역하고 연구하고 있는지 생각하곤 했었다.

일본인 연구자들이 늘지 않는 것은 당연히 그들 책임이 아니다. 외국인들이 우리 문학에 관심을 보이지 않는다고 안타까워 할 필요가 없다. 한국문학 연구에 대한 책무는 당연히 부메랑처럼 한국 학자들에게 돌아온다. 과연 한국문학은 세계문학에서 어떠한 존재인가. 우리 문학이 외국인에게 읽힐 만한 고전이 되고, 그 고전을 연구하고 싶어하는 외국인이 늘어날 때, 누군가가 「한국문학, 꼭 읽어야 하는 까닭」이라는 글을 쓸 날이 있을 것이다. 그렇지 않고 한국문학이 지리멸렬하고 막바지에 이른다면, 한국문학은 이 다음 세대에 신기루처럼 사라질지도 모르겠다. 그렇다면 일본인 연구자도 2세대에서 끝나게 될 것이고, 3세대는 없을 것이다. 혹시 3세대 일본인 연구자가 생긴다 하더라도 고문서古文書 연구가로 불릴지도 모르겠다.

한국 현대문학은 이 위기를 극복할 수 있을까. 외국의 우리 문학 연구자들에게 적극적으로 지원하는 사업도 중요하지만, 결국 한국현대작가들의 창조적 상상력만이 한국문학의 안과 밖을 회통會通하며, 진정한 의미의 세계화에 다가갈 수 있을 것이다.(2008)

상실의 힘

다양한 중심을 존중하며

이 책은 한 민족어를 단위로 하는 문학사가 아니라. 한국과 일본 사이의 문제를 펼쳐나가는 '디아스포라 문학사'를 위한 서술이다. 이 영역도 한국문학사의 한 줄기라고 나는 말하고 싶다. 이제까지 한국문학사에서 변방으로 여겨 왔던 영역의 확장이라 할 수 있겠다. 나아가 한국문학을 아시아문학 나아가 세계문학과 비교해 보는 문학사 서술이라고도 생각해본다.

첫째, 이 책은 타국他國에서 차별받은 이방인이 어떻게 그 아픔을 치료·극복했는가에 대한 기록이다. 이제는 그 상처를 정면으로 직시하는 시각이 필요하다. 문학 작품에서 그 상처를 극복하며 대면하려는 상통相通의 작품을 우리는 볼 수 있다.

찢겨진 상처를 바로 직시하고, 그 상처를 극복하려는 '상생相生의 문학'을 자이니치 디아스포라 문학에서 만날 수 있다.

둘째, 이 책은 일본에 사는 마이너리티인 자이니치문학에 대한 연구다. 현해탄을 오가며 생활하는 나에게 전에 없던 새로운 변화가 생겼다. 한국에서 문학을 공부할 때, 한국문학이란 단지 한반도 내에 존재하는 한글문학이었다. 더 솔직히 말하면 서울 중심 문학이었다. 그런데 일본에 와서 새로운 문학을 접하기 시작했다. 첫째는 일본문학이었고, 둘째는 한국보다는 자료 구하기가 용이했던 북한문학이었고, 셋째는 마이너리티 중에 마이너리티인 재일조선인문학이었다.

예전에는 한글로 써야만 한국문학이었는데, 이제는 김사량, 장혁주, 양석일, 유미리, 서경식, 가네시로 가즈키 등 이른바 자이니치在日 코리언들이 쓴 작품이 한국문학 연구의 자장磁場으로 들어왔다. 나아가 일본인 작가가 일본어로 썼다 하더라도 한국의 이야기나 문제가 담겨 있으면 나에게는 한국문학이 다루어야 할 영역으로 다가왔다. 이미 나에게는 한국문학이란 언어의 문제가 아니라, 담론의 영역으로 넘어가 있었다.

자이니치在日 디아스포라 문학을 대하면서, 일본에 오기 전에 내가 생각했던 한국문학이란 단순히 '서울 중심의 문학'이었다는 점을 깨달았다. 자이니치 디아스포라의 다양한 사상과 담론을 나는 그 나름대로 인정하면서 보기 시작했다. 서울 중심을 넘어, 다양한 중심 혹은 새로운 중심을 인정하는 '새로운 중심의 문학'이라는 개념을 얻었다. 중심으로 대우받지 못했던 재일조선인문학도 나름의 새로운 중심으로 나는 존중했다.

마지막 교정쇄를 보내는 아쉬움도 많다. 중요한 작가들을 더 소개하지 못했다. 소설가 이양지, 소설가 김석범의 대하소설 『화산도』, 소설가 현월 등 기억해야 할 작가와 작품을 소개하지 못한 것은 나의 한계요, 남은 숙제다.

이 책 제목을 많이 고심했다. 오랜 시간 끝에 『일본의 이단아—자이니치 디아스포라 문학』으로 하기로 했다.

'이단아'라 하면 이방인이란 표현보다 저항적인 의미가 더 강하다. 이단아異端兒란 전통이나 권위에 맞서 혁신적으로 일하는 사람을 말한다. 이 책에 등장하는 작가 김시종, 종추월, 양석일, 서경식 등은 '이단아' 이미지에 맞는 인물들이다. 돈키호테처럼 중세적 질서를 무너뜨리려던 이단아들, 일본 제국에 틈을 만드는 작가들이다. '이단아'는 '이방인'보다 훨씬 더 적극적 의미의 저항을 담은 단어다.

끝내기 전에 부끄러운 일 하나 적어 놓는다.

1998년에 박사학위를 받은 후 나는 깊은 절망에 빠졌다. 도대체 공부한다는 것, 논문을 쓰고 대학교 교수가 된들 무슨 의미가 있는지, 허무에 빠졌다. 가까스로 의미를 찾으려고, 일본 여러 곳에 밀알학당을 시작했고, 우에노 등지에서 노숙인 구조 활동을 했다. 3년 정도 헤매며 활동하면서 곧 나의 한계를 깨달았다. 밑바닥 생활을 하기에 나는 너무 부유하게 자랐다는 한계를 깨닫고, 연구자와 작가로서 쓴 글도 의미있는 역할을 할 수 있다는 생각에 이르렀다.

2003년은 이제 공부하겠다며 다시 책상으로 돌아온 해였다. 여러 곳에 연구비를 신청했다. 한국국제교류재단 등 여러 곳에서 연구비를 지원해주었고 이후 나는 연구에 다시 몰두할 수 있었다. 일본에서 몇 군데 연구비를 받았는데 한 군데가 문제였다. 그저 학자를 돕는 연구재단으로 생각하고 '아시아연구기금' 공모과제연구에 지원하여 선정되어 연구비 500만 원을 받았다. 결과물로 논문 「아오바 가오리, 이찬의 희곡 「세월」과 친일문학」을 제출했다. 전혀 모르고 있었는데 2005년경부터 이 재단이 전범재단이라는 뉴스가 나오기 시작했다. 모르고 지원했다지만 피할 수 없는 실수였다. 아이러니하게도 내가 연구 결과로 재단에 제출한 논문은 위의 친일문학 연구였다. 논문 내용을 제대로 알았다면 그쪽에서 당황하지 않았을까. 덕분에 이 논문을 기반으로 이후 『이찬과 한국 근대문학』(소명출판, 2007)을 냈다. 오랫동안 내 약력에 새겨진 얼룩을 내놓는다. 이 일 말고도 내 삶에는 얼마나 많은 얼룩, 모르고 지은 죄, 하마르티아가 있을까.

죄 많은 서생이 가끔 독거노인 집에 연탄 봉사하고, 교도소 재소자나 노숙인 등에게 사례 안 받고 강연하는 까닭은 지은 죄에 대한 당연한 노역奴役이기 때문이다.

1996년 2월에 나는 도쿄에 도착했다. 이제 20년이 넘은 2019년에 이 책을 출판한다. 또 10년이 지나면 문학은 시대에 어떻게 반응해 나갈까. 한국과 일본의 관계는 또 다른 단계로 성장해 있을까. 문학인들은 어떤 작품을 발표하여 우리의 기대를 채워줄까.

2020년 1월
광복 75주년, 수락산 서재에서
김응교

찾아보기